COLLECTION FOLIO

Philippe Labro

Des bateaux dans la nuit

Gallimard

Philippe Labro est né à Montauban. A dix-huit ans, il part pour les Etats-Unis. Etudiant en Virginie, il voyage à travers tous les U.S.A. A son retour, il devient reporter à Europe 1, puis à *France-Soir*. Il fait son service militaire de 1960 à 1962, pendant la guerre d'Algérie. Il reprend ensuite ses activités de journaliste, notamment à R.T.L., *Paris-Match*, et à la télévision (A2). Aujourd'hui, il se consacre au cinéma, comme scénariste et réalisateur, et à la littérature.

[illegible]

A Françoise.

« Le sage doit rechercher le point de départ de tout désordre. Où ? Tout commence par le manque d'amour. »

Mo-Tzu
(479-381 av. J.-C.)

PREMIÈRE PARTIE

Lescrabes, Andréa, Drifter

Nous possédons tous un mystère, puisque nous avons tous une enfance.

Les gens qui mènent des existences sans histoire, ayant très tôt assassiné leur enfance, se réconfortent dans un manque douillet de mystère. Leur vie est là, posée bien carrée sur la table, aussi compacte que cette viande qu'on appelle morceau du boucher. Tout les rassure : du gras blanchâtre qui persiste entre les surfaces solides de rouge, jusqu'aux rares nervures que le couteau préparateur n'a pas tout à fait réussi à éliminer. Et pourtant, même ces femmes ou ces hommes ne demeurent pas à l'abri d'une rencontre avec leur vérité, la revanche d'une enfance. Tout basculera alors, comme château de cartes au tapis. Le jeu aura changé soudain, trop tard, tant pis, *goodbye, finita la commedia, adios muchachos,* essayez donc un peu, ensuite, de vous y retrouver et remettre vos masques à l'endroit !

A l'enterrement de Henry Lescrabes, tous les masques étaient à leur place. Les putains et les ministres, les artistes et les voyous, les hommes de l'argent et les femmes de la nuit, les professionnels célèbres ou anonymes, les animaux solitaires, tous ceux qui débarquaient au compte-gouttes dans l'allée centrale du Père-Lachaise à 8 h 45, un jour gris souris du mois de mars, pour assister à la dernière « *partie* » que leur offrait le vieux géant, avaient laissé, ce matin-là, leur enfance au vestiaire.

On avait mis son déguisement de grande personne. Pas de bêtises : on était au spectacle. Paris, New York, ou ailleurs, il m'a toujours semblé qu'un grand enterrement s'apparente à un mariage important ou la finale d'un tournoi de tennis comptant pour le *grand chelem :* en un lieu concentré et un espace homogène de temps, l'occasion nous est donnée d'observer les principaux acteurs d'une époque et passer en revue les degrés de leurs revers ou de leur fortune. A cette différence, pourtant sensible, qu'un mariage ou la finale d'un simple messieurs — riz blanc ou poussière rougeâtre — livrent en prime au monde ébaubi le fou rire d'une victoire, tandis que — fleurs sans joie et humus piétiné — un enterrement exhale immanquablement l'odeur saumâtre de la défaite.

J'avais voulu arriver dans les premiers, mais je vis que Drifter était déjà sur place. Cela m'étonna. Que faisait-il là ? Nous l'avions cru perdu en Amérique du Sud et personne, au journal, n'avait reçu de ses nouvelles depuis plusieurs semaines. Les mains dans les poches de son Aquascutum *officer's coat,* il était campé au bout de l'avenue principale, à l'intersection qui mènerait tout le cortège à la tombe. C'était le meilleur point d'observation, il l'avait naturellement choisi. Peu à peu, par un phénomène d'agrégation qui se vérifie couramment dans ce genre de circonstances, nous nous étions regroupés dans le même pourtour, nous, les membres de la Brigade des Impers Blancs, fils et filles, frères et sœurs de Hemingway, Camus, Kessel, Vailland, qui avions décidé un jour (pour imiter qui, réellement ?) que seul ce chanteau de coton coupé en Angleterre, doublé de tissu à carreaux et bardé de poches, lanières, pattes d'épaules et autre ceinture large à boucle entourée de cuir, pouvait servir d'uniforme à ce métier dont nous étions si fiers, et que celui que nous étions venus saluer avait toujours privilégié avec une bienveillance éhontée. Nous nous serrions la main les uns et les autres, ayant assez souvent emprunté les attributs du cynisme pour avoir le droit d'afficher, ce jour-là, une tristesse réelle. Drifter me fit un signe de la tête, eut un sourire bref et cligna de l'œil comme pour signaler : « *Tout à l'heure, tout à l'heure !* » Cela faisait plus d'un an que je ne l'avais pas revu. Il était là, l'air aussi chagrin, encore que différent, comme s'il en savait plus que nous. Il me fallut attendre bien au-delà de la fin de la cérémonie pour découvrir qu'il en savait, en effet, un peu plus.

Sur la photo, prise de haut — hélicoptère, sans doute —, nous devions être à peu près mille, petites taches noires et blanches agglutinées autour d'un même rectangle se déplaçant vers un trou découpé dans le sol. La photo a figé le mouvement à l'instant où, porté par quatre à six points noirs, c'est-à-dire quatre à six collaborateurs de Lescrabes, le rectangle, c'est-à-dire le cercueil, va être glissé dans la fosse. Que les lecteurs, qui virent ce cliché le lendemain sur la pleine page du journal qu'avait fondé et dirigé Lescrabes, aient éprouvé la frustration du client estimant n'en avoir pas assez pour son argent, semble, avec le recul, normal. Lescrabes avait habitué ses millions de lecteurs à des photos nettes, très descriptives. Les célébrités vues de face, à hauteur d'homme, comme il aimait à dire, empruntant l'expression au langage du cinéma (la caméra à hauteur d'homme des grands

Américains : « *Pas de fioriture, pas de chichi, il y a quelque chose à voir ? Alors, montrez-le !* »).

Et voilà que le journal dont il chérissait la qualité d'exactitude faisait dans le flou, l'impressionniste. Des têtes d'épingles, éparpillées ou agglomérées dans un cimetière ! Impossible d'y reconnaître une silhouette, un portrait, à plus forte raison une star qui pleure, un député en deuil ou un vérolé notoire. Très mauvais choix. Ne me dites pas qu'il n'y avait pas une meilleure photo. Depuis le temps, cependant, la frustration a disparu. Le journal aussi, d'ailleurs, mais ce n'est pas ainsi qu'on commence une histoire.

Pour moi, ou pour quiconque assista à ces obsèques dont je sais qu'elles marquèrent, au début des années 70, la disparition d'une génération au profit d'une autre, le cliché aux multitêtes d'épingles conservera longtemps encore toute sa valeur. Sur chacune des mouchetures, chacun des microlithes, je pourrais mettre un nom, un visage, le récit merveilleux ou poignant d'une vie.

Et d'abord, les femmes.

Lescrabes les avait beaucoup aimées et elles le lui avaient bien rendu. Il se savait osseux, filiforme, et se croyait laid. Il disait souvent qu'il avait manqué de tendresse, ne voulant voir, dans l'attraction qu'il exerçait auprès des femmes, que l'impact de son pouvoir — celui de fabriquer un nom, une carrière, l'ébauche d'une gloire. C'était de l'aveuglement, ou de la mauvaise foi : douces, maternelles, gonflées de sollicitude comme un saint-honoré de chantilly, prêtes à fondre devant la moindre de ses idiosyncrasies, elles l'avaient été, tendres, les femmes de Lescrabes ! Bien sûr, il entrait dans leurs débordements la part convenable de l'intérêt ou de la gratitude, mais, après tout, aime-t-on quelqu'un pour autre chose que ce qu'il est ? Henry Lescrabes n'échappait pas à cette banalité de caractère qui fait que les hommes puissants et ingénieux réclament qu'on les aime non pas pour leur puissance ou pour leur esprit d'entreprise, mais pour « *eux-mêmes* ». Vaste blague ! Eux-mêmes, c'est précisément ce qu'ils sont devenus et ce qu'ils ont fait. Cependant, Lescrabes refusait d'admettre que les femmes avaient aussi aimé son physique, qu'il détestait, ce grand corps efflanqué à l'intérieur duquel il n'avait jamais connu d'aise. Ses grandes mains exsangues, ses grandes jambes, son ventre, maigre paillasse, le curieux dessin formé par ses cheveux noirs disposés droits et frisés sur une tête énorme, tout ce qui concourait, selon lui, à le rendre répugnant et « *jetable* » comme les briquets ou les stylos à bille les attendrissait par contraste et avait éveillé en elles des miracles d'indulgence. Elles savouraient ses bégaiements de bébé rageur, ses périodes de fatigue noire qui le plongeaient dans l'angoisse, ses migraines qui lui faisaient littéralement s'arracher les poils de son crâne, « *c'est là que ça me tue,* gémissait-il, *à la racine !* », et il fourrageait de ses dix doigts dans cette coiffure excentrique — genre frisettes électrisées de nègre jamaïcain ; il avait dix ans d'avance sur la mode « *rasta* », mais il ne vécut pas assez loin pour le savoir.

A une stagiaire impertinente qui lui demandait un jour pourquoi il se coiffait ainsi, il répondit d'une traite, comme si la réplique était prête depuis longtemps, de sa voix la plus agressive et métallique, nasale :

— Ce qu'il me reste de cheveux, je les entretiens comme ça, pour bien exposer à tous les zozos qui croient venir m'arnaquer le côté incontrôlable de mon caractère. Mes cheveux disent : « Vous avez affaire à un sale métèque vindicatif. A la façon dont mon poil d'étranger se dresse sur ma tête, vous ne pouvez pas vous attendre à beaucoup de concessions de ma part, mais plutôt à quelque incroyable surprise. » (Il prononçait « *incroyable* » parodiquement, façon Directoire : les « *in-coi-yab* ».)

La stagiaire avait ri. Lescrabes, qu'un rire de femme faisait fondre, avait vivement changé de voix. Son ton s'était fait feutré, chuchoteur :

— Pourquoi riez-vous, mademoiselle ?

— Parce que vous êtes tout sauf vindicatif, monsieur Lescrabes.

— Vous avez raison, mademoiselle, avait-il soufflé — mais, métèque incontrôlable —, accordez-moi ça au moins.

Et le vieux diable géant avait souri, de ce sourire désarmant qui fendait son masque en deux, ouvrant deux fossettes de nourrisson et déclenchant un rayon de lumière espiègle, transformant ce qui était effectivement un faciès ingrat et insolite en l'irrésistible image du charme complice et de la douceur. Lescrabes, dont les mâchoires marbrées blanc rosissaient alors, à qui l'on ne pouvait, en ce genre de moment, rien refuser, et dont une des nombreuses définitions qui couraient sur son compte disait : « *Avec lui, on peut pas gagner : ils sont plusieurs !* » Entendez par là : plusieurs *crabes*, mais vous aviez compris du premier coup, j'espère, même si je dois à l'authenticité de préciser que, devant lui, personne ne prononçait son nom sans appuyer sur le *s* de *Les :* en phonétique, cela donnerait LAISSE-CRABE. L'histoire, racontée par une secrétaire qui assistait à l'entrevue, ne dit pas qui était la stagiaire, et si cette rencontre s'acheva, comme avec tant d'autres jeunes femmes, sur le canapé de cuir vert fatigué qui formait le coin d'angle du bureau du patron. Le vert fatigué était clair sans l'être, à la manière des robes des mauvais cigares des Caraïbes : *claro*. Ou encore de ce vert chartreuse qu'on voit sur les enseignes de certains bars à Venise. Lescrabes avait une passion pour cette couleur, le vert néon, le vert des visières des journalistes en 1925 dans les salles de rédaction du *Chicago Tribune*, le vert des aquariums du Trocadéro, ce vert poétique et factice à la fois dans quoi l'on n'arrive jamais très bien à déterminer la supériorité du jaune sur le bleu et qui, terne le jour, devient magique sous le rayon de la nuit. Mais si la stagiaire avait éprouvé la même émotion que celles qui l'avaient précédée dans ce bureau, ou celles qui l'y suivirent, alors, elle faisait partie des femmes qui, debout des deux côtés de l'allée principale, attendaient le convoi funéraire. Car elles étaient toutes là, ou presque.

Certaines restaient ostensiblement à l'écart. D'autres venaient, sans hésiter, rejoindre le groupe auquel elles estimaient appartenir : chroniqueuses, assistantes, collaboratrices extérieures (les films, l'édition, la musique, les émissions télé ou radio) ou intérieures (le noyau même de l'empire : les mensuels, les hebdos, le quotidien). Il y avait aussi les relations sociales, les invitées des week-ends à la campagne et les habituées des dîners en ville en semaine, les confidentes des maîtresses, et jusques aux confidentes des confidentes. Dans ce premier assemblage, il eût été difficile de désigner sans risque d'erreur celles qui, au début de leur association avec Lescrabes, avaient, ne fût-ce que l'espace d'un après-midi, soulagé celui-ci de son inextinguible soif sexuelle. Tandis que je voyais ces couches sédimentaires s'additionner dans le cimetière, je tentai un instant de répondre en silence à cette question dont je ne doutais pas que d'autres hommes ou femmes se la posaient en même temps que moi.

Drifter y pensait-il aussi ? Je le regardai sur son promontoire. Il avait l'air préoccupé d'autre chose.

Aujourd'hui, je crois avoir compris tout ce qui obsédait Drifter. Je sais, aujourd'hui, quels chemins il dut parcourir pour trouver les réponses aux questions qui semblaient l'habiter, ce matin-là, au cimetière. L'histoire que je veux raconter, c'est essentiellement la sienne, celle de cet homme d'allure jeune, aux cheveux noirs, vêtu de son « *bel uniforme blanc* », debout dans l'avenue principale, Drifter, et comment il finit par rencontrer sa réalité au-delà de ses apparences. Pour raconter tout cela, il faudra faire apparaître deux, et même trois femmes qui, pour l'heure, n'ont aucun rapport avec l'enterrement qui se déroule. Patience ! elles vont surgir, bientôt, de l'imprévu de mon récit, elles vont le hanter tout entier. Enfin, je crois bien que cette histoire est aussi la mienne. Mais le récit ne peut commencer ailleurs qu'au Père-Lachaise, et autrement que par l'adieu au vieux géant. Ce n'est pas seulement parce qu'il s'agit de ce que l'on peut appeler une « *belle séquence d'ouverture* ». C'est que, sans Lescrabes, l'histoire qui va sourdre peu à peu par plusieurs ruisseaux pour converger et s'unifier en un seul et même fleuve n'aurait pas de sens.

On racontait que Lescrabes, lorsqu'il était dans la force de son âge, ne pouvait rester plus d'une demi-heure seul en face d'une femme, au cours d'une journée de travail à son bureau, sans être gagné par une érection et saisi par l'urgence d'aller au bout de cette érection. Lescrabes semblait alors atteint de fébrilité dans les mains et les jambes. Il descendait de son fauteuil de cuir vert, contournait le bureau Ruhlmann en acajou couleur miel, jetait ses lunettes demi-lune en écaille au passage sur le bureau, choisissait un de ses 250 B et F pointe fine, jaunes à bout rouge, disposés en paquets égaux sur le rebord du grand buvard vert pâle, et commençait d'arpenter la pièce en déchiquetant le crayon à coups de dents. Il s'agitait autour de la dame. Quand elle savait déjà, les choses allaient vite et simplement. Il empruntait un ton plaintif, baissant les yeux sur l'insupportable protubérance qui gonflait le haut de son pantalon.

— Soyez gentille, mon petit, disait-il, aidez-moi.

Car il vouvoyait la majorité de celles qui étaient prêtes à « *l'aider* ». Mais s'il était en présence d'une nouvelle venue, une visiteuse de « *l'extérieur* », quelqu'un appartenant au monde sur lequel Lescrabes n'avait pas d'emprise immédiate, la scène prenait une autre tournure. Lescrabes balbutiait quelques onomatopées à propos d'un mal de tête, une brûlure d'estomaç, une crampe dans ses longues chevilles, il se ruait vers la porte capitonnée de cuir vert derrière laquelle étaient installés un lavabo, des W.-C. et un petit vestiaire, dans le style des wagons-lits de l'Orient-Express des années 30. Il revenait au bout d'un bref instant, l'œil vide, gris-jaune, et la parole limpide, reprenant l'entretien et l'achevant dans le calme. La visiteuse, pour peu qu'elle fût renseignée sur les us et coutumes de Henry Lescrabes, avait-elle imaginé le grand homme aux cheveux fous se masturbant comme un adolescent au-dessus du lavabo ? Lescrabes la raccompagnait vers la porte principale du vaste bureau, lui baisait une main et retournait vers son fauteuil. Il appuyait un doigt sur l'interphone : « Et après ? » clamait-il dans la boîte à boutons rouges et bleus.

C'était sa formule pour faire avancer l'ordre de sa journée. Impatient de la vie, impatient de savoir et de connaître, son « *et après ?* » haut perché avait résonné aux oreilles de plusieurs générations d'informateurs. Seuls, éparpillés autour du fauteuil, restaient les signes de la courte fièvre insensée qui avait habité Lescrabes, les fragments de crayon jaune, deux centimètres de long, hachurés à un bout comme par un écureuil, aussi éloquents que les mégots d'un fumeur incorrigible dans les coins d'une pièce qu'un détective examine en quête de preuves matérielles.

Il arriva que la visiteuse fasse, d'entrée de jeu, comprendre à Lescrabes qu'elle ne refuserait pas de « *l'aider* ». Non qu'il ait posé la question. Lescrabes ne faisait jamais le premier pas. Il attendait qu'un regard, un sourire ou le silence espacé qui s'installe dans une conversation entre un homme et une femme là où les phrases n'ont pas besoin de silence, indique un accord ou, même, une invite. Il y avait, dans cette attitude, une part importante d'égoïsme onaniste et, même s'il se refusait à l'analyser tout à fait, Lescrabes ne pouvait l'ignorer. Comme il était courtois, habité par la peur de blesser qui que ce fût et qu'il avait la phobie de dire « *non* », il voyait bien que ce service demandé, et rendu, portait quelque chose de profondément insultant pour la partenaire que les hasards du jour lui avaient offerte. Or, il respectait et vénérait, même, ce sexe à lui opposé dont il n'assimilait pas toujours l'opposition, mais dont il percevait, sans cesse, la supériorité.

Alors, il compensait la grossièreté de son geste et la brièveté du rapport par quelque cadeau, fréquemment quelque coup de pouce décisif dans le domaine des arts, la mode, l'information, la politique, ou tout autre quartier de la vie dans la Cité qu'il avait pu jalonner de ses bornes et ses octrois, ses hommes et ses influences. On disait de Lescrabes qu'il exerçait un pouvoir sur les esprits car c'est cela, essentiellement, la presse, mais d'une façon plus générale, il agissait comme un banquier en influence. Donc, une femme habile qui avait une fois seulement « *aidé* » Lescabres pouvait compter sur sa reconnaissance à long terme, sa gratitude coupable. On pourrait croire que cette mécanique sexuelle traduisait ce qu'il est convenu d'appeler désormais du sexisme, de l'antiféminisme. Mais ce n'était pas aussi simple. De telles notions se révèlent aussi primaires et expéditives qu'en politique celles de droite ou de gauche. Dire de Lescrabes qu'il méprisait les femmes eût constitué une erreur suprême. Elles étaient sa planète, que dis-je, l'oxygène de sa planète. J'ai souvent voulu rechercher par quel hasard, ou quelle machination, les hommes n'avaient pas, dans l'usage de leurs mots, confectionné une expression contraire mais correspondante à misogyne. Je ne vois pas dans le dictionnaire que l'élément *gyne* (du grec *gunê* ou gyné) soit interdit pour composer toutes sortes de termes adéquats. Alors, pourquoi n'existe-t-il pas une philogynie ? Si le mot n'a pas déjà été inventé, il faudrait le faire, à seule fin d'écrire ceci : « *Lescrabes était un philogyne forcené.* » Il avait cependant imprimé une différence fondamentale entre les femmes qui acceptaient de « *rendre le service* » et les autres, celles qui s'étaient d'abord refusées, mais qui, par la suite, avaient su captiver une autre partie de son être, celles dont il était tombé amoureux une semaine, un mois, un an, cinq ans, et qui habitaient, dès lors, sa vie sentimentale. Comme les prostituées qui font payer la plupart des hommes mais « *marchent au béguin* », parfois, avec quelques-uns, Henry Lescrabes partageait son univers féminin entre celles qu'il faisait payer — à sa façon — et les autres, auprès desquelles il avait trouvé complicité, paix, humour, et qui meublaient le vide de sa nuit. A celles-là, Lescrabes accordait plus de temps, d'écoute et de considération qu'à chacun des hommes qui contribuaient à faire tourner ses journaux, fonctionner ses studios, opérer ses usines. Il les trouvait plus intelligentes, meilleures conseillères, meilleurs juges. Il favorisait leur avis, chérissait leur arbitraire et leur subjectivité, redoutait leur instinct, provoquait leur psychologie. Elles étaient son baromètre. En temps normal, on en comptait trois, l'épouse, la maîtresse légitime et la légitime illégitime, auxquelles venaient parfois s'ajouter quelques « *régulières* ».

L'épouse s'appelait Grazielle. Elle avait la démarche fragile d'un oiseau blessé à la patte, le nez recouvert d'une poudre de riz d'un autre âge, des yeux qui papillotaient sous des faux cils larges comme les ailes d'un hydravion. Elle avait ressemblé à un type d'actrice des films français des années 25-30, gamine et primesautière, pomponnée, bouclettes aux reflets bleutés et voix de fringillidé. Elle avait été la première femme, celle qui avait compté autant que la mère, Lescrabes recueillant auprès de l'une ce que l'autre, disparue, ne pouvait plus donner : réconfort, critiques constructives, stimulation constante dans l'effort et l'imagination. Elle avait en outre amené dans sa corbeille de mariée les usines de l'Est — prodigieux réservoir d'argent et de capital, à partir duquel Lescrabes avait fondé ce qui l'intéressait véritablement : un réseau de presse.

Elle consacrait l'essentiel de son temps à des visites à la fondation des enfants handicapés qu'elle avait financée après la naissance du seul enfant qu'avait pu lui faire Lescrabes — un grand échalas débile, Henry le Second —, que son père venait voir une fois tous les six mois, c'était le Jour du Fils et, ce jour-là, il valait mieux ne pas trop en demander au patron. Il était coléreux, injuste, à vif, il n'était pas question de lui parler de cette réplique honteuse de lui-même qui grandissait là-bas, à Château-Thierry, comme un légume dénaturé.

La maîtresse légitime s'appelait Leila, réplique physique de Grazielle avec beaucoup d'années en moins, donc quelques modernités en plus dans l'habit et la coiffure. Mais surtout, avec du « *chou* ». Elle avait été recommandée à Lescrabes par un ancien Premier ministre qui avait décelé en cette attachée de cabinet, sortie quelques années plus tôt de l'anonymat de l'administration, l'étoffe d'une intrigante. Leila avait transité, avec souplesse et félicité, des combinaisons politiques au monde de la presse et de l'industrie que dominait Lescrabes. Il lui avait délégué des pouvoirs considérables autour de ses affaires, mais toujours hors des limites du territoire officiel, c'est-à-dire son bureau, les journaux, les manufactures. Lorsqu'il fallait sanctionner ou confesser le rédacteur en chef d'un journal ou le directeur général d'une des filiales de l'Est, cela se passait dans les petits bureaux blancs que Leila d'Asquith avait fait aménager avec son goût infaillible à quelques centaines de mètres, à pied, du siège central. Lescrabes régnait dans le grand immeuble de la place de la Madeleine. Leila tenait ses assises rue Troyon, dans une petite cour à l'intérieur d'un passage, derrière un restaurant provençal. Il était faux de la définir comme la guillotine de Lescrabes. Elle avait aussi souvent sauvé des têtes qu'elle avait contribué à en faire tomber. Des dizaines d'hommes mûrs, engoncés dans leur confort, lui devaient d'avoir survécu et de pouvoir continuer à jouir de leur voiture, avec chauffeur, notes de frais et autres risibles attributs du pouvoir. Elle pratiquait le système lescrabien mieux que tout autre : on n'élimine pas celui qui a péché ou celle qui a failli. On met de côté et on ajoute une couche nouvelle. Leila d'Asquith s'était donc fait un nombre aussi important de débiteurs que d'ennemis, et lorsque Lescrabes disparut, elle put, pendant un moment, s'appuyer sur les alliances ainsi fabriquées. Elle ne retrouva, à l'évidence, plus jamais son pouvoir et, bientôt, dut abandonner les bureaux blancs et les téléphones de même couleur, tout ce décor dans lequel elle avait exercé son activité indéfinie et où avait résonné la musiquette aiguë de sa voix habile et redoutée. L'endroit a été reconverti en club de massage thaïlandais, où des filles en maillot noir deux-pièces mettent leur doigt dans le trou du cul des lecteurs des pages « *petites annonces* » de périodiques spécialisés ou pas.

La numéro trois s'appelait Thérèse et réduisait à néant la formule selon quoi Henry Lescrabes choisissait les femmes importantes de sa vie sur le même modèle physique : petit format, jambes fluettes, visage en V majuscule, front haut et large, la forme s'affinant jusqu'au menton pointu, spirituel et peut-être méchant. Si Grazielle et Leila évoquaient deux oiseaux, l'un rongé, l'autre rongeur, Thérèse appartenait à la gent chevaline. Elle était grande, juteuse, une brune aux cheveux longs qui tombaient en roulades sur un dos de championne de natation. Elle était née à Menton où elle avait fait du théâtre pendant quelques années avant de rencontrer Lescrabes. A Paris, où elle s'était établie avec son aide, il l'avait dirigée vers le cinéma. Elle n'y avait pas réussi, avait voyagé pendant quelques années en Afrique, puis en Californie, et elle était revenue en France où elle avait entamé une jolie carrière de productrice d'émissions pour enfants à la télévision. Elle avait, surtout, renoué avec Henry Lescrabes. Dépendant moins de lui que les deux femmes qui la précédaient en âge et en rang, Thérèse Fabra avait établi avec le Vieux une relation plus égale, donc privilégiée. Après avoir expédié la corvée du devoir avec Grazielle à Neuilly, passé en revue dans les bureaux de la rue Troyon le *bizness* avec Leila, Lescrabes finissait chez Thérèse, rue de Tournon, près du Jardin du Luxembourg, où elle recevait ses amis.

Lescrabes plongeait dans ce monde avec des mines de collégien, oubliant le poids de son nom, la carapace de son pouvoir. Il riait, il écoutait les blagues ; un soir, je vis dans ses yeux de courtes larmes de bonheur. S'il avait pensé à sa mort prochaine, ce qu'il ne semblait jamais faire, il n'aurait conçu aucune inquiétude pour l'avenir de Thérèse Fabra et il est vrai que ce matin-là, au Père-Lachaise, droite dans un manteau d'ocelot ouvert sur un ensemble de laine bleu-noir, des bas à peine fumés dans des escarpins bistre, entourée de quelques-uns des membres de sa camarilla, Thérèse sembla la moins atteinte des femmes de Lescrabes, la moins désarticulée.

On pourra remarquer que la part de description que je vais faire aux hommes attendant dans ce cimetière est faible, eu égard à celle dont ont bénéficié les femmes jusqu'ici. Mais c'est que l'image, dans la mémoire, prévaut toujours sur le chiffre. Et si, numériquement parlant, il y avait aux obsèques de Henry Lescrabes une quantité supérieure d'hommes avec leurs manteaux sombres et cet air solennel et fermé qu'ils ne peuvent s'empêcher d'emprunter lorsqu'ils se savent en représentation dans les moments d'affliction, je me souviens d'abord des femmes. Avec leurs cheveux défaits par le vent, leurs sacs qu'elles serraient contre leurs hanches, les petits mouchoirs en boule qu'on voyait au poing de plusieurs d'entre elles. Enfin, je revois les trois femmes : Grazielle, Leila et Thérèse, qui vont bientôt disparaître à l'horizon de ce récit.

Mais il y avait aussi des hommes dans cet assemblage dont le volume gonflait avec l'avancée de la matinée. Et ils n'étaient pas moins affligés et abasourdis par le départ de celui qu'ils avaient appelé, selon le rang qu'ils occupaient dans la hiérarchie lescrabienne, Henry ou mon grand Henry ou Lescrabes ou Le Crabouilleur ou El Crabo ou Frisotto, ou Monsieur Lescrabes ou Monsieur Henry ou enfin le Patron, le

Vieux, le Boss, le Grand. Je revois, aussi, cette galerie de portraits évanescents.

Il y avait Paquelon, l'avocat, avec son œil lubrique et son nez en forme de betterave, spécialiste du retournement de situation ; Grandcharmin, l'ambassadeur qui s'était discrédité au Moyen-Orient dans une affaire de mœurs mais qu'on recevait le dimanche à Neuilly chez Grazielle parce qu'il imitait si bien les animaux de basse-cour et les hommes d'Etat ; les frères Saccard qui avaient fait fortune avec leurs avionnettes en Indochine, du temps que ça n'était pas encore le Vietnam, et qui aimaient l'art abstrait et avaient initié Henry à Kandinsky, Max Ernest, Brauner.

Il y avait Ravello, sans âge, élégant et cabossé, qui avait tenu quinze rounds la main droite brisée dès le premier engagement en Pennsylvanie devant l'imbattable poids lourd Murdock et qui avait servi de héros de jeunesse à Lescrabes ; Batichef, le Russe, qui avait rejoint Londres avant le 18 juin 40 et avait écrit le plus beau roman d'amour de sa génération ; Grincourt, le psychiatre, grelottant dans un pardessus troué de partout, les yeux et le nez agités par les tics ; Porchier, le flic aux cheveux argentés dont on disait qu'il connaissait par cœur les dossiers secrets de deux Républiques ; Billac, le comédien, teint de cire, perruque noire et veste cintrée, qui étouffait un fou rire mécanique et involontaire comme cela se produit dans ce genre de circonstance ; François, l'architecte belge, adipeux, en lavallière, canne à pommeau d'ivoire et guêtres jaunes sur des chaussures du plus vilain marron opéra ; Fleks, le petit génie du prêt-à-porter avec ses lunettes sur son front chauve ; l'Anglais Sir Thomas Schlonblack, l'air perpétuellement ivre, avec ses pochettes rouges sur des costumes gris clair, redoutable équivalence de Lescrabes dans la presse britannique ; et d'autres noms qui reviennent encore à la surface et furent propriétaires d'une parcelle d'importance dans le jeu social, Jaobéguy, Clissan, Cortez, Tortamagié, Verdier-Lunac, Champaillat, Ridoux.

D'autres, enfin, étaient venus seuls.

Ainsi, Drifter, que je n'avais cessé de surveiller pendant cette longue attente et qui semblait porter avec lui comme un secret, un message, une mission ou autre chose de cet acabit. Moi, j'étais là avec ma mère.

Je m'appelle Andréa.

Mon père, Paul Paoli-Smith, fut pendant trente ans l'homme de confiance de Lescrabes. C'est lui qui, plus âgé que Lescrabes, défendit les intérêts de son groupe naissant, avant, pendant et après la deuxième guerre mondiale. Sa souplesse et son sens du compromis lui permirent de sauvegarder, mettre en sommeil, puis, peu à peu, développer, ce qui était déjà un empire. Lorsque Lescrabes revint sur un brancard de Buchenwald — à l'époque, il s'appelait encore Laskrabitch —, mon père put lui remettre les manufactures de textile et le réseau de communication dans un état quasi intact. Mon père était un homme patient, silencieux et dissimulateur. Sa faculté de tamiser l'important et le séparer du superflu dans le flot des informations confidentielles, son sens de la loyauté, le regard froid qu'il posait sur les hommes, lui avaient valu la reconnaissance et la confiance absolue de Lescarbes.

Ce fut le seul homme qui surnagea au-dessus des femmes de Henry sans qu'elles aient jamais tenté de porter des coups à son statut auprès du Crabe et sans qu'il ait, de son côté, essayé de les discréditer ou les faire taire. Papa occupait le bureau attenant à celui de Henry dans le grand immeuble de la place de la

Madeleine, au Siège, comme on disait. Il pouvait accéder au bureau sans passer par ce qu'on appelait la Cage, la grande cabine vitrée située sur la mezzanine qui commandait les entrées et sorties du Saint des Saints, tout en dominant l'immense salle de rédaction quelques mètres plus bas. Le Siège était un immeuble baroque où les aménagements les plus modernes côtoyaient les plus vétustes. Lescarbes avait volontairement préservé dans sa sphère géographique certains couloirs, recoins, portes dérobées et autres machicoulis internes. La Cage, avec son standard téléphonique dernier cri, ses photocopieuses, ses machines télex, contrastait avec les circonvolutions rococo et les décorations années 20-années 30 des deux bureaux directoriaux, comme si Lescrabes et mon père avaient voulu, quoique conscients de la nécessité d'un outillage et d'un *design* plus contemporains, conserver ce qui avait formé la toile de fond de leurs débuts, leur jeunesse, leur avant-guerre. Le « *rétro* », ils l'avaient aimé avant tout le monde, puisqu'ils avaient vécu rétro.

Papa m'a presque tout dit de cette vie, ce métier, avant même que je les vive, et il m'a presque tout appris très tôt, trop tôt sans aucun doute. Il me parlait comme si j'avais son âge. Il disait des phrases qui sont restées claires, des cailloux blancs :

— Le secret de la réussite, c'est le secret.

Son expression favorite était :

— Je veux savoir.

Il disait enfin :

— Même si tu ne comprends pas, prends note.

Ce sont les premiers mots que j'ai inscrits dans un carnet à spirale à couverture jaune, petits carreaux, sans lignes, format paquet de cigarettes *Player's,* un peu pour parodier les grandes personnes, surtout pour satisfaire et obéir aux conseils de mon père, sans comprendre alors que ces gestes, ces habitudes d'écolière, puis de lycéenne, formaient déjà mes instincts et mon destin. Du plus loin que je me souvienne, j'ai toujours porté sur moi, dans une de mes poches ou dans un sac, la même sorte de carnet, et lorsque Lescrabes est venu nous voir dans l'appartement du boulevard Malesherbes, le lendemain du jour où mon père est mort, je sais que j'étais assise dans le fauteuil Louis XV à dossier et accoudoirs en cuir et que j'écrivais dans un carnet, à la lumière qui passait à travers les fenêtres donnant sur l'entrée sud du Parc Monceau. Je relevai la tête. Il m'apparut, comme à chaque fois, immense, et la texture de ses cheveux, comme à chaque fois, risible et surprenante. Il avait quelque chose d'un clown. Il a tendu sa main osseuse vers le carnet et m'a dit :

— Je peux lire ?

J'ai dit non, puis, comme il souriait gentiment et gardait la main tendue, j'ai dit oui. Il a feuilleté quelques pages, m'a rendu le carnet, m'a prise dans ses bras et m'a fait un baiser maladroit sur l'oreille. Maman était à ses côtés, larmes courtes et sourire vaincu :

— Formidable, a dit Henry Lescrabes.

C'était son adjectif favori. Il appuyait sur le « *dable* » avec l'emphase de l'accent faubourien, celui des spectateurs des gradins à la boxe et au foot.

Puis, il m'a posée au sol et m'a dit :

— Je m'occupe de tout. Je serai encore plus ton Oncle Henry que je ne l'étais déjà puisque ton père était un peu mon frère et qu'il n'est plus là. Tu viendras vivre chez moi quand tu voudras, partout, au bureau, t'amuser, ouvrir ton carnet de notes, et ta mère n'aura aucun souci à se faire.

Je ne l'ai jamais appelé Oncle Henry. Ma mère, qui connaissait le manège et la noria lescrabiens, la Cour avec ses quatuors de favorites, le néant de la vie de famille avec l'enfant demeuré, la tristesse de la résidence officielle à Neuilly, la disposition de la vie des gens en cellules fragilement séparées les unes des autres, eut la sagesse de ne jamais pénétrer l'univers de Lescrabes plus avant qu'elle ne l'avait fait du vivant de mon père. Mais nous fîmes partie, pendant les dix années qui suivirent, de son train. J'ai passé mes vacances d'été dans la maison des îles de Lérins, mes vacances d'hiver dans le chalet de Megève, mes vacances d'automne dans le manoir en Sologne et, lorsque je fus en âge d'assister aux dîners, déjeuners ou goûters chez Henry et Grazielle à Neuilly, je l'ai fait. J'y ai tout vu, tout entendu, tout retenu. Le « *je veux savoir* » de papa qui, pour n'avoir jamais écrit un article de sa vie, n'en était pas moins un passionné de l'information, ce « *je veux savoir* » que glapissait aussi souvent Lescrabes (trois mots dont il eut l'honnêteté de reconnaître qu'il les avait « *piqués* » à mon père), je les ai faits miens, depuis toujours. Je veux savoir ce qui se passe, qui est qui, et qui fait quoi. J'ai été élevée dans un milieu d'hommes et de femmes dont la règle cardinale, était celle, anglo-saxonne, des cinq W : *who, where, what, when* et *why.* Qui, où, quoi, quand et pourquoi ? Allez vous étonner après cela, et avec un tel héritage, que, le népotisme aidant, je me sois retrouvée dans le journalisme comme on dit de certains Bordelais qu'ils sont dans le vin ou de certains Texans qu'ils sont dans le pétrole.

C'est à partir de l'année où mon père nous a quittées que j'ai compris le sens de l'argent et du luxe. Jusqu'ici, nous avions vécu sans tapage. Le souci de l'économie allait, chez mon père, jusqu'à l'avarice. Il expliquait que c'était un devoir pour lui, afin de préserver Henry Lescrabes de sa munificence et son mépris de l'argent. A l'écouter, si on avait laissé Lescrabes ou l'une de ses favorites gérer les recettes et les dépenses du conglomérat qu'il dirigeait, il n'aurait pas fallu plus de dix-huit mois pour que le « *Groupe* » tombe en faillite. La sévérité avec laquelle Paul Paoli-Smith contrôlait le flux et le reflux de l'argent lui avait fait une image plus dure que la réalité. Avec sa silhouette ronde et minuscule, ses cheveux blancs, l'œil noir, un complet-veston de cocher de fiacre, Paul Paoli-Smith, au double nom étrange et singulier — qui songerait à un mariage entre la Corse et l'Ecosse ? —, était le repoussoir commode de la générosité du Roi Henry, ce prince excentrique et fou grâce à qui chacun vivait au-dessus de ses moyens. Il est vrai que papa ne m'a jamais donné d'argent de poche et que j'ai rarement vu ma mère habillée autrement que des mêmes jupes droites et ternes et des mêmes cardigans grenat. Mais mon père avait « *la signature* ». J'ai entendu cette expression pour la première fois, ce même après-midi où Henry Lescrabes est venu me dire ce que serait ma vie sans un père. Il s'était assis. J'ai servi une orangeade dans des verres au col filé de bleu.

— Bien entendu, Renée, a-t-il dit à ma mère, vous conserverez « la signature » comme si Paul était toujours là.

Cela signifiait que ni père, ni mère, ni moi, tant que Lescrabes a conduit le chariot de son empire, autant du vivant de mon père que pendant les longues années qui suivirent, n'avons ressenti le besoin de conserver quelque argent liquide sur nous. On signait. Dans les hôtels, les restaurants, les boutiques, les agences de voyage, on signait, et les factures s'acheminaient vers la comptabilité du Groupe, qui payait. Habituée à vivre « *sur frais* », j'ai mis quelque temps à admettre cette réalité : nous n'aurions bientôt plus « *la signature* », et la petite Paoli-Smith devrait payer de sa poche comme tout le monde, et je ne nie pas que, malgré la tristesse enveloppante au cimetière du Père-

Lachaise ce matin-là, j'ai ressenti, venue du plus profond de cette part de vulgarité et de médiocrité qui stagne en chacun de nous, l'angoisse désagréable de la fin d'une époque où le luxe avait signifié ne pas connaître la couleur de l'argent.

Je sais que j'ai eu cette mesquinerie en moi, je connais les limites de ma noblesse d'âme. Je sais qui je suis — sans narcissisme, ni mauvaise conscience. Mes amis me trouvent réaliste à tout le moins, ma mère dit que je suis une cynique avant l'heure alors que j'ai, simplement et trop vite, acquis un regard qui ne m'empêche pas, cependant, de tomber dans les panneaux de l'illusion sentimentale ou du phantasme romantique. Comme tout le monde !

Les hommes aiment ma lucidité. Je sais les écouter et je parle leur langage. Lorsque, au retour de quatre années d'université au Mary Baldwin College aux Etats-Unis, j'ai été propulsée par Henry Lescrabes dans le grand reportage et qu'il m'a fallu compenser le piston dont je bénéficiais grâce à ma double appartenance (filleule du Vieux, fille de Paoli-Smith), j'ai joué leur jeu, par un surcroît de travail, de talent et de risques. J'étais réveillée avant eux, sur place la première, au front dès l'aube et lorsqu'ils arrivaient pour le *briefing* d'un colonel à Saigon ou pour la répartition des places dans le *mini-car* qui serait en tête du convoi de presse de la Maison-Blanche, j'avais déjà tous les tuyaux, le colonel m'appelait Andréa — en appuyant sur le *a : Andray-a-a* — et l'adjoint du service de presse du Président m'avait déjà invitée à dîner le soir même. Cette volonté féroce de faire oublier le handicap du soutien suprême dont je bénéficiais afin d'être reconnue l'égale de mes collègues m'a fait aller si loin dans la recherche de l'exploit que je me suis retrouvée une fois en danger de mort.

Après trois semaines dans le Tibesti aux côtés de

Roger Kaplan qui faisait les photos, lorsque nous avons rapporté le portrait encore jamais fait du rebelle qui tenait un bataillon de parachutistes en échec et vivait en concubinage avec deux infirmières qu'il avait kidnappées et qui, depuis, s'étaient laissé faire, Henry Lescrabes m'a accueillie dans le grand bureau vert de la place de la Madeleine devant tous ses collaborateurs par des mots que j'avais en secret souhaité entendre mais qui, lorsqu'ils claquèrent dans sa bouche, me glacèrent le cœur.

C'était à l'heure de l'orangeade, avec un O majuscule, moment immuable de la vie quotidienne du Groupe Lescrabes, lorsque le patron recevait les responsables des diverses publications auxquels venaient s'ajouter quelques grands noms d'écrivains, chroniqueuses ou autres étoiles de sa constellation. Le moment était invariable : des assistantes disposaient sur une longue table d'acajou appuyée au mur du fond face au bureau Ruhlmann, à droite du canapé vert, trois douzaines de verres et deux grands bols remplis d'orangeade au ras desquels flottaient des glaçons en grappillons. L'orangeade était la boisson exclusive du Vieux :

— Les vitamines, mon petit, les vitamines.

On pénétrait dans la pièce à l'heure précise et Henry se levait pour recevoir les arrivants. Il ne se rasseyait plus de la séance, debout au milieu de la pièce, entouré d'une trentaine d'hommes et de femmes qu'il dominait de toute la hauteur de sa tête. On buvait rapidement le jus de fruits, puis Henry Lescrabes entamaient le harcèlement de chacun, ponctuant sa quête d'avis, réactions, informations et anecdotes par ses *« et après ? »* ricochant sur cette assemblée de spécialistes dont beaucoup terrorisaient leurs subalternes mais qui, face à la mitraille rotative lescrabienne, tremblaient à l'idée de ne pouvoir lui répondre. Ensuite, on décortiquait l'édition récente du quotidien, la parution nouvelle de l'hebdomadaire ou du mensuel, chacun tenant un exemplaire ouvert à la page choisie. C'est ainsi que, parcourant nos photos exclusives et mon récit de vingt-trois jours d'aventures et de captivité, Henry Lescrabes prononça cette phrase pour laquelle je l'ai instantanément, mais brièvement, haï :

— Messieurs, la petite a des couilles.

Je me suis sentie rougir, malgré les deux années que je venais de passer à fréquenter les vestiaires, aéroports, bars, morgues, casernes, les lignes de tir, les commissariats de police, les hôpitaux et où j'avais fini par recevoir ces mots et ces expressions comme un langage codé sans vulgarité ni bassesse. Mais ce satisfecit masculin, énoncé dans l'atmosphère rituelle et feutrée du bureau de la place de la Madeleine, devant ce groupe dont j'avais si longtemps recherché l'aval, me blessa. Comme si Henry n'avait pu trouver d'autre commentaire pour saluer mon petit exploit ! Comme s'il n'avait pu, ne fût-ce que quelques secondes, qualifier autrement la valeur de ma prose, le construit de mon compte rendu, l'authenticité de ce que j'avais vu et le talent avec lequel je l'avais rapporté ! C'était donc cela, le compliment ultime, ce pourquoi je m'étais autant décarcassée. Je n'ai rien entendu d'autre pendant quelques secondes, tout étouffée que j'étais par l'horreur de cette humiliation involontaire, mais un fou rire vite avorté m'a fait revenir à mon habituelle vivacité d'attention.

Ce bref bruissement rigolard provenait de l'aile gauche du premier cercle concentrique qui entourait Henry. La séance de l'Orangeade servait, entre autres opportunités, à tenter de gagner la faveur du pouvoir, la conserver ou l'exposer. Ceux qui étaient en cour et tenaient de Henry une parcelle d'autorité dans l'un des grands organes dont il supervisait la publication faisaient rond autour de lui ; les autres, simples chefs de service plus prudents, moins sûrs de leur force, formaient le deuxième, puis le troisième cercle. Eparpillés en un quatrième arceau, il y avait les participants irréguliers, invités de dernière minute, nomades professionnels qu'une escale à Paris avait incité Lescrabes à faire venir, afin qu'il recueillît d'eux ce que ses collaborateurs sédentaires ne pouvaient virtuellement plus lui fournir : l'air du monde plutôt que de la ville, l'air de l'univers plutôt que des antichambres. Je me mêlais le plus souvent à ce dernier cercle.

— Qu'est-ce qu'il y a ? Pourquoi ont-ils ri ? Qu'est-ce qu'ils ont dit ? demandai-je à mon voisin, Lukacs, exilé hongrois, devenu correspondant à Vienne.

Le vieux Lukacs me répondit tout à trac avec son accent qui roulait les *r* :

— Quand la patron a dit que vous aviez des couilles, quelqu'un a demandé : « Ah bon ? On peut voirr ? »

Je suis sortie.

Non, on ne peut pas voir mes couilles, elles ne pendent pas entre mes jambes, je suis de petite taille et j'ai hérité les cheveux noirs de mon père et ma mère m'a donné les yeux clairs dans lesquels on peut lire du bleu et de la noisette, mélange inattendu qui fait partie de ce que les gens bienveillants appellent mon charme. Il paraît que cela confère à mon regard une étrangeté qu'on n'oublie pas et il paraît aussi que mon sourire contient une dose engageante de pétillement, le signe impérieux d'une promesse d'intelligence. Ma mère m'a légué aussi, je ne lui en veux plus aujourd'hui, un bassin que je trouve bas et large, et qui me fait une démarche maladroite. On dirait que j'ai quelque difficulté à avancer, ce qui est faux puisque je suis, au contraire, habitée par une charge surnuméraire d'adrénaline. Je bouge, je me déplace, je m'agite sans parfois me rendre compte de la dépense que cela représente. A Mary Baldwin, dans l'album annuel, le *Year-Book* relié de simili-cuir argenté, où chaque étudiante était définie par ses camarades de dortoir, les filles m'avaient appelée « *eager beaver* » — le castor entreprenant — et quoiqu'il m'eût été plus agréable d'être classée dans les « *biches élégantes* » ou « *papillons rêveurs* » ou « *lianes sylphides* » comme quelques autres de ces Américaines dont les visages sur la photo noir et blanc me paraissent si purs, si lisses, si prometteurs, même si je connais aujourd'hui l'ampleur du désastre qu'est leur vie, il ne faut pas rêver : je suis comme je suis, petite, sans cesse en mouvement, avec cette allure émaciée des femmes qui passent leur temps à surveiller le kilo de trop. On aura compris que je n'appartiens pas précisément au type de grande femme blonde à cuisses interminables, balancement harmonieux, et que ce que je ne pourrai jamais gagner de ce côté-là, je l'ai largement rattrapé de l'autre : je soigne tout ce que je porte, j'ai œuvré de longs trimestres pour n'avoir plus l'air d'un gros petit tas de boudin, enfin, je défie qui que ce soit de ma génération et mon métier de savoir se taire aussi judicieusement que moi quand il le faut, ou étinceler dans une conversation lorsque c'est nécessaire. Le type de femme auquel je fais allusion, c'est mon amie, Marie-Lucile, que j'appelle Marie-Luc. Et si j'ai réussi à ne plus être jalouse de ce physique que j'aurais tant désiré avoir, c'est qu'elle possède d'autres qualités. Mais je parlerai de Marie-Luc plus tard. Le seul accessoire qui manque à ma panoplie banale de petite femme active-jeune-pas belle-mais y-a du charme ! — elle a oublié d'être bête !, c'est la paire de lunettes. J'ai échappé à cela. Mes yeux voient clair et loin, clair et près. Cela ne m'empêche pas de me sentir désarmée plus souvent que je ne le voudrais par la saloperie et la connerie — et s'il m'est facile de manier celles des femmes, il m'est arrivé fréquemment de tourner le dos et de fuir devant celles des hommes.

Ce fut le cas à l'Orangeade, lorsque la question crue d'un membre de l'entourage lescrabien me laissa sans voix et me fit déferler vers les étages inférieurs.

J'enregistrais encore les ricanements pendant ma sortie lorsque, arrivée au rez-de-chaussée, dans le long couloir aux murs vert lavasse menant au bureau des hôtesses d'accueil, j'ai perçu des pas qui se rapprochaient de moi en vitesse. Quelqu'un criait mon nom :

— Andréa !

Je me suis retournée. C'était Drifter. Il s'est arrêté à ma hauteur, m'a obligée à ralentir, puis à m'immobiliser, en me prenant l'avant-bras, puis il l'a lâché et m'a dit avec retenue, comme s'il voulait doser le choix de mots pourtant faciles à émettre :

— Ce sont des cons, Andréa, tous des cons, oublie ça.

J'ai aboyé :

— C'est Henry qui t'envoie !

Il a souri :

— Tu plaisantes, j'espère.

J'ai dû aboyer une deuxième fois :

— Vous faites chier, les mecs.

En l'espace de quelques minutes, j'avais déjà pris des résolutions dont je suis fière de croire qu'une partie d'entre elles dure encore aujourd'hui. Mon père m'avait répété autrefois la phrase d'un célèbre directeur d'une revue à grand tralala, plumes aux fesses et petites femmes de Paris, et qui portait un jugement intéressant sur les rapports qu'entretiennent les gens du spectacle :

— Ne dites jamais jamais. Ne dites jamais toujours.

« *Jamais jamais, jamais toujours* » — la belle formule ! Ecrite à l'encre feutre rouge sur du papier blanc, je l'ai longtemps épinglée au moyen d'une *push-pin* à tête rouge sur le panneau de liège clair au-dessus de ma table de travail. J'ai failli en faire le titre de mon premier livre, mais j'ai renoncé, je me trouve encore trop jeune pour céder à la tentation de plonger dans cet alliage de scepticisme et de sagesse. « *Jamais jamais* » —, ce serait si simple. Mais je m'étais promis dans l'escalier qui menait de la Cage de verre à la salle de rédaction puis au corridor du rez-de-chaussée, que jamais plus je ne tenterais de ressembler à tous ces types armés, ni me déguiserais comme eux, jamais je ne risquerais ma vie et mon identité pour quatre lignes dans le journal, il était temps que je devienne moi-même, que j'oublie le garçon manqué que j'avais failli être. Je n'en voulais pas tant à Henry qu'à l'anonyme narquois qui, mains dans les poches de son sacro-saint pantalon de bonhomme, avait lancé cette question pour obtenir son petit effet. J'imaginais que ce devait être Bachelot ou Kramer, l'un de ces sycophantes parisiens qui vendent tous les matins la dépouille de leur mère pour faire rire une sphère restreinte de privilégiés du pouvoir mais, dans ma fureur vexée, j'englobais tous les hommes, ce milieu, cette mascarade. Et voilà que venait à moi pour je ne sais quelle mission de bons offices l'une des représentations les plus exacerbées de la caste : Drifter !

Drifter. J'étais encore étudiante aux Etats-Unis quand il fut engagé par Lescrabes mais on m'a raconté que, lorsqu'il pénétra pour la première fois dans la grande salle où nous passions tous et toutes au moins une fois par jour pour renifler les odeurs imprévisibles de l'actualité, une fille, qui travaillait au service Spectacles, murmura en le regardant :

— C'est trop beau pour être vrai !

Avec ses cheveux charbon et ses yeux noirs et son ovale encore dépourvu de rides et cette arrogance qu'il affichait dans le port de son imperméable blanc et dans la façon, tête altière et droite, sourcils noirs levés d'un cran, de ne sembler voir personne, taille haute, charpente harmonieuse des épaules, du torse et des bras, traits réguliers, sourire toutes dents dehors, il était trop beau, en effet ! Comme il eût été trop beau, mais nous avions voulu le croire au début, qu'il se soit fabriqué ce nom dont nous connaissions, bien sûr, le sens, et moi mieux que d'autres. *To drift,* en anglais, et plus spécifiquement en Amérique, signifie dériver, traîner. Un *drifter,* c'est un vagabond, un clochard, un raté au sens péjoratif, mais cela peut vouloir dire, dans une définition plus romantique et littéraire, un aventurier, un nomade, l'homme qui refuse de se figer et se fixer. Nous nous sommes un moment demandé si, de toutes les prétentions dont il semblait être habité, il nourrissait aussi celle-là : s'arroger un nom qui corresponde à ce à quoi il voulait ressembler, comme les héros de roman ou de cinéma. Renseignements pris, c'était son nom de famille. Enfin, de famille — c'était le nom de la nourrice d'origine polonaise qui l'avait élevé, lui et sa sœur aînée, en Lorraine. La nourrice était-elle sa mère ? Mais, dans ce cas, pourquoi avait-il passé ses jeunes années en orphelinat ? — avait-il un père ? mais, dans ce cas, pourquoi avait-il ensuite été recueilli et formé par un professeur de lettres célibataire qui s'appelait Julien Verdier ? — Ces quelques éléments, Drifter ne les a pas racontés et j'ai mis très longtemps à en savoir et comprendre plus. Ce que nous connaissions de lui commençait le jour où Lescrabes, en visite dans ses usines, fut séduit par le jeune débutant stagiaire du journal local, un mince et beau garçon au menton troué en son milieu comme celui d'un acteur étranger, et qui lui posait des questions insolentes et incisives dans la salle des fêtes de la sous-préfecture où le grand homme avait offert un apéritif.

Lescrabes aimait les hommes élancés. S'il s'entourait de gnomes pour ordonnancer ses affaires et organiser la mécanique et la politique dans ses entreprises et bureaux, il sélectionnait volontiers photographes et reporters au simple effet physique qu'ils avaient produit sur lui. La haute taille de Lescrabes dissimulait une désastreuse santé minée par les insurmontables séquelles de ses trois années passées en camp de concentration. Il portait en lui la nostalgie de performances sportives qu'il n'avait pas accomplies, d'aventures dangereuses qu'il n'avait pas connues et d'exploits militaires ou guerriers que sa longue incarcération avait rendus impossibles. Aussi bien, même si son univers le plus secret était régi par les femmes et leur sensibilité, il appréciait qu'il y eût toujours en sa compagnie quelques types de sa stature, beau masque et sang-froid en plus. J'en suis venue à croire, avec le temps et la réflexion, que ces spécimens ne comptaient pas dans sa vie. Qu'ils étaient là pour la parade, pour lui apporter un supplément de bien-être indéfinissable ou encore qu'ils étaient la prolongation des jolies filles aux services sexuels desquelles Lescrabes avait si souvent recours. En réalité, je vois bien que Lescrabes, fou-curieux de la vie et des êtres, cherchait et trouvait en chacun, homme ou femme, belle plante ou avorton, minuscule porteuse de jupe ou gigantesque athlète en blouson, vieux couloiriste rabougri débordant de tuyaux sur la Chambre des Députés ou théâtreuse truffée de secrets des coulisses et des arrières-loges, la même satisfaction incessante dans sa faim du monde.

Je ne sache pas, cependant, qu'il se soit intéressé au jeune Drifter pour sa seule allure désinvolte et la seule vivacité de son regard noir. Il avait vu autre chose en lui, que confirma, quelques jours plus tard, la lecture du papier publié dans la gazette locale et signé de ce jeune inconnu aux questions pointues et qui commençait par le paragraphe suivant :

« *Crissant comme la paille gelée d'un matin brumeux sous les sabots des chevaux qui partent pour le premier canter, la voix râpeuse de Henry Lescrabes est venue, l'espace d'un apéritif d'une heure et trente-sept minutes, dissiper l'ennui guindé de la vie de notre gentille sous-préfecture. On entend comme une curieuse note désespérée à l'intérieur de la musique et du ton dynamique de cet homme à qui tout réussit et qui tient plus de leviers de commande dans ses deux mains que les gouvernements successifs de deux Républiques.* »

Lorsque la fille, chargée dans l'armée des assistantes de la Cage de verre de rechercher et archiver tout ce qui paraissait sur le Patron, lui apporta les coupures de la presse de province et que Lescrabes eut lu l'article en question, il dicta une lettre adressée à ce jeune Drifter dont le rédacteur en chef poussait la modestie, ou la négligence, ou la volonté d'humiliation, à n'imprimer que les initiales : W. D. La lettre était courte :

« *Cher Monsieur,* disait-elle, *j'ai envie et besoin de vous voir. Téléphonez-moi à votre convenance.* »

Quelques jours après, Drifter se retrouvait à Paris dans le bureau de la place de la Madeleine. Lescrabes lui demanda :

— Le W, c'est quoi ? votre prénom, c'est quoi ?

— Wotjek, répondit Drifter, mais c'est imprononçable. Mes amis m'appellent Drif.

— Bon, fit Lescrabes, alors, jeune homme, parlez-moi de mon « désespoir ».

Il y avait une bonne quarantaine d'années de différence entre les deux hommes et l'un aurait pu être le père de l'autre. Lescrabes devait le dire, un soir, chez Thérèse, « *Drif est le fils que j'aurais aimé avoir* », ce qui contribuerait encore plus au sentiment partagé d'envie haineuse et d'estime que suscitait le personnage. Les ragots et rumeurs en firent d'ailleurs le fils naturel de Lescrabes, que celui-ci aurait déterré d'une province après lui avoir inventé un passé flou. D'autres légendes avançaient que, lors de leur première rencon tres, Lescrabes avait demandé à Drifter ce qu'il voulait faire et que l'autre avait répondu :

— Je veux être grand reporter ou rien. Donnez-moi le monde, je vous donnerai de la bonne copie.

Naturellement, les choses ne se passent pas de telle façon. Drifter a fait ses classes, comme les autres, mais il a mis un an là où il en fallait cinq ou dix et il a bénéficié d'entrée de jeu de l'affection inconditionnelle du Vieux. Un type qui démarre dans le métier en écoutant celui qui va être son patron lui réciter par cœur le premier paragraphe de son dernier article, a quelque chance de vite se retrouver dans le cénacle et d'y demeurer, sauf erreur grave de parcours. Drifter était doté de deux qualités rares dans le métier : il enquêtait aussi bien qu'il écrivait. En règle générale, les grands enquêteurs sont de piètres écrivains, et vice versa. Les chiens de chasse ne jouent pas toujours du violon. Les violonistes n'aiment pas renifler la merde. Mais il y a des exceptions et Lescrabes avait d'emblée reconnu en Drifter son pouvoir d'investigation et son talent descriptif, et il l'envoya en première ligne plus rapidement que le reste de sa géneration, et lorsqu'il fallut ouvrir ce que le patron appelait des « *postes avancés* », bureaux provisoires dans les pays qui saignent ou qui explosent (Vietnam, Algérie, Liban) c'était souvent Drifter qui partait, établissait la tête de pont, défrichait le terrain, câblait les premières synthèses qui serviraient de base aux futurs correspondants, lesquels viendraient s'implanter une fois la routine établie, une fois que le conflit, guerre civile ou révolution, ne ferait plus qu'une tache rouge sur la carte d'état-major du monde conservée par Lescrabes au mur de son bureau.

Ce qui m'intéressa très tôt, chez Drifter, c'est qu'il laissa courir cette fable sur sa première entrevue avec Lescrabes, ainsi que toutes celles qui suivirent sur son compte. Comme s'il était mû par une conviction, qu'il ne pouvait tout de même pas avoir acquise aussi vite dans sa jeune et courte carrière provinciale, qu'il faut laisser fabriquer et répandre on-dit, légendes, racontars et même médisances. Avancer masqué, comme écrivait le poète. Il arriva en outre, avec fréquence, que Drifter en rajoute. Il semblait aimer se parodier. Il maniait la provocation et une ironie s'appliquant d'abord à lui-même et à ses faiblesses, mais que les autres ne percevaient pas ainsi, et qui lui valurent une réputation de type prétentieux et distant.

Je fus victime de cette manufacture d'image puisque, rattrapée par lui dans le couloir, j'avais vu, non pas un jeune homme à peine plus âgé que moi, qui tentait, toute gentillesse dehors, de me faire oublier la vulgarité ambiante, mais l'archétype de ce que j'étais brusquement venue à rejeter. Revêtu de son manteau de missions lointaines et de « *coups* » à Saigon, Alger, Los Angeles ou Djakarta, d'exclusivités recueillies auprès de tueurs à gages en Illinois ou de nazis pourchassés au Paraguay, entouré du halo de sa virilité inacessible (on lui prêtait des liaisons avec des dames mystérieuses et personne n'avait pu le surprendre à faire la cour à quelque fille que ce fût dans l'univers lescrabien, à croire qu'il n'aime pas les femmes, ajoutaient les plus acidulées d'entre elles), Drifter, « *Drif* », arrogant et impeccable, dominateur, à qui j'ai dû encore cracher une ultime vilenie du style :

— Depuis quand tu te préoccupes de l'amour-propre des autres ? C'est nouveau, ça.

Il a eu un sourire cursif, un rien désabusé, il a secoué la tête et a répondu, la voix douce :

— Ça va, ça va, laisse tomber.

Il portait un costume droit en fil gris foncé, une chemise Oxford bleu ciel à col boutonné, à mon avis une *Brooks* ou une *Eagle,* à la rigueur une *Hathaway,* avec une cravate de tricot noir à petits pois gris, en provenance directe de Jermyn Street (*Turnbull et Asser ?*) et des chaussures noires à lacets, des *Church's* sans aucun doute, suffisamment fatiguées pour ajouter à l'élégance de l'ensemble. Il m'a tourné le dos. Je n'ai pas eu le réflexe de dire : « *Attends !* » Et ma bêtise et mon orgueil m'ont sauté au visage au bout de quelques minutes et je l'ai regretté pendant des mois et des mois après. Nous devions nous revoir, par la suite, et je devais apprendre à mieux le connaître, comme je raconterai plus tard et plus loin. Mais si je détaille son apparence, ce n'est pas seulement pour décrire ce qui m'avait tant irritée à l'époque dans l'aisance qui émanait de toute sa personne (après tout, pensais-je, il n'est pas concevable qu'un type traverse la vie avec autant de décontraction naturelle, cela doit cacher quelque misère intime, ou pis, quelque inconscience) mais aussi parce que j'ai remarqué qu'il avait conservé le même uniforme au matin de l'enterrement de Henry, de longues années après notre rencontre et notre altercation dans le couloir.

Son visage avait vieilli, si l'habit n'avait pas changé. J'avais cru Drif à des milliers de kilomètres de là, loin de la France.

— Qu'est-ce qu'il fait ici ? ai-je dit à ma mère.

— Comment, m'a-t-elle répondu, tu ne savais pas ? c'est lui qui a passé le dernier après-midi avec Henry, juste avant sa mort, vendredi dernier.

Un gros nuage placide qui n'annonçait aucun orage, aucune pluie, un simple ballon d'ouate noire, s'était établi au-dessus des cyprès de l'avenue principale et par-delà les marronniers à peine éclos des avenues annexes, avenue Casimir-Perier, avenue Rachel, avenue Héloïse-et-Abelard. Toutes ces ruelles, désormais, étaient pleines de monde. L'information de ma mère parut brusquement devoir expliquer cette charge supplémentaire de secrets que semblait convoyer Drifter. Je voulus me rapprocher de lui.

« *Aide-moi à traverser la nuit.* »

Drifter avait entendu ces mots pour la première fois à la radio américaine, dans une *station-wagon* entre Princeton (New Jersey) et New York, chantés par un groupe dont la base rythmique principale était fournie par une guitare sèche. Les mots étaient devenus un des leitmotive de la génération appartenant à une décennie qui, au contraire de la précédente, avait moins recherché l'amour qu'un compagnonnage pour lutter contre le vide et la solitude.

Drifter était couché, à moitié habillé, sur le lit de sa chambre d'hôtel, à Buenos Aires, dans le silence. Il picorait à coups systématiques d'une cuiller en argent dans une boule de glace à la vanille, les yeux perdus au-delà de la fenêtre dont il n'avait pas tiré les rideaux et qui donnait sur une avenue noire et nue. Un cercle rougeâtre provenant d'une enseigne lumineuse proche de l'hôtel s'inscrivait régulièrement dans l'angle droit du carreau. Trois heures du matin. Tout était calme et lourd. Aquama, le correspondant local aux cheveux jaunes, avait téléphoné avant de boucler le bureau :

— Je vais me coucher. Si tu changes d'avis je suis à la maison. J'ai laissé Mario devant les télex.

Drifter avait raccroché, commandé sa glace au service d'étage, s'était déchaussé et allongé, deux oreillers derrière la nuque. Depuis, il ne bougeait plus, obsédé par la journée qu'il venait de vivre. Il s'était souvenu qu'au dîner, la veille, avec Aquama et la maîtresse d'Aquama, une Péruvienne aux lèvres ourlées, il avait pris une poire belle-hélène en guise de dessert. Il s'interrogea sur cette envie inattendue de douceurs : la peur, l'angoisse ou le chagrin ? Le visage de Portelle ne cessait de lui revenir en mémoire, ainsi que la supplique que lui avait adressée le prisonnier en un chuchotis brisé. Portelle l'avait regardé de son œil encore ouvert et avait lâché d'un trait, en une courte respiration dans son oreille :

— *Help me make it through the night.*

Pourquoi cette référence ? Il repassa la scène en revue.

L'odeur de fange et de ranci partout, et une impression de moisissure qui s'infiltre derrière la nuque. Les sous-sols et les caves de ce qui ressemblait à une usine désaffectée. Les gardiens en civil, loqueteux et mal rasés, la matraque Patcheko sur la fesse gauche, leur œil fixé sur les lèvres des visiteurs. Interdiction de parler « *avec* » les détenus, on peut leur parler, ils ne peuvent pas « *vous* » parler, et vous ne vous parlez pas entre vous, avait répété à satiété le petit gardien-chef imberbe en gilet noir lustré de garçon de café, quand le Père Desroges lui avait remis le paquet de *pesos* enveloppé dans un mouchoir à carreaux, censé protéger du fromage de chèvre.

Drifter revécut la suite : Desroges qui distribue l'eau et le pain, se penche vers les corps sans mouvement en marmonnant quelque chose en latin. Des têtes se relèvent lorsque le prêtre les caresse ou les secoue. Drifter, maladroit et embarrassé dans son costume gris, convaincu que sa fausse identité de prêtre assistant va être dévoilée à tout instant, mais qui suit les ordres de Desroges et lui présente les lourds bassins d'eau propre et stérilisée, liquide précieux, y trempe le gant de toilette jaune abeille, le tend à Desroges, qui avance pas à pas dans la longue cellule sans fenêtre. La « *petite dame* » de service, ce soir-là, c'était Alvara Vaella, courbée sur les corps, accomplissant des gestes de soulagement et de tâtonnement paramédical dont elle avait visiblement la grande habitude. Elle frôle Drifter, consciente de la crainte et de l'inexpérience du Français. Parvenu à l'angle gauche de la cellule, le Père Desroges, qui n'a pas le droit de s'arrêter plus de quelques minutes par prisonnier, s'est incliné devant un corps, puis il se retourne. Drifter comprend que cela veut dire : « *C'est lui, c'est Portelle.* » Desroges lui a rendu le gant de toilette et a continué sa ronde. Drifter passe le gant sur les joues sèches de celui qu'il croit reconnaître. Est-ce bien Portelle ? Son œil gauche est clos, les sourcils recouverts d'une croûte de sang. L'œil droit fixe Drifter qui tente de nettoyer ce qu'il peut, lentement et délicatement, et, pour ce faire, se rapproche de la tête du prisonnier. Drifter, bouche à hauteur de l'oreille de Portelle, parle bas :

— Français — journaliste — nous savons qui vous êtes — qu'est-ce que je peux —.

Il s'arrête, de peur d'avoir attiré l'attention des gardiens. Portelle chuchote les sept mots en anglais. Le Père Desroges, déjà loin devant, fait un signe autoritaire : « *Il ne faut pas traîner.* » Mme Vaella le pousse, Drifter reprend ses gestes fonctionnels, jusqu'à ce que, arrivé au terme du circuit, le trio soit expulsé dans la travée qui longe les geôles, une sorte de coursive étroite dallée de briques noirâtres. Ils veulent se retourner vers la cellule dont un gardien referme la grille, mais ils sont alors projetés du plat de nombreuses mains dans le dos, la petite dame manquant même de s'étaler. Ils se retrouvent dans une cour, puis dans ce qui sert de bureau à l'homme en gilet noir, puis dehors, ils courent, bassin à la main, vers le minibus Mercedes qui les attend, conduit par une autre dame en fichu et en pantalon, la Mercedes démarre, l'humiliation les envahit.

Portelle avait-il parlé en anglais pour que le sens réel de la phrase ne soit pas déformé ? La traduction de la chanson convenait aux multitudes de défoncés de la *rock culture* et à leurs imitateurs européens, mais ne pouvait pas s'appliquer au martyre d'un prisonnier politique. Autant « *traverser la nuit* » suffisait à tous les paumés, garçons et filles, qui accrochaient, en guise d'idéologie, des épingles à nourrice au revers de leurs vestons étroits, autant il fallait être plus précis lorsqu'un séminariste français, retrouvé dans les caves d'une prison qui n'était même pas répertoriée au Ministère des Armées, parvenait à vous souffler ces seuls mots. Insomniaque, tapotant sa cuiller sur la soucoupe maintenant vidée de toute vanille, Drifter finit par comprendre l'appel lancé par Portelle : « *Aidez-moi à m'en tirer pour la nuit.* » Donc : « *Je ne vais plus pouvoir tenir très longtemps.* » Donc : « *Faites quelque chose.* » Il sentit l'impuissance et la culpabilité le gagner dans le luxe épais de sa chambre catégorie cinq étoiles.

Drifter avait mis peu de temps pour retrouver la trace de Portelle. Le Père Desroges s'était beaucoup servi de lui. Mais Drifter avait marché à fond dans la manipulation.

Parti en Argentine pour enquêter sur un naufrage, au cours duquel le Père Desroges avait sauvé plusieurs vies, Drifter avait facilement repéré le prêtre à la sortie d'une réunion tenue par une association féminine, et ce grâce aux tuyaux du correspondant permanent du journal, Luis Aquama. Le Père Desroges partait pour Santa Fe pour s'adresser à deux autres organisations de charité. Sa réputation de curé des bidonvilles avait atteint l'Amérique du Sud et il était écouté, questionné, vénéré. Un certain nombre de groupes (femmes ou étudiants) avaient mis leurs ressources en commun pour inviter le Père à faire un périple à travers le continent et profiter de son expérience dans le traitement des *villa miseria*, ces taudis urbains dont l'Europe consommatrice semblait s'être désintéressée. Le curé avait commencé sa tournée en Uruguay. Un soir, comme les aéroports étaient bloqués par un brouillard épais, il avait emprunté le navire fluvial qui fait la navette entre Montevideo et Buenos Aires. A quatre heures du matin, le *Ciudad de Asunción* avait heurté l'épave d'un cargo échoué trente ans auparavant dans l'embouchure du Rio de la Plata. Cinquante-trois morts. Le Père Desroges avait passé la nuit sur un radeau en faisant chanter dix femmes et leurs enfants pour les empêcher de se laisser engourdir par le froid. Il avait été hospitalisé plusieurs jours. Aquama avait câblé à Lescrabes. Aucun journal concurrent n'avait encore songé à approcher le prêtre, ce « *personnage* » que la presse française avait depuis longtemps expédié aux oubliettes. Or, voici qu'il échappait à la mort et qu'en outre il se comportait en héros. Le *come back* d'une *star* qui était un *has been* valait un *close-up* en page *features*. En français dans le texte : une célébrité dont l'étoile a pâli dans l'actualité et qui revient à la surface, ça mérite un portrait en section magazine.

Le Père Desroges raconta toute l'affaire à Drifter, puis il proposa au journaliste de le suivre dans ce qui était le but secret véritable de son voyage : retrouver le « *Séminariste de septembre* », seul survivant d'un quatuor de jeunes Français qui, à la veille d'être ordonnés prêtres, avaient disparu, au bout d'un an de leur séjour à la Fondation Catholique de Buenos Aires. On avait découvert trois corps d'hommes blancs d'origine européenne, en septembre, pieds coupés, oreilles coupées, mains coupées, sur une plage de sable gris au sud de la capitale, pas loin d'une fabrique qui retraitait les déchets de thon. Rien ne permettait d'identifier tout à fait les jeunes gens. Mais il y avait des chances raisonnables pour qu'il s'agisse des membres de cette promotion, dont l'activité en faveur de prisonniers politiques avait déjà valu à leur établissement de sérieux ennuis avec les autorités du pays. Horrifiée par la cruauté efficace de la punition, l'institution avait mis une sourdine à sa lutte pour la démocratie, mais cela n'avait pas aidé à retrouver le dernier religieux, celui qui devint « *le Séminariste de septembre* » et dont on apprit qu'il avait été le plus actif du groupe, leur théoricien. Il s'appelait Portelle. On fonda le Comité des Séminaristes de septembre, suivi d'un sous-comité Portelle. Pétitions, articles, délégations, tout eut lieu et rien n'arriva. Le Père Desroges croyait que Portelle était toujours en vie et qu'il croupissait dans l'une des centaines de caves improvisées en centre de tri pour les prisonniers politiques torturés dont on ne savait plus que faire. Un réseau parallèle de gardes-chiourmes surveillait ces déchets humains, que venaient régulièrement visiter les « *petites dames* », organisation bénévole composée des femmes de la petite ou grande bourgeoisie argentine. Elles avaient contacté le Père. Celui-ci proposa à Drifter de l'accompagner, déguisé en prêtre adjoint, dans sa visite des geôles argentines. Drifter accepta.

Il télexa à Lescrabes : « *Suis sur gros coup. Besoin votre autorisation. Prière m'appeler urgence.* »

Au téléphone, il trouva Lescrabes évasif mais consentant :

— Câblez-moi d'abord le récit du naufrage, avait dit le Roi Henry, on verra pour l'autre truc, en tout cas vous pouvez rester en attente, mais si j'ai besoin de vous, il faudra rentrer. Vous ne pouvez pas attendre trois mois qu'on vous fasse signe, mon petit Drif.

— C'est un coup énorme, Henry.

— Je sais, je sais, Drif. Vous pourrez faire des photos ? Je vous envoie quelqu'un ?

— Je ne crois pas, non. Hors de question.

— Vous savez que vous pouvez complètement vous reposer sur notre correspondant, Aquama ? C'est un type sûr.

— Je sais.

Il y avait eu un silence. Drifter interprétait la brièveté de Lescrabes comme un signe de méfiance vis-à-vis d'une éventuelle écoute de la ligne téléphonique. Il se trompait. Lescrabes n'était déjà plus préoccupé que par la montée insidieuse de sa maladie, mais Drifter, à un océan de distance, ne le comprit pas d'emblée.

— Drif ?

— Monsieur ?

— Je vais faire un petit tour à l'hôpital. Une petite vérification, rien de sérieux, je serai au journal dès lundi.

— Ça ne va pas bien ? Qu'est-ce que vous avez ?

— C'est rien, Drif, je vous dis. On va vérifier toutes les saloperies que j'ai dans la poitrine. Je serai au journal lundi. De toute façon, je suis joignable à l'hôpital par les filles de la Cage de verre. Je vous les passe, les filles, si vous voulez faire prévenir chez vous que vous prolongez votre séjour. Je vous embrasse.

— Ben, heu, moi aussi, Henry.

Il eut la Cage en ligne, avec son standard organisé pour faire basculer tout appel depuis n'importe quel point du monde afin que les hommes de Lescrabes communiquent avec leurs familles, il échangea l'habituel message d'indifférence et de frustration contenues avec sa femme, puis il redemanda la Cage pour qu'on lui repasse le Vieux.

— Quoi ? fit le Vieux.

— Vous voulez que je rentre ? Vous m'inquiétez avec votre hôpital.

— Restez, Drif, vous êtes gentil, vous êtes un amour, je serai au journal lundi.

Drifter nota que Lescrabes disait cela pour la troisième fois, en quelques phrases. Il pensa qu'il devrait appeler Leila d'Asquith pour en savoir plus.

Il relut son bloc-notes. Il avait rédigé le récit du naufrage, l'avait fait télexer à Paris, puis s'était installé dans une routine d'attente ponctuée de visites dans les bâtiments les plus vétustes, caves, hangars ou casernes désaffectées. Déguisé en curé, aidant le Père Desroges et les « *petites dames* », Drifter avait passé trois semaines dans une sorte de recherche incessante, un défilé devant des prisonniers hébétés, vidés de leur volonté, suppliciés encore mal remis de leur passage à travers les séances de décharges électriques et autres méthodes de torture.

A part les visages et les voix des martyrs, Drifter se souviendrait plus tard de visions quasi abstraites, fermes plates, villages écrasés d'un soleil froid, on était à la fin de l'été argentin, fin de l'hiver pour l'Europe. Etendues blanches sans végétation ; ranches et laiteries au fond de l'horizon ; Mendoza où l'on fait du vin ; les quartiers voisins d'Ezeira, l'aéroport international ; le dessin, très loin dans le ciel, des nuages étranges se formant dans cette région du pays où l'air chaud qui monte des plaines se heurte à l'air glacé des Andes ; l'architecture lourde et mussolinienne des bâtiments administratifs lorsqu'on revenait dans la capitale, avec son contraste, la villa d'opérette rose qui abritait le chef de l'Etat.

Drifter s'était surpris à aimer les « *petites dames* ». Il ressentait une tendresse admirative pour ces mères de famille d'allure bourgeoise et banale qui avaient souvent recours à l'arme de l'humour pour compenser la dose déprimante d'horreur qu'elles avaient ingurgitée pendant leurs visites aux prisonniers. Il ne les trouvait pas différentes des hommes qu'il avait toujours fréquentés, les correspondants de guerre, ceux du Vietnam, par exemple, qui, retour d'un séjour dans le sang et la merde à Késan avec la First Cav, parlaient un langage incompréhensible du commun et du civilisé, allant au-delà du cynisme et du grotesque, avant de s'engourdir la mémoire et les sens dans la marijuana et l'alcool. Mais, toutes choses considérées, Drifter éprouvait une préférence pour les « *petites dames* ». Parce qu'elles étaient en première ligne, alors que lui et ses copains américains ou australiens, aussi proches qu'ils fussent de la ligne rouge, ne la dépassaient jamais et demeuraient des spectateurs. Certains, parmi les spectateurs, se faisaient flinguer parfois, ou laissaient sur le chantier, hôtels de Saigon et hôpitaux de campagne de la IIIe Région, ce qu'il leur restait d'équilibre nerveux et de jeunesse. Dans l'ensemble, cependant, Drifter et les siens vivaient ce privilège de ne pas tout à fait pénétrer dans la mare sanglante. Quelle que fût la plénitude de leur implication, ils protégeaient un pied, une cheville, une jambe, ils ne se mouillaient jamais jusqu'au bout. Ils conservaient cette distance infinitésimale et éternelle entre l'action directe et le compte rendu de cette action qui faisait la beauté des limites de leur profession. Or, depuis qu'il avait été entraîné dans l'expérience argentine par la proposition du Père Desroges, Drifter sentait qu'il avait atteint plus vivement qu'auparavant la limite de ces limites. Que faisait-il là, vraiment ? Il se croyait incapable de mener une vie de générosité et de don total de soi, il avait été et il pensait qu'il demeurerait un témoin, quelqu'un qui rapporte ce qu'il voit et ce qu'il recueille, mais sa condition de faux assistant du Père, à la recherche d'un « *coup* » exclusif, le paralysait.

Un soir que la Mercedes, conduite par la principale responsable du réseau des « *petites dames* », Isabelle Llanos, rentrait en ville, le Père se pencha vers lui :

— Demain, ça-y-est, on va au Triangle de la Police à vingt-cinq bornes d'ici. D'après mes ramblos, y-a un type là-bas, c'est Portelle.

Il reçut cette confidence comme une piqûre. Les explications du Père Desroges apportaient enfin à Drifter la simplicité rassurante de l'action et du concret.

— Au sud, la route de La Plata, au croisement de Monteverde et Belgrano, dans l'annexe d'un poste de police, l'habituel pot-de-vin, la possibilité de rester une heure, une quarantaine de détenus transitaires, le Séminariste est parmi eux.

Et c'est ainsi qu'il vit finalement Portelle ou celui qu'ils crurent être Portelle, et qu'il entendit sa phrase énigmatique, et ne cessa, depuis, de revivre ce trop court laps de temps au cours duquel, penché sur le visage sanglant de Portelle, Drifter avait été saisi d'une intense interrogation anxieuse. Il s'en ouvrit d'abord au prêtre :

— Qu'est-ce que vous en pensez ?

— Je pense, fit Desroges, que maintenant qu'on sait qu'il est là, il faut l'en sortir, mais je ne sais pas encore comment. Si tu veux bien, rentre à l'hôtel, je confère avec les dames, je confère surtout avec moi-même et on en reparle demain.

— Non, fit Drifter, non ! J'ai trop attendu, j'ai une tonne de notes, plusieurs papiers à écrire, je voulais savoir ce que vous pensiez de la phrase qu'il a prononcée, mais pour moi c'est clair, j'écris tout ça, je vais télexer à Paris, il faut que ça sorte.

— T'es givré ou quoi ?

— Givré, curé, c'est vous qui l'êtes, non ? Vous saviez très bien que ça allait se terminer comme ça : « *Exclusif, notre envoyé spécial en Argentine : après trois semaines d'enquête j'ai retrouvé le Séminariste de septembre.* » Pourquoi m'avez-vous mis sur le coup, sinon ?

— Ecoute, fit le Père, tu as vu l'état dans lequel il est, ce gosse, tu as vu les difficultés qu'on a eues pour arriver jusqu'à lui. Tu veux tout saborder ?

— Mais non bien sûr, répondit Drifter. Mais y-en-a marre. Moi, je ne peux pas, non plus, rien foutre. Si vous m'avez embarqué là-dedans, y-avait une raison, non ? Vous vouliez vous servir de moi pour que j'en parle, alors, qu'est-ce qui vous retient ? Vous ne m'avez pas laissé jouer cette comédie pendant tout ce temps pour que je ne fasse rien ?

— Ah ! je t'en prie, fit le curé, tu t'es jamais trompé dans la vie ? J'aurais jamais dû t'entraîner dans c' coup-là, t'as raison, j'ai voulu t'utiliser, je me suis dit que c'était par la presse qu'on le sauverait, ce garçon, mais, maintenant, je ne suis plus sûr du tout ! Faut pas m'en vouloir, Drif. Réfléchis, faut pas télexer. Ce n'est pas une comédie que tu as jouée.

— Mais même si vous aviez raison, insista Drifter, vous ne voyez pas qu'il crève, vous ne voyez pas qu'il a besoin qu'on alerte tout le monde ! Vous ne croyez pas que c'est en publiant qu'on le sortira de là ?

Isabelle et Alvara, la deuxième « *petite dame* », ne disaient rien. Il crut lire la désapprobation sur leurs nuques immobiles. Peut-être avaient-elles fini par le prendre pour un jeune prêtre qui exerçait réellement son sacerdoce. Les deux hommes décidèrent de réfléchir chacun de leur côté et de se concerter à nouveau plus tard dans la soirée. Drifter se fit déposer à l'annexe de la Calla Maibu et de l'avenue Corrientes pour rejoindre le bureau à pied. Il raconta tout à Aquama et, ce faisant, il se donnait l'impression de dégager de la vapeur, à la façon d'une grosse locomotive. Parce qu'il pouvait, enfin, après les journées d'attente, les heures gourdes, lourdes et contraignantes, libérer ses sentiments. A l'hébétude, succédait la tentation de l'éloquence. Il livrait tout en vrac à Aquama qui le regardait, assis sur le coin du bureau de métal jouxtant les téléscripteurs. Aquama, un homme aux cheveux teints d'une curieuse couleur safran, était habité par une notion permanente du danger dans lequel vivait tout professionnel de l'information un brin honnête à Buenos Aires, à l'époque. Il jaugeait ses mots, jouant avec ses deux mains à plat devant lui, comme les plateaux d'une balance qui penche d'un côté, puis de l'autre.

— Bon, dit Aquama, si tu télexes ton papier, il y a une chance pour qu'il passe dans le journal de demain, le temps que le scandale se répercute, tu as pris l'avion et tu es de retour à Paris. Mais, entre-temps, ils auront transféré le Séminariste quelque part et ils l'auront achevé. Résultat négatif. Alors qu'est-ce qui va rester ? Ton réseau de « *petites dames* » ? Elles sont brûlées. Leurs connexions sont mortes. Plus aucun geôlier du pays n'acceptera de les recevoir, même avec des pots-de-vin. Donc, là encore, négatif. Ton curé français, il a intérêt à quitter le pays le plus vite possible. Le reste de sa tournée sud-américaine est foutu. Résultat encore négatif.

Aquama se détacha du bureau pour marcher vers la fenêtre qui donnait sur l'avenue. Il était trapu, court sur cuisses, des muscles épais, un air soucieux, il portait une bague en pierre bleu clair au milieu du petit doigt de sa main gauche. Il se retourna vers Drifter avec un sourire angélique :

— Enfin il y a moi, Drif, il y a ce bureau, ici. On le fermera. Moi, on peut me boucler sous un prétexte ou un autre. C'est très intéressant, tout ce que tu as vu et tout ce que tu viens de me raconter. J'en connaissais les trois quarts, en gros. Tu m'as tenu au courant pendant toute ta recherche et je ne t'ai pas découragé, mais maintenant tu t'excites, qu'est-ce qui t'arrive, t'es tellement pressé, t'as besoin de pisser tout ça dans la nuit ?

— Je ne suis pas pressé, moi ! Pas moi, mais Portelle, il m'a pas dit cette phrase pour rien, il faut qu'on l'aide, tu vois pas ça ?

— D'accord, mais je te demande de voir si la meilleure façon de l'aider, ça n'est pas justement de ne pas télexer. Ne pas publier. Travailler dans l'ombre.

— Et comment, putain de Dieu, tu vas aller prendre la caserne d'assaut dans la nuit avec le curé au volant du minibus transformé en *half-track ?*

Aquama perdit son sourire :

— Doucement, Drif, doucement. C'est pas moi qu'ai démarré ce coup-là. C'est toi et ton curé. Tu as eu la vie facile, tu sais. Tu te pointes à Buenos Aires, tu te déguises en cureton, le soir tu rentres à l'hôtel, parfois on dîne ensemble, je ne sais pas si tu baises, ça me regarde pas mais enfin, tu couches dans des draps propres et le matin, tu les as, tes œufs au bacon. C'est pas l'enfer. Et puis un jour, avec le cul bordé de nouilles qui te caractérise, tu tombes sur Portelle et tu as un très joli *scoop* et tu veux l'exploiter ! Facile, tout ça, mais pense un peu au résultat, c'est tout ce que je te demande. Pars pas en croisade pour te faire plaisir, tu veux ?

Drifter sentit son agitation se vider de lui comme une vessie se dégonfle.

— Je t'en prie, fit Drifter doucement, ne me prends pas pour un con ou un salaud. Le *scoop,* bien sûr qu'en fait, je m'en fous. Mais on peut pas laisser ce type souffrir comme ça plus longtemps.

Aquama fit trois pas à travers la pièce encombrée de corbeilles, journaux, cartes, téléphones et appareils de télex. Il se haussa sur la pointe de ses bottes et, sans prévenir, prit Drifter dans ses bras et l'embrassa sur les lèvres, à la russe.

— Je t'aime, Drif.

Drifter le regarda, décontenancé. Aquama ne souriait toujours pas. Drifter pensa à ce que Lescrabes lui avait dit du correspondant, « *c'est un type sûr* », et il se dit qu'il aurait bien aimé savoir en quelles circonstances le Crabe avait pu tester la fiabilité d'Aquama, mais il était trop tard pour les anecdotes et les réminiscences. Aquama se mit en mouvement.

— Réfléchis, dit-il. On ne publie rien sans conséquences.

Il éloigna Drifter vers la porte vitrée, l'ouvrit et accompagna Drifter jusqu'aux ascenseurs. Aquama ajouta :

— Réfléchis aussi à ce que Portelle a vraiment voulu dire. Moi, je t'avoue que je ne comprends pas. Tu ne peux pas commencer ton article avant d'avoir compris.

Ainsi se retrouve-t-il dans la chambre du Plaza, trois heures du matin, le néon rouge qui clignote en face sur le toit de la gare du Retiro, un rare moteur qui déchire au loin le silence des rues. Il a essayé de taper quelque chose sur son Olivetti portative à housse de cuir bleu rayé de bleu foncé, mais il n'a pas trouvé le paragraphe d'ouverture, il a froissé douze feuillets et décidé de s'étendre à nouveau sur le lit pour disséquer une phrase pourtant simple, mais que le souvenir des yeux hantés de Portelle vient compliquer à merci. Il voudrait pouvoir parler avec quelqu'un. Réveiller le Père Desroges chez Isabelle Llanos — il imagine le fracas du téléphone dans l'appartement endormi et il renonce. Aquama aussi doit dormir à cette heure-ci et il s'aperçoit qu'il ne connaît même pas le domicile de cet homme si attachant, et qu'il ne l'a pas rencontré ailleurs qu'au bureau ou dans des restaurants de la ville. Parler avec quelqu'un, mais qui soit en état de répondre à l'interrogation multiple qu'il s'est forgée. Il se dit que ça n'est pas à Paris qu'on saura lui répondre, d'autant qu'à l'heure qu'il est, avec le décalage des fuseaux (quatre heures d'écart avec la France), il ne peut guère joindre qui bon lui semble.

Bien sûr, il devrait parler avec Washington ! Washington est disponible à n'importe quelle heure au téléphone. Ça fait partie de leur vie, leur accord, leur liaison. Mais, depuis trois semaines, Drifter est sans nouvelles de Washington. Washington s'est absentée, Washington a voulu donner le change et Washington est partie en voyage avec son mari en Extrême-Orient et le contact a été provisoirement coupé, ce qui n'a pas manqué de rendre son expérience argentine plus éprouvante encore. Drifter se retrouve seul pour faire face à la même double interrogation qui l'assaille depuis le retour dans la Mercedes. D'abord, quel sens véritable donner aux mots du Séminariste ? Ensuite, quelle importance et quelle valeur possédera son enquête, s'il la publie, en regard de ce qu'elle déclenchera dans l'action et la vie de ceux et celles qu'il a côtoyés depuis trois semaines ? C'est le dilemme fondamental du journaliste : publie-t-on pour aider — publie-t-on pour nuire — publie-t-on pour informer — ou publie-t-on simplement pour le principe de publier ? Ce dilemme conduit Drifter à ce qui l'a lentement investi au cours de sa recherche et qu'il a voulu inconsciemment éviter, mais qu'il mesure enfin, pour la première fois sans doute, de façon aussi aiguë et amère, l'insignifiance et l'impuissance de son métier. Alors, il éprouve une sorte d'envie à l'égard des autres, tous ceux qui ne doute pas. Il envie le Père Desroges, les « *petites dames* », le geôlier et le gardien à la matraque noire, puisque chacun est habité de convictions, chacun joue un rôle, participe à une action. Il envierait même Portelle s'il n'avait, au plus haut degré, l'horreur de la douleur physique. Il envie Aquama, dont il croit avoir reçu une leçon. Dans la vacuité ouatée de sa nuit blanche, il rit sans bruit, sur lui-même. Un rire intérieur, sans musicalité, triste et neutre, qui traduit la différence entre l'image qu'il a laissé projeter de lui-même et la réalité de l'instant. Entre la silhouette du professionnel qui traverse les embûches de la vie à grandes enjambées élégantes, et cette minute concrète et poisseuse où, dans la chambre du Plaza de Buenos Aires, Drifter a plié sous la charge de ses infériorités, ses dépendances et son isolement.

La fatigue le gagne. Ses yeux sont comme ensablés. Il se dit que la phrase de Portelle pouvait aussi être un appel à une certaine forme d'euthanasie : « *Donnez-moi quelque chose pour en finir !* » Peut-être le seul bien qu'on puisse encore faire au Séminariste serait de lui transmettre un poison pour mettre fin à ses souffrances. Il divague. Il croit entendre le téléphone. Il ouvre les yeux, secoue la tête, prend le téléphone qui sonne en effet, réellement, en faisant vibrer le socle de marbre rond et rose de la petite table de nuit, à gauche du lit.

— Señor Drifter, c'est Mario.

— Oui.

— C'est Mario, le télexman du bureau.

— Oui.

— Il y a un télex qui vient d'arriver pour vous de Paris, je ne comprends pas ce que ça veut dire, c'est marqué « *Urgent* », je peux vous le lire ou vous venez voir au bureau ?

— Lis-le-moi, Mario, s'il te plaît.

— C'est très court, señor, il y a marqué « *Urgent, attention Drifter Ex. Lescrabes* » et c'est très court, après il y a un tiret.

— Mario, lis-moi le texte et le texte seulement et sans commentaires, s'il te plaît !

— Je vous lis. Vous me dites de vous lire, je vous lis. « *Urgent. Attention Drifter. Ex. Lescrabes. India Fox. Terminé.* »

— Ah, dit Drifter. Tu as fait répéter le télex ?

— Oui, señor, j'ai demandé confirmation, c'est tout ce qu'il y a : *India Fox.*

— Merci, Mario, tu peux envoyer une réponse ? Je vais te la dicter.

— Attendez, señor, je prends un crayon et du papier.

Court silence. Drifter visualise les mouvements de Mario, avec ses quinze ans et ses yeux creusés par les nuits de veille devant les téléscripteurs, et sa chemise Lacoste noire aux auréoles de sueur sous les bras. Mario, déjà gros, déjà figé pour une vie de garçon de courses.

— Voilà, señor, je vous écoute.

— Tu mets *Urgent. Attention Lescrabes. Ex. Drifter. J'arrive. Terminé.* Tu fermes les guillemets. Envoie-le tout de suite, Mario, et réserve-moi une place sur le prochain vol pour Paris, le premier, direct ou pas, celui qui me ramènera le plus vite possible à Paris. Merci.

Il raccroche. Il se déshabille à la vitesse d'un homme qui essaie de se débarrasser de ses souvenirs. Avant de chuter dans un sommeil dont il sait qu'il sera court, Drifter, qui connaît le goût maniaque de Lescrabes pour le secret, constate que ce message-là, au moins, il a su le déchiffrer plus vite que celui du malheureux séminariste. Il pense aussi, avec lâcheté, qu'*India Fox* le délivre provisoirement d'une situation qu'il n'a pas su résoudre, puisque *India Fox* le force à tout abandonner et rentrer. Drifter s'endort enfin, l'esprit vidé, les deux bras enlacés autour d'une triple épaisseur d'oreillers en drap vert pâle qu'il serre contre sa poitrine, comme le bébé s'agglutine au ventre de sa mère.

Lescrabes parlait du Ministre des Parcs et Cités

— Quand je l'ai connue, elle s'appelait encore Jeannette Douceline. C'était bien avant son premier mariage et nous étions quelques-uns à l'appeler Doudouce, vous ne saviez pas ça, hein ? Elle l'a bien effacé son nom et son surnom et même ses premiers noms ! C'est un chat, cette femme, elle a neuf vies, et si vous voulez mon opinion, elle en est à sa septième vie, je la vois assez bien d'ici dix ans, ambassadeur au Caire ou à Pékin, je n'ai pas dit femme d'ambassadeur, j'ai dit ambassadeur, peut-être même aux Nations Unies, pourquoi pas, elle ferait le poids, croyez-moi, là-bas, auprès de tous ces inutiles. Doudouce, on la surnommait, pas tellement à cause de son nom de jeune fille, mais bien plutôt parce qu'elle savait vous faire ça dans une « *extrême* » douceur. Ce qui ne veut pas dire qu'elle le faisait lentement. C'est pas compliqué, mon petit Drif, elle faisait la pipe la plus douce de Paris à l'époque, et la plus efficace. Onctueuse, un vrai bonheur. Je vous parle de ça, nous sommes en 38-39, et Doudouce travaille encore à la rubrique « *Bourse* », elle n'a pas encore découvert la politique, elle est loin d'avoir rencontré Traversier qui lui fera tout connaître du monde des affaires et de l'immobilier, elle doit avoir dix-huit ou vingt ans et c'est un précurseur : elle baise utile. Je pense même que c'est elle qui a inventé l'expression le jour où sa meilleure amie, Dotty, vous savez, Dorothée, les papeteries, lui a demandé si ça ne la gênait pas, ces centimètres surajoutés de sexes d'hommes qu'elle actionnait et aspirait à longueur de journée, et Doudouce lui a répondu : « Mais non, voyons, je baise utile ! » Doudouce — très intelligente vous savez, je l'aime beaucoup. En fait, comme souvent, on lui a prêté beaucoup plus de sucettes qu'elle a dû réellement en pratiquer, mais enfin, quand je l'ai vue à la télé, hier soir, en Ministre, ça a été plus fort que moi, je n'ai pas pu m'empêcher de songer à la chansonnette que Ruggero avait écrite sur elle. Attendez, attendez, il était futile, Ruggero, quel imbécile ! C'était bien avant qu'il se mette au Ricard-champagne à sept heures du matin en guise de petit déjeuner, il composait sans arrêt des petites ritournelles idiotes comme ça, voyons, ah ! oui —.

Lescrabes s'arrêta, à la recherche de la mélodie, suspendit sa phrase en l'air, et souleva, comme pour accompagner son hésitation, son bras droit relié au goutte-à-goutte. Il portait un curieux pyjama noir brodé de blanc, ses longues jambes dépassant presque le bout du lit avec, aux pieds, ses légendaires mocassins noirs usés jusqu'à la corde, plus pantoufles que chaussures véritables, sortes de ballerines au bout rond et aux semelles fines sans talon, on ne l'avait jamais vu autrement chaussé, il les faisait fabriquer sur mesure chez Lobb. Qu'il ait voulu conserver cet accessoire, alors qu'il était couché sur un lit d'hôpital dans la section « *Intensive care* » de l'Hôpital Américain de Neuilly, témoignait, selon Drifter, de l'intention de Lescrabes d'afficher que tout était normal, pas d'alarme, il pouvait se lever à n'importe quel instant. Ses premiers mots d'accueil avaient d'ailleurs été :

— Ah ! Drif, vous voilà, je vais très bien, pas d'inquiétude, je serai au journal début de semaine prochaine.

Comédie. Lescrabes n'arrivait pas à donner le change et il le savait mieux que tout autre. On n'envoie pas un câble portant les deux mots qui, en langage international d'aviation, sont synonymes de détresse, pour le simple plaisir de raconter, à celui pour qui l'on éprouve une affection paternelle, la manière dont les femmes suçaient les hommes dans le Paris sautillant d'avant la deuxième guerre mondiale. Drifter avait interprété « *India Fox* » comme un appel précis et secret. Le Vieux se sentait mourir et ne voulait pas que cela se sache, aussi avait-il eu recours à cette formule, dont il avait calculé à juste titre que Drifter saisirait l'urgence et la signification. Il n'en était pas mécontent, puisque après la première phrase d'accueil, Lescrabes interrogea :

— Bien trouvé, « *India Fox* », non ? Je savais que vous comprendriez tout de suite, quoi ?

Lescrabes avait vertigineusement vieilli en un mois. Cette teinte inhumaine que Leila d'Asquith avait décrite au téléphone avait pris possession du visage autrefois si animé, le rythme de la phrase avait perdu son staccato fascinant, le choix maladroit ou involontaire de la couleur noire du pyjama faisait ressortir d'autant plus cruellement sa maigreur ; jusqu'à ses cheveux « *électriques* » qui semblaient avoir perdu leur voltage et pendaient en mèches éparses sur un front veinulé, parcheminé. Drifter s'était préparé à un tel choc. Depuis qu'il connaissait Lescrabes, il ne conservait de lui que des images en mouvement, des attitudes de commandement debout, ou des positions assises de détente dans le grand bureau vert, confidences dans le salon de Thérèse, rires aux déjeuners chez *Pierre*, chez *Francis* ou chez *Joseph*, ou longues marches à longues enjambées dans les allées de la maison de Neuilly ou de la propriété en Sologne. Lorsqu'on lui avait ouvert la porte de la chambre, Drifter avait pensé que c'était la première fois qu'il voyait Lescrabes aussi tranquille, et il avait espéré ne rien faire paraître de sa peine. Lescrabes avait posé l'un des trois téléphones noirs, petit modèle ancien de chambre d'hôpital sans cadran, qui étaient installés sur une tablette à droite du lit, et il l'avait accueilli. Après les premiers échanges, il avait dit :

— Drif, on ne se raconte pas de blagues, on parle —. Je n'ai rien de particulier à vous dire mais j'ai eu envie de vous parler. Enfin, « *rien de particulier* », on précisera ça plus tard —. J'ai parlé à tout le monde cette semaine, c'est la semaine difficile, je le sais. Si je la franchis, ça peut s'arranger. Sinon, ça ne s'arrangera pas. Je parle avec Thérèse, je parle avec Leila, je parle avec Grazielle bien sûr, j'ai les gens du journal, j'ai les gens du Groupe, tout le monde va et tout le monde vient, mais il m'est tout d'un coup sauté à l'esprit que vous étiez très loin là-bas, et ça m'a emmerdé de vous savoir en Argentine à poireauter sur un coup vaseux et ça m'a pris comme ça, il fallait que je vous voie, j'espère que vous comprenez. Ils vont réopérer demain matin. Enfin, ils vont essayer, hein ? Alors, j'ai vu tout mon monde, sauf vous, et ça m'a manqué, un point c'est tout, quoi ?

On était un vendredi. Drifter avait quitté Buenos Aires la veille. Le Père Desroges l'avait accompagné jusqu'à l'aéroport international avec Aquama. En chemin, le curé avait dit :

— J'ai trouvé la réponse à la phrase de Portelle. Je l'ai aidé à traverser la nuit !

Aquama et Drifter l'avaient regardé, silencieux, ébahis. La voiture roulait sur une chaussée vide, sous un soleil froid.

— Oui, continua Desroges. J'ai prié pour lui toute la nuit.

— Ah, oui, bien sûr —, avait fait Drifter, à court de mots comme à chaque fois qu'il se trouvait confronté avec les certitudes de ceux qui croient aux valeurs spirituelles. A court d'arguments devant la foi.

Puis, le curé lui avait exposé son plan, sa vision de la marche à suivre.

— Tu fais ce que tu veux, mais voilà : j'ai compris ton attitude et c'est vrai qu'il faut écrire ce que tu as vu, tout raconter, livrer tes notes, les visites les unes après les autres, l'état des prisonniers, les lieux, les dates, la topographie des choses. Mais tu ne publies pas l'enquête ! Si elle paraît dans un journal à grand tirage, il est certain que ce que je t'ai annoncé et ce que Aquama a aussi prévu, arrivera. Les petites dames sautent, Portelle est exécuté, on m'expulse, Aquama et votre bureau sautent aussi. Ce que tu fais, c'est un rapport, un vrai, sérieux, des faits, pas de la littérature, et tu le donnes non signé à Maître Saraguelles à Paris, au Mouvement pour les Drois de l'Homme dans le Monde. Eux, ils sauront quoi faire des éléments que tu leur apporteras, toi tu n'auras pas l'impression d'avoir gâché ton temps et n'avoir pas répondu à la supplique de Portelle, et nous, pendant ce temps, ici, on va essayer d'organiser une aide médicale pour ce type. On va l'en sortir, tu verras.

Drifter avait marmonné un acquiescement réservé (« *il faudra que j'en parle avec Henry Lescrabes* ») et empoché la carte de visite de l'avocat, Maître J.-P. Saraguelles, une adresse dans le septième arrondissement à Paris. Aquama lui avait alors semblé connaître l'identité et l'existence de cet avocat, et c'est seulement lorsqu'il serra la main du correspondant, avant de passer la douane, que Drifter comprit. Aquama, du début à la fin de cette aventure, avait participé au jeu des « *petites dames* » et du curé. Il faisait, c'était une évidence ! partie du réseau. Aquama lui remit un petit paquet plat et mou dans du papier de soie.

— De la part d'Isabelle Llanos.

Il ouvrit le paquet dans l'avion après que les hôtesses de la première classe eurent pris commande des boissons d'avant le dîner et que son corps eut enregistré cette sensation si familière d'isolation apaisante que lui donnait, sans faillir, l'envol d'un long-courrier dans la nuit, six ou huit heures ou plus devant soi, aucune interférence, aucun appel d'aucune sorte, rien ni personne ne peut vous toucher, aucune crise, aucun cri, aucune larme, aucun chantage, on se calfeutre complaisamment dans ce cocon artificiel, tout est interrompu, les réacteurs ronronnent et même si l'on sait d'expérience la fragilité de ces instants, il vous vient comme une drogue lénifiante et intemporelle, la décharge de toute responsabilité, l'idée de la mort vous traversera une fois peut-être ; par-dessus tout, cependant, domine une espèce d'ivresse calme et onéreuse. Drifter défit donc le papier de soie et découvrit un large châle de *vicuña* frangé en ses bords, du format qu'utilisent les cavaliers de la pampa mais qu'il avait remarqué à plusieurs reprises sur les épaules d'un hommes d'affaires quittant les bureaux de l'Avenida dos Libertadores pour aller manger leurs immenses steaks saignants. Il caressa la matière délicate du bout des doigts et sentit, entre les deux plis, un carré de carton qu'il amena sous les trois rayons de lumière venus d'au-dessus de son siège. « *Pour quand vous aurez froid* », écrit à la plume, encre bleu-vert, de la main d'Isabelle Llanos, sans aucun doute.

Au compte rendu détaillé de Drifter, Lescrabes ne fit aucun commentaire restrictif. Peu lui importait que, pendant trois semaines, l'argent du journal ait été dépensé pour un reportage exclusif qui ne verrait jamais le jour. Il ne paraissait pas plus stimulé par le *scoop* (« *Portelle est vivant, je l'ai vu* ») que déçu par l'impossibilité de l'exploiter. Il était déjà détaché de ces choses. Il parla à Drifter comme il l'avait fait avec ses collaborateurs chez qui il ne voyait aucun mensonge, aucune volonté de nuire :

— Si vous pensez que c'est mieux comme ça, faites comme vous l'entendez. Je vous fais confiance.

Drifter lui demanda s'il connaissait Maître Saraguelles. Lescrabes répondit :

— Très brillant. A été pendant quelque huit mois directeur de cabinet de Doudouce avant de retourner à son métier d'avocat.

— Doudouce ? interrogea Drifter.

— Oui—iiiiiii ! (le fameux ricanement lescrabien, affaibli, mais encore imprégné du sarcasme réjoui de quelqu'un qui sait) iiii, Doudouce ! Notre Ministre des Parcs et Cités ! Ah, je vous apprends quelque chose, là, Drif, hein ?

Lescrabes allait mieux. Le plaisir de papoter à la façon des conférences pendant l'Orangeade lui redonna une vitalité qui paraissait lui avoir fait défaut pendant tout le récit argentin de Drifter. Il eut un nouveau geste du bras relié au goutte-à-goutte. Cette fois, c'était pour battre la mesure :

Doudouce, Doudouce,
Tes lèvres sont si douces,
Doudouce, Doudouce,
Tu sais y faire en douce.

Spectacle hallucinant, un empereur de l'industrie et de la presse fait le clown sur son lit de mort. La voix métallique de Lescrabes sonnaït d'un ton autre, grêle et risible. Drifter eut un sursaut d'émotions contrariées. L'absurdité de la scène l'emportait-elle sur le pathétique ? Devait-il s'apitoyer sur cet homme allongé qui revivait les instants salaces de son meilleur âge en chantonnant quelques vers de mirliton qui ne faisaient honneur à aucun de ceux qui avaient partagé ce genre de plaisanterie ? Lescrabes, imprévisible, interrompit son numéro. Il avait senti la désapprobation de son visiteur.

— Je vous vois songeur, fit-il.

— Oui, dit Drif, y-a quelque chose qui me surprend chez vous, je ne sais pas si je peux me permettre.

— Vous savez bien que vous pouvez tout vous permettre ! Alors, et après ?

— Voilà, dit Drifter, je n'arrive pas à comprendre comment vous, qui n'arrêtez pas de me dire que les femmes dominent et vont dominer notre époque et notre monde et vous ont façonné et aidé, vous n'arrêtez pas dans le même temps d'évoquer les services sexuels qu'elles vous ont rendus. Enfin, *un* service sexuel. Les pipes, les sucettes, vous n'en avez pas marre qu'on associe votre nom à ça ? Vous n'avez pas assez de limiter l'amour à ça ? Les rapports entre un homme et une femme ? A ça ?

Lescrabes réagit, vexé.

— Vous n'avez rien compris, jeune homme. D'abord, Drif, je potinais, rien d'autre, des bulles de savon. J'ai le droit, non ?

— Bien sûr, Henry, bien sûr, fit Drifter, qui sentait venir la diabolique capacité lescrabienne de retourner votre réflexion et votre critique pour mieux vous acculer et vous mettre en position de culpabilité.

Mais cela ne se passa pas ainsi. Lescrabes semblait attendre, hésitant devant le poids de son misérable aveu.

— Ensuite, reprit-il, qu'est-ce que vous croyez, mon pauvre vieux, qu'est-ce que vous croyez !

Il perdit son regard vers les fenêtres opaques. Sa voix fléchit. Comme pour lui-même, il lâcha :

— Qu'est-ce que vous croyez, je n'ai jamais pu jouir autrement, mon pauvre, voilà la vérité. Je n'ai pas votre chance, je ne suis pas normal de ce côté-là.

Drifter leva la main comme pour prévenir la confession ou pour s'excuser ou pour signifier qu'il n'y avait jamais de normalité « *de ce côté-là* », mais Lescrabes avait franchi les limites de la pudeur. Il retrouva un regard fixe qu'il posa sur son visiteur. Il passait une espèce de brume mouillée et complaisante dans son ton. On aurait pu croire qu'il pleurait.

— Je n'ai jamais pu pénétrer une femme, dur, si vous voyez ce que je veux dire. On a raconté que j'étais, comment dit-on ? priapique ? Que je bandais tout le temps ? C'est peut-être vrai, mais jamais pour l' « *intercourse* », c'est drôle, non ? J'ai toujours fait flanelle au moment de l'acte à deux.

— Vous savèz, fit Drifter gêné, c'est arrivé à tout le monde, de temps en temps.

Lescrabes montra les dents, irrité.

— Moi, j'ai jamais pu, vous ne voyez pas ? Jamais ! Ah, et puis merde, parlons d'autre chose !

En une seconde, la raillerie parigote et clinquante avait repris possession de la voix. C'était le son lescrabien, celui avec lequel il abordait toute conversation au téléphone (« *et après ? et puis quoi ?* ») ou toute entrée nouvelle d'un interlocuteur dans sa cour.

— Et vous ? Ça va ? Je veux dire, Washington ?

Drifter, décontenancé, voulut agir comme s'il n'avait pas entendu, mais Lescrabes, toutes armes interrogatives dehors, le sourire inquisiteur, posa la question une deuxième fois, nasillard et canaille.

— Ça va, « Washington » ? (Il mettait des guillemets dans son intonation.) Ça se passe comme il faut ?

Drifter était assis près du lit, face à Lescrabes. Il

sentit la chaleur lui monter aux joues, ce qui lui arrivait plus fréquemment qu'il ne l'aurait voulu et qu'il analysait comme une infirmité de caractère, les restants de son innocence d'enfant. Il n'acceptait pas l'idée qu'il puisse contempler sans sourciller un charnier découvert dans les plaines du Cambodge ou accompagner sans défaillance des gendarmes sur un terrain d'aviation à la collecte des membres dispersés de trois cents corps calcinés dans l'explosion d'un avion géant, on trouve un moignon de bras par-ci, un fragment de cuisse par-là, on met tout ça dans des sacs en plastique et on avance comme à la pêche aux moules à marée basse, — et que, par ailleurs, une allusion ou une question précise sur sa vie intime le désarçonne et déclenche cet effet biochimique que Lescrabes observait avec affection.

— Ah ! dit le Vieux. Je vous fais rougir. Il a rougi ! Il a rougi ! Je suis un petit peu au courant, j'ai fait mon enquête, écoutez, quand même, Drif, l'affaire Illyard, ça ne méritait pas douze voyages aux Etats-Unis en deux ans, hein ? Alors ?

Drifter recula son siège et sourit faiblement aux espiègleries scrutatrices de Lescrabes. Une infirmière entra et débrancha le goutte-à-goutte. Elle aida Lescrabes à se redresser sur son lit, puis fit retraite. Dehors, dans le couloir, par la porte entrebâillée, Drifter put voir une partie du dispositif exceptionnel qu'il avait découvert à son arrivée dans l'aile baptisée *O'Connor Wing*. On avait procédé à une réquisition, vidé les lieux, évacué les autres lits et malades.

En arrivant à l'étage, Drifter avait reconnu l'une des secrétaires de la Cage, qui officait désormais derrière une manière de comptoir, comme un huissier à l'entrée d'une banque. Les deux premières chambres de l'aile avaient été aussi annexées par le secrétariat de la Cage qui filtrait les appels sur un standard téléphonique de campagne dont les fils, reliés à une camionnette des Postes stationnée dans la cour extérieure, traversaient le couloir jusqu'à une fenêtre. A mesure que l'on avançait dans l'étroit corridor aux murs vert pâle, on se demandait si la minutie dans l'installation de l'univers lescrabien n'avait pas poussé ses sbires jusqu'à faire repeindre les parois de l'établissement de sa couleur favorite. Mais non ! l'hôpital tout entier était teinté de vert clair, coïncidence qui pouvait avoir valeur de symbole. La dernière pièce, précédant celle dans laquelle couchait Lescrabes, servait de salon d'attente. Là, Drifter avait remarqué trois voyants au-dessus de la porte communiquant avec la chambre de Lescrabes. Et lorsqu'une autre secrétaire avait enfin ouvert cette porte de l'intérieur et lui avait fait signe qu'il pouvait entrer, le voyant rouge était rapidement passé à l'orange, puis au vert. Il n'avait pas attendu longtemps, assez cependant pour subir l'odeur étouffante des quelques énormes bouquets de fleurs qu'on avait répartis dans des vases, sur des tables ou des tabourets, comme dans la chambre d'une mère qui vient d'accoucher. Il avait trouvé ces roses, ces lilas et ces iris oppressants et indécents et s'était penché vers les gerbes avec curiosité, pour voir si, par chance, on avait laissé les cartes de vœux de rétablissement des courtisans qui les avaient envoyées, mais Lescrabes avait fait retirer les messages. Quand des hommes font porter des fleurs à d'autres hommes, cela préfigure trop les couronnes funéraires. Mais comme le Patron n'avait donné aucune consigne particulière, on les avait laissées là, en files, en tas, dans ce salon d'attente improvisé où Drifter, écrasé par la fatigue du vol, s'était presque assoupi et n'avait eu d'autres images, dans son demi-sommeil, que celles d'un homme aveuglé par le sang.

La chambre même de Lescrabes contenait tous les

accessoires nécessaires à la poursuite de ses activités ; on faisait comme si on n'était pas malade, comme si on n'était pas en train de crever des complications d'une pneumopathie qui n'avait jamais disparu au lendemain de trois années de camp de concentration — combinée avec la progression d'une forme multiple de cancer. Mais il fallait continuer le guignol, téléphoner, lire les câbles, dicter le courrier, apPuyer sur des boutons de commande, s'agiter, palabrer, se débattre. La bimbeloterie de Lescrabes avait donc, elle aussi, été transportée jusqu'ici, tous les objets inutiles et multicolores que lui rapportaient, des pays et villes du monde, ceux et celles qui voyageaient pour lui et connaissaient son amour immodéré pour les babioles, bibelots, breloques et brimborions, sa passion pour les choses sans importance. Poupées miniatures indiennes et boîtes d'allumettes d'Australie, fleurs de plastique de Java et statuettes en riz gélifié du Mexique, Mickey-Mouseries de Floride et hockeyeurs canadiens en caoutchouc mousse, sifflets en bois du Pacifique, pendulettes, sabliers et balanciers chinois, articles indéfinis et fragmentaires en kapok, agate, mica ou bambou. On avait disposé tout cela à portée de ses doigts, sur une étagère qui abritait également la boîte pleine de crayons B et F à pointe fine à bout rouge et jaune, mais un simple coup d'œil suffisait pour comprendre que le Vieux ne mordait plus rien. Drifter put aussi voir que la *nothing-machine*, qu'il lui avait achetée quelques mois plus tôt dans le Tennessee, figurait en bonne place, *gadget* simple et idiot, une moulinette comme celle des vieilles cafetières qui tournent dans le vide sur deux socles de bois. Ça sert à quoi ? Ça sert à rien, ah ! quelle merveille ! avait jubilé le Vieux lorsque Drifter était rentré du Sud avec cette bêtise au bout des doigts. Il se demanda où irait tout ce bric-à-brac si Lescrabes devait disparaître, et qui hériterait de ces machins multicolores et inutiles que le Patron avait si souvent tripotés dans le bureau de la place de la Madeleine en écoutant ses interlocuteurs.

— Rassurez-vous, reprit Lescrabes après un long silence, je crois être seul à savoir et puis, de quoi rougir, Drif ?

— Comme ça, Henry, parce que je ne supporte pas que l'on relève mes fautes.

— Où est la faute ? Vous « fréquentez » quelqu'un à Washington. Et alors ?

Drifter ne répondit pas. Il ne se sentait pas capable d'expliquer à cet homme encombré par la douleur et la menace de la mort tout ce que la liaison dans laquelle il s'était engagé signifiait de mensonges, de coups donnés et de coups pris, de blessures et de compromis, il n'allait pas décrire l'impasse et l'abysse qu'il appelait sa vie sentimentale mais qui était, précisément, ni une vie ni du sentimental. Il aurait fallu commencer par la première impasse, le mariage, et raconter ce qu'il avait subi quelques heures auparavant mais qu'il essayait de retenir en obérant en lui-même toute mémoire immédiate, afin de se consacrer à Henry et à rien d'autre ! — il aurait fallu remonter plus loin, et Lescrabes n'avait pas fait rentrer Drifter de Buenos Aires pour cela. Du moins, pas en apparence. Drifter avait décidé que toute forme d'amour valait mieux que le manque d'amour, mais ce n'était pas le genre d'argument qu'il aimait développer, parce qu'il en voyait bien la fragilité et il refusait d'entendre les contradictions qu'on lui porterait.

Lescrabes le regarda en silence et murmura, comme il l'avait déjà fait une fois dans un autre moment de confidence forcée, quelques années auparavant.

— Ne vous laissez pas détruire, Drif.

— La lumière baisse, dit Lescrabes, quelle heure est-il ?

Il leva les yeux vers la pendule électrique de l'hôpital, encastrée dans le mur contre la porte d'entrée.

— Vous savez, dit-il à Drifter, ils vont tout me prendre une fois que je serai parti, ils vont tout démanteler.

— Qui ça ?

— Les banques. Ils ont déjà commencé. Le Groupe va mal. En fait, ça va mal depuis très longtemps mais je n'ai pas vu venir les problèmes, je n'ai jamais pu remplacer Paoli-Smith, ça, c'était un gestionnaire ! J'ai raté le tournant technologique, la famille de Grazielle est en train de racheter en sous-main, ils veulent ma peau, ils m'auront, dans deux ans il ne restera plus rien de l'empire, j'aurai tout raté. De toute façon, rater, réussir, ça veut dire quoi ? Ma destinée, c'était cela ? Ce n'est pas à la mode, de nos jours, de parler de destinée, mais la destinée, ça veut dire quoi ? Ça veut dire simplement trouver sa place dans la vie, son courant dans la rivière.

La voix de Lescrabes étouffa un sanglot. Cette fois, Drifter vit une vraie larme dans ses yeux, minuscule goutte d'argent qui ne parvenait pas à s'écouler sur la peau squameuse de la pommette.

— J'aurais dû me flinguer quand j'ai senti la maladie arriver. Je n'ai pas eu le courage. Montherlant, Hemingway, le canon dans la bouche, boum ! plus rien, j'aurais dû le faire. Quand on a échoué, y-a pas d'autre issue, n'est-ce pas ?

Il ferma les yeux, les rouvrit. Ils étaient clairs et secs.

— Je dis des bêtises, reprit-il. Je HAIS l'idée du suicide, je HAIS l'idée de quitter la vie !

Il avait fini à voix forte et haute, une déclaration de guerre, un cri furieux. Il donnait à Drifter l'impression d'un homme qui oscille à très brève fréquence d'un extrême à l'autre. La curiosité qu'il avait eue de l'existence était épisodiquement obscurcie par une envie dépressive de larmes, le dégoût de soi. Puis, le jus revenait, comme celui d'une prise électrique mal branchée. La médication que subissait Lescrabes en était-elle responsable ? Avait-il offert le même visage double pendant toute la semaine, à « son monde » ?

Il se dressa sur le lit.

— La vie, rugit-il, le succès, la réussite ! LA VIE !

Il attendit, baissa la voix.

— L'image du succès, de la santé et de la vie pour moi, vous savez qui c'était ? C'était Jason Villaï. Il était venu chanter l'an dernier à la fête que je donne chaque année en juin, en Sologne, au château, j'invite tous les gosses des communes voisines. Vous l'auriez vu entouré de tous les enfants, Drifter, il avait l'air d'un dieu, ce garçon ! Il rutilait, il éclatait, les gosses avaient l'impression d'être aveuglés par trop de lumière, c'était étonnant. Après, il a dîné avec nous et nous l'avons gardé pour la nuit. Je lui ai posé des questions sur sa carrière, son travail, il était — fort, équilibré, heureux, sûr de lui mais modeste, quelle merveille ! Formi-dable ! Quand il s'est suicidé, cinq mois plus tard, je vous jure, je n'ai pas compris. Villaï, c'est une énigme énorme pour moi. Comment peut-on se jeter par la fenêtre à vingt-cinq ans quand on a tout, mais *tout* pour soi ? C'est — je n'ai pas compris — il y a là un mystère, Drif, ce n'est pas logique, il s'est passé quelque chose et nous ne l'avons pas compris.

Drifter eut un rire court.

— Mais enfin, ça doit être une histoire simple, Patron —. Il a dû prendre du L.S.D. — hallucination, ça a mal tourné, il ne s'est pas vu passer par la fenêtre, c'est tout.

Lescrabes saisit un crayon, le cassa entre ses molaires, comme aux plus belles heures de ses conférences de travail quand, aiguillonné par une idée nouvelle, un « coup » à fabriquer, une piste à poursuivre, il mangeait ses douze B et F par demi-heure, dispatchait ses photographes et reporters, leur insufflait sa conviction que la tâche qu'il leur assignait n'avait pas d'équivalent, et que leur vie, et la sienne, en dépendaient.

— Non, non, non, Drifter, vous n'avez rien compris, ça ne s'est pas passé comme ça, il y a eu autre chose, j'en suis sûr !

— Mais quoi, dit Drifter, quoi ? Vous avez fait faire une enquête, j'imagine ? Qui a fait le papier ? Je n'étais pas en France à ce moment-là.

— C'est Andréa. La petite P.-S. Elle a très bien couvert l'affaire, la question n'est pas là. Mais je suis sûr qu'il y avait autre chose. Ecoutez-moi, je suis sérieux, et ça vous regarde, tout cela. C'est une des raisons qui ont fait que j'ai voulu vous parler. Rapprochez-vous, Drif, j'ai quelque chose à vous dire.

Drifter se leva, d'abord pour dégourdir ses jambes. Il pensait : il faut que je l'écoute. Concentre-toi, retiens tout ce qu'il te dit, oublie ce que tu as vu chez toi juste avant d'arriver ici. Il fit un pas vers la fenêtre d'angle, revint en arrière vers la fenêtre de face, retourna à la chaise qu'il poussa près du lit de Lescrabes. Le téléphone sonnait. Lescrabes décrocha.

— Quoi ? quoi ? Non. Je vous ai dit de tout filtrer et qu'on ne me dérange pas —. Mais non, mon petit, tout va bien.

Cela faisait bientôt deux heures, maintenant, qu'il était enfermé avec le Vieux, et il se représentait l'accumulation des fiches téléphoniques, l'embouteillage au standard, le bavardage des filles entre elles, l'interrogation inquiète ou impatiente sur la longueur de leur entretien, les ragots échangés avec les infirmières, et la rumeur qui, partie de l'étage, avait dû aboutir aux chauffeurs et aux coursiers qui avaient établi leur

Q.G. provisoire dans la cour, et finirait sous peu par atteindre le Siège, place de la Madeleine, non sans être passée par le cabinet blanc de Leila d'Asquith. Mais Lescrabes, débarrassé du téléphone, lucide et calme, la voix claire, le regardait et ponctuait ses mots.

— Ça m'est venu à la gueule comme ça, comme un tigre vous bondit à la poitrine, il y a trois jours, et, depuis, je ne cesse d'y penser. Je veux vous confier une mission et elle n'est pas forcément pour publication. Ecoutez : je vous demande d'aller chercher les raisons réelles du suicide de Villaï. Tout lui réussissait, il a tiré un trait comme ça d'un saut dans le vide, pourquoi ? Je vous le demande à vous, Drif, je dis bien : à vous. Si quelqu'un doit trouver, c'est vous, et je vous dis que ça vous intéresse, autant que moi. Quand vous aurez trouvé, venez me le dire — si je suis encore là.

— Mais, Henry, il n'y a sans doute rien d'autre dans cette affaire que ce que je vous ai dit, que ce que vous a rapporté Andréa Paoli-Smith.

— Qu'est-ce que vous en savez ? Vous avez suivi cette histoire ? Non ! Alors —. Vous avez tort, il y a autre chose et je l'ai senti il y a trois jours, ça m'a troublé. Vous comprenez, Drif, ce garçon, vous ne l'avez pas connu, moi, je l'ai vu chez moi, je lui ai parlé, je ne me trompe pas sur les gens, il était sain, il était la « *vie* ». Il y a plus derrière cela que n'en rencontre le regard, pour parler comme vos amis américains.

Le Vieux sourit avec complicité. Puis il se tut, comme si le saut dans le vide de Jason Villaï posait au Crabe, pourtant revenu de tout, une question si grave qu'elle méritait une once de silence. Drifter ne parlait pas. Le jour avait encore faibli. L'infirmière, entrevue deux heures plus tôt, pénétra à nouveau dans la pièce, tirant les rideaux des deux fenêtres, allumant une lampe de chevet, puis une autre lampe murale au-dessus du lit de Lescrabes. Elle avait des genoux épais et un nez comme une pastille rose, un sourire stéréotypé. Elle se retira après avoir annoncé qu'on allait bientôt nourrir le malade. Lescrabes la suivit du regard sans expression, attendit que la porte se refermât et plongea ses yeux de hulotte dans ceux de Drifter.

— On publiera votre papier, si c'est ça qui vous préoccupe, si ça vous emmerde de faire des « non-parus ».

— Mais non, c'est pas le problème.

— Ah ! vous voyez —. Très bien, alors nous sommes d'accord. Vous me rapporterez les choses à moi, à personne d'autre, la réponse n'intéresse que moi. Et vous.

— Quelle est la question ? demanda Drifter.

— La question est : pourquoi nier la vie ? Mais ça n'est pas la seule question, Drif. On pourrait la formuler autrement. On pourrait aussi demander : *Que s'est-il passé ?* C'est déjà une très belle question, et qui provoque des réponses intéressantes, et si je suis franc avec moi-même, je vous dirai que je me suis posé cette question tout le temps, à propos de tout. Et ce qui a fait que j'ai, parfois, je dis bien parfois, pu dormir d'un sommeil égoïste et repu, c'est que, parfois, je dis bien parfois, j'ai su ce qu'il s'était vraiment passé. Depuis quelques années, si je l'ai su, ça a été une ou deux fois grâce à vos investigations à vous, Drifter, à votre sens de l'enquête. Or, dans le cas qui nous occupe, j'ignore ce qui s'est passé. J'ai besoin de savoir.

— Pourquoi ne pas remettre Andréa P.-S. sur le coup ? Elle a déjà fait la moitié du travail.

Lescrabes soupira.

— Parce que je vous le demande à « *vous* ». Quoi qu'il arrive, et quoi qu'il m'arrive, il faudra que vous essayiez de savoir.

Il avait l'air épuisé, d'un seul coup. Drifter se leva, et comme il était près du lit, il prit la main du Vieux. Elle était molle et chaude, floconneuse. Lescrabes la retira dans un geste las, après l'avoir conservée un bref instant.

— Vous remarquerez, grinça-t-il avec mélancolie et humour, que le téléphone sonne beaucoup moins qu'autrefois, et quand je dis autrefois, ça doit vouloir dire avant-hier. Ça diminue tous les jours. J'avais, bien entendu, demandé aux filles qu'on ne me dérange qu'en cas d'urgence, je ne voulais pas qu'on ait une conversation décousue, hein ! mais je peux vous dire qu'en temps normal, elles nous auraient beaucoup plus interrompus, vous le savez, d'ailleurs. Je le disais hier à Leila. Ils me dépouillent déjà —. Ah ! si, tout de même, le Premier ministre m'appelle tous les jours. Vous saviez que son fils aîné a disparu depuis lundi et que personne ne peut dire où et pourquoi ? C'est un des secrets les mieux gardés de la semaine, quoi !

Lescrabes chercha son souffle, puis, dans un sursaut :

— Je serai bientôt au journal — si, si ! Je vais vous dire quelque chose que j'ai appris depuis quelques mois, c'est qu'il ne faut jamais prendre au sérieux les gens qui vous disent sur leur lit d'hôpital ou leur lit de mort : « Je ne regrette rien. » Ce sont des cons. Il vaut mieux dire : je regrette tout ! Moi, Drifter, en ce moment, je regrette tout, ça ne veut pas dire que j'ai des remords, ça veut dire que j'ai de la nostalgie. Je regrette le matin sur la R.N. 7 quand il n'y avait pas d'autoroute et qu'on approchait d'Aix-en-Provence, je regrette l'odeur du papier fraîchement imprimé, je regrette Gabriel qui écrivait de si jolies pièces et qui m'a aidé à traverser les années d'enfer à Buchenwald, je regrette la première fois que j'ai vu New York, je regrette tout ce qui est mobile.

Il posa sur Drifter un regard d'amitié et d'envie.

— Et cætera, et cætera, et cætera, mon vieux. Qu'est-ce que c'est, quoi ?

Il venait d'entendre, en même temps que Drifter, la porte du salon s'ouvrir, et à la vue d'une jeune femme porteuse des fiches d'appels téléphoniques, il se redressa machinalement. Lescrabes prit une allure d'autorité cordiale et se racla la gorge, à la recherche d'une parodie de lui-même.

— Revenez me voir lundi, Drif. On reparlera.

Voix gutturale, très sûre d'elle-même, rien à signaler.

— D'accord, Henry, à lundi.

Réponse dans le même registre. Tout fonctionne. On rassure le témoin qui vient d'entrer. Puis, les deux hommes se quittent.

Dans le couloir de l'aile O'Connor, alors qu'il voyait poindre, à travers les portes ouvertes, les têtes curieuses des secrétaires, assistantes et stagiaires qui faisaient des mines allant du « *ça va ? vous l'avez trouvé en bonne santé ?* » jusqu'au « *dites donc ! il vous a gardé longtemps, le Crabe !* », et qu'il sentait monter les odeurs si reconnaissables des fins de journée dans un hôpital, bouillon tiède et linge frais, éther et eau de javel, café-chaussette et chou qui marine, et qu'il continuait d'avancer en boutonnant la garde de son imperméable, Drifter fut assailli par des vagues et des nuages, un remous intérieur si confus et si oppressant, qu'une fois qu'il eut poussé le battant de la paroi de verre séparant l'aile du reste de l'étage, il s'appuya des deux mains au mur, par crainte de vaciller. Sa tête lui tournait, ses jambes lui manquaient. Dans un de ces flux et reflux qui dérivent sous la surface des sentiments et des pensées conscientes et qui, souvent, saisissent un être comme les sables mouvants aspirent un noyé, il eut la prescience que Lescrabes allait mourir dans les heures qui s'annonçaient et, tout à la fois, il fut harponné, pincé, poignardé par la vision de ce qui l'attendait chez lui et par la scène qu'il avait vécue juste après son arrivée de l'aéroport lorsque, ouvrant la porte de son appartement, sans avoir prévenu de son retour, il avait trouvé des étrangers attablés devant des plats de beignets fumants et qu'il s'était dit « *mais qui sont ces gens ?* », avant de réaliser qu'ils étaient la famille Aboulafa — les parents de sa femme, sa belle-famille ! — et qu'au milieu de ce groupe surpris et stupide, était assis un inconnu, que l'on semblait traiter comme le chef et auprès duquel Patricia s'affairait, et qu'il avait, alors, fait marche vers son bureau, traversant les pièces sans regarder quiconque, en entendant s'amorcer derrière lui un concert de chaises qui s'entrechoquent, de plats qu'on abandonne et de portes que l'on claque discrètement derrière soi. La misère de cette confirmation, mêlée aux reproches qu'il se faisait de n'avoir pas confronté, fait face, apprécié le sens de ce flagrant délit et de n'y avoir mis, encore une fois ! aucun terme, vint recouvrir, dominer et effacer ce que Henry Lescrabes venait de lui confier. Collé contre le mur du palier du troisième étage, attendant un ascenseur qui ne venait pas, Drifter, atteint par l'intuition de la mort de Lescrabes, ne parvenait cependant plus à se souvenir du visage du Vieux. Seules, dominaient les images qu'il avait si farouchement tenté d'oublier pendant les deux heures de leur entretien. Il s'était alors bardé littéralement, armé dans ses nerfs et sa résolution pour se consacrer à ce que lui confiait Henry, mais maintenant, à peine sorti de la chambre du malade, ce que sa volonté avait si péniblement effacé dans sa mémoire revenait en gerbes vomitives. Les trognes interloquées, quoique encore hilares, des trois hommes et des deux femmes, le père, le frère, l'inconnu, sans doute l'amant, la mère de Patricia, en train de bouffer leurs pâtisseries avec des expressions de voleurs pris la main dans le sac, et, de son côté, vibrionnant en lui, la sensation de participer à un spectacle sans y avoir été invité. Le silence, brisé par un début vaseux et bredouillé de Patricia : « *Je vais t'expliquer, je te présente* —. » Lui, fait un geste de refus et va tout droit vers le fond de l'appartement, ferme la porte, se déshabille, change de linge, se rhabille, lent et systématique, l'oreille aux aguets, sentant que les lieux sont en train d'être vidés. Il ouvre alors la porte, constate que la tribu a pris la poudre d'escampette, entend des grands bruits de douche qui coule dans la salle de bains, de placards qu'on fouille, sait que Patricia est donc seule et qu'elle s'évertue, dès lors, à l'éviter. Décide alors, lui aussi, de fuir toute discussion, sort, saute dans un taxi pour se rendre à l'Hôpital Américain de Neuilly.

Mais là, et maintenant, après qu'il a vu Lescrabes, Drifter retombe dans les affres de ce qu'il va dire et faire et entendre, ou plutôt ne pas dire, ne pas faire, ne pas entendre. Obnubilé par ce chantier en démolition que représente sa vie conjugale et par les lacunes de son caractère, il en reçoit des ondes de choc déréglées et s'en trouve, momentanément, paralysé. Folie, folie, faiblesse, dégoût, découragement, rien, rien, le néant.

Les odeurs d'hôpital font resurgir le passé.

Une fois même, c'est pour dire ! Drifter avait, sur une impulsion, fait arrêter le taxi quelque cent mètres avant d'atteindre son domicile. Il avait traversé le boulevard Haussmann à pied, son sac de voyage dans une main, son Olivetti portative dans l'autre, pour demander une chambre au troisième étage de l'Hôtel Avenir. Il avait donné un faux nom mais le réceptionniste, un homme âgé à l'air irascible, lunettes d'écaille et nœud papillon, avait secoué négativement la tête et l'avait regardé droit dans les yeux :

— Vous vous appelez Drifter, je vous connais, vous habitez en face.

— C'est ça, avait répondu Drifter, et je veux une chambre qui donne en face.

Et il avait glissé un billet de cent francs sur le buvard jauni au milieu du comptoir. Le vieux l'avait empoché et avait dit :

— Je vous fais réveiller à quelle heure ?

— Je me réveillerai moi-même. Merci.

— Bon, le 31, voilà la clef, bonne nuit.

Il était près de minuit. La chambre était étroite. Un lit à une place, un lavabo-douche, une armoire banale avec miroir, un fauteuil recouvert de toile brune, une table de bureau petite et impersonnelle, de la moquette orange au sol et des murs clairs avec des reproductions de scènes de chasse à courre dans un paysage anglais, dans des sous-verre répartis sur les parois. Il s'était assis sur le bord du lit et pouvait, sans avoir à se pencher, entrouvrir la fenêtre. Le réceptionniste lui avait trouvé la bonne chambre : il pouvait voir, de l'autre côté du boulevard, les fenêtres du living-room de l'appartement qu'il partageait avec Patricia. Il avait pensé que le réceptionniste avait dû comprendre ses intentions et s'était aperçu, alors, que ce qu'il avait pris pour une impulsion dans le taxi, n'était que le résultat d'un long désir secret, une idée qui lui avait traversé l'esprit lorsque, quelque temps auparavant, depuis l'appartement, il avait observé l'Hôtel Avenir et s'était demandé à quoi ressemblerait sa vie et son univers, vus de là-bas. Maintenant, comme un voyeur, Drifter surveillait le va-et-vient imprécis à travers les rideaux, incapable de déterminer si ce qu'il était en train de vivre procédait d'une façon supplémentaire de s'imposer une souffrance, ou bien d'une volonté d'établir enfin un constat concret, direct et qui ne devrait plus rien aux ragots et aux avis fournis par des tiers, mais confirmerait, une mauvaise fois pour toutes, les soupçons, les fuites, les maladresses. Les lumières s'étaient éteintes au bout d'une heure, sans qu'il ait pu discerner ce qui se passait chez lui. Il avait cru voir plusieurs silhouettes mais rien de net, aucun visage. Les rideaux de tulle blanc épaississaient tout. La circulation, sur cette partie du boulevard située en deçà de la place Saint-Augustin, entre l'avenue de Messine et la rue de Courcelles, avait perdu de son intensité. Il pleuvait. Il était resté encore une heure, figé sur le bord du lit, sans émotion, ankylosé dans la morbide attente masochiste d'un événement dont il savait qu'il ne le surprendrait pas. Puis, il avait décroché le téléphone, obtenu une ligne interurbaine par le 9, composé son numéro sans quitter des yeux la façade de l'immeuble. Patricia avait vite décroché, à la deuxième sonnerie, sa voix sèche, heurtée, toujours surprise, avec ce soupçon de brutalité dans l'accent qu'elle ne parvenait pas à effacer :

— Allô.

— Oui, c'est moi. Ça va, je te réveille ?

— Non, enfin, oui, quoi, où es-tu ?

— A Rome, Fiumicino, en escale, l'avion a pris du retard à partir de Beyrouth puis encore à Athènes, alors je ne serai pas à Orly avant le matin, mais tôt.

— Ah, bon ? quelle heure ? Tu veux que je vienne te chercher ?

— Non, non, ça va, je serai là tôt.

Il avait perçu un temps d'hésitation au bout de la ligne, très court, puis, subitement, senti comme une vitesse passer dans la voix de Patricia à la manière de l'embrayage d'un moteur et enregistré les réflexes d'agression qui prenaient le dessus.

— Je ne comprends pas, disait-elle. Enfin ! tu m'avais dit que tu rentrais demain soir, qu'est-ce que ça veut dire ? j'ai des rendez-vous toute la journée, on ne pourra pas se voir, je te préviens tout de suite, je serai même peut-être pas là quand tu rentreras, hein —, j'en ai marre —, marre —.

Il avait coupé sec le flot aigre dont le volume sonore augmentait à chaque seconde, et déguisé sa voix avec ce ton que l'on prend quand on téléphone de loin et qui, même si la communication est parfaitement claire, permet tous les mensonges et toutes les échappées :

— Bon, ben j' te laisse, à tout à l'heure.

— Ouais. Bon. C'est ça !

Elle, disant les mots avec rancœur, gueulés. Il avait raccroché. Il avait imaginé la mise en route d'une mécanique : il avait dérangé les plans de Patricia mais elle avait quelques heures devant elle pour rétablir un semblant d'ordre. Il avait repris sa veille. L'appel avait sans doute été reçu dans la cuisine où la tribu devait réchauffer quelques pâtes et s'agiter en paroles inutiles, mais, bientôt, les lumières s'étaient rallumées aux fenêtres du living-room. Il avait attendu. L'activité semblait s'être déplacée vers le bas de l'immeuble dont la porte cochère s'ouvrit sur le trottoir du boulevard. Le père Aboulafa et son frère, suivis de leurs femmes, étaient sortis, en manteaux. Ils avaient dû dîner là avec Patricia, rien de sensationnel, encore que la vision de cette famille envahissante, et dont Drifter ne parvenait plus à supporter les rires bruyants et les conversations qu'il jugeait triviales, menées sur un registre rapide, coléreux et intolérant, accentuât son sentiment d'être devenu un étranger chez lui, parmi ceux qui constituaient, selon l'état civil, la belle-famille. Et comme il n'avait pas d'autre famille, ils étaient sa famille ! Il les avait observés donc, avec leurs bouilles de forains et leurs gestes affairés, déambuler vers l'angle de la rue, le père Aboulafa en tête, rond et soufflé, son frère, qui avait la même démarche de poussah, puis les épouses : la mère de Patricia et sa sœur, toutes deux taillées sur un modèle identique, des maigrasses grandes et avides. Tout ce quatuor s'agitait, il avait cru entendre leurs voix aux aigus hispaniques traverser l'air pour monter jusqu'à lui, mais il avait attribué cette impression à sa fatigue et sa haine. Il avait reporté son regard vers le salon à nouveau sans lumière, baissé les yeux et attendu. Une heure avait passé, une heure de vide nauséabond et nauséeux. Puis, il avait vu Patricia sur le devant de la porte de l'immeuble avec, à ses côtés, un type dont il avait cru reconnaître les traits — l'avait-il aperçu un soir, dans un restaurant ou bien un après-midi dans un garage, peut-être, il n'arrivait pas à faire le point. Comme en photo, le centre de l'objectif restait flou. Elle avait embrassé le type sur les joues, il avait saisi un geste intime d'une main à hauteur du bassin, puis le type s'était courbé pour monter dans une petite voiture noire striée de jaune, garée devant la porte d'entrée. La voiture avait disparu. Drifter s'était apostrophé.

Eh bien, s'était-il dit, voilà, voilà, c'est tout, il n'y a pas de quoi en faire une énorme affaire, ni demeurer ainsi, prostré comme un criminel en attente de l'acte, sur un lit non défait dans le noir d'une chambre d'hôtel, tu as reçu la confirmation, après que tous tes amis t'en eurent, prudemment mais constamment, averti que, pendant tes absences, cette femme dont on te parle comme « *ta femme* » (risibilité des possessifs ! et comme il avait détesté entendre, n'avait, en fait, réellement jamais pu s'habituer à entendre Patricia dire, de son côté, « *mon mari* », comme s'il lui avait jamais appartenu — ou elle à lui !), ta femme donc reçoit un type avec qui, selon toute vraisemblance, elle couche et qu'elle inclut, dans cette action, sa famille, les Aboulafa, qui, de concert, bouffent, boivent, se racontent leurs histoires de famille, leurs drames, regardent la télé ou jouent aux cartes, installés dans ce territoire que tu crois être le tien — mais n'as-tu pas, là aussi, toujours ri de la notion de « *territoire* » ? — et ce qui te révulse, est-ce l'ensemble ou est-ce toi ? La normalisation de la situation, la banalisation du ridicule et comment, en outre, dès que tu as fait connaître ton retour, on a calmement et posément plié bagage, et comment chacun est rentré chez soi : la routine, le commun, l'ordinaire ! Ce qui t'accable, aussi, c'est que cela se passe sous « *ton toit* » alors que, plus élégant et plus secret, tu perpètres de ton côté tes propres petites trahisons bien plus loin, dans des villes étrangères, sous des trésors de précautions et de clandestinité qui font partie de l'excitation et de l'expérience, et pendant lesquelles tu t'offres, sans nul doute, un surplus d'angoisse et pas mal de plaisir —. Mais que vas-tu faire demain ? Rien.

Tu n'as pas envie de réclamer des éclaircissements car il faudrait, toi-même, en donner. Et tu n'as pas la force de trancher et de rompre. Car il faudrait, aussi, t'expliquer sur toi-même. Il faudrait déchirer le tissu de mauvaise conscience et de culpabilité qu'ont élaboré dans ta vie cette femme, sa mère, sa tante, son père, son oncle, et tu ne peux sortir de la toile dont ils t'ont recouvert, ayant habilement analysé tes faiblesses et les ayant, par système, exploitées. Tu pressens, alors, que cela ne suffira pas pour détruire l'assemblage de fils entrelacés depuis des années, et tu préfères te taire. Mais alors, fallait-il se laisser mener par ton petit démon dans cet observatoire anonyme pour déguster un tel poison, et cette peine en valait-elle la peine ? Tu ne le sais pas encore, mais c'était nécessaire, car si tu es incapable, dans ta vie intime, d'effectuer les gestes de décision qui paraissent si faciles, par ailleurs, dans l'exercice de ton métier, il est vrai, aussi, que l'accumulation de la connaissance de toutes ces laideurs — les tiennes comme celles des autres — finira par produire en toi une telle monstruosité, un tel poids, qu'un jour la nature te forcera à piétiner cette anamorphose.

Tout en vaticinant et ratiocinant ainsi sur lui-même, Drifter avait continué de regarder Patricia qui, tournant le dos au boulevard, se dirigeait vers l'entrée de l'immeuble. Elle avait eu un frisson et redressé le col d'une veste de laine claire qu'elle avait jetée sur ses épaules. Les yeux dessillés, il avait étudié sa longue silhouette qui commençait à forcir, cette charpente étirée aux membres de gallinacé, ce dos voûté, ce long cou, ces cheveux roux et sombres dont la teinte avait changé à chaque saison, ce déhanchement typique qu'acquièrent les modèles et que lui avait valu une courte carrière. Un défilé! Et cela avait suffi pour qu'elle se baptise « *modèle* » et abuse de ce passé qui n'avait pas eu lieu, dans ses propos de mythomane. Il la voyait de dos, mais il avait imaginé le visage sec de Patricia et les deux traits aux commissures des lèvres qui barraient sa face et qu'il avait appris à reconnaître comme les stigmates de la réticence du cœur, l'amour du profit matériel et l'amertume de n'avoir pas réalisé un seul de ses rêves de jeune fille : rides de l'échec et de l'envie. Puis, il avait passé en revue le nez épaté, le front buté, les yeux calculateurs, le menton en forme de poire qui faisait que le bas du visage s'enfuyait vers le vulgaire et commençait d'exprimer une somme disparate d'inachevé et de foutu. Il avait aimé ce visage, autrefois, et sans doute l'avait-il trouvé beau. Désormais, Drifter n'y lisait plus que des banqueroutes, dont on avait réussi à le persuader qu'il était le grand responsable, ce qui constituait le ciment même dans lequel son mariage était bloqué.

Etaient venues, ensuite, s'imprimer sur le masque, qui avait obéi à toutes les exigences de la pharmacologie afin de se plier aux modes successives, les traces indélébiles de la douleur involontaire ou imposée. Il aurait pu lire, derrière chaque patte d'oie et chaque affaissement de la peau, les coups que cette femme encore jeune avait donnés à son organisme au cours de ses tentatives annuelles de suicide, intercalées avec les fausses couches, épreuves liées les unes aux autres et dont il n'arrivait pas à comprendre si elles étaient des appels au secours, ou des entreprises d'emprisonnement dans un malheur commun, ou tout cela à la fois.

« *Occupe-toi de moi, occupe-toi de moi* — », n'avait-elle cessé de répéter pendant une époque et, comme il avait vite oublié de « *s'occuper* » d'elle, Patricia avait compensé par des démonstrations d'autodestruction bien dosées qui la menaient aux portes des salles de réanimation mais rarement plus loin, ou par les essais pathétiques d'aller jusqu'au bout de grossesses dont les médecins l'avaient pourtant prévenue qu'elle ne pourrait les mener à terme. L'addition de ces catastrophes était devenue, chez Patricia, la texture de son existence, surtout qu'elle avait, par intérêt ou par instinct, acquis la certitude que ce prodigieux enchevêtrement ligotait la conscience de Drifter. On apprivoise tout le monde à tout. Patricia avait réussi à apprivoiser Drifter à cette notion que les fléaux qui s'étaient abattus sur elle étaient de sa faute, et il avait ingurgité cette incongruité parce que, dans une instance enfouie de son passé, quelque chose ou quelqu'un avait dû le marquer du sceau de la culpabilisation immédiate, et qu'il ne s'en était pas encore délivré. La tribu Aboulafa avec les tantes pleureuses, les cousins volubiles, les oncles solliciteurs et les parents doués jusqu'au génie pour la dramatisation du moindre incident de la vie et pour l'occupation du terrain de la sensiblerie, contribuaient à la construction de ce petit édifice infernal.

— N'épouse pas ces gens, lui avait dit sa sœur aînée, venue d'Autriche où elle vivait et enseignait au lycée français de Vienne.

— Mais ce ne sont pas eux que j'épouse, c'est elle ! avait-il répondu.

— C'est la même chose, petit frère, avait-elle dit, et il n'avait pas oublié sa phrase, ni l'air froissé et distant avec lequel elle avait traversé, seule représentante de cette famille que Drifter n'avait pas eue, un mariage expéditif mais tapageur.

Sister était repartie pour Vienne le lendemain. Il la voyait peu. Ils avaient été élevés séparément, quand

Manette avait confié le jeune Wojtek au professeur Verdier et que Sister était restée à l'orphelinat —.

Les victimes, en matière de couple, ne sont des victimes que pour les bourreaux qu'elles se sont choisis. A force d'avoir habitué Drifter à un rôle d'égoïste indifférent, toujours absent, sourd et aveugle à ses tragédies, donc toujours coupable, Patricia s'était créé les conditions idéales pour lui mentir, le tromper et le bafouer sans qu'il puisse y voir clair. C'était une pôv, pôv, pôv, petite chose sans défense. Elle avait tout essayé et tout raté. Après que sa demi-saison de modélariat eut été vite passée, elle avait tour à tour tâté de la relation publique, de la boutique de gadgets, de la démonstration d'électro-ménager à domicile, du journalisme de mode, de la création publicitaire, de l'immobilier, de la postsynchronisation, du conseil financier, du livre illustré pour enfants, du restaurant diététique, de la collaboration à l'adaptation d'une comédie musicale venue des Etats-Unis, de l'antiquaille au Village Suisse, du coup de main à une copine dans un café-théâtre, du stylisme pour un photographe finlandais qui vivait sur une péniche à Saint-Cloud et de l'hôtesse d'accueil dans des salons itinérants pour des symposiums tenus dans les sous-sols des nouveaux édifices qui champignonnaient aux portes de Paris et où l'on traitait de la presbytie ou de l'avenir de l'informatique.

A mesure que l'eau du temps avait coulé, les tentatives pour se construire une identité avaient suivi l'évolution de la société et des mœurs et si elle avait commencé son zigzag dans le commerce le plus plat, elle l'avait continué dans l'audiovisuel ou l'électronique, sans échapper à une seule des toquades du moment, décoration *high tech*, yoga, fleurs dans les cheveux, *punkitude*, bière américaine, jean boursouflé à la fesse, thé chinois qui fait maigrir et bandes dessinées pour adultes. Elle avait usé et abusé du nom de Drifter et des relations privilégiées que son mari entretenait avec un homme aussi puissant que l'était Lescrabes, mais cela n'avait suffi en aucune circonstance à lui assurer une stabilité quelconque, ou lui gagner la sympathie de ceux qui avaient accepté de la prendre à l'essai. Elle fuyait devant la difficulté du rapport avec autrui, ou devant la moindre réticence manifestée par les inconnus à l'égard de son ignorance et de sa nature malgracieuse : « *C'est leur faute,* disait-elle, *ce sont des cons,* disait-elle, *j'en ai eu marre —.* » Elle n'affichait aucune constance dans l'effort. Depuis qu'il l'avait épousée, Drifter n'avait pas vécu une journée de vie commune avec Patricia sans l'entendre accuser les autres, accuser le monde, et prononcer son « *j'en ai marre* » qui équivalait, chez elle, au premier pépiement des oiseaux au réveil. Cependant, au long de cette perpétuelle recherche et cette interminable série d'espoirs entrevus, espoirs déçus, gens et milieux aimés puis aussi rapidement rejetés, espaces et environnements à peine investis qu'il fallait déjà les quitter, Patricia avait accroché quelques cœurs et quelques corps au passage.

Elle jetait son dévolu sur des hommes en général plus jeunes qu'elle et dont le physique et la personnalité contrastaient point par point avec ceux de Drifter. Elle les subjuguait avec son passé recréé de mannequin prestigieux et maudit (on n'avait pas pu la garder, elle avait été victime de tant de cabales !), avec son allure et sa science de l'apparat, avec cette faconde si brusque et si caractéristique des Aboulafa qui pouvait séduire les innocents, les faibles ou les oisifs, et elle faisait valoir son statut de femme délaissée, incomprise, elle jouait de la part déjà lourde des grands drames artificiels ou authentiques qu'elle avait connus et qui pouvaient duper ou émouvoir les jeunes gens à peine sortis du giron de leur mère ou tout juste rescapés d'une première expérience amoureuse qui s'était forcément mal terminée. Elle déployait alors à leur égard une attention de tout instant, n'ayant de cesse qu'elle les ait présentés à son père, sa mère, sa tante, son oncle, et qu'elle les ait initiés à leurs dîners, soirées familiales, jeux de cartes et interminables palabres, comme si elle voulait reconstituer à chaque fois, avec ses amants-substituts, le climat tribal que Drifter, désormais, refusait. Le parallélisme des univers à Paris est tel que le bruit de ses aventures avait tardivement atteint les oreilles de Drifter, d'autant que les permanentes absences de l'homme, et son inlassable course à travers le monde, et ses guerres, et sa paix, et ses morts et ses énigmes, avaient fait de lui une sorte de mari en transit, un voyageur qui traverse une maison qu'il a, autrefois, habitée. Il avait peu à peu deviné, plus qu'appris, les infidélités de sa femme et s'en était accommodé. Mais il avait mis plus de temps à mesurer l'exploitation de son nom et de son crédit, la combinazione et la magouille des Aboulafa dans son dos, les ardoises, les recommandations qu'il n'avait pas autorisées, les esclandres dans les boutiques, clubs de jeux et boîtes de nuit. Pourtant, il ne réagissait pas.

Il se drapait dans son image d'insaisissable beau mec au-dessus de tout cela, glacé, ironique, et dissimulait avec un art consommé le mal insidieux que lui procuraient ces blessures, mélangé au plaisir malsain de la revanche silencieuse qu'il savait prendre, à l'étranger, dans des liaisons inavouées et invérifiables. Surtout, invalidé à la fois par son orgueil qui refusait d'admettre l'échec, et par cette responsabilité qu'il s'était laissé imposer pour les névroses et les infortunes d'une femme, il cédait au chantage. Il avait cédé une fois, deux fois, dix fois, il s'était résigné à l'idée qu'il céderait toujours. Et comme, en outre, le chantage était épisodiquement étayé par un acte suicidaire qui le mettait pendant quelque temps en position de garde-malade et d'accusé (« *c'est ta faute, tu ne t'occupes pas de moi !* ») il n'invoquait plus les mots tabous de séparation, divorce, ne menaçait pas, se claquemurait dans l'apparence de l'insensibilité avant de repartir pour quelques mois loin de Paris, loin de la France, loin des Aboulafa, loin d'elle. Loin de lui-même, pardessus tout, puisqu'il aurait fallu qu'il s'interrogeât aussi sur la comédie qu'il se jouait et sur son refus de la vérité, son refus de se connaître ou se re-connaître. Il avait confusément et obsessionnellement conscience qu'il « *devait* » quelque chose à Patricia tandis que, de son côté, elle nourrissait la conviction qu'elle le « *tenait* ». Ainsi survivent les plus absurdes mariages.

Ces sortes de cancers font des ravages, dont les malades eux-mêmes ne peuvent évaluer l'importance. Drifter menait une existence schizophrénique : brillance, talent, voyages, signature à la page une, faveur du pouvoir du Patron, satisfactions professionnelles, quelques amis chaleureux, des histoires de femmes lointaines sur une rive de sa vie. Nuits blanches, hôpitaux, ragots, mensonges, défaites et impuissance, lâcheté morale et peur du réel, chambre 31 à l'hôtel Avenir, sur l'autre rive. Même si cette division ne lui apparaissait pas de façon aussi nette, il en ressentait parfois comme une gêne insupportable. Alors, il croyait devenir fou. Sa vue se brouillait, ses côtes et sa poitrine étaient assaillies par des crampes aussi vivaces que les coups d'un stylet, un nuage d'encre noire envahissait son cerveau, comme aspergé par le jet dru d'une pieuvre. Il cognait ses mains contre les objets, il perdait l'usage de la parole, il s'enfonçait dans un vertige, il se contemplait dans la glace, Narcisse sans illusions enfin revenu de lui-même, tandis que les questions éternelles sur son origine, son hérédité, revenaient à la surface. De quel père inconnu avait-il hérité ces infirmités, de quelle mère sans nom avait-il reçu cette sensibilité inutile ? Jusqu'à quand devrait-il maudire son enfance ?

Peu à peu, cependant, Drifter reprend contrôle de son moi. Il oublie l'ascenseur et décide de descendre les trois étages à pied : c'est une thérapeutique qui en vaut d'autres. Une marche, deux marches, dix marches, on y arrive ! Dehors, sur le boulevard Victor-Hugo, il fait frais. Drifter s'assied sur un banc face à la station de taxis. Des gens vêtus de blanc passent et repassent, l'air curieux. Vidé comme après un lavement, Drifter se sent à nouveau capable de revenir à la conversation avec Lescrabes. Il faudra revoir Henry, mais Henry ne va pas durer, Drifter en a la prémonition.

Henri Michaux avait écrit un jour : « *Celui qui a une aiguille dans l'œil se moque de l'avenir de la marine anglaise* », et Drifter avait retenu immédiatement cette phrase pour son raccourci lumineux et sardonique. Eh bien, l'on pouvait dire que Lescrabes avait une aiguille dans chaque œil puisqu'il savait qu'il allait mourir et discernait que l'on pillait déjà, dans Paris, son cadavre. Or, malgré les aiguilles, le Vieux avait insisté jusqu'à l'obsession pour que son Drifter chéri se préoccupe et s'occupe de l'énigme posée par un fait divers vieux de plusieurs mois. Même s'il ne parvenait pas encore à croire que le saut dans le vide de Jason Villaï pesait d'un poids quelconque dans sa vie, Drifter comprenait qu'il devrait tenir compte des circonstances dans lesquelles on lui avait confié cette mission.

Et c'est, approximativement, tout cela qui se dissimule sous le visage de Drifter, trois jours plus tard au Père-Lachaise, et que ne peut pas lire Andréa Paoli-Smith. A travers la foule, la jeune femme, à qui sa mère vient de murmurer quelques mots, bouge et veut se rapprocher de Drifter. Il l'aperçoit. Mais un gros remous prend forme, les éloigne l'un de l'autre. L'ultime séquence de la cérémonie rituelle vient de s'enclencher.

Ribambelle de boîtes noires, pièces d'un meccano qui ne fait rire personne, les véhicules du convoi funèbre se sont immobilisés le long des faux trottoirs de la fausse rue et les habitants éphémères de cette fausse ville ont fait cercle pour voir sortir une silhouette voilée et pulvérisée, soutenue par quelques bras enveloppés dans des manteaux hors saison. Un marmonnement général, comme le prélude d'une valse qui ne prendra jamais son envol, s'est exhalé des rangs jusqu'ici ordonnés et que la simple ouverture des portières a disloqués en grumeaux furtifs. L'étincelante caisse de merisier neuf a glissé entre des mains gantées de gris. Une cavalcade généralisée a commencé de s'esquisser, venue du fond de la foule pour remonter aux premiers assistants du spectacle qui ont fait cordon tant bien que mal, tandis que les officiants et la famille ont cahoté sur les pavés et entamé une brève mais pénible faufilade entre les caveaux, les grilles et les pierres tombales.

Disposée chichement en angle droit dans un espace principalement occupé par des lots plus cossus et plus épais, c'est une simple dalle de matière blanchâtre attaquée par l'eau et le temps. Au-dessus, une autre paroi de pierre avec, inscrits en lettres gothiques, les prénoms de deux boutiquiers anonymes, Vladimir et Olga, que leur célèbre rejeton vient finalement retrouver dans la terre et la cendre. Demain, l'oubli.

Interprètes principaux et figurants du dernier acte qui est en train de se jouer, perdent alors leur retenue. Leurs faces sont devenues plus lunaires et l'agitation qui s'empare d'eux traduit le désir violent de voir où et comment l'homme qui a tant pesé sur leur vie quotidienne va disparaître. Comme aucune place n'a pu être aménagée afin que chacun puisse assister à l'ensevelissement, et comme le nombre des participants dépasse la normale, c'est à qui piétinera ou écrasera l'autre dans le but d'arracher une parcelle de vision du spectacle. Des chapeaux tombent, on profane des dalles ou des tertres, des cris s'élèvent, des « *chut* » de protestation les recouvrant aussitôt, on entend faiblement des bribes de phrases dont on ne saura pas si elles remplacent une eulogie ou des prières, puisque le défunt n'avait rien prévu ni souhaité et puisque son irréligiosité notoire a interdit tout semblant d'un rite quelconque. Un silence s'installe. Bois qui craque, poignées d'acier qui crissent, sifflement des cordes qui déposent le cercueil en son trou, mottes de terre qui résonnent en rafales sur la caisse.

Les hommes et les femmes, dans la lumière de mars, avec cet air courroucé qu'ont les gens bien élevés lorsqu'ils plongent dans un événement dont ils n'ont plus le contrôle, ne savent pas encore qu'avec la descente de la longue boîte va s'effacer tout un monde, et qu'il en restera très peu de survivants.

Cela ne se déroulera pas en une période déterminée, six mois ou un an. Le désespoir avec lequel ils s'agrippent, à l'instant présent, à cette minute suspendue, marronniers en fleur, ciel gris, maquillages qui coulent, beauté de certains regards nus et de certains dos qui se voûtent, bousculades, pleurs et frissonnements divers, annihilent leur notion du temps en avant et opacifient les quatre ou cinq années qui vont suivre et au cours desquelles tout ce dont ils ont joui, et tout ce qu'ils ont consommé, va se carboniser. La mort consécutive de quelques autres figures clés du régime, un, puis plusieurs remplacements de chefs d'Etat, l'escamotage de divers requins de l'argent et de l'information au profit d'autres carnivores, la putréfaction accélérée des forces financières, familiales et sociales, l'inévitable mutation des alliances et des intérêts, l'émergence de nouvelles foires aux vanités nouvelles, conjugués enfin et surtout avec l'imprévisible évolution des mœurs et des moyens qu'inventent les hommes pour exploiter et diffuser ces mœurs, bref, tout contribuera au vacillement de l'échafaudage que l'homme qu'ils enterrent croyait avoir disposé sur la ville et le pays — et lorsqu'il n'y avait pas directement participé, il s'était arrangé, suprême science, à en récupérer le bénéfice et laisser entendre qu'il en était l'occulte architecte —, toute cette construction, en apparence indestructible, s'effilochera pour faire place à un ordre différent. La poussière de l'histoire aura fait son petit travail, irréversible et obscène.

La veuve masquée, le fils débile qu'on a extrait de son asile pour lui faire tenir un rôle dans une pièce dont il ne connaît pas le titre, les accompagnateurs officiels aux mâchoires fermées, les détenteurs du pouvoir et du capital, sont bientôt débordés par la vague zigzagante des célébrités en proie au désarroi, des veuves illégitimes aux guibolles flottantes, des amis déchirés aux yeux rougis, et de la cohorte parasitaire qui ne sait plus dans quelle soupe, à l'avenir, on pourra se nourrir et à quelle auge on viendra s'abreuver.

A ces quelques instants de presque panique succède une retraite aussi rapide. L'entourage et la famille montent dans les voitures. Le convoi s'enfuit. Demeurent des centaines d'oiseaux disparates qui pépient, piaillent et agitent leur plumage en papotant sur le terrain dévasté. La pluie d'un régiment de talons et semelles fait entendre son clapotis métallique. Une grande tristesse affectueuse gagne la piétaille qui échange souvenirs, anecdotes et images poignantes dans leur insignifiance et leur superficialité. On rit, avec mélancolie.

Le flot humain, surgissant du silence cotonneux du cimetière sous le portique orné de phrases en latin pour s'égailler sur la chaussée, reçoit, avec surprise, le grondement monotone de camions rouges et verts qui roulent en direction des boulevards périphériques. Il est midi.

DEUXIÈME PARTIE

Andréa, Drifter, Joyce, Marie-Luc

ANDRÉA

Le jour où il entreprit de faire mon éducation, j'entends par là celle que l'on ne vous administre pas dans les lycées ou les écoles, mon père commença par ces mots : « *Avant toute chose, Andréa, cherche à savoir d'où vient l'argent.* »

J'étais trop jeune à l'époque pour bien comprendre le sens de son précepte, mais il eut la bonté ou la cruauté, comme on voudra ! de détailler, exemples à l'appui, les raisons qui, selon lui, faisaient que le monde dans lequel j'allais évoluer était régi par l'argent et pourquoi, dès lors, il valait mieux lui accorder très tôt l'importance qu'un jour ou l'autre dans ma vie je me serais vue contrainte de reconnaître. J'aurais préféré qu'il m'enseignât plus de noblesse et de générosité, et qu'il marquât mon jeune esprit par quelque maxime qui aurait lentement fructifié en moi, du genre des derniers mots prononcés par Aldous Huxley sur son lit de mort : « Essayer d'être un peu plus gentil » ; ou encore la phrase de Benjamin Constant : « La grande question dans la vie, c'est la douleur que l'on cause » ; ou même, mais je n'en connais pas l'auteur : « Il n'y a pas d'amour. Il n'y a que des preuves d'amour. »

Mais Paul Paoli-Smith en avait décidé autrement et

l'on ne choisit pas l'éducation que l'on reçoit. Insensiblement, au contact du matérialisme de mon père, puis de celui, plus extravagant, de Lescrabes en son univers, j'ai donc appris à étudier les signes de la richesse et à m'intéresser à la façon dont les gens gagnaient leur argent, quels rapports ils entretenaient avec la Bête et comment ils résistaient ou se soumettaient à sa Loi. La vie, les voyages, les épreuves du temps m'ont heureusement permis d'élargir l'éventail de ma curiosité et de mes jugements, mais il m'est toujours resté ce trait venu de mon père, cet instinct, et lorsque j'observe un personnage connu ou inconnu, je ne peux refréner la mise en action de mon petit *sonar* personnel, détecteur de l'argent. Je vois bien tout ce qu'une telle approche des êtres peut signaler de desséchant et d'étroit, mais je n'y peux rien, vous seriez en droit de dire que c'est mon vice.

Après avoir décidé que je ne partirais plus en reportage pour participer au grand casse-pipe de la planète, déguisée en mec, qu'il fût macho, phallo, facho, gaucho, mytho, parano, schizo, ou rigolo, je me suis spécialisée dans le portrait des gens qui ne sont pas obligatoirement célèbres mais qui, pour reprendre l'expression de Henry Lescrabes, « *font quelque chose* ». Foin de questions sur la vie intime, la femme, les projets, les enfants, la créativité, Dieu, la culture, les passe-temps favoris ou l'idéal politique, je limite volontairement mon information à « *l'argent* ». Au journal, devant le succès de cette formule, ils m'ont attribué un espace avec ma photo et un titre fixe de rubrique, et, une fois que j'ai recueilli tous les renseignements nécessaires, je publie un portrait. Banques, impôts déclarés, possessions diverses, les premiers gains, la première feuille de paie, l'attitude vis-à-vis de la pauvreté ou de la richesse, cartes de crédit, façon d'aborder sa comptabilité personnelle, vous avez combien dans vos poches en ce moment? Description méticuleuse des portefeuilles, porte-billets, chéquiers, bourses, manière de faire des cadeaux et où, et lesquels, prix de la cravate ou de la jupe portée lors de l'entretien, de la paire de lunettes, des bagues aux doigts, tout y passe! C'est interminable, peut-être fastidieux, sans aucun doute instructif — et si j'éprouve des difficultés extraordinaires à arracher des renseignements à la plupart de ceux que j'approche, je m'amuse bien, et j'amuse mes lecteurs car, s'il est connu que les Français détestent avouer ou afficher l'état précis de leur avoir, ils adorent entendre parler de celui des autres. J'ai étendu le champ de mes questionnaires à d'autres pays, d'autres nationalités, d'autres horizons au point que j'ai pu en faire la matière d'un livre, mon premier!, qui a connu quelque succès. Je fais dans le fric comme d'autres dans la mort ou le sexe. Entre nous, la différence n'est pas grande.

Ma rubrique a survécu à la disparition de Henry Lescrabes. Son journal aussi, dans un premier temps, même si, comme il l'avait prédit, l'empire a été morcelé et grignoté de toutes parts — mais il en est resté quelques miettes, dont les rats et les souris de la presse ont continué de s'alimenter. Les souris, surtout. Car Henry avait eu raison d'annoncer l'ère de la femme dans la profession que j'exerce. Nous avons envahi ce qu'ils appellent les *médias*, et j'ai parfois l'impression, lorsque je traverse les salles de rédaction ou les couloirs des grands organes de presse, radio, télévisée ou écrite, qu'il y a désormais des douzaines de petites Andréas, actives et séduisantes en tailleur, pantalon ou manteau, cheveux courts et jambes agiles, dont les ressources persuasives et l'intelligence de la vie, alliées à la libération de leurs complexes, ouvrent les portes et font se délier les langues les plus discrètes. Les hommes politiques, en particulier, nous recherchent, ils font parfois de nous leurs maîtresses, n'ayant pas compris que c'est « *nous* » qui les avons choisis. Notre corps et notre cœur oscillant habilement entre le pouvoir et l'opposition, nous nous fabriquons ainsi un réseau d'informateurs privilégiés et d'obligations qui transforment le jeu traditionnel de l'interrogateur et de l'interrogé. Le pouvoir, autrefois, se servait de nous, de ce que nous pouvions lui offrir — comme à la grande époque des « *services* » rendus à Lescrabes : aujourd'hui c'est le contraire. Je connais des dames qui ont poussé le système à son apogée, comme celle, grande rouquine, qui s'est laissé faire un enfant par chacun des compagnons puissants avec qui elle a partagé sa vie, et possède, par conséquent, une enclave familiale dans deux directions consécutives de chaînes nationales de télévision, le secrétariat général d'une entreprise de travaux publics, et l'une des banques les plus solides du pays. Une autre, qui n'a pas été moins efficace, avait considérablement tourné la tête d'un des grands espoirs d'un parti politique, ce qui avait permis à son mari, médiocre *apparatchik,* d'obtenir toutes les entrées nécessaires dans ledit parti. On voyait, lors de certains voyages officiels, l'époux légitime qui grimpait dans les rangs et faveurs de ce parti, à chaque déplacement par avion ou par train, son siège se rapprochait un peu plus de celui du chef suprême, tandis que sa femme filait le parfait amour avec le grand espoir resté à Paris — laquelle femme, depuis, s'est reconvertie avec succès dans l'édition —, mais quoi ! tout cela n'est que bavardages, ragots, potins, cancans, poussière des jours, écume de la société. Et je sais bien qu'au long du parcours de toutes ces conquérantes — je devrais dire, ces combattantes — on peut compter aussi les passages de solitude et d'anxiété, les enfants négligés, les espoirs déçus, les intégrités piétinées, les renoncements qui engendrent en nous-mêmes cette sève d'amertume qui fait que certains matins sont gris, certaines nuits trop noires, certains mois d'août désœuvrés, et que les picotements dans l'œil au spectacle du bonheur des autres ne sont pas seulement dus à la fumée de votre cigarette ou à une escarbille reçue sur un quai de gare en attendant le train de votre fils, retour d'un collège de province où il apprend à vivre sans amour mais sans cris.

Je revis Drifter quelque temps après l'enterrement de Henry Lescrabes, chez Vinci.

Plus qu'un simple endroit où l'on vient danser ou boire un verre, « *chez Vinci* » était devenu en un an, à Paris, le rendez-vous de cette frange de la société qui crée les modes autant qu'elle les épouse, le lieu de passage de quiconque croit peser d'un poids dans la sarabande des mœurs. J'y puisais une source intarissable d'informations et d'idées et jouissais là d'une unique passerelle d'observation de la faune qui faisait le sujet de mes chroniques.

Pour moi, l'argent de Vinci était de l'argent Mafia, mais je n'ai jamais pu obtenir d'elle des précisions pour compléter son portrait satisfaisant. Elle se montrait très urbaine à mon égard, j'ai rarement payé les nombreux *screw-drivers* que j'ai consommés, mais, à mes propositions répétées, elle finit par répondre un soir, froide, avec sa voix de mêlécasse :

— Ecoute, Andréa, fous-moi la paix, chérie. Dans la limonade, en tout cas dans le genre de limonade que je pratique, on n'annonce pas la couleur de son pognon. Tu enregistres tous les friqués qui passent chez moi, les marchands d'armes libanais et les fistons du Président, les filles de Madame Denise et les conseillers particuliers des Princes du Golfe, tu te documentes sur Babalachi, sur Tony Kouma et sur la connection

Vasconsella et Bobby Bartouk et ses pétroles, tu notes tout ce que tu veux, mais sur moi, t'es gentille, hein, tu fais l'impasse.

Elle s'appelait Liliane Vinciguerra, mais tout le monde l'appelait Vinci. Elle avait une tête de moricaude sur une charpente de jockey, petite et râblée, des épaules étroites et nouées, des fesses cambrées qui lui donnaient une démarche provocante, elle aurait pu danser la java dans les bals du début du siècle, il flottait autour de son personnage une essence de voyouterie vulgaire mais attirante, elle avait du chien comme on dit, mais du chien de rue, du chien de chasse, de la lice. La mâchoire saillante et les lèvres bombées, elle avait des yeux pers qui balayaient l'espace autour d'elle comme un phare marin, mais dont la fonction véritable n'eût pas été de rassurer les chalutiers perdus mais bien plutôt les dominer sous son rayon aveuglant. Son regard était celui des miradors dans les prisons, auxquels rien n'échappe, et lorsqu'il s'arrêtait sur vous, on était frappé par sa beauté dure et l'irréalité de son éclat.

Elle cultivait l'équivoque avec délices. Elle arborait un sourire enjôleur et déployait une vivacité aguichante dans sa façon de vous accueillir et vous reconnaître, qui pouvait faire croire que vous étiez l'unique. Lorsqu'elle vous serrait dans ses bras et vous collait sur la joue, pas loin de la commissure des lèvres, un baiser ambigu, vous vous interrogiez sur le goût qu'elle avait des hommes ou des femmes, alors que cette attitude définissait chez elle l'intention banale de ceux qui exercent sa profession : être aimés de tout le monde, le client a toujours raison, et son argent n'a pas d'odeur et ne sent ni le pétrole, ni la poudre, ni le foutre, ni le sang. Il y avait cependant, en Vinci, autre chose que l'habituelle obséquiosité ou camaraderie forcée des tenanciers et mères maquerelles, un élément intrigant qui était dû à sa personnalité même, au dessin de son corps, à la ligne sinueuse de sa bouche, à l'impureté dans ses yeux. Mais aussi à sa psychologie féline, son don pour capter ce qui nourrirait la rumeur du lendemain, sa science des pouvoirs qui s'esquissent à l'horizon, son oreille pour la musique ou le langage du moment, son infaillible intuition pour, en l'espace d'une minute, le temps qu'un judas s'ouvre ou se ferme et qu'une portière de limousine claque sous la pression de main de son voiturier, distinguer la force véritable de la dureté apparente.

Jusqu'à son avènement, le rôle qu'elle remplissait avait été tenu par des gens plus âgés et plus assis. Mais, de même que l'on s'était familiarisé désormais avec des milliardaires de vingt ans, chanteurs, sportifs, écrivains, identités, visages et talents déjà cotés en Bourse, traités et entretenus par des batteries d'avocats et d'experts fiscaux, fossiles prématurés, atteints de cette pourriture inguérissable qu'est une gloire trop vite acquise et une fortune trop rapidement accumulée, de même le monde de la nuit s'était aisément accoutumé à l'idée que Vinci, sa grande prêtresse, n'avait pas atteint ses vingt-trois ans. Sa jeunesse et sa propension pour tout ce qui était nouveau lui ralliaient les marginaux, si bien qu'on pouvait voir chez elle autant les membres les plus stables de la bourgeoisie grasse et huppée que les dynamiteurs de l'ordre établi. Autant le banquier Lucien de Bramberg, dont la famille étendait ses branches dans toutes les places boursières du monde, entouré de sa valetaille composée de couturiers gras et d'androgynes new-yorkais aux cheveux d'albinos, que l'ancien militant ouvrier Etienne March devenu responsable d'une feuille de quatre pages qui dégageait à elle seule plus d'invention et de fièvre créatrice que toute la presse du pays, et qui se déplaçait, lui, dans un nuage de dessinateurs contestataires, d'amuseurs venus de la banlieue nord de la ville et de militants sombres férus de musique afro-cubaine et porteurs d'une aura de vérité et de danger.

Vinci possédait le genre de visage qui, lorsqu'il ne sourit pas, paraît désespéré. Elle avait été affligée d'une chair abondamment verruqueuse autour du cou, de la joue gauche et du front, et avait passé de longues heures chez les chirurgiens esthétiques pour se débarrasser de ces petites choses laides à la place de quoi, désormais, se lisaient d'infimes cicatrices, certaines cachées par le maquillage, d'autres à peine visibles, comme de courtes traces portées par les coups d'un canif d'enfant. Il lui en était resté, en outre, la manie de bouger inconsciemment les mains à hauteur de ces endroits qu'elle avait si longtemps voulu masquer ou mutiler, imprimant ainsi à ses doigts le mouvement perpétuel des ailes d'une libellule autour d'un bouquet de roseaux. Mais elle y avait gagné, aussi, le besoin de plaire et d'être constamment en représentation, moteur indispensable pour accomplir sa tâche. Elle s'habillait pour le contraste, pour l'agression, par souci de n'être jamais éclipsée par les filles qu'elle trouvait tellement plus belles et qui venaient danser ou boire chez elle, et dont elle souffrait de n'être que la « *taulière* », comme il lui arrivait de le rappeler avec une pointe d'aigreur réaliste. Les filles, pour leur part, enviaient la salacité de son allure et l'éclectisme de ses fréquentations. Celles qui venaient du bon côté de la rue contemplaient avec une curiosité complaisante ce personnage qu'elles n'auraient pas pu rencontrer dans les collèges où elles avaient été préservées jusqu'à ce que leurs parents, démissionnaires, les laissent déferler dans ces lieux limités où elles croyaient découvrir, enfin, la vie et le monde. Les autres, qui étaient nées du mauvais côté de la chaussée, reconnaissaient en Vinci l'une des leurs, mais qui avait su acquérir son indépendance et refusé la soumission à un homme ou à une fortune, et elles étaient bluffées par son vocabulaire, la solidité de son vernis, le culot dont elle faisait preuve dans la conduite de son affaire et la *baraka* qui l'avait, jusqu'ici, préservée des habituels écueils, extorsion, coulage, problèmes de police, prostitution ou drogue. Mais les déguisements nocturnes permettent tous les mélanges : il ne se produisait, chez Vinci, jamais rien d'autre que l'éternel amalgame des grandes cités quand le jour est tombé, le frôlement du respectable avec ce qui ne l'est pas, le mariage provisoire et sans cesse renouvelé de ceux qui veulent être ce qu'ils ne sont pas. L'encanaillement, cette indestructible maladie de la bourgeoisie, avait trouvé en Vinci sa vestale et son ordonnatrice, et elle tâchait d'en enrichir le développement en variant, chaque soir, ses tenues.

Elle était vêtue de cuir noir ou marron glacé, de vestes indo-américaines à franges et perles turquoise, de tuniques à col boutonné et de jupes fendues, de bottes mexicaines sous des robes serrées à la taille par des ceintures en toile verte et blanche ; il y avait toujours du rouge quelque part dans l'ensemble, une rose au corsage, des boucles cerise dans ses oreilles, le bracelet en crocodile rouge d'une montre plate, la tache crue du fard le plus vif sur ses lèvres, ou bien une *bandana* à motifs blancs qui débordait de la pochette d'un veston, dans le style tapageur d'un propriétaire de chevaux à qui la chance est soudain venue et qui promène avec morgue, dans le paddock, la fraîcheur de son opulence.

Elle fumait des *Boyards* gros module en papier maïs qui lui jaunissaient ses doigts courts et elle se parfumait aux épices des Caraïbes. Elle avait une expression favorite : « C'est cher », qu'elle utilisait comme un compliment, substitut passe-partout d'adjectifs plus conventionnels : beau, formidable, épatant, soufflant.

Le film abscons d'un Nordique névrosé était « *cher* », ainsi que le langage impénétrable de la nouvelle coqueluche de la psychiatrie internationale. Mais l'attitude héroïque d'un homme d'Etat abandonné de tous, c'était, aussi, « *cher* », comme l'était la mort d'un jeune pilote de course au visage d'archange ou les coups de poignard reçus par les spectateurs d'un concert en plein air sur la côte Ouest de Californie. Lorsqu'on avait appris qu'en une nuit, une ville entière d'Asie du Sud-Est avait été vidée de tous ses habitants et que l'ordre nouveau, imposé par des petits hommes vêtus de pyjamas noirs, avait fait table rase de toute civilisation, Vinci, au milieu des conversations frénétiques, inquiètes et incrédules, des débauchés, trafiquants, fils à papa, courtiers en armement, intermédiaires entre Etats et multinationales, vizirs du plaisir et stars du cinéma ou de la *pop music*, Vinci avait lâché sur ce ton sentencieux et rauque qui lui permettait de donner l'illusion d'une profondeur de jugement et d'une réflexion longuement mûrie :

— Le Cambodge ? c'est cher.

A cinq heures du matin, dans les lueurs blafardes de l'avenue, montant dans leur Dino Ferrari ou leur Porsche à téléphone et *booster-stéréo*, gras et énivrés, ils guettaient entre les piliers de l'Arc de Triomphe l'arrivée des petits hommes en noir qui évacueraient Paris comme ils avaient nettoyé Pnom Penh, et ils se demandaient : que deviendrons-nous ? Mais aucun d'entre eux ne succombait longtemps à la paranoïa qu'une onde sans origine avait momentanément créée dans les sous-sols enfumés et assourdissants de chez Vinci, car leurs noms figuraient sur des listes d'attente pour des Rolls à quarante mille dollars, leurs femmes se préoccupaient d'émeraudes et de zibelines, des jardiniers normands étaient en train de se réveiller pour tailler les premiers bourgeons des parcs de leurs résidences, on bâtissait pour leur compte des *marinas* en Floride, ils avaient mangé de la fondue à l'*Olden* de Gstaad, bu du café vert à la graine de cardamome dans le vestibule de l'Emir de Charjah, sucé les *jelly-beans* en sucre au *Bohemian* de San Francisco, commandé du Kummel au *Bemelman's Bar* du Carlyle à New York, et chié dans la porcelaine blanche et bleue du Connaught de Londres, et ce sont des choses qui vous rassurent l'âme et vous raffermissent le moral et vous permettent d'envisager avec une certaine sérénité le déferlement du marxisme asiatisé sur l'Occident malade.

ANDRÉA

Drifter, ce soir-là, semblait en grande conversation avec Vinci qu'il tenait familièrement par la hanche. Je m'approchai d'eux en leur tournant à moitié le dos, à reculons, baissant les yeux, fouillant dans mon sac à la recherche d'une cigarette pour pouvoir surprendre leurs propos. Vinci secouait la tête et je l'entendis affirmer :

— Je te dis que non, je te dis que non. Renseigne-toi, tu verras ce que je te dis.

— Tu mens, lui dit-il.

Je me retournai. Vinci avait ouvert ses lèvres, laissant apparaître ses petits crocs fendus en leur milieu par ce que l'on a tort d'appeler les dents du bonheur, et ne répliqua pas. Elle qui avait réponse à tout, Vinci la dure, Vinci le spadassin, je la découvrais momentanément clouée par l'accusation sibylline de Drifter. Quels rapports entretenait-il avec elle — et d'ailleurs, que faisait-il en cette cave ? Drifter n'avait jamais appartenu au monde de la nuit de Paris, il semblait pourtant s'y mouvoir avec familiarité. J'en ressentis comme une pointe de jalousie inexpliquée, et un défi à ma curiosité. Il se détacha d'elle et vint s'asseoir sur l'une des grandes banquettes circulaires qui avaient fait le succès de « *chez Vinci* ». Avaient le privilège de s'y arrêter, les célébrités ou les gens influents les plus divers qui n'étaient pas arrivés ensemble à la boîte mais se retrouvaient, comme dans un club privé, autour des sièges de cuir sombre et pouvaient, alors, intervenir dans la parlote marathon qui se déroulait à longueur de nuit sur les filles, le succès, les garçons, le cul, le Q.B.Q. international et local, la cote des hommes politiques et des vedettes, le Q.F.Q., les noms nouveaux, les blagues inédites, les derniers surnoms, les dernières vacheries, les prochaines marottes. Pardon, au passage, Q.B.Q. voulant naturellement dire « *qui baise qui* », et Q.F.Q., « *qui fait quoi* », abréviations que je n'ai pas obligatoirement entendues chez Vinci, mais font plutôt partie d'un langage que j'utilise souvent avec ma meilleure amie, Marie-Lucile, que j'appelle Marie-Luc, et dont j'ai déjà parlé une fois, mais qui n'est pas encore prête à intervenir dans mon histoire.

Le sous-sol de « *chez Vinci* » était occupé en son milieu par la piste de danse avec, d'un côté, des tables basses et fauteuils pour les clients sans importance, et, de l'autre, deux banquettes circulaires. La plus convoitée, qu'on appelait la Banquette, était la plus rapprochée de la piste. Le coup de génie de Vinci, une fois qu'elle eut repris la boîte en main, avait consisté à installer un double système de rotation interne et contradictoire sous la banquette qui se déplaçait avec ses occupants à une lenteur extrême, imperceptible mais perpétuelle, leur procurant ainsi la sensation de participer à une ronde, un manège, un voyage, comme vous voudrez — et qui permettait de surveiller le spectacle des allées et venues de l'établissement, tout en restant la principale attraction de ce spectacle. La Banquette et son ralenti en rond vous autorisait aussi à croire, l'alcool et la musique aidant, que vous étiez intégré à la grande roue du temps ou, plus simplement, de la nuit que vous viviez. Au bout de quelques heures de révolutions ininterrompues, vous aviez consommé plus d'alcool que vous ne l'auriez voulu, et, assoupi par le brouhaha de l'incessant bavardage, votre corps réclamait quelque exercice physique, quelque libération.

Il était très tôt dans le petit matin, c'était l'instant où les collusions se formaient pour les heures qui suivraient, et où ceux qui le désiraient lançaient des rendez-vous pour des retrouvailles en petits groupes dans des lieux plus secrets, aux fins de jeux plus charnels. Cette partie de la nuit me laissait indifférente, mais, pour le reste, j'admets que je n'ai pas toujours su résister à la fascination de la Banquette.

Une vodka-orange à la main, je réussis à m'y glisser, cherchant à repérer avec qui Drifter était venu boire. Je ne l'avais pas revu depuis le Père-Lachaise. Il y avait beaucoup de monde, ce soir-là, sur la banquette, dont Claude Marceaubelle, le comédien, Ashbury le compositeur aux paupières roses, quelques filles dont je ne sus pas distinguer sur-le-champ à quelle bande elles appartenaient, celle du petit Slamane, ou celle du producteur Joumenc qui venait de fêter son premier million d'*entrées-salles,* et il était, comme toujours à la Banquette, malaisé de sérier les couples, identifier les chefs de file et les suiveurs. Et si mon regard s'intéressa un instant à la nuque d'une femme que je croyais avoir déjà vue quelque part, mon attention fut, avant tout, accaparée par Drifter.

— J'ai voulu te parler, au cimetière, mais il y avait trop de monde.

— Moi aussi, dis-je, je voulais te parler.

— De quoi ?

— Oh ! de rien, j'avais de la peine et je savais que toi aussi.

— Attends, dit-il, je me rapproche.

Il se leva, fit déplacer deux convives, et s'assit à mes côtés.

— Qu'est-ce que tu vas faire maintenant ? me demanda Drifter.

— Ben, rien, je continue ma rubrique. Et toi, tu es sur quel coup ?

— Moi, rien. Je viens de terminer un long rapport sur mon voyage en Argentine, mais on ne le publiera pas. Cela dit, il va être utile.

— C'est vrai que tu as vu Henry en dernier, ou presque ?

— Oui, oui, je crois bien, si on recoupe son emploi du temps, j'ai dû le voir quelques heures avant qu'il meure.

— Alors, qu'est-ce qu'il t'a dit ?

— Oh ! rien, tu sais, enfin —, des tas de choses. Mais rien que toi et ta mère ne sachiez déjà depuis longtemps.

— Dis donc, Drifter, lui dis-je, pas à moi ! Qu'est-ce qu'il a dit, Henry ? Tu parles de maman et moi, eh bien ! justement, on a assez eu de chagrin pour être en droit d'en savoir plus. C'était mon tuteur, tu sais — enfin, merde, tu sais bien tout cela !

Drifter, qui jetait souvent des regards furtifs et préoccupés vers Marceaubelle et la femme assise à côté du comédien — dont je n'avais vu que la nuque, et une chevelure flamboyante —, se leva après avoir fait un geste rapide de la main dans cette direction.

— Viens prendre un café là-haut, me dit-il. Y-en-a marre de ce circus.

Nous montâmes au rez-de-chaussée, où Vinci avait disposé quelques chaises et des tables de bistrot de l'autre côté du guichet d'entrée ; les habitués s'y reposaient du martèlement des musiques en bas. Drifter me raconta qu'ils avaient parlé de moi, Henry et lui, et d'un article que j'avais écrit sur le suicide de Jason Villaï, et ça me flatta.

— Il était très bon d'ailleurs, ton papier, continua-t-il. Je l'ai relu, aux archives, après l'enterrement.

— Ben, pourquoi ça ?

— Comme ça. J'avais trouvé que Henry s'y intéressait de très près, alors, ça m'a intrigué, cette histoire. Je n'étais pas en France quand c'est arrivé.

— Y-a rien d'intrigant, tu sais, Drif, dis-je, il s'est balancé par la fenêtre, c'est tout. Il avait dû mal digérer une dose d'acide ou de poussière d'ange ou de P.P.C. On n'a jamais fait d'autopsie.

— Raconte.

— Pourquoi ? Ça te passionne à ce point-là ?

— Pas plus qu'autre chose, mais raconte toujours, fit-il en haussant les épaules.

C'était un comédien habile. Il dissimulait son intérêt derrière un gramme de flatterie, une pincée de gentillesse, une ou deux cuillerées de complicité — nous avions connu et aimé le même homme différemment, nous étions tous les deux en deuil de Henry Lescrabes, et cela nous rapprochait. Il enrobait le tout de cette franchise dans le dialogue que facilitent parfois les rencontres dans la foule et la nuit. Par-dessus cela, il exploitait le désir que j'avais de mieux le connaître et la satisfaction que j'éprouvais à le retrouver, mêlés à mon souci d'effacer l'impression première catastrophique qu'il avait dû avoir de moi, et que je n'arriverais jamais à chasser de ma mémoire, ce qui établissait entre nous des rapports inégaux qu'il utilisait à son avantage. Je n'étais pas tout à fait dupe, mais il y avait aussi ceci que, comme tout bon journaliste, Drifter savait écouter et que, comme toute bonne femme, j'aime parler quand on m'écoute bien. Alors je lui ai dit ce que j'avais appris, et qui n'était pas tellement épais.

Jason Villaï, « *idole des jeunes* », chanteur populaire

d'origine yougoslave, arrivé à Paris dans les bagages d'un autre chanteur très célèbre et très bisexuel et qui avait eu un coup de foudre passager pour son physique de berger des montagnes, n'était pas mort pour un chagrin d'amour ni pour un revers de fortune ni par un accident stupide. Le saut dans le vide avait eu lieu un jour vers 15 heures, alors qu'il était seul dans l'appartement-duplex qu'il possédait, au quinzième étage d'une tour sur les bords de la Seine. On avait retrouvé son corps déchiqueté en partie par les pointes d'une grille qui entourait l'immeuble de grand luxe qu'il habitait. La police avait vite été obligée d'établir un cordon de sécurité, car, aussitôt la nouvelle du suicide de Villaï connue et répandue par les radios, une foule de pleureuses de tous âges s'était dirigée vers la tour. La foule attendait car, pour je ne sais quelle raison, le corps avait été remonté au quinzième étage. J'étais arrivée très tôt, parmi les premiers journalistes.

— Pourquoi ils t'ont envoyée, toi ? demanda Drifter. Il y avait cinq ou six types au journal qui connaissaient Jason Villaï bien mieux que toi, non ?

— C'était un samedi après-midi, il n'y avait personne dans la salle de rédaction, j'étais passée pour revoir les épreuves de mon prochain portrait et quand la nouvelle est tombée, Vanaire, qui était de permanence, m'a dit : j'ai pas de signature solide sous la main, sois gentille, fonce, on te relayera. Mais tu sais comment ça se passe, une fois que j'ai été sur le coup, j'ai refusé qu'on me relaye.

— Normal.

J'avais toute l'attention de Drifter. Je m'aperçus que je savourais ce moment et que je dispensais, comme cela se produit fréquemment dans notre milieu, plus de talent à reconstruire ce que j'avais vu et appris que je n'en avais mis à l'écrire à l'intention du grand public. Les plus belles histoires criminelles ou politiques ne sont pas toujours livrées aux lecteurs mais rapportées par les journalistes entre eux, au point qu'ils s'épuisent trop tôt en vidant leurs bagages secrets de détails inédits. Vanaire n'avait pas tort lorsqu'il voyait un reporter rentrer dans la grande salle de rédaction et qu'il hurlait avant même que celui-ci ait pu dire bonjour aux copains :

— Raconte rien ! raconte rien ! Mets-toi à ta machine, tape et ferme ta gueule !

Les types se carraient dans leurs chaises, face au clavier de leur machine à écrire, et souffraient dans l'attente du terrible premier paragraphe. Massif, binocleux, le corps parcouru de frissons dus à un reste rampant de malaria, Vanaire ajoutait, dans ce grasseyement familier à une douzaine de jeunes gens pétrifiés qui subirent sa dictature mais dont certains recueillirent les leçons qui feraient d'eux, sinon des écrivains, du moins d'honnêtes chroniqueurs de leur époque :

— Faites court. Et vigoureux.

ANDRÉA

Un grand bonhomme à l'allure poupine, joues rondes et boucles rousses, les yeux porcins, souffrant d'un strabisme divergent très prononcé, les mains gonflées de chair rose, ses épaules de déménageur couvertes d'un blouson en matière synthétique couleur métal argenté, semblait contrôler une partie des opérations. C'était lui qui parlementait avec les flics, les photographes, les reporters radio, demandait du renfort et lançait des phrases claires et ordonnées au milieu du concert confus de cris aigus, ululements de *fans* en proie à la douleur, filles hystériques et mères clamant leur chagrin au-dessus des klaxons, sirènes et transistors ouverts pour que l'on puisse entendre l'événement auquel, pourtant, l'on était en train de participer. Je me fis connaître et il dit très vite, autoritaire :

— Celle-là, ça va, c'est bon, elle passe.

Je franchis deux cordons de police, pénétrai dans le hall laqué sombre, glaces, escalier de marbre, miroirs et canapés à tissu de rayures claires, dans le style des résidences privées de Park Avenue à New York, mais sans les portiers en livrée, et je suivis un autre homme revêtu du même blouson dont je compris que c'était un uniforme, celui de la plus récente tournée de Villaï en province. Inscrit sur le dos, il y avait, en majuscules : JASON VILLAÏ LA FORCE DE LA JOIE.

L'ascenseur monte vitesse grand V au quinzième étage. Après contrôle de papiers et conciliabule sur le palier de l'appartement, je passe devant d'autres flics, ne quittant pas le blouson numéro deux qui me guide le long de couloirs blancs aux murs recouverts de disques en platine et en or vers un grand espace blanc que je ne peux qualifier de salon, atelier ou salle de jeux, mais d'un peu tout cela à la fois, et dont les fenêtres donnent sur les toits de Paris. En bas, le trottoir et la foule, je me figure que c'est par là qu'il a sauté. Blouson numéro deux me dit s'appeler Jackie et ajoute, avec la voix neutre d'un annonceur de trains en gare :

— Y-a une photo exclusive en très gros plan du visage, une fois qu'on a remonté Jason ici. Elle est déjà faite. C'est moi qui ai le négatif. Y-a deux bâtons pour moi, avant de discuter les droits avec le Boss.

Je suppose que le Boss, c'est Blouson numéro un, et je me dis que je n'ai pas été habituée à ce genre de négociations. Alors, je réponds :

— Faudra voir avec Vanaire à la rédaction en chef. Vous pouvez l'appeler tout de suite.

Je lui donne le numéro de la ligne directe de Vanaire. Jackie sort un *walkie-talkie,* bakélite blanche, de la poche arrière de son jean à pattes d'éléphant, et articule à plusieurs reprises :

— Jackie au Boss. Jackie au Boss. Vous me recevez ?

J'entends un grésillement :

— Ici le Boss. A toi Jackie.

— Pour la photo, faudrait monter. Terminé.

— J'arrive. Terminé.

Nous nous dirigeons alors, Jackie et moi, vers l'angle fermé de l'espace où, dans un ronron discret et continu, trois hommes, des policiers en civil sans aucun doute, entourent le corps de Villaï recouvert d'un drap blanc. Ils se retournent et me dévisagent avec l'attitude traditionnelle des hommes qui se demandent ce que « *une pétasse comme ça vient foutre ici* », mais Jackie fait :

— Ça va, c'est bon, elle est avec nous.

Je ne comprends pas très bien la singulière connivence qui semble exister entre les managers de Villaï et la flicaille, mais je ne dis rien et j'attends. Les types m'oublient et continuent. Ça parle, ça mesure, ça photographie, ça soupèse, ça soulève, ça époussette, ça vérifie et contre-vérifie notes respectives et renseignements recueillis, ça téléphone un peu, ça attend beaucoup. Ils ont des costumes moches et des favoris le long des oreilles, ils fument un peu, ils portent des chaussures pointues à talons trop épais, je me félicite en silence de n'avoir jamais été versée à la rubrique « *faits divers* », quoi de plus triste que la fréquentation quotidienne des policiers ? En attendant, j'apprends ce qui fera l'essentiel de ce qui paraîtra dans la presse, le brut, le vrai, le reste appartenant à une légende qui s'est fabriquée dès le lendemain et, surtout, dès l'enterrement en Yougoslavie deux jours plus tard, lorsque les journaux spécialisés ont vendu leur numéro à des millions d'exemplaires et que l'on s'est aperçu que Jason Villaï mort rapportait encore plus que vivant, et qu'il a donc fallu amorcer, puis alimenter la pompe à fables et à mythes.

Pour l'instant, sur place, au milieu des enquêteurs et de Jackie qui a été rejoint par Boss, j'obtiendrai les faits, rien que les faits : Jason était seul, il avait dormi toute la matinée, se reposant du concert de la veille, le dernier de la tournée, un gala de clôture au Palais des Sports à Paris. Son chauffeur était en courses avec son coiffeur. Exceptionnellement, il n'y avait pas de femme dans les parages : Villaï avait fait abstinence cette nuit-là. Personne n'avait assisté à la chute même du corps qui devait remonter au début de l'après-midi. Seul, le bruit unique et dérangeant de cette masse humaine qui s'empale et se brise sur les grilles avait fait sortir le gardien, puis quelques têtes des fenêtres, et déclenché les cris d'horreur, appels au secours, attroupements, ambulances, police, pompiers et la suite. Lorsque la police était montée, la porte de l'appartement était fermée mais pas verrouillée, et on n'avait trouvé aucun mot d'explication dans les douze pièces du grand duplex vide et blanc.

Boss, surgi derrière moi, me prend à l'écart. Il a un air contrit mais nullement désorienté. Une petite ride gonfle son sourcil gauche. Il s'exprime comme ces gens qui vous font entrer dans leur confiance, semblant vouloir vous compromettre, tentant de vous gagner à cette vision qu'ils ont de la vie considérée comme une permanente combine :

— J'ai parlé à votre Vanaire. Ça va, c'est bon, on va faire affaire. Tout baigne.

Il me glisse un rouleau de 24 × 36 dans la main :

— Si vous voulez, je vous fais voir le reste de l'appartement.

Nous nous engageons dans les couloirs que j'ai déjà empruntés et Boss commente la visite à la manière d'un agent immobilier aux prises avec un locataire éventuel. Je remarque l'absence de portes et la prédominance du blanc, les installations sonores, électriques, téléphoniques coûteuses et omniprésentes, les tableaux abstraits aux murs, l'impression générale d'un endroit où l'on n'a guère vécu, peu dormi, peu mangé, avec cependant, sur la longue table d'acier chromé de la cuisine ultra-moderne où nous pénétrons, la vision incongrue de quelques quartiers de citron et un gros morceau de saucisson entamé, deux verres d'un liquide qui ressemble à du whisky, un couteau

Laguiole. Des paquets de magazines en tas dans les coins des pièces, et des livres dans des caisses de déménagement. Boss m'explique que Villaï n'était pas encore véritablement installé. Il précise toutefois que le chanteur habitait là depuis plus de six mois. Dans la chambre à coucher, un grand lit rond, défait. Aux murs des toilettes, où je m'enferme un instant, deux grandes photos noir et blanc. L'une représente une hirondelle sur un fil, l'autre un corbeau sur une branche. Tout aussi surprenante, puisque l'ensemble de l'appartement est exclusivement décoré de peintures non figuratives, est la troisième photo, encadrée sous verre comme les deux précédentes, et suspendue au mur. C'est une libellule d'un format monstrueux. Je demande à voir la salle de bains qui ne m'étonne pas, vaste et nette, aussi aseptisée que le reste. Sur une console laquée, au-dessous d'une glace géante encadrée d'ampoules comme dans les loges de théâtre ou de music-hall, des bouteilles et flacons de cosmétiques et parfums et des mouchoirs en papier roulés en boule. Expéditif, Boss ramasse les Kleenex des deux mains, la gauche lui servant de pelle, la droite de balayette, il jette le tout dans un vide-ordures en reniflant bruyamment. Je le regarde, il me toise, me tourne le dos et me conduit à la penderie attenante à la salle de bains, une interminable galerie de placards à vêtements et chaussures.

— Je vais vous montrer quelque chose, dit-il sans emphase.

Il ouvre les portes une à une et je vois, sur des cintres que je ne parviens pas à compter, une munificente collection de chemises et de pantalons, de quoi habiller trois régiments de chanteurs de charme ou de rock, avec, au plancher, sous chaque cintre, une paire de bottines correspondant à la couleur des tenues.

— Un costume par jour pour toute une année,

souligne Boss avec une sorte de fierté. Vous pouvez vérifier. Il y a le compte. Jason s'habillait jamais deux fois pareil.

Je ne peux m'empêcher de grimacer :

— Et au bout d'un an, qu'est-ce qu'il faisait ? Il brûlait tout ?

Il me regarde avec une sorte d'étonnement supérieur et amusé.

— Vous êtes la première à voir sa garde-robe complète (il souligne : complète), vous devriez me remercier et au lieu de ça, vous balancez des vannes, c'est pas sérieux.

— Vous avez raison, dis-je. Merci beaucoup.

— Y-a pas de quoi, répond-il, soudain soucieux et pressé d'en finir.

Et je crois comprendre que Boss est un jeune homme privé de toute émotion, qui pourrait être un employé du centre spatial de Houston en train de vous expliquer les principales étapes du prochain vol d'une fusée avec ce ton convaincu et à la fois neutre que j'ai parfois entendu chez certains Américains, chez des banquiers aussi, ou des pilotes de ligne, qui vous débitent leur information sans passion ni rupture de rythme, sauf que nous sommes en France et que Boss parle en français, avec sa voix blanche et robotisée. Je lui demande son nom. Il me répond tout à trac : « Frank Amsterdam », en liant le nom et le prénom comme ça : *Frankamsterdam*.

Sur cette onomatopée énoncée comme un cri de guerre, je perçois enfin la trace lointaine qui doit le relier à Oran, Blida, ou Mostaganem, même s'il a le poil roux et la peau bonbon framboise. Je lui dis :

— Pied-Noir ?

Il fait :

— Comment vous savez ?

— Il y a des sonorités qui ne trompent pas, dis-je.

— C'est bien ça, vingt sur vingt, dites donc ! vous avez de l'oreille, dit-il, dans un sourire qui le dénude. Remarquez, le nom aide, aussi, hein ? Pour inventer ça, il faut vraiment avoir envie de tout planquer !

Dans cet aveu et cette raillerie vis-à-vis de lui-même, je sens poindre le début de la faille. Va-t-il enfin se laisser aller et chasser le grotesque de sa personne pour faire place au malheur qui l'habite ? Aucune larme, rien. Il respire fort et sa pudeur gagne provisoirement le combat, mais nous avons longé ensemble une frange de vérité et cela nous a imperceptiblement rendus plus familiers l'un à l'autre. Alors, il retrouve sa physionomie affidée, son parler d'intrigant et cette fausse impression d'insensibilité que lui donne son excessif strabisme.

— Vous voulez voir Jason ? Je vous le montre. Mais vous ne dites pas que vous l'avez vu.

Nous sommes revenus dans le grand espace central aux baies vitrées. Il y a plus de monde que tout à l'heure. Une sensation d'effervescence a succédé à l'accablement et au silence. Des téléphones n'arrêtent pas de sonner. Jackie répond parfois, aidé par deux filles, des nouvelles venues qui portent le même blouson argenté. Elles ont des pantalons, les fesses hautes, des bottes de cuir à talon *western*. Autour du corps de Villaï, il y a la même garde de flics et d'infirmiers ou de médecins, je ne sais pas — mais avec sa litanie, « *ça va, c'est bon* », Frank Amsterdam les fait s'écarter pour me permettre d'approcher du corps posé sous un drap, à même une longue table d'architecte, une planche sur deux tréteaux d'acier peint laqué blanc. Le *manager* poupin aux yeux secs, dont les lèvres commencent à légèrement trembler, soulève le coin supérieur du drap. Le visage de « *l'idole* » est à moitié défiguré par la chute et le choc contre les grilles de la cour. On lui a fermé les yeux. Il lui reste cependant, facilement reconstituables, le dessin des mâchoires, les boucles blondes et courtes, le tracé classique des lèvres et du front. Frank Amsterdam rabaisse le drap aussi vite et me reconduit jusqu'à la porte d'entrée. Il porte son œil à hauteur du judas optique et recule :

— Les cons ! C'est bourré de photographes. Y-a toute la presse ! Les flics ont dû les laisser monter, j'aimerais bien savoir pourquoi, s'ils vous voient sortir ils ne me foutront plus jamais la paix, suivez-moi.

Nous repartons vers la cuisine et la porte de service. Il me donne un numéro de téléphone où je pourrai le joindre. Je lui demande :

— Vous avez une idée ?

— Non, je n'en ai pas, c'était pas son genre, je ne comprends pas. Maintenant, hein, on en a souvent parlé du suicide, comme tout le monde, mais je ne sais pas, peut-être qu'il a pris un truc qu'il n'aurait pas dû.

— Il en prenait beaucoup ? Dites-moi, je ne vous citerai pas.

— Y-a rien à citer.

Je reverrai Amsterdam encore deux fois dans les jours qui suivront, à la demande de Vanaire et de Lescrabes, et il me présentera à quelques-uns de ses collaborateurs et à quelques autres filles qui avaient suivi la dernière tournée de Jason Villaï, et si je pourrai amasser de nombreux détails sur les appétits sexuels du chanteur, aucune clé ne me sera fournie pour élucider son suicide, autre que des suppositions chuchotées sur un « *truc* » que l'on essayait, à l'époque, dans les sphères du spectacle et de la musique, qui aurait eu des particularités plus dangereuses que l'acide lysergique. Mais le *manager* avait déjà répété, lorsque je l'avais laissé sur le pas de la porte de service :

— Y-a rien à citer. Jason était sain.

J'ai vu que ses lèvres ne tremblaient plus. Il avait

réussi à tenir le coup, et je me suis demandé s'il en ferait autant avec tous les autres qui l'interrogeraient après moi, je l'ai remercié, et je suis montée dans l'ascenseur, à la cabine aussi luxueuse mais plus étroite que celle de l'ascenseur principal et dans laquelle flottait une odeur imprécise mais têtue de légumes ou de fruits. Qu'avais-je vu chez Villaï, sinon cet espace, cette cellule géante et vide, un décor et des accessoires qui renvoyaient le reflet d'une volonté de vivre dans le calme, la paix et la sérénité, mais semblait avoir débouché au contraire sur une terrible névrose ? Je ricanais en silence : « *la force de la joie* » ! Quelle force ? et où était la joie ? Je n'avais fait qu'effleurer le néant et l'inexprimé, et entrevu, sous un drap, quelque chose de mutilé qui avait été un homme.

Arrivée au rez-de-chaussée, je poussai une ou deux portes pour déboucher sur le hall d'entrée et frayer mon chemin à travers la cour où flics et photographes, techniciens de radio et de télévision, avaient formé des haies et installé leurs bivouacs. La cour leur appartenait, ils en avaient organisé le trafic, qui était devenu considérable. Les flics contenaient la foule essentiellement composée de filles et de femmes, à l'aide des barrières métalliques qu'on utilise pour les manifestations et défilés. De cette masse jaillissaient parfois des cris plus stridents qui soulignaient l'arrivée d'une célébrité et de son train. Alors, les photographes, techniciens et journalistes radio et télé la prenaient en charge, interrogeant, filmant, éclairant, pour ensuite la restituer à un deuxième cordon de policiers qui la dirigeaient vers l'entrée de l'immeuble, où attendaient plusieurs comparses en blouson métal argenté. Ils arrivèrent tous les uns après les autres, comme si l'annonce de cette mort qui les avait surpris à leurs bureaux, dans un studio d'enregistrement, au sauna ou sur le plateau d'une émission, les avait coupés dans leur activité et leur création et les avait impérativement attirés. Chaque fois que l'un d'entre eux sortait de sa voiture, on pouvait lire sur son visage une sorte d'approbation autosatisfaite, une confirmation : « *C'est bien ce que je pensais, il fallait venir ici, c'est ici que cela se passe, je suis au cœur du spectacle.* » Tous avaient les yeux vides ou baissés vers le sol et ils évitaient soigneusement ceux des *fans* dans la foule, obéissant en cela à un principe connu seulement des stars et de leurs agents, selon lequel il ne faut pas regarder les inconnus dans les yeux mais au contraire fuir leurs regards, que ce soit au premier rang d'une salle de spectacle, dans la foule d'un aéroport ou à la sortie d'un concert, de peur de déclencher chez l'un d'eux ou l'une d'elles cette fixation maladive qui les fera vous suivre de ville en ville, de salle en salle, peut-être de pays en pays, les poussera à vous écrire des lettres du genre, « *je sais que vous m'avez regardé; nos yeux se sont rencontrés dans la salle d'attente; il y a quelque chose que vous et moi sommes seuls à partager* », et fera d'eux, au mieux des emmerdeurs indécollables, au pire des assassins illuminés.

Je restai un long moment, abritée par le deuxième cordon d'agents de police en uniforme, à comptabiliser le va-et-vient de ces noms et trombines illustres et notai que, s'ils avaient tous et toutes un air contrit et fermé, aucun ne semblait marquer de surprise ni de bouleversement profond. Comme s'ils trouvaient normal que Villaï ait ainsi fini sa brève existence. C'était aussi cela qui m'avait frappée dans le comportement si retenu de son *manager,* Frank Amsterdam, dont on m'expliqua plus tard qu'il avait été aussi son ami le plus intime — une absence d'étonnement qui atténuait, dès lors, l'émotion, le drame et la mort. Si le suicide de Villaï stupéfiait la foule, il n'étonnait pas les initiés. Ils y étaient, semble-t-il, préparés.

— Bon, fit Drifter, lorsque j'eus terminé mon récit et le vide-ordures ?

— Quel vide-ordures ?

— Le vide-ordures, au sous-sol, dans les caves. T'as pas eu l'idée d'aller fouiller la cuvette réceptrice du vide-ordures au sous-sol de l'immeuble, pour récupérer les Kleenex que ton manager coriace mais sentimental avait subtilisés et évacués devant tes yeux — pour un peu les renifler et voir ce que ça schlinguait exactement, son truc ?

— Ah non, fis-je, interloquée d'abord, vexée ensuite, non là, tu vois, t'es plus vicieux que moi, j'ai pas eu l'idée. T'es même plus vicieux que tous les autres au journal parce que personne ne m'a fait la réflexion avant toi. Remarque, je ne crois pas que je leur avais parlé des Kleenex, ça m'est revenu ça en te le racontant, mais je n'ai pas écrit une ligne là-dessus. Sur le coup, je n'y avais pas pensé, je n'y avais pas fait attention. Alors, il y avait peu de chances que j'aille renifler dans le vide-ordures !

— Dommage, fit Drifter à voix douce, dommage.

Je ne savais pas s'il plaisantait ou s'il croyait réellement que le contenu de plusieurs mouchoirs de papier roulés en boule aurait permis d'élucider une mort qui n'avait, pour moi, aucun mystère, mais il répéta :

— Dommage.

Il devait être deux heures du matin et j'avais beaucoup parlé et l'évocation du saut de Villaï dans le vide et de ma visite chez lui, et du cinéma qui s'était déroulé dans la cour au pied de la tour, m'avait donné soif. Je bus mon café qui était froid, puis un grand verre d'eau. Drifter, lui, se taisait, perdu dans une réflexion qui amorçait sur ses lèvres un vague sourire inassouvi.

— Evidemment bien sûr, finit-il par dire et par répéter à plusieurs reprises.

Il semblait parodier une phrase-scie, la formule d'une rengaine, d'une chanson que j'étais sans doute trop jeune pour avoir connue. Il ânonnait les deux mots en les retournant, ce devait être chez lui un tic verbal :

« Evidemment bien sûr.

« Bien sûr évidemment. »

Evidemment bien sûr, ce n'était pas la première fois que la mort faisait ménage avec la jeunesse, et que cela frappait l'imagination, et plus particulièrement avec une jeunesse affublée de richesse et de renommée, et, plus particulièrement encore, ayant un rapport avec le costume, avec l'apparence, avec la musique. C'était même devenu tellement répétitif qu'on aurait pu finir par y voir la formation d'une trace, d'une tendance, comme on dit, et que cette trace avait un sens et qu'on pouvait enchaîner les rencontres récentes de la mort avec la jeunesse, et qu'alors, mises bout à bout comme les images d'un film dit « *film de montage* », elles aboutiraient à une logique dont le moins que l'on pût écrire, c'était que, pour l'instant, elle n'était pas tout à fait achevée — mais enfin oui, on pourrait essayer d'enchaîner. Et ça donnerait à peu près ceci.

Il y aurait Biarritz et le bal qu'un imprudent avait qualifié de « *Bal de la décennie* », mais auquel un intelligent avait donné pour titre « *Invitation au désastre* », et qui s'était déroulé sur deux jours et deux nuits à l'intérieur du pays, mais pas loin de la mer, dont on entendait sans discontinuer les rouleaux, et au cours duquel Sansan Simon, trente-trois ans, l'âge du Christ, s'était donné la mort parce qu'il avait dit et redit qu'il le ferait, arrivé à cette date anniversaire, et parce que ses amis au bout de deux jours et deux nuits de ripailles et d'orgie et de veille lui avaient lancé qu'il n'était « *pas cap* », et il avait été « *cap* », et il s'était ouvert les veines, c'était un modéliste doué et très fortuné et son frère, qui n'avait rien fait pour l'en empêcher, avait porté son deuil pendant tout l'été, même pour la finale du tournoi local de tennis, cela avait fait une énorme tache noire au milieu de toutes ces chemises poivron vert, blanc noix de coco et jaune canari, et toutes ces robes indigo, moscha et *Ivy League*, et cela avait troublé le match au point qu'un des deux joueurs était venu demander à l'arbitre de faire taire les murmures maladifs et les remous maléfiques qui parcouraient les loges de cet exclusif petit club basque si chic et si convenable, mais le frère de Sansan avait fini par quitter les tribunes et la partie s'était terminée dans l'indifférence générale, le fauteuil était resté vide, les gens l'évitaient, à croire qu'il dégageait une chaleur insupportable, comme les bouches de l'enfer.

Plus tard, ou bien était-ce avant, de l'autre côté des mers, un Cubain, réparateur d'appareils à air conditionné, avait découvert, au cours d'une visite de vérification de routine, dans la chambre d'un *motel* qu'elle était censée avoir quitté la nuit précédente, le corps éteint d'une chanteuse qui n'avait pas trente ans et qui avait carburé à tous les alcools et absorbé toutes les drogues et qui était si laide qu'elle en avait fait sa beauté, et dont l'appétit sexuel avait été proportionné à la somme d'échecs sentimentaux qu'elle avait pu essuyer et qui s'était donc vengée, une fois la gloire acquise, en baisant tout ce qui avait deux jambes et qui marchait, comme elle se complaisait à le dire sur scène ; elle avait une voix rugueuse comme les bouts d'autoroute avant qu'on y dépose la dernière couche brûlante et noire de macadam, et lorsqu'elle agitait ses hanches, qu'elle avait épaisses, et sa poitrine, qu'elle avait molle et lourde, un grand frisson commençait de la secouer de haut en bas et elle devenait si tentatrice et sensuelle et tellement pleine de gaieté, d'enthousiasme et de frénésie contagieuse que l'on oubliait l'ingratitude de ses traits, la vulgarité de son ton, le pathétique de son visage et qu'elle régnait alors, souveraine et intouchable, possédant la foule et le temps, maîtresse du bruit et du silence, et ce pouvoir presque inhumain qu'elle n'exerçait véritablement que pendant quelques minutes de grâce totale dans la durée générale d'un concert, devait en apparence justifier et racheter les jours et les jours de mal dans sa peau, mal au cœur, mal au sexe et mal à l'âme, les jours de chien, les paniques et les fatigues, mais elle savait bien, elle, bourgeon ocre du Texas, que rien ne rachetait rien, et elle s'en trouvait certains soirs toute stupéfaite, la vie l'ahurissait, elle n'avait rien compris à ce qui lui était arrivé depuis qu'à treize ans le premier camionneur l'avait humiliée dans l'arrière-cour de la baraque en tôle ondulée où elle vivait avec son père et quelques mioches au sang mêlé, ses frères.

Il faudrait ajouter à ces images, et cela s'était passé à peu près dans les mêmes années, celle d'un avion particulier qui capote dans les marécages entraînant dans la mort un petit clown joufflu dont les facéties et le don musical avaient fait en peu de temps le favori des enfants de deux continents, il mimait ses rengaines en agitant son corps recouvert de clochettes comme un pantin ; celle d'une voiture décapotable conduite entre Hambourg et Brême par un autre jeune homme, plus long, plus blond, plus efféminé, dont la seule interrogation modulée sur trois notes, « *pourquoi toi, pour-quoi-toi* », avait fait danser des millions de couples enamourés pendant tout un été, la voiture dérape, traverse l'*autobahn,* heurte dans le sens contraire un quinze tonnes porteur de tiges métalliques destinées à construire la charpente d'un centre de thalassothérapie sur les bords de la mer du Nord, on retrouvera la tête décapitée du jeune homme de l'autre côté de la voie, posée toute droite comme à la vitrine du charcutier, au milieu d'un champ de fleurs en ombrelles, les automobilistes ralentissent encore lorsqu'ils arrivent à la hauteur de l'accident, il y a toujours un embouteillage épais et exaspérant, certains descendent pour chercher l'endroit précis où avait atterri la tête, il y a des filles qui parfois déposent dans le fossé des couronnes de roses ; le plus étonnant c'est qu'il ait conduit lui-même sa voiture, tous ces types-là, normalement, ont des chauffeurs. Les routes, la nuit, les rubans qui défilent au son des cassettes qui hurlent le dernier succès de votre concurrent, ils avaient maintenant appris à s'en méfier, même si, à leurs débuts, ils avaient adoré le nomadisme et l'exaltante impression de dévorer un pays pendant qu'il dort, les arrêts dans les stations-service à moitié éteintes, les serveuses ébahies et prenables derrière les comptoirs, des pauses prolongées dans les toilettes d'où ils ressortaient les yeux cinglés, la narine en bataille, la sensation de liberté et de domination, l'évasion, tout cela qu'ils avaient beaucoup goûté, leur paraissait, maintenant, dangereux, rétrograde, porteur inutile d'une mort qu'ils avaient longtemps courtisée, mais dont, par expérience, et en comptant autour d'eux ceux qui avaient survécu à la grande hécatombe, ils savaient qu'il fallait à tout prix se protéger. La route ! Les meilleurs ou les plus fous d'entre eux y avaient défiguré leurs fiancées, perdu leurs amis d'enfance, déformé leurs beaux masques et balafré leurs corps androgynes, involontairement tué quelques inconnus dont ils indemniseraient pour la vie les parents et familles et dont la vision des saccades disloquées devant leur pare-brise hanterait ce qui leur restait de sommeil non artificiel. La route, les avions, les motos, tout le cortège des roulottes, chapiteaux, cargos et caravanes, stades vides et halles bondées, pavillons enfumés, foules incandescentes agitant leurs milliers de petites flammèches, puis repartir la nuit, le matin, sur la route, la piste, le chemin — la route, quel piège infernal et quel gâchis de croyance et de temps avait-elle apporté ! Désormais, ils se calfeutraient chez eux, effrayés par la perspective d'un nouveau voyage, cataleptiques et agoraphobes, des vieillards.

Et cet autre escogriffe noir aux cheveux bouclés et aux jambes en cerceau et à l'irrésistible appel sexuel et qui débordait d'une telle énergie qu'on aurait cru, parfois, voir une fumée jaunâtre sortir de ses grandes oreilles simiesques, et qui avait, si comiquement d'abord, mis au point une danse de canard autour de la scène mais, s'étant un jour empêtré les pieds dans sa guitare, l'avait brisée, et dans un accès de colère l'avait piétinée et s'était alors aperçu que la foule en était tout estourbie, il avait renouvelé sa performance le lendemain soir, puis, en vitesse, car c'était un champion du monde de vitesse dans l'adaptation d'une impulsion et la normalisation d'un excès imprévu, il avait transformé son numéro en un grandiose massacre de guitares, certains soirs il en brisait douze à la chaîne, les brûlant même après les avoir sciées avec des outils qu'on lui tendait depuis les coulisses, tandis que ses musiciens scandaient derrière lui à grands coups de batterie, basse, orgue, synthétiseur, et autres sons destinés à marteler, piétiner, appuyer, sorte de rythme binaire monotone et obsessionnel, boum-boum, boum-boum, et lorsqu'il se lassait de cette mise en charpie, il reprenait le cours de ses chansons et les dirigeait vers une conclusion mystique ou lyrique, mains tendues vers le public, son corps offert, dépoitraillé, tête rejetée en arrière dans une giclée de sueur, la cambrure de ses reins et la saillie de ses cuisses ressortant grâce à ses pantalons en peau de vache crème qui lui moulaient le sexe ; ce subtil manipulateur de foules qui avait su réinventer son tour de chant et devenir un gladiateur iconoclaste et imprévisible, qui ne terminait pas une nuit de ses tournées sans accueillir trois filles blanches dans son lit et qui avait éparpillé à travers tout le continent européen, avec une préférence pour les pays scandinaves, une ribambelle de petits bâtards aux boucles et au teint aussi noirs et à l'air aussi sauvage que leur père connu-inconnu ; cette locomotive lancée à cent à l'heure dont la combustion réclamait chaque jour une dose plus forte et un charbon plus mortel et plus onéreux, on l'avait retrouvé, lui aussi, dans des circonstances étrangement analogues à celles de sa lointaine sœur en autodestruction, à la fin d'une journée, dans la suite royale d'un vieil hôtel du nord de l'Ecosse, le jais de sa peau presque bleui par la sanction finale que lui avaient infligée tant et tant d'intrusions chimiques, il ne restait plus rien de cette étonnante machine à gueuler, foutrer, fumer, bouffer, rigoler et tempêter, dont les éclats gutturaux avaient réveillé des étages entiers dans les hôtels du monde, avec sa troupe, il s'était cru tout permis, des avions avaient fait des atterrissages forcés à cause du bordel qu'il avait mis à bord, des cars de police et des ambulances les avaient attendus en bout de piste dans un dispositif identique à celui prévu pour les pirates de l'air, ils avaient recouvert de leurs excréments les murs de palais florentins et hindous, comme d'abominables bébés barbouilleurs et dysentériques.

On tombait toujours sur ces épaves inanimées et irrécupérables à la fin du jour, parce que les épaves avaient pris l'habitude de vivre la nuit et que le jour était fait pour dormir et se dissimuler et on les découvrait toujours dans des lieux de transit et des chambres de passage, tout aussi luxueuses et vastes qu'elles aient pu être, car c'étaient des gens sans racines, comme beaucoup d'hommes et de femmes aujourd'hui. Des maisons vastes et surchargées de luxe inutile les attendaient bien quelque part dans des îles ou des régions suburbaines, gazon et patrouilles de milice privée, ils n'y passaient guère de temps et ils ne mouraient pas dans leur lit favori ou leur salle de bains préférée, mais cela n'avait plus d'importance au stade qu'ils avaient atteint. *Overdose, overdose,* les petites syllabes anglo-saxonnes qui, comme tant d'autres bacilles de la langue internationale, avaient contaminé les cultures et les vocabulaires traversés, *overdose, overdose,* il était peut-être un peu trop commode d'utiliser à chaque fois la même explication, mais il y avait du vrai là-dedans, il y avait comme une trace.

Ils avaient voulu voler, planer, flotter au-dessus du sol. Lorsqu'ils étaient enfants, ils rêvaient le rêve fondamental de l'enfance qui ne vous abandonne qu'assez tardivement, bien après que votre inconscient a réussi à se maîtriser lui-même et admettre que ce rêve, autant que celui de l'immortalité ou du retour dans le temps, est inacessible. Le rêve ne les avait pas quittés puisqu'ils n'avaient jamais quitté leur enfance. Ils voulaient avoir des ailes. La musique et la fortune instantanée que leur avait apportées cette musique de masse, avaient fait d'eux des puissances d'argent, des bastions implantés sur des territoires immenses ; ils possédaient de quoi acheter des banques, des puits de pétrole, des hôpitaux ou des champs de soja, des compagnies d'assurances ou des ateliers d'armement, comme les grands, mais ils n'avaient jamais grandi. Ils avaient fait de la musique pour fuir le monde des pères et des mères, pour échapper à la férule et à l'ordre, et leur musique et les paroles qu'ils avaient plaquées sur cette musique n'avaient exprimé que cela, qui était une révolte et un refus de l'âge adulte, la comédie adulte, le geste adulte, la crasse et la magouille adultes, les choses établies, le système, les conventions, l'hypocrisie, l'adultasserie, l'adultouillasserie, l'adultose. Les jeunes de tous les pays les avaient suivis. Ils avaient gagné. Ils étaient assis sur des mines d'or et ils pouvaient s'acheter le monde et ses jouets. Mais ils ne pouvaient pas voler d'eux-mêmes, et c'était pourtant cela qu'ils recherchaient, ce rêve, ce désir de leur nuit profonde. Ce n'était pas un hasard si tous les termes et toutes les images relatifs au mouvement de maintien et de déplacement dans l'air avaient été accaparés par leur langue pour définir l'état que leur musique ou leur drogue, ou les deux à la fois, procuraient au public et à eux-mêmes, et si les allusions aux grands oiseaux des mers, goélands, mouettes et autres cormorans revenaient de façon systématique dans leurs écrits, leurs déguisements, leurs sigles et leurs logos, leurs films, les noms qu'ils donnaient à leurs groupes, trios, quatuors ou quintettes, et s'ils avaient fait d'une fable animalière et hautement symbolique dont le héros volait plus haut, plus vite et plus abstrait que tous les membres de sa race, leur bible et leur livre de chevet.

Voler, s'envoler, s'évader, s'échapper, survoler pour planer, planer, planer — de tous les trucs qu'ils avaient essayés et dont ils avaient nourri leurs organismes bientôt sans défense, ceux qui les avaient le plus séduits et effrayés leur avaient procuré la quasi-totalité de cette sensation et la presque matérialisation de ce rêve. Les corrupteurs et les exploiteurs, les hommes qui les tenaient bien en main en leur fournissant les ingrédients et en dosant leurs besoins et leurs manques, avaient-ils commis une erreur ? Surdosé ? On racontait que l'univers de la musique de masse

avait été, comme le reste, pris en charge par les vieux, ceux qui savent, ceux qui maîtrisent les cartes et les ficelles du monde, les manipulateurs, les mafias. Et que les jeunes gens qui avaient voulu changer de contrat, de maison de disques, de façon de vivre, avaient été sciemment *overdosés,* pour l'exemple. Et que la fille du Texas et le Noir briseur de guitares, le clown dans son avion et les douzaines d'autres gloires détruites l'avaient été de la main de leurs propriétaires. On achève bien les chevaux ? On achève bien ceux qui chantent. Dans le film, dans la série des images et visions qu'il aurait fallu mettre bout à bout, l'explication pourrait passer pour valable. Mais elle paraissait, comment dire ? presque trop logique et elle ne suffisait pas. C'était à retenir, cela méritait examen, mais la Mafia avait bon dos, on lui avait déjà attribué la plupart des grands crimes irrésolus de la décennie, à croire que Dieu lui-même était un mafioso, mais c'eût été trop simple ! La Mafia n'avait pas construit les *goulags,* elle n'avait pas ordonné les massacres de paysans à la sortie des églises dans les républiques d'Amérique centrale, elle ne pilotait pas les superbombardiers qui partaient le matin de l'île de Guam pour aller laminer les jungles et les villages, elle n'avait pas ordonné qu'on laisse du mercure s'infiltrer dans des produits pêchés par des marins japonais, elle n'avait pas instillé le cancer dans les cellules, il ne fallait tout de même pas paranoïaquer outre mesure, elle n'était pas seule responsable de toute la merde et le sang qui se charriaient d'un continent à l'autre au son de musiques lancinantes et si belles écrites par et pour des enfants. Jason Villaï avait aussi écrit des chansons, et elles étaient belles. Il avait ouvert la fenêtre, on imaginait son grand corps étendu planant quelques fractions de millisecondes avant de chuter tout droit vers les grilles et le sol, il y avait des photos d'hirondelles et de libellules sur les murs de ses toilettes — un corbeau aussi, seules figures concrètes dans tout l'appartement décoré d'abstractions — pourquoi pas ?

Avant que le corps du chanteur ne vienne se transpercer sur les flèches d'acier noir qui l'attendaient, bien amarrées dans le béton de la réalité, il faudrait intercaler quelques autres images, qui dépassaient le simple phénomène des jeunes musiciens célèbres disparus, mais revenaient au thème plus général et plus révélateur de la jeunesse et de la mort, et l'on verrait alors se bousculer en maelström et en kaléidoscope tout ce que la mémoire, maintenant délirante, de Drifter monologuant avec lui-même, n'arrivait plus à ordonner.

La mémoire du désordre ! Les petits gosses des Philippines aux ventres ballonnés par la faim et les guérisseurs bidons manipulant leurs sachets remplis du sang de chèvre et faisant croire aux gens qu'ils allaient les soulager de leurs ulcères, se mélangeaient avec la rencontre d'un salaud qui lui avait avoué avoir tourné une scène pour un porno clandestin où l'on avait effectivement trucidé une jeune Brésilienne de dix-sept ans après l'avoir maintes fois enculée, le tournage avait eu lieu dans un studio caché dans les faubourgs de Bahia. Le type, un cameraman barbu aux yeux flous, n'avait pas voulu discuter quand il lui avait dit « *tu as été complice d'un crime* », ils étaient saouls tous les deux, ils s'étaient dit des choses qui normalement se terminent par la violence et le règlement de comptes, le lendemain le salaud avait raconté qu'il avait raconté des blagues. Il y aurait aussi la dernière vision de Michel, ses appareils photos autour du cou, et la jeep qui se retourne sur le pont, et moi qui crie, viens, viens, ça va, on en a assez pris comme ça ! et Michel qui a l'air surpris et fait signe qu'il me rejoindra et je le quitte et quand je reviens parce qu'il n'a pas regagné l'hôtel, je trouve son corps à la même place au milieu du pont mais il est à terre, il a pris vingt-cinq bastos dans le ventre, il a gardé son expression de surprise, j'aurai toujours le sentiment d'avoir oublié quelque chose à Saigon et de vouloir y revenir. Et la conversation avec ce sculpteur dont la jeune femme et ses deux enfants avaient été égorgés dans sa villa de Californie pendant qu'il était sorti acheter des recharges d'*ice-cream* chez Wheelwright's et comme la succursale de Sunset Boulevard était déjà fermée, il avait poussé une pointe jusque dans Santa Monica et cela lui avait pris près d'une heure et la radio jouait « *Je peux voir plus clair maintenant* », c'était l'air numéro sept au *hit-parade* de l'année, il se souvenait de l'avoir fredonné tout le long du chemin vers les villas et les collines, et lorsqu'il était revenu, il avait vu les traînées de sang et les graffiti fous sur les murs roses de la propriété, il avait tout de suite été frappé par l'idée que quelque chose d'irrémédiable s'était produit, et comment, malgré l'urgence qui aurait dû le pousser à foncer sans attendre vers les portes pour hurler, « *qu'y a-t-il, où êtes-vous, tout va bien ?* », comment il avait hésité un moment, son corps et sa pensée avaient observé une sorte de temps d'arrêt, comme la dernière respiration saine avant le saut dans l'irrationnel et l'horreur et comment quelques années plus tard, le sculpteur s'étonnait encore de cette brève immobilisation que tout son être avait connue avant le désastre, il s'en souvenait autant que de l'énigme toujours non éclaircie de ce massacre. On avait avancé qu'il s'était agi d'un crime rituel, commis sous l'influence de quelque substance hautement dérangeante, mais les assassins s'étaient volatilisés dans les franges insanes et mouvantes de la Californie, société sans empreintes digitales, et sans doute aujourd'hui reposaient-ils eux-mêmes dans un autre charnier qui restait à découvrir dans les Caraïbes, ou le long du Pacifique, ou ailleurs sur cette terre incohérente, dans cette époque, mon époque, que je cherche à saisir mais je n'y parviens pas, quelqu'un a écrit un jour : « *Lorsque le vieux ne veut pas mourir et que le neuf ne peut pas naître, il y a crise.* » S'agit-il donc de ça ?

Le film dérape.

Thibeau se viande en voiture à la sortie du périphérique, son corps est encastré dans le ballast, la veille, quelqu'un a dit de lui, « *il est très brillant et tout et tout, mais ce qui dérange, c'est sa façon de traiter sa voiture* », et c'était vrai qu'il conduisait la 504 de fonction après avoir congédié le chauffeur car il resterait encore très tard à veiller au bureau pour essayer, jeune génie de vingt-cinq ans, de régler à lui seul les problèmes du conglomérat tout entier, il la conduisait sans retenue, empruntant des rues étroites à une allure folle comme s'il ne voyait pas ce qu'il y avait au bout : des murs, des virages, des feux de signalisation, des limites ; l'hélicoptère ramenant les toubibs et les infirmières depuis la vieille ville où ont lieu les combats, jusqu'au bord de mer, où sont les tentes de repos, se crache sur une colline pelée et crame, à bord il y avait Daniel et il avait dit, « *ce qu'il y a de bien, avec le travail que nous faisons, c'est que je n'ai plus le temps de penser à Bianca* » ; les yeux de prédateurs des pirates de mers de Chine qui rançonnaient et violaient les *gens des bateaux* qui fuyaient dans leurs jonques, et le regard vide et insolent de ces gamins armés de machettes et de marteaux, face à une patrouille fluviale qui les avait arraisonnés, et leurs yeux semblaient dire, « *vous n'allez pas nous toucher, vous allez nous relâcher, nous avons vu et fait des choses qu'aucune juridiction existante n'est capable d'évaluer* », et en effet, après quelques contrôles de routine, on avait laissé repartir les pirates, certains d'entre eux étaient peut-être les frères ou les fils des officiers qui les avaient interpellés, il avait pesé sur toute cette scène, pour l'Occidental innocent, un parfum de connivence indicible. Ce n'était pas le même regard que celui des proxénètes italo-français à la sortie du procès lorsqu'ils avaient reçu leur lourde sentence mais s'étaient tout de même retournés vers ces filles, leurs accusatrices victorieuses, qui devraient désormais changer de ville et de vie et passeraient sans doute le reste de leurs années à fuir ou à attendre un coup de poignard ou une tonne de ciment dans les jambes, les maquereaux, donc, avaient eu le temps de les dévisager une dernière fois et il y avait eu dans leur regard et leur sourire cette expression de domination et de certitude de la vengeance, cette affirmation que, quoi qu'elles en pensent, les filles n'étaient pas libérées, et les yeux avaient semblé dire : « *Un homme un jour t'auras, tu ne seras jamais lavée de la souillure que nous t'avons fait subir.* » Ce n'était pas le même regard que celui des bambins — pirates jaunes aux yeux froids, car il venait d'hommes plus âgés appartenant à une autre race, des blancs, des lourds, des crémeux, des épais, des possédants, mais il y avait cependant quelque chose de commun, la même supériorité mortelle, le même manque total, intégral, le même monolithisme. Un trop-plein : la mort. Un manque : l'amour.

Parce qu'enfin, dans tout cela, à quel moment, dans quelle image est intervenue une seule fois — ne serait-ce qu'une fois ! — la notion d'amour. Et dans cette vérité que j'ai cru si longtemps traquer, observer, draguer, parce que la vérité se drague comme une fille en été sur les *ramblas* d'une grande cité étrangère, c'est-à-dire qu'elle ne se donne qu'à moitié et qu'elle vous joue sa comédie et que, comme au casino, personne ne gagne, à part la banque, mais qui tient la banque ? — oui, dans ces juxtapositions hétéroclites, quelle part ai-je faite à l'acte d'aimer, quelle importance ai-je donnée au sourire d'une femme, aux ébats d'un enfant, à l'échange de deux sensibilités, au don de soi, au don à l'autre ? On ne parle bien que de ce que l'on connaît bien, et je ne connais rien à ce que je cherche.

La séquence finale du film, même si le montage a passablement dérapé, et même si l'on a, en partie, perdu la maîtrise de sa construction, met soudain en scène des silhouettes de jeunes gens se tenant debout comme des sentinelles aux portes de la violence.

C'est un pays qu'ils ont déjà pénétré et qu'ils investissent chaque soir ou chaque matin avec une sorte de voracité qui leur vrille l'intérieur du ventre. Un jeune homme au coin d'une rue à Beyrouth, une jeune fille à Munich au pied d'un ascenseur, un autre à Brooklyn Heights dans un parc sombre, un autre dans le garage souterrain d'un immeuble du seizième arrondissement à Paris, un autre à Manille derrière une ambassade, un autre entre deux H.L.M. à Marseille. Ils ont des armes à la main, ils sont là pour tuer, on leur a donné une mission à accomplir. Le temps pour eux n'a pas la même composition que pour vous ou moi. Il est fait d'éclairs. *Zap !* C'est l'onomatopée des bandes dessinées de guerre ou des films de science-fiction, et celle qu'utilisaient les jeunes gens installés dans les cabines de mitrailleuses ou de lance-roquettes au Vietnam, et ils l'avaient, je crois, empruntée à l'argot urbain des bandes de voyous de la côte Est et Ouest des Etats-Unis. Quand on partait ratisser une colline ou nettoyer un village, on disait qu'on allait le *zapper*. C'est du cinéma : on vit par plans, par bouts surajoutés, on vit la vie, on lance la vie. La viole. La violence.

Ils sont donc debout face à un monde qui se désagrège et qu'ils n'aspirent pas à retenir mais dont tout leur être les pousse, au contraire, à accélérer l'inexorable fin. Ils sont tellement anxieux de savoir ce qu'il y a derrière ce chaos qu'ils n'ont pas créé, que leur visage et leur posture donnent l'impression qu'ils veulent dévorer le chaos. Ils ont faim et, comme pour les loups, la mort va les rassasier. L'attente de l'action leur confère le même air trompeur et gourd : pommettes dont le sang semble avoir fui, lèvres serrées, leurs mains ne connaissent pas la fébrilité, leurs cœurs font des coups sourds dans leurs poitrines sans graisse. Enfants dénaturés de pères absents et de mères égotistes, ils ont réclamé des devoirs à exécuter et des tâches à remplir, on leur en a donné, et lorsqu'on a failli à cette demande, ils s'en sont fabriqué eux-mêmes. Ils attendent. A Beyrouth, la voiture porteuse des parlementaires qui croient aller au rendez-vous de la conciliation, va déboucher au coin de la rue. Le jeune homme, *bazooka* sur le genou droit, surveille son approche. A Munich, dans la banque où sont réunis les responsables des pays qui vendent l'énergie à d'autres pays, l'ascenseur va arriver au cinquième étage; la jeune fille, dix grenades autour de la poitrine, est à bord. A Brooklyn Heights, l'autobus déposera les passagers à l'intersection de 118 et L; le voyou né dans les cités-dortoirs est dissimulé dans le parc, face à l'arrêt obligatoire, une UZI dernier modèle sous sa veste à carreaux. Les petites phrases simples et annonciatrices de moments d'horreur et d'absurde peuvent couler, ainsi, au fil des secondes, comme les messages codés de Radio-Londres pendant la deuxième guerre mondiale : le tramway s'arrêtera à 22 heures sur la Plazza San Marcos. Il y aura du linge orange sur la troisième fenêtre du H.L.M. Le camion à ordures n'arrivera pas jusqu'à l'hôtel Saint-Georges. A Paris, les deux CX pénétreront dans le garage à l'heure prévue, le fils du chef rebelle exilé sera assis dans la deuxième voiture.

La maternelle ouvrira ses portes à midi. Ils attendent. Déjà, la mort les habite et ils n'ont besoin ni de drogue, ni de musique, ni de sexe, ils pensent que le coup ultime, c'est le seul coup à tirer et ils croient qu'après il n'y aura pas d'après, et que c'est très bien ainsi.

Qu'est-ce que ces images essaient de me dire, que je ne comprends pas ?

Et le film tout entier ne doit-il aboutir qu'au simplissime vers de mirliton susurré par un autre jeune homme, découvert au Théâtre des Champs-Elysées, un soir de perfection dans le spectacle, quand, dans la répétition volontaire au piano d'un roulis de huit notes sublimées par l'appoint de percussions électroniques et de fumerolles vertes et jaunes, sous le rideau sonore qui s'amplifiait à chaque retour des huit notes, vinrent s'égrener les mots à peine audibles, « *la vie est une chose terrible* » ?

A lui aussi, ce petit prince de la scène et du disque à qui tout avait souri, était survenue la réalisation du malheur. On disait qu'il avait perdu son jeune assistant-producteur dans un accident de la route, un gosse moins fortuné et moins talentueux que lui, mais qui avait représenté, pour lui, un certain bonheur de vivre, une grâce, et que cette mort cruelle l'avait poussé à composer cette élégie limpide et poignante qu'il ne cessait de répéter.

N'était-ce donc que cette misérable banalité découverte par le joueur de piano, après et avant quelques milliards d'êtres humains comme lui, qui avait prescrit l'envol de ces jeunesses vers la mort ? Tout ça pour en arriver là, à ce cliché ? On pouvait toujours en sortir de cette façon-là, oui, mais ça ne tiendrait pas plus loin que le bout de la nuit.

A un sérieux, sévère, et âgé philosophe, doublé d'un éditorialiste, un « *sage* » écouté et consulté par quatre Présidents consécutifs, le dernier de ces hommes d'Etat, au sommet de sa force et de son pouvoir, confiait un jour avec, dans la voix, cette pointe d'ébahissement qu'ont les gens comblés par le ciel et par l'héritage de leurs ancêtres et qui découvrent enfin le goût amer d'un premier échec : « *La vie n'est pas juste.* » A quoi, lorsque ce propos lui fut rapporté, une nation entière en s'esclaffant silencieusement devant tant d'innocence, forgea instantanément la réponse : « *Qui vous avait dit qu'elle l'était ?* »

Evidemment bien sûr,
Bien sûr évidemment.

ANDRÉA

Silence. Drifter digère son monologue. Puis, comme le nageur sous l'eau revient à la surface pour rechercher l'oxygène, il reprend, au rythme normal de la conversation.

— Vinci, aussi, a prétendu qu'il en parlait tout le temps.

— Qui ? Quoi ?

— Vinci a dit, explique Drifter, que Jason Villaï parlait souvent de s'envoler par la fenêtre. Il venait ici chez elle, comme tout le monde. Elle a même raconté un peu partout qu'il y avait passé sa dernière nuit, après son dernier concert, et qu'il lui en avait encore parlé. Mais Vinci a menti. Elle a fabulé.

— C'est de ça que vous parliez tout à l'heure ? Tu la connais bien ?

— Oui, dit-il. Elle fait partie de ces gens qui prétendent être au courant de tout, avoir tout vu et tout entendu, être allé partout, c'est une forme de mythomanie, et de bêtise, à mon avis. Elle sait beaucoup de choses sans doute, mais elle en invente autant, sinon plus. Elle se fait sa chanson et elle se la chante, comme on dit dans le Midi. En tous les cas, Villaï ne lui a jamais avoué la moindre de ses intentions.

— Qu'est-ce que tu en sais ? dis-je.

— Je le sais, dit-il. Je l'ai forcée à me l'avouer. Maintenant, elle jure qu'elle n'avait jamais dit cela.
— Comment l'as-tu forcée, Drif ?
— Je lui ai rendu un service, il y a longtemps. Elle ne peut pas me mentir. Mais ce qui est intéressant, c'est qu'elle l'ait dit, parce que cette rumeur n'est donc pas partie de rien, et cela prouve, d'une certaine manière, qu'effectivement Villaï y pensait, et qu'il s'est confié à des gens et que c'est comme ça que c'est retombé dans les oreilles de Vinci. Parce qu'elle a d'excellentes oreilles. Une langue de pute, d'accord, mais des oreilles ramasse-tout. C'est pour ça qu'elle est précieuse, à sa façon, et tu le sais bien, sinon tu ne viendrais pas ici.
— Je peux te demander quel service tu as rendu à Vinci ?
— Oui, répondit Drifter, tu peux toujours me le demander.
Il ricana gentiment, mais je n'ai jamais su ce qui s'était passé entre eux.

ANDRÉA

Je m'aperçus que j'étais en train de tomber amoureuse de lui. Mais au moment où je le sus, je compris aussi que je m'apprêtais à subir d'inutiles douleurs, puisqu'il venait de faire de moi une confidente et une amie et ne m'avait pas traitée comme je l'aurais désiré, mais comme quelqu'un avec qui on partage le débobinage de ses souvenirs et le débordement de sa solitude. Il me parut que nous avions entamé la phase trois de la relation entre homme et femme, en sautant carrément la phase deux, celle du rapport sentimental et sexuel, la phase un servant généralement de rencontre et de reconnaissance. J'avais l'impression que nous étions devenus en quelques instants un vieux couple auquel il ne reste que des confidences, l'échange d'informations, et je n'avais pas souhaité cela. Je voulus m'armer contre cette bile que je sentais monter en moi, j'avais déjà été trop souvent la « *petite sœur* » de trop d'hommes, et s'il existe un protagoniste dans la littérature, le théâtre ou le cinéma, que je déteste, sans doute parce que je crains de m'y reconnaître, c'est celui de l'amoureux ou de l'amoureuse transi. Ce personnage me hérisse : il était trop tard, j'avais mordu, j'étais ferrée comme un poisson, même si ce n'était pas Drifter qui avait lancé le fil et qui l'avait tiré. La voix intérieure qui me disait sur un ton émerveillé, « *tu aimes, tu aimes* », était bientôt recouverte par une deuxième voix qui grinçait sur une vibration plus sournoise, et avertissait, « *attention, malheur !* »

Il ne me fallut pas attendre longtemps pour goûter l'acide nouveau que cette situation avait sécrété en moi. Une femme, que je reconnus comme celle assise à la banquette dans la salle en dessous, aux côtés de l'acteur Marceaubelle, et dont la silhouette m'avait déjà frappée, vint nous rejoindre. Elle avait une allure d'étrangère. Mais on eût dit que le sol sur lequel elle se mouvait lui appartenait. Avant même que je puisse analyser pourquoi, il me sembla qu'elle projetait une lumière double, magnétisme et répulsion.

Elle s'assit face à Drifter, m'offrant son profil droit qui était fort et volontaire. Elle parlait américain. Drifter lui répondait de même, et je ne sus pas s'ils étaient conscients que je comprenais la langue aussi bien qu'eux mais ils ne semblaient y accorder aucune importance, comme si je n'étais pas là. J'en étais tellement déconcertée et froissée qu'il se passa une minute avant que je puisse réagir.

— On s'en va, lui dit la femme, hargneuse.

— Pas tout de suite, répondit Drifter, j'ai pas fini tout à fait.

— En bas, je m'ennuie, dit-elle, et ce porc de Marceaubelle commence à me faire la cour. Ça n'est pas que ça me gêne, mais il pue le vin comme tous les Français. Et il parle trop, comme tous les acteurs.

Elle prononçait le nom de l'acteur « *Maars-ô-bayle* » et sa voix se défaisait sur les fins de mots.

— A cette heure-ci, dit Drifter, il est souvent bourré. Reste encore un peu, tu prends un café et on s'en va. Marceaubelle n'est pas très bien en ce moment parce qu'il a tout raté depuis deux ans, aucun de ses films n'a marché, mais c'est pour ça qu'il est intéressant. Il parle, pour l'instant, avec l'autorité de l'échec et c'est bien plus enrichissant que l'autorité du succès.

— Je sais, fit-elle en l'interrompant, je sais : voir Fitzgerald. N'empêche, j'en ai marre, je ne m'amuse plus.

— Ah bon, fit-il. Alors, dans ce cas-là.

Il n'avait pas cessé de la scruter, cherchant sur son visage ce que j'avais pris à tort pour de la force, mais dont il semblait redouter, malgré le nez court et droit, le menton carré, la butée des arcades sourcilières d'un boxeur, l'imprévisible fragilité. Il y avait entre eux le ton immédiatement identifiable de deux personnes qui couchent ensemble, et si j'avais capté des indices de tension et d'hostilité, une trace de vulgarité aussi, de lassitude enfin, je pouvais en revanche déceler cette intimité, intolérable pour les autres, qui ressemble à un code dont les témoins extérieurs ne peuvent pas posséder la grille.

— Je ne vous ai pas présentées, fit-il.

Ils se retournèrent alors vers moi, découvrant, enfin, ma présence.

— Il serait temps, dis-je.

— Pardon, fit Drifter. Joyce Bauer —, Andréa Paoli-Smith.

— 'soir, fit la femme, sèche et cursive.

Elle me secoua la main avec une vigueur surprenante, presque parodique, puis se leva en renversant le cendrier vide sur la moquette sombre.

— Il faut que je m'absente une seconde, dit-elle.

Drifter la regarda s'éloigner en direction des toilettes. Elle agitait un sac de crocodile sombre au bout de sa main, se balançant au même rythme. Elle était de haute taille, mais semblait bâtie sur deux modèles différents : le haut du corps, à commencer par la nuque, le cou, les épaules et le buste, était plutôt mince. A partir du bassin, tout s'élargissait soudain comme chez une *mamma* italienne. Elle avait de longues jambes, comme beaucoup d'Américaines, mais aux cuisses et aux chevilles très épaisses, et cette incohérence dans la construction générale de sa silhouette lui faisait une démarche qui pouvait prêter à sourire, la légèreté et la juvénilité du haut tentant d'entraîner la lourdeur et la maturité du bas dans un conflit permanent. Un défaut plaqué sur une grâce crée parfois un charme unique, singulier, et c'était le cas chez Joyce Bauer. Elle pouvait vous exaspérer, mais on pouvait aussi voir tout cela avec attendrissement et indulgence, comme le faisait Drifter. Il y avait, cependant, un autre sentiment dans les yeux de Drifter. J'en avais naguère cherché le sens, mais le long et délirant monologue auquel je venais d'avoir droit, puis la scène à laquelle je venais d'assister, et ce que je croyais déjà deviner de ses rapports avec cette femme m'aidaient, enfin, à mieux le définir. Il était l'insatisfaction faite homme.

— Alors, dis-je, c'est qui, Joyce Bauer ?

— Une... amie.

— Elle vit où ?

— A Washington.

— C'est une... amie depuis longtemps ?

— Pas mal de temps, oui.

— Dis donc, lui dis-je, pour un type qui planque tout, et dont la vie privée est un secret d'Etat, tu ne choisis pas l'endroit le plus discret de Paris pour t'afficher avec une... amie.

Il sourit. J'aimais ce sourire, son scepticisme, sa dérision.

— Ecoute, me dit-il, tu devrais savoir que c'est dans les endroits les plus voyants et les plus encombrés qu'on passe inaperçu. Ensuite, c'est toujours quand les choses n'ont plus la gravité du commencement qu'on prend ce genre de risque. Et d'ailleurs, est-ce un risque ? Tu connais ma femme ?

— Non, lui dis-je. Personne ne la connaît.

— Normal, c'est personne. Elle n'a pas d'identité. Elle dit que je la lui ai volée. Facile ! Elle me trompe. Je la trompe. On ne se voit pas.

— Vous avez des enfants ?

— Dieu merci, non !

— Alors, lui dis-je, qu'est-ce qui te retient ?

— J'attends d'avoir du courage.

— Pourquoi ? Qu'est-ce qui te fait peur ?

— Je suis nul devant un chantage, nul !

— Mais ce n'est pas la seule raison ! Tu ne crois pas que tu te protèges en restant marié, je veux dire mal marié ?

— Comment ça ?

— Je ne suis pas très psychologue, Drif, mais enfin j'ai souvent remarqué que mes amis ou mes amies, c'est pareil, qui s'enfonçaient dans un mariage qui ne marche pas, en dehors d'une dose évidente quoique non avouée de masochisme et de quelque autre complaisance dans laquelle je ne veux pas entrer, le faisaient surtout parce qu'ils se protégeaient de l'inconnu. Quelle merveilleuse excuse pour ne pas tenter quoi que ce soit avec les autres, quel rideau défensif ! « Ma chérie, j'aimerais tant refaire ma vie avec toi, mais tu comprends, je ne peux pas, il y a ma femme —, si ma femme —, ça la tuerait —, elle se tuerait — » Ainsi, on se garde de l'amour, on ment à tout le monde, c'est comme les joueurs qui ont peur de gagner, ils ne perdent pas pour perdre, ils perdent pour ne pas gagner.

— C'est pareil, fit Drifter.

— C'est pas pareil. Tu connais la question que posent les managers : combien de boxeurs se présentent au combat dans une condition parfaite à cent pour cent ?

— Un tiers ? Je ne sais pas, moi, un quart ?

— Personne ! Personne n'est jamais monté sur un ring dans une condition optimale, à cent pour cent. Et pourquoi ? Parce que s'ils perdaient, ils n'auraient plus d'excuses à invoquer.

— C'est très joli, ton histoire, dit Drifter, mais quel rapport ?

— Le rapport, dis-je, c'est que vous les hommes, bien plus que les femmes, même si je n'essaie pas de blâmer les uns plutôt que les autres, vous préférez vous contenter de situations désastreuses parce que, au moins, vous avez des excuses. Les mariages ratés mais qui durent, c'est le plus beau prétexte du monde pour ne pas essayer de recommencer avec l'Autre, quand il y a une autre, et de réussir.

Drifter fit la moue.

— La question est de savoir, dit-il, s'il y a vraiment une Autre, ou si elle vaut l'effort de gagner.

Il parlait comme pour lui-même. Puis, il sourit à nouveau. Il me regarda.

— Toi, ma grande, tu as déjà aimé un homme marié et tu n'as pas aimé ça. Et tu as juré qu'on ne t'y reprendrait plus. Je me trompe ? C'est bien ça ?

— Un peu, mon neveu, dis-je.

Je pouvais en rire, désormais, ça n'avait pas toujours été le cas. Et il me resterait toujours assez d'amertume pour éviter certains bars d'hôtel, refuser de dîner dans certains restaurants, traverser le trottoir à la vue de certaines silhouettes et fermer les yeux en écoutant certaines chansons.

— Remarque, fit Drifter, c'est pas idiot tout ce que tu viens de dire. Ce n'est pas bête.

— Merci, dis-je. Mais quelle belle jambe ça peut me faire de dire aux hommes : vous êtes des lâches ?

— Tu as encore raison, dit-il. Personne n'a envie d'entendre ça.

Il se leva pour accueillir Joyce Bauer. Son long séjour aux *Ladie's room* l'avait transformée. Elle pétillait. Ses yeux vert noisette parcouraient les visages et les tables, il y avait un sourire de gourmandise sur sa bouche un peu lippue. Elle me dévisagea, puis saisit mes deux mains avec effusion, comme si j'étais la femme la plus importante de sa vie, une découverte, un feu qui s'allumait.

— Bon-soir, fit-elle avec une exubérance envahissante, c'est donc vous qui écrivez ces portraits ir-ré-els sur les richards ? *J'adore* ce que vous faites !

Sous chacun de ses mots elle mettait une emphase, soulignant comme avec un gros trait. Elle avait cette faculté, si caractéristique des femmes américaines, de vouloir construire autour du moindre échange mondain, du moindre rapport social, une véritable histoire d'amour ; un lien, qu'elle voulait tout de suite complet et définitif.

La savante construction de sa coiffure découpait son visage avide et intense. Elle portait des boucles d'oreille de grand prix, dont l'éclat renvoyait à d'autres accessoires tout aussi précieux sur d'autres parties de son corps. Elle était diamantée et dorée là où il fallait, mais sans ostentation, avec cette touche délicate de qui sait qu'elle a toute la journée devant soi pour choisir le bijou ou la pierre, le collier ou le bracelet que paiera, sans sourciller, un mari absent et lointain. A sa seule façon de porter ces attributs et de remuer cet étalage, Joyce Bauer faisait sentir l'argent et le pouvoir qu'elle avait reçus de son mari. Elle entreprit, après m'avoir dit ce bonsoir aussi démesuré, de me raconter mon dernier article, d'en analyser les failles mais surtout les qualités, car elle maniait la flatterie avec une habileté consommée. Puis elle me saoula de son enthousiasme curieux, ses questions sur mon métier, mes sources d'information, la vision que je me faisais de ce monde, la griffe de mon tailleur, la coupe de mes cheveux, ses théories sur la dernière exposition que je n'avais pas encore vue et le film qu'il fallait absolument que je voie et qui allait sortir dans notre ville, m'entraînant à lui répondre et lui renvoyer la balle et frotter ma cervelle à la sienne. Quand elle brillait ainsi, Joyce Bauer pouvait conquérir n'importe qui. Ses mains, qu'elle avait longues et fines, à l'image de la partie supérieure de sa curieuse anatomie, tourbillonnaient devant vous comme les vols erratiques des hirondelles au-dessus d'une surface d'eau dont on sait qu'elles annoncent infailliblement la pluie. Citations, blagues, rires, invites et provocations, duplicité et rouerie, Joyce utilisait tout cela en accompagnant son discours de moues, sourires, tête qui se renverse, mains qui vous frôlent, et autres gestes et déplacements du corps et du visage qui respiraient la sûreté de soi, toute une comédie qui ne ressemblait pas à la nôtre, celle des femmes européennes, une charge différente d'exotisme. Il s'échappait de ses propos et de son animation une vie et une adresse faites pour subjuguer. Et comme elle semblait incapable d'évoquer un sujet, un objet ou un lieu sans leur attribuer leur valeur en dollars, elle parlait un langage qui aurait dû me plaire et me gagner à sa cause. Je restais, cependant, sur ma réserve parce que, un quart d'heure auparavant, j'avais vu cette même femme me tourner le dos avec grossièreté et je l'avais entendue émettre quelques courtes répliques traduisant un désenchantement profond, un égoïsme sombre. J'avais cru palper un nihilisme et un sarcasme qui pesaient lourd face à sa présente offensive de charme, son approche sémillante et sophistiquée.

Je surveillais Drifter qui nous écoutait et nous

regardait, et je me demandais s'il se posait les mêmes questions que moi sur ce revirement artificiel et comment, en quelques minutes, Joyce Bauer était passée du personnage buté, râleur, désagréable, à cet éblouissement permanent et cette comédie constante et je me demandais aussi s'il était habitué à cette attitude et donc ne la voyait plus, ou bien si, comme moi, il était frappé par la dilatation des narines, la paille d'or dans les yeux, et je n'arrivais pas à croire qu'il fût tout à fait dupe. Mon infatuation à l'égard de Drifter me poussait à espérer qu'il avait ma lucidité lorsqu'il observait Joyce, mais je ne pouvais guère me payer d'illusions. Et même s'il était conscient que Joyce Bauer déployait un charme et une intelligence trop soudains et trop exacerbés pour être honnêtes, Drifter aimait visiblement le chatoiement de cette personnalité, et sans doute était-il attiré, précisément, par ces sautes d'humeur, par son aspect fantasque, hors des normes, et je n'étais pas loin de deviner qu'il devait y avoir, entre ces deux êtres, tout un jeu compliqué de domination qui se retourne au profit ou au détriment de l'un, puis de l'autre, mais j'aurais été incapable de conclure qui l'emportait dans ces combats.

Pour l'heure, il était clair que Joyce occupait tout le terrain. Elle secouait sa chevelure auburn, savourait l'atmosphère électrique qu'elle avait créée autour d'elle. Des têtes se retournaient. Elle commanda un verre.

— An-dré-a, me disait-elle avec une manie insistante d'appuyer du grave de sa voix sur certaines syllabes, d'où pensez-vous que Kasavian tient son argent ? Est-il une *taupe* soviétique, comme on le dit beaucoup chez nous ? A-t-il réellement tué sa femme ? Qui a récupéré le contrat qu'elle avait obtenu pour sa propre compagnie, et non pas celle de Kasavian ? Quel rôle a joué la France dans tout cela ? Avez-vous vu le film ir-réel sur la sexualité des Moscovites ? Savez vous que Lester Bookmayer prépare une comédie musicale sur la parapsychologie ? Fou, non ?

Dans ces questions, par quoi elle me mitraillait sans attendre les réponses, Joyce Bauer révélait sa connaissance du monde de la politique et de l'argent, qu'elle tenait sans doute de son mari, Rink, dont l'important cabinet d'avocat d'affaires avait survécu au changement de plusieurs administrations à Washington, sans rien perdre de son pouvoir et de son influence. Rink Bauer était un de ces hommes dont le nom revenait dans les grandes transactions internationales. Mais Joyce ne s'arrêtait pas à une histoire, un nom célèbre, un chiffre révélateur. Elle allait plus loin, sautant plusieurs cases à la fois, vous obligeant à la suivre dans son parcours rapide et superficiel qu'elle ponctuait de rires, de clins d'œil et gestes toujours affectueux. Elle avait l'amitié tactile. Elle vous prenait le poignet, saisissait vos doigts, votre épaule, posait sa main sur votre cuisse ou le dos de votre propre main, il semblait qu'elle voulût toujours vous entraîner dans son flot de paroles et de gestes, vous impliquer, et que ses attouchements contribueraient à vous convaincre, à mieux retenir l'attention intégrale qu'elle exigeait de vous.

— Vous savez ce qu'on dit des Allemands, on pourrait aussi le dire de mes compatriotes : ils ne sont pas efficaces, ils sont systématiques. Avez-vous lu « *Lambeaux de vie* » de Herst Jog ? J'ai rencontré un garçon l'autre jour qui m'a dit : « *Ma famille est dans le napalm.* » Vous savez que dans dix ans la plus grande industrie sera le câble télé ? C'est le seul investissement valable. A « *La pomme de Max* », à New York, l'autre jour, j'ai entendu une dame dire à un monsieur : « *Comment ? vous n'êtes pas au courant ? plus personne n'a plus envie de personne aujourd'hui !* » Il paraît que le prix d'un homme, selon les cours fixés pendant une réunion secrète dans le New Jersey, est de quatre mille dollars minimum, oui ! le contrat de base pour les tueurs à gages, désormais, c'est quatre mille dollars. Est-ce que ça vous semble un bon prix ?

Vous troublait, aussi, dans la musique émise par Joyce Bauer, la proportion hyperbolique de citations, aphorismes, jeux de mots ou réflexions provenant des autres. Elle souffrait non seulement de cette maladie pour laquelle les Américains ont une merveilleuse expression, « *name dropping* » — lâcher des noms propres connus autour de chaque phrase —, mais elle avait en outre une tendance à vous envoyer, poussière dans les yeux, tout ce qui lui semblait nouveau, donc stimulant, adjectif qu'elle utilisait abusivement. J'inventai sur-le-champ un barbarisme pour la définir. C'était une *néophiliaque.* Et moi, qui scribouille sans cesse dans mon carnet de notes et suis à l'affût du monde, j'aurais dû apprécier ce travers. Mais on relevait un tel excès dans sa recherche de l'inédit qu'on en venait à se demander s'il subsistait quelque élément personnel dans cette parade. Le miroir qu'était son esprit renvoyait sans jamais réfléchir. Joyce voulait éblouir, et elle y parvenait autant par son physique magnétique que par sa conversation, mais cela vous fatiguait les yeux, les oreilles, la tête.

Elle marqua une petite pause, alluma une cigarette qui tremblait au milieu de sa bouche rouge. Je notai qu'elle avait déposé quelques paillettes d'argent sur ses paupières. A l'époque, on n'avait pas encore beaucoup vu cela chez les femmes, sauf au music-hall ou au théâtre. Une onde de contentement et de béatitude la parcourut tandis que la flamme du briquet de Drifter ajoutait un peu plus de luminescence à ce personnage étrange.

— Comme je me sens bien ! dit-elle en soulignant tous les mots.

Elle soupira de bonheur. Elle se redressa.

— J'ai une question, fit Joyce. Un ami de mon mari, Charley Goma-Sartagny, vous savez, le champion de polo vénézuélien, m'a cité un jour une phrase du Coran qui dit ceci : « *Si tu mens à un homme qui n'est pas ton ami, tu n'es pas un menteur. Si tu voles un homme qui n'est pas ton ami, tu n'es pas un voleur.* » Alors moi, ma question est simple, et je voudrais « *vraiment* » que vous y répondiez, Andréa, car je n'ai jamais reçu de réponse. Si tu tues un homme qui n'est pas ton ami, est-ce que tu es un tueur ?

Sans me donner le temps de lui répondre, elle ajouta :

— Je n'aime pas ce type qui m'a regardée, là-bas, il a quelque chose de noir dans son œil.

Je me retournai, Drifter aussi. Je ne vis aucun œil noir aux alentours. Joyce avait déjà enchaîné, ce ne devait être qu'une de ses ruses pour changer le rythme et nous rappeler à l'ordre, nous faire réagir. Nous faire comprendre qu'elle était le personnage central de la scène. Drifter n'eut pas l'air d'apprécier, et il rit à contretemps. Joyce s'interrompit, tout net, et le regarda. Il soutint son regard et continua de rire. Un javelot était passé entre eux deux, pointu, mortel.

— On s'en va, fit-elle.

Ils se levèrent. Je ne sais pas pourquoi, je les ai suivis. J'avais rarement vu cela chez deux êtres : tout ce qui se passait entre eux, pouvait se traduire par des changements physiques et chimiques. C'est-à-dire que, maintenant, je sentais comme un courant d'air glacé autour de nous.

Nous nous sommes dirigés sans parler vers le vestiaire et la sortie, en longeant la rampe de l'escalier qui menait au sous-sol de la Banquette. Au bout de la rampe, Joyce s'est immobilisée. Elle fixait Drifter, les cils battant sur ses yeux, et, encore une fois, c'était comme si je n'existais pas. Elle a penché la tête vers le sous-sol d'où provenait la rumeur, plus ténue, d'un petit groupe, les initiés, ceux qui restent jusqu'à la fermeture. Joyce a serré les lèvres et a eu un magnifique sourire.

— Tout compte fait, a-t-elle dit, en pesant ses mots avec la voix suave et composée d'une garce, je crois que je vais redescendre me faire faire la cour par ce Marceaubelle.

J'ai vu Drifter tressaillir, un léger mouvement sous la peau du visage.

— Comme tu voudras, a-t-il dit.

Joyce m'a souri machinalement, nous a tourné le dos, et s'est engagée dans l'escalier avec toute la certitude de son emprise sur Drifter. J'ai souhaité qu'il ne la suive pas, mais il m'a fait « *salut* » de la tête et lui a emboîté le pas, comme un toutou. On pouvait lire, dans le tassement de ses épaules qui s'étaient courbées alors qu'il descendait les marches derrière elle, qu'il se préparait déjà à un de leurs conflits intimes, et j'ai imaginé tout le vice qu'ils allaient forger en s'aidant de quelques comparses, avec ce guignol de Marceaubelle comme pion de rechange, leur petit jeu de « *tu me fais mal ça me fait du bien, je te fais mal sans me faire de mal* », tout cela dans la ronde infernale de la Banquette et de ses figurants, et j'en ai voulu à Drifter d'accepter cet avilissement. J'ai hésité à les accompagner, mais j'ai eu comme un dégoût, et j'ai pivoté vers le vestiaire, en me disant que j'en avais assez vu et entendu pour une nuit, mais je me trompai. Ma nuit n'était pas finie. Vinci était devant moi, un combiné téléphonique à la main.

— Pour toi, m'a-t-elle dit.

C'était Marie-Lucile, ma meilleure amie, que j'appelle Marie-Luc. Il était quatre heures et demie du matin.

ANDRÉA

— Luc! qu'est-ce que tu fais à cette heure-ci? Comment tu m'as trouvée?

— Je t'ai trouvée, dit-elle, c'est pas important comment. J'ai besoin de toi.

Elle avait sa voix habituelle, claire et posée, mais je sentais une tension et une peur inaccoutumées.

— Qu'est-ce qu'il y a? Où es-tu?

— Je suis dans la cabine téléphonique de la gare de La Celle-Saint-Cloud. Paul est revenu. Il m'a battue. J'ai paniqué et je me suis enfuie, mais j'ai laissé Thomas, et maintenant j'ai peur pour lui et j'ai besoin de le récupérer, mais je ne veux pas y aller toute seule. Viens! T'as une voiture?

J'ai voulu l'interrompre. Mais j'entendis les larmes et des hoquets et j'imaginai ma Luc, ma Lucile, Marie-Lucile, que j'appelais Marie-Luc parce que ça sonnait mieux, plus carré, plus droit, plus propre, à son image, plus petite soldate faisant toujours face, toujours prête à aider les autres, je la voyais dans la cabine, incapable d'encore se dominer, accrochée au téléphone comme à la gaffe d'un secouriste.

— Calme-toi, Luc, calme-toi, dis-je.

— Je t'en supplie, j'ai besoin de toi, je ne peux pas revenir là-bas toute seule, il est devenu fou, je suis partie en courant et j'ai rien, Andréa, rien ! Trois francs sur moi ! Pas de sac, pas de papiers, pas de clés, il m'a tout pris, il a jeté la clé de la Fiat dans le jardin, j'ai été obligée de courir dans la rue, j'ai frappé chez des gens, ils ne m'ont pas ouvert, je suis descendue jusqu'ici, il y a personne dans la gare, c'est très éclairé, il est capable de me courir après, je ne sais pas ce qu'il peut faire à Thomas !

— Luc, dis-je, Marie-Luc, tais-toi ! Ecoute-moi ! Tu m'écoutes ?

— Oui, Andréa, je t'écoute.

Je l'entendis renifler. J'entendais un chien aussi, très loin.

— La police, tu es allée à la police, tu as appelé la police ?

— Après, dit-elle, après, on ira ensemble. D'abord, je ne sais pas où c'est la police, ici. Je veux d'abord récupérer Thomas. Si je vais à la police dans l'état où je suis, tu connais Paul, c'est un comédien incroyable, il va leur faire croire que je suis folle, il aura pas de mal, j'ai vraiment l'air d'une folle. Il va les retourner contre moi, il va garder le petit, c'est lui que je veux, tu comprends, je veux prendre Thomas et le cacher et puis après, ensemble, on ira voir qui tu veux.

Ce n'était pas logique, mais il n'y a pas de logique à quatre heures du matin dans une nuit blanche, et je me gardai bien de discuter et dire à Marie-Lucile que si elle avait eu assez de présence d'esprit pour me retrouver chez Vinci, elle était tout aussi capable d'aller expliquer ce qui se passait aux gendarmes. Et puis, je sentais bien que la panique et l'instinct l'emportaient sur le reste. Et puis, elle avait besoin de moi ! J'avais eu si souvent besoin d'elle. Un homme, avec qui j'avais eu une liaison, et qui s'était plu à fréquenter les voyous dans sa jeunesse et invoquait souvent leur code de conduite, m'avait un jour donné cette définition de l'amitié :

— L'amitié, ça consiste à pouvoir réveiller un copain au téléphone au milieu de la nuit et lui dire : prends ton flingue, et le copain ne répond pas : qu'est-ce qu'il se passe, ou bien : tu sais j'ai ma femme et les enfants, ou bien : t'es gentil mon p'tit vieux, mais je suis malade, ou encore : t'as vu l'heure qu'il est ? Non ! Le copain dit simplement : j'arrive. Et il raccroche. Et il arrive. C'est ça, l'amitié.

J'aimais cet homme. Il me faisait rire. J'avais raillé cette vision petit garçon - gangster - virilité - cinéma - romantique - homophile — j'en passe ! Et comme à chaque fois que nous nous moquions l'un de l'autre, parce que cela faisait partie de notre amour, rire l'un de l'autre, il m'avait rabrouée de cette voix basse, grave et chaude que j'entends encore certains soirs dans mon sommeil :

— On se tait ! On ne parle pas, on ne bouge plus. On est bête. On vient l'embrasser. On l'aime.

Et maintenant que Marie-Luc m'appelait à la rescousse, c'était à lui que je pensais et j'entrevis tout d'un coup la vérité de la démonstration qu'il m'avait faite autrefois.

— Marie-Luc, dis-je, t'inquiète pas, j'arrive. Tu restes là. Tu ne quittes pas la gare, mais tu t'éloignes de la lumière, assieds-toi quelque part sur un banc, je ne sais pas moi, je te retrouverai bien. Tu ne fais plus rien, tu n'appelles personne, tu m'attends, j'arrive.

— Dépêche-toi, fit-elle dans un souffle avec l'expression soulagée de qui vient d'entendre ce qu'elle veut qu'on lui dise.

Elle ajouta, avant de raccrocher :

— Je suis fat'.

J'interprétais ces mots comme un bon signe. Si Marie-Lucile se reprenait à parler comme Marie-Luc, tout n'était pas perdu. Elle avait en effet cette manie, que je n'avais pas remarquée chez quiconque avant elle, d'abréger de très nombreux mots dans sa conversation. Elle l'avait communiquée à tout son entourage, et les amies de Marie-Luc se reconnaissaient entre elles à l'écoute de cette petite bizarrerie, elle servait d'identification pour toutes celles qui, ayant rencontré Marie-Lucile Arnal, l'avaient instantanément aimée, avaient voulu en faire leur amie et participer à son monde. A une époque, la manie avait pris des proportions caricaturales :

— Ce matin, j'ai pris mon petit déj' en robedech' avec de la conf' et des croiss'. Je suis allée au drug' acheter les magaz' puis j'avais trois rendev' avant de voir mon rédac'chef. Il n'a pas beaucoup aimé mes illustr' mais je lui en ai fait d'autres pour demain mat'. Si tu veux passer ce soir à la mais' il y a de la ratat' froide et des pommedet' en salade avec un reste de gig'. Si tu viens en deuxch' tu peux la garer dehors, le long du trot'. Tu peux dormir là si tu veux, je te mettrai une couvert' sur le canap'. On aura une longue convers'.

Marie-Lucile lançait ainsi des modes et des tendances et, comme toutes les personnalités fortes, elle n'était que partiellement consciente de ce petit pouvoir, mais elle savait abandonner ce genre de toquade pour bientôt revenir à la normalité. Pourtant, il en restait toujours quelques séquelles, chez elle aussi bien, sinon plus, que chez ses amies. J'en avais été victime un moment et ça m'avait déplu. J'avais longtemps, par ailleurs, jalousé l'agilité d'esprit, l'ingéniosité, l'invention de Marie-Lucile, son choix de vêtements, son sens inné de l'organisation de la vie, son intelligence de tous les jours et le jugement et le goût instinctif qu'elle déployait vis-à-vis de tant de choses.

Puis, j'avais succombé. Dans ma génération, elle était un modèle, l'amie sur qui l'on pouvait compter, le conseil judicieux, le coup de main d'urgence, la bonne humeur et l'équilibre, la beauté limpide et sans truquage. Il nous paraissait à la fois inique mais rassurant que cette fille, qui semblait si maîtresse d'elle-même et de son existence, si apte à discerner les remèdes qu'il fallait apporter aux maladies des autres, soit tombée dans le sempiternel piège de l'homme qui ne vous convient pas, l'enfant qui en souffre, les conséquences et les démolitions que cela signifie. Je n'avais pas suivi de très près son entrée dans le traditionnel tour du malheur et dans l'escalade des déboires. Il est vrai que, égoïste, j'étais tout occupée à l'époque par mon histoire d'amour à moi. Sans doute, par orgueil autant que par pudeur, Marie-Luc avait-elle beaucoup dissimulé. Elle avait voulu régler le problème comme elle faisait de tout le reste, de façon claire et nette. Mais cela avait dérapé et elle avait encore plus fait silence et je n'en avais rien su. Il y avait eu des glissements de terrain, des dérobades, les aller et retour des concessions et erreurs conjugales. Bien que Marie-Luc se fût beaucoup livrée à moi je n'avais reçu aucune confidence sentimentale et sexuelle du type de celles que peuvent se faire les femmes entre elles. Marie-Lucile vous écoutait et pouvait tout entendre, du plus sordide au plus corsé, ou au plus mesquin, mais elle ne se dénudait pas et conservait toujours intacte cette partie de son être. Par éducation, choix, fierté ? Le divorce avec Paul prononcé, elle avait accepté qu'il revînt habiter chez elle, « *pour l'enfant* », pour Thomas. Puis, Paul était parti pour l'étranger et elle avait commencé alors de bâtir sa nouvelle vie, seule et soulagée, mais voilà qu'il poussait à nouveau la porte et que le désordre faisait irruption dans un ensemble que nous avions cru harmonieux.

Pour la première fois depuis que je la connaissais, c'est elle qui avait besoin de moi. J'ai raccroché. Je n'avais pas de voiture, pas de flingue, et pas d'homme. J'ai pensé à Drifter.

ANDRÉA

La grande salle du sous-sol s'était vidée en partie mais il y avait encore quelques membres à part entière de la Banquette et Vinci, parmi eux, qui sirotait un verre de Peppermint avec des glaçons. Sur la piste, trois couples, dont celui de Marceaubelle, dansant collé à Joyce Bauer. Drifter, assis dans un coin de la Banquette, n'écoutant pas les propos que lui tenait un type que je ne connaissais pas, et faisant des efforts considérables d'indifférence épaisse à l'égard de ce qui se tramait sur la piste de danse. Alors, j'ai pensé à un troc. Tout le monde utilise tout le monde. J'avais besoin de son aide, de sa présence masculine, cela ne me rassurait pas de partir toute seule à la recherche de Marie-Lucile dans la banlieue avec ce dingue de Paul traînant dans les environs, et j'ai pensé qu'en proposant à Drifter de m'aider, je pouvais lui fournir un joli prétexte pour sortir de sa propre mélasse. Pour une fois, ça a marché.

— Drif, lui ai-je dit, t'es venu en voiture ?

Il a levé ses yeux vers moi. Il a souri sans joie.

— Oui, pourquoi ?

— J'ai besoin d'un chauffeur pour une heure, pas plus. C'est pour une amie. C'est grave et c'est important.

Il a porté son regard vers Joyce.

— Ben, oui, a-t-il dit. Si ça peut te rendre service.

Je l'ai pris par le bras, le forçant à se lever.

— Viens, ai-je dit. Je t'expliquerai en route.

Il s'est dégagé, gentil et hautain à la fois.

— Eh, mollo. Retiens tes chevaux. J'y vais, je te suis, mais, mollo !

J'ai aussitôt retiré mon bras. Il avait le chic pour vous glacer, parfois. Il a fait quelques pas sur la piste. Il me tournait le dos et je n'ai pas pu entendre ce qu'il disait à Joyce Bauer mais cela avait dû être bref et méchant, car il a virevolté vers moi dans le même mouvement et j'ai alors vu sur son visage une ride narquoise et dangereuse, tandis que je croyais lire sur celui de Joyce la stupéfaction du flambeur inopinément privé de sa carte maîtresse.

ANDRÉA

— Si je te suis bien, c'était pas seulement un chauffeur qu'il te fallait, mais un garde du corps.

— Non, non, j'espère bien que non ! Mais je me vois mal aller toute seule là-bas, et je ne sais pas bien ce qu'on va y trouver, alors j'ai préféré emmener un homme. Et puis, j'avais pas ma voiture ce soir. Elle est en réparation.

— Oui, bien sûr.

Il ne posait pas de questions. Je lui avais résumé la situation et il avait hoché la tête en marmonnant quelques brèves approbations. Il conduisait, vite mais sans prendre de risques, une vieille Rover souple et ronronnante qui filait sur la bretelle du périphérique ouest, puis s'cngageait sous le tunnel de Saint-Cloud. J'étais venue deux fois chez Marie-Luc depuis qu'elle avait déménagé et j'indiquais la direction à Drifter comme dans un rallye automobile.

— A droite, la deuxième à gauche après le petit pont, tu montes le long du moulin à gauche, encore à gauche, la gare doit plus être très loin, après la grimpette dans le village.

Dans le vide et le silence, sous la lumière laiteuse et violacée des grands réverbères, nous avions d'abord longé des immeubles impersonnels, blanc triste, puis la voiture avait serpenté dans une série d'entrelacs et de rues à sens unique, bordées de pavillons, villas et jardins, douzaines d'existences endormies faisant la pause avant de reprendre leur course vers la mort, pour enfin déboucher sur la petite place du marché, avec la gare de La Celle-Saint-Cloud au sommet de la pente.

— La cabine est au bout, là-bas, je crois, dis-je.

— Ouais.

La voiture a ralenti, et Drifter a mis les pleins phares. Il y avait des cageots vides sur le terre-plein central. Des bâches verdâtres roulées au-dessus des armatures d'acier qui devaient former les toits des stands du marché, donnaient à cet endroit l'air d'un décor qui attend ses acteurs. Nous avons cherché des yeux. Rien ne bougeait autour de la petite gare d'opérette aux enseignes de néon blanc et bleu. Puis, j'ai vu une silhouette se détacher de derrière la paroi vitrée de la cabine téléphonique et agiter un bras, le baisser et disparaître dans le recoin, comme un guetteur derrière son arbre.

— Ça doit être elle, a fait Drifter.

— Je descends, ai-je dit.

— Je vous attends.

J'ai marché vers Marie-Luc. Elle n'a pas couru vers moi. Elle était encore sous le choc, les deux épaules plaquées contre la paroi, le corps affaissé, on aurait pu croire qu'elle se laissait doucement glisser au sol. Nous nous sommes embrassées. Elle sentait bon, comme toujours.

— Regarde pas, je dois être défigurée, m'a-t-elle dit avec un début de petites larmes dans la gorge.

— Montre-moi, montre !

Elle avait les pommettes gonflées, virant au bleu, l'œil gauche à moitié fermé, le front éraflé, et je ne pouvais pas savoir si c'était spectaculaire mais superficiel, ou, bien au contraire, sérieux. Je n'avais pas été habituée à faire ce genre de diagnostic dans ce genre de circonstance. Elle avait aussi une vilaine enflure autour de la partie supérieure de son nez. Habillée comme quelqu'un qui n'a pas eu le choix, elle avait perdu son usuelle impeccabilité. Elle portait un chemisier orange soutenu dont le col était déchiré, une paire de jeans maculés, des mocassins clairs au cuir balafré. Elle avait ses cheveux blonds retenus en arrière par un élastique, le maquillage s'était altéré, il restait une trace de rose sur ses lèvres. Pourtant, je la trouvai belle. Elle soupira plusieurs fois.

— Tu as mal ? lui dis-je.

Elle eut un pauvre sourire. Puis, elle se redressa.

— Non, pas vraiment, dit-elle. Viens ! Maintenant que tu es là, on va chercher mon fils.

Elle avait déjà changé. Et je sentis que ce qu'elle appelait ses facultés de rebondissement, s'était remis en action.

— Je ne suis pas seule, lui dis-je. J'ai emmené un ami pour nous aider et nous conduire.

— Très bien, dit-elle.

Elle ajouta :

— Tu sais, c'est un fou, Paul, un fou. Il a voulu me tuer.

Mon arrivée semblait l'avoir galvanisée. Nous sommes remontées dans la Rover.

— Drifter, dis-je, un ami. Marie-Lucile.

— Bonsoir, a-t-il dit, derrière son volant, les yeux dans le rétroviseur.

— Je vous remercie d'être venu, monsieur, a-t-elle dit.

Je crois bien que nous n'avons plus entendu Drifter durant le reste de l'expédition. Marie-Luc et moi avions pris l'affaire en main, il était notre chauffeur, un auxiliaire indispensable et surtout disponible en cas de menace physique, mais il ne connaissait pas assez les personnages impliqués pour interpréter un autre rôle. Et puis, d'une façon à peine sensible, mais que je retins pourtant précisément dans ma mémoire, il était, dans cette voiture qui roulait maintenant plus doucement dans la nuit vers la maison de Marie-Luc, l'incarnation de l'adversaire. J'avais l'impression que nous participions à une petite opération de guerre et que celui qui nous véhiculait en terrain ennemi trahissait son propre camp et que l'on ne pouvait, en conséquence, faire entièrement confiance à ce renégat, ce représentant de la race des cogneurs, des possédants, des féodaux. Ces oreilles d'homme, cette nuque d'homme, ces épaules, ces mains sur le volant, ce corps étranger qui nous transportait et cohabitait dans le petit espace fermé de la voiture au tableau de bord en bois et en tissu brun anglais, me dérangeaient. Mais peut-être étais-je en train de laisser libre cours à mes vieux préjugés. Marie-Luc, qui était, elle, dans l'œil du cyclone, ne paraissait pas troublée par la présence d'un inconnu. Elle commentait à voix plate, pour le conducteur comme pour moi, pas encore complètement maîtresse d'elle-même, mais déjà plus sembable à la femme que j'avais appris à estimer et à admirer, après l'avoir tant jalousée.

— Voilà, c'est dans cette allée et voilà ! la troisième maison, c'est la maison de l'allée des platanes, la voiture n'est pas là, ralentissez encore je vous en prie ! non, il n'y a rien. Ah ! bien sûr, il doit être en train de me rechercher. Il a laissé de la lumière à l'étage. Il faut en profiter. A mon avis, il est comme un fou dans La Celle, il est même peut-être déjà à la gare ou chez les flics.

Nous sommes sorties, Drifter à notre suite. Il faisait doux. On était début mai. Une écœurante odeur moutardée montait d'un boqueteau de plantes à feuilles noires sur le rebord de l'allée. La porte principale du petit pavillon aux murs blancs était ouverte. A côté de moi, je sentais Marie-Lucile trembler de tout son corps. Je lui pris la main. Elle la lâcha rapidement pour monter les courtes marches qui menaient à la chambre de Thomas. Elle m'a appelée :

— Viens m'aider à faire un sac, vite !

J'ai traversé, comme elle l'avait fait, le rez-de-chaussée, et j'ai reconnu les fauteuils et les coussins de ses précédents domiciles. Une massive lampe italienne en forme de corolle était renversée au sol, le socle dressé vers le plafond, comme un arbre déraciné. A l'étage, dans la chambre lavande de l'enfant qui dormait encore, Marie-Luc avait déjà ouvert un sac de toile brune qu'elle avait posé sur une petite table blanche, elle y entassait des vêtements. Ses gestes étaient véloces et précis, elle continuait de commenter ce qu'elle faisait, comme si cela lui donnait une assurance supplémentaire :

— Culottes, chaussettes. Ah, le blouson. Trois sous-pulls. Donne-moi cette serviette. Vite. Ça, j'en ai pas besoin, ça, ça, ça non. Les pyjam's !

J'ai senti un mouvement derrière moi et je me suis retournée. Drifter se tenait dans l'encadrement de la porte, mains dans les poches, sans expression. Je lui ai fait un signe pour indiquer qu'il était peut-être utile en bas, à surveiller la rue et les entrées, et il est reparti. Thomas s'est réveillé, sans bruit ni larmes, les yeux embarrassés de sommeil, il a appelé sa mère qui m'a tendu le sac qu'elle venait de boucler dans un crissement vif de fermeture Eclair, elle a pris son enfant dans ses bras et nous sommes redescendues. La peur et la présence de Paul étaient partout. Je m'attendais à le voir déboucher, avec ses foulards blancs et ses sahariennes de baroudeur bidon, ses poils aux pattes, ses grains de beauté malsains sur son front, ses cheveux blond lavasse trop longs dans le cou, en retard d'au moins une mode, ses yeux clairs et insanes qui savaient tant séduire et mentir, son chaloupé de marin, son rire saccadé et satisfait, l'indéfinissable accent nordique de sa voix et tout cet appareillage d'enjôlement avec quoi il avait donné le change à Marie-Luc et à ses amies, suppliant qu'elle le reprenne, comme on « *reprend* » un employé de maison qui a fauté, arguant du bonheur de l'enfant et faisant valoir l'amende qu'il s'était imposée à lui-même. Nous devions, Marie-Luc et moi, vibrer à l'unisson car, saisies par la même crainte du retour inopiné de Paul, elle s'arrêta au milieu de l'escalier et, transférant Thomas de dessous son bras sur son épaule gauche, décrocha de la main droite un casse-tête finlandais qui était pendu sur une panoplie d'objets exotiques, vestiges des voyages inexpliqués qu'entreprenait Paul et dont il revenait, elliptique, fumeux, porteur de promesses imprécises pour des contrats jamais matérialisés.

Marie-Lucile tenait l'arme par le bout du manche et la secouait de haut en bas tout en descendant les dernières marches, comme pour s'habituer à son maniement. Elle m'a fait une mimique, « *j'ai l'air ridicule, je sais, mais ça peut toujours servir* », et je lui ai souri, mais il ne s'est rien passé et nous n'avons pas vu Paul. Gagnée par l'efficacité de mon amie, j'ai ramassé trois coussins sur un sofa et nous sommes ressorties pour retrouver Drifter qui attendait, debout devant la Rover, avec le même air absent sur la figure. Aucun signe de vie dans l'allée, aucun son. Nous sommes tous remontés à bord.

— Je les emmène chez moi, ai-je dit à Drifter.

Il a acquiescé. Je lui ai donné mon adresse et tandis que, assises à l'arrière, nous installions les coussins sous la tête de Thomas allongé sur les genoux de sa mère, la voiture est repartie en sens inverse. A plusieurs reprises, car nous approchions maintenant du lever du jour, les phares d'autres voitures balayaient l'obscurité des ruelles de banlieue, mais Marie-Luc et moi ne réagissions plus. Drifter nous avait pris en charge, à lui d'aller jusqu'à bon port.

Elle me racontait à voix basse comment Paul était surgi d'une absence d'un semestre, reposé, détendu, exhibant son désir de recommencer à zéro et de vivre à ses côtés, ce serait mieux pour Thomas, ils n'auraient pas besoin de partager le même lit, il établirait ses quartiers dans la chambre d'amis ; comment elle s'était laissé faire et, dès le premier soir, pour une histoire de sel renversé sur la table de la cuisine, elle avait subi une attaque imprévisible. L'accélération avait été foudroyante.

— C'est là que j'ai compris qu'il était fou, mais vraiment —, une case en moins, le compteur qui saute, ou plutôt j'ai compris qu'il n'était revenu que pour cela : pas du tout parce qu'il m'aime, même si, effectivement, il m'aime et qu'il est perdu sans moi parce qu'il sait qu'il a gâché sa propre vie, mais qu'il était revenu pour me sanctionner, me soumettre ! Il m'a demandé ce que j'avais fait pendant ces six derniers mois, avec qui j'avais, etc., tu vois le genre, je n'ai pas voulu l'écouter, je me suis enfermée, il a fait sauter la porte à coups de pied et m'a battue une première fois.

Du doigt, elle montrait la première marque sur son visage.

— Thomas s'est réveillé, continuait-elle. Il a pleuré, il y a eu une trêve, le temps que je le recouche. Et ça a recommencé. Cette fois, Paul m'a fait tomber de l'escalier en me fauchant les chevilles avec une canne. J'ai perdu le sens des choses alors, j'ai crié et j'ai voulu appeler la police. Tu vois, je n'ai pas eu le temps de te le dire tout à l'heure au téléphone, mais je l'avais fait, si, si ! Seulement, il a interrompu l'appel et il m'a regardée, tu sais comment il est, tout d'un coup très froid, très « moi ? tout va bien, je chapeaute les événements », il m'a dit : « Attends, tu veux les flics ? d'accord, je les appelle », et il a appelé devant moi en disant : « écoutez, je ne sais pas comment faire, ma femme devient folle, elle crie, elle casse tout, est-ce que je dois porter plainte », ceci, cela. Et j'entendais tout, sans comprendre ce que disait l'autre connard au bout du fil, ce devait être un type de permanence qui lui posait des questions et qui le calmait, genre « qu'il compatissait avec lui, il fallait qu'il soit patient mais prudent, que s'il voulait un coup de main, eh bien ils étaient prêts à venir faire un constat ». La *mauvaise foi !* Tu n'imagines pas. Et Paul, complètement crédible, sollicitude et sérieux, « vous comprenez, c'est surtout pour l'enfant que c'est pénible », comédien roublard, et je n'en peux plus, tout d'un coup, et c'est moi qui coupe la communic'. Et là, deuxième volée de gnons.

Du doigt, Marie-Luc fit un cercle autour de son œil gauche.

— Et là, je sais qu'il va aller plus loin, je le sais, je le sens et j'oublie Thomas, et j'ai comme un blanc dans le crâne, j'ai peur, je ne pense plus qu'à ficher le camp. Il le sait, le voit et le sent, il prend les clés de la voiture et les jette par la fenêtre, il prend mes papiers dans mon sac et il les déchire, j'ai crié, troisième série de coups, mais cette fois ce n'est plus au corps, c'est dans les côtes, en bas, et ça me coupe le souffle et je tombe par terre, un peu K.O. tu vois, punchée. Je n'ai plus toute ma tête. Je reste au sol. Je me dis quand même : « Je vais faire semblant d'être évanouie ou un truc comme ça, alors ça va peut-être le calmer ou l'effrayer et je verrai quoi faire. » Il s'arrête en effet. Il va quelque part vers la chambre d'amis, je ne sais pas, et j'ai une sorte de révélation : je me dis que ce type sait à l'avance tout ce que je vais faire, qu'il me devance toujours de deux ou trois longueurs, parce qu'il a l'expérience de la violence et de la folie et je ne l'ai pas, et parce qu'il a autre chose, et quelque chose qui me fout vraiment la trouille, un sens —, comment dire, une certitude d'impunité. Il dégage l'impression que quoi qu'il fasse, qu'il *me* fasse, personne ne le pénalisera. Il est revenu avec un ceinturon militaire à grosse boucle à la main.

Elle s'interrompit. Thomas était-il devenu lourd sur ses genoux ? Elle le protégeait de ses mains, attachée à lui, ne quittant pas des yeux sa tête ronde et presque chauve, le liseré blond de ses cheveux sur le rose vierge du front, une perle de sueur au milieu de son nez en virgule, le creux appétissant à la naissance du coude dans le dodu de la chair, et cette respiration courte mais souveraine de la petite enfance, d'autant plus pathétique qu'elle recouvrait déjà un passé orageux, des scènes incompréhensibles, une agitation qui le marquerait peut-être pour toujours et dont il ne comprendrait pas l'origine mais refuserait l'injustice, victime à longue distance de choix irréversibles et absurdes.

— Paniquée, reprit Marie-Luc, comme tous les mots, tu n'en connais vraiment le sens que lorsque tu le vis. J'ai donc paniqué. C'est-à-dire qu'à aucun moment je n'ai essayé de lui parler ou le raisonner, parce que je sentais bien que c'était inutile mais aussi parce que je m'y refusais. Je ne me jugeais pas capable de supplier, céder, ramper. J'avais tout de même compris dans ma panique, entre deux dégelées, qu'il voulait tout simplement soit me tuer à petits coups, soit me défigurer, et en tous les cas me réduire et m'humilier, me faire payer ce qui l'a poussé à s'enfuir, la différence qui existe entre nous, les complexes que je lui ai sans doute donnés, ce pour quoi il m'a aimée. C'est cette femme-là qu'il voulait effacer, et cette mère. Il voulait que je ne sois plus qui je suis et j'ai fui pour continuer à l'être, est-ce que tu comprends, Andréa ? Je me suis jetée moi-même hors de chez moi pour ne pas tomber dans une autre condition que la mienne. Parce que j'ai dû avoir peur de céder et devenir quelqu'un d'autre. Oh ! Je ne sais pas, je dis n'importe quoi !

— Mais non, lui dis-je, et de toute façon, ce n'est pas de la panique, ce que tu as eu. Je trouve même que tu as très bien réagi. Tu n'as pas paniqué, c'est pas vrai.

— Si ! dit-elle avec une sorte de curieuse hargne envers elle-même, parce que je n'aurais jamais dû lui laisser Thomas. Je risquais de ne pas le retrouver. Remarque, maintenant que j'y pense. Thomas ne craignait rien car Paul m'en veut à moi, à moi seule, il se fout de son fils.

— Alors ?

— Alors, j'ai filé par la porte de la cuisine qui donne sur le jardin, et par le jardin dans l'allée et j'ai couru et je me suis retrouvée quelques rues plus bas, je crois, et c'est là seulement que les coups qu'il m'avait donnés m'ont fait mal, que je les ai sentis physiquement, dans toute ma peau et surtout mes os, et que j'ai éprouvé le besoin de me plaindre, d'appeler au secours. J'ai sonné à un pavillon où j'avais vu une lumière. Tu sais, il y a si peu de temps que j'ai débarqué ici à La Celle-Saint-Cloud que je n'avais pas encore eu l'occasion de me faire des voisins ou des amis. Je ne connaissais pas ces gens-là, mais j'ai sonné et j'ai crié, « ouvrez, ouvrez ». Ils n'ont jamais ouvert. Je les entendais derrière la porte, ils chuchotaient, je leur disais des phrases du genre, « aidez-moi mon mari me bat, j'ai été obligée de m'enfuir, ouvrez, j'ai besoin de me faire soigner », et eux, ils chuchotaient entre eux et à un moment, l'homme m'a dit à travers la porte, « tu vires ou je tire ». Alors, j'ai compris qu'il avait un fusil ou un pétard et qu'il devait croire à un coup monté. Il y a eu pas mal d'histoires récemment dans le coin, des bandes qui cambriolent les maisons, ils envoient quelqu'un qui sonne et demande de l'aide, de préférence c'est une femme, genre, « ma voiture est tombée en panne, est-ce que je peux me servir de votre téléphone », et une fois qu'on lui a ouvert, le reste de la bande se rue à l'intérieur et ils raflent tout. Mais enfin, tu imagines ! « Tu vires ou je tire ! » A moi, me dire ça à moi. Marie-Lucile Arnal ! En pleine Celle-Saint-C' !

Elle eut son premier rire depuis que je l'avais retrouvée devant la gare. L'incongruité de la situation et le rôle qu'on avait essayé de lui faire jouer avaient de quoi provoquer l'hilarité. Marie-Lucile était la fille la mieux élevée et la plus réservée de toutes celles que je fréquentais, la plus convenable, pour utiliser un adjectif qui fit florès à une époque. Elle avait beau évoluer dans les mêmes sphères professionnelles que les nôtres et y entendre la même musique, argent, ambition, permissivité, toujours son fond d'éducation administrée par une famille solide dans un passé provincial dépourvu d'incidents de parcours, la gratifierait d'un supplément d'équilibre. Marie-Lucile faisait partie de ces femmes dont on disait, « *c'est une fille bien* », et j'ai déjà avoué que cela me l'avait rendue enviable et irritante au début de notre amitié. J'avais ensuite trouvé en elle une sorte de refuge et d'exemple, même si le ratage complet de son union avec Paul, le manque de discernement de son choix et sa persistance dans l'erreur devaient tempérer mon admiration. Marie-Lucile était donc aussi vulnérable et faillible que nous, la preuve venait encore de m'en être donnée. Comme pour chacune d'entre nous, elle avait été rejointe par des contradictions et des faiblesses de caractère que je n'avais pas soupçonnées. Elle resterait cependant elle-même, à l'écart du troupeau, bel animal lustré et poncé. Et même à présent, dans la Rover, au plus noir de son heure la plus angoissée, je ne doutais pas qu'elle conserverait son intelligence souriante, son don pour le bonheur et la franchise. Non seulement je n'en doutais pas, je le souhaitais ardemment ! Car si Marie-Lucile trébuchait sans se relever, alors nous n'avions, les autres filles de son âge, aucune chance de nous en sortir ! Il n'empêche : se voir ainsi, le masque tuméfié sous les coups d'un aventurier mythomane sur le retour, fuyant en pantalons sales et chemisier lacéré dans les allées d'une banlieue résidentielle, et s'entendre menacer par un bourgeois derrière une porte, qui la confond avec l'égérie d'un commando de loubards, elle pouvait en rire, en effet, et moi avec.

Nous avions atteint la courte portion d'autoroute qui relie cette partie de l'extérieur ouest de Paris au centre de la ville. Après les ruelles étroites et bordées de troènes de La Celle-Saint-Cloud, après l'impression diffuse d'avoir franchi un secteur miné, rejoindre une chaussée plus large et moins désertée me réconfortait, ainsi que Marie-Luc. Nous dépassions quelques voitures, des hommes seuls écoutant les premiers bulletins radio, l'œil vitreux, farfouillant du doigt les orifices de leur nez. Puis, nous avons quitté le périphérique de la porte de Clichy. J'habitais Montmartre et la Rover de Drifter empruntait maintenant à toute allure des rues qui montent. Des striures de rose et de vert commençaient de s'inscrire dans l'évanescence d'un ciel bleu ardoise.

— Finie la banlieue pour moi, ajouta Marie-Luc. Vive Paris ! Tu peux nous héberger quelques jours ?

— Tant que tu voudras, dis-je.

J'aurais pu ajouter : tu n'es pas la première. Un an auparavant, j'avais recueilli une amie qui avait décidé de quitter son mari pour un homme plus mûr et sexuellement plus entreprenant. Elle occupait ses jours et ses nuits engluée au téléphone à parler avec celui qu'elle aimait toujours mais qui ne la baisait pas, et avec celui qu'elle n'aimait pas véritablement mais qui la baisait beaucoup, décrivant à l'un ce que l'autre lui faisait et à l'autre ce que l'un lui avait fait mais ne lui faisait plus, cajolant le nouvel amant et morigénant le mari abandonné, elle ne lui avait jamais confié autant de choses que depuis qu'ils ne vivaient plus ensemble, j'entendais cette interminable et impudique couinerie et me maudissais d'avoir ouvert ma porte à cette fille dont je n'avais pu pressentir l'ineptie insondable. Elle était partie puis revenue, elle estimait qu'elle avait des droits sur mon hospitalité, j'avais accepté une fois, dorénavant c'était comme un dû. Finalement, elle s'évanouit de mon horizon, mais je devais accueillir bien d'autres femmes, et parfois d'autres hommes qui me téléphonaient régulièrement pour dire : « *J'ai un problème, est-ce que tu peux me caser pour une nuit ou deux, le temps que je m'organise ?* » Le problème était invariable : Tintin voulait plus de Titine. Titine supportait plus Tintin.

Tintin disait qu'il avait besoin de réfléchir, prendre du champ, du recul. Traduction : il voulait s'envoyer en l'air avec un nouveau bonheur du jour et qu'on lui foute un peu la paix. Il se doutait que cela ne durerait pas, mais il ne pouvait résister et il fallait que Titine comprenne sans qu'il ait, toutefois, à le lui expliquer. Quant à Titine, elle disait qu'elle avait besoin de se ressourcer, retrouver son moi véritable, faire le point. Traduction : elle voulait répondre à cet appel général d'indépendance qu'elle avait entendu autour d'elle, d'autant plus qu'il était lancé par des voix neuves, celles des hommes qui la voyaient autre qu'elle avait cru être, ou de femmes qui lui faisaient valoir l'attrait d'une vie vécue pour soi. Et il fallait que Tintin comprenne, même si Titine devait longuement lui expliquer. Tintin larguait Titine, ou Titine sciait Tintin.

Les couples pétaient à la chaîne comme la terre cuite au tir forain. Il ne se passait pas de semaine ou de mois sans que j'entende dire que Gilbert avait laissé tomber Marianna, et que les Sartis avaient cassé, et que Catherine revenait de la première conciliation, ça avait été très pénible, il avait fallu mettre les avocats entre elle et Romain tellement le venin et la vindicte projetés dans le couloir en attendant le juge avaient été laids et violents. Djenane était abandonnée par Christian, il avait perdu la tête, il vendait tout, il décidait de repartir à zéro avec une salope, une pute, une fille avec qui il travaillait au bureau, tu comprends, elle a dû lui faire des machins, c'est sexuel. Et les Monestier aussi étaient en train de s'exploser, ils avaient envoyé les gosses chez les grands-parents, elle ne supportait plus de les voir, ils ressemblaient trop à leur père, et lui, de son côté, consultait ses avocats. Chez les Grangilles, on en était au stade du partage matériel et Lise s'était soudain aperçue que Jean-François était terriblement mesquin, évidemment on ne fait jamais attention à ce genre de chose quand on se marie, mais il lui avait fait signer un contrat de séparations de biens, tu te rends compte, ça veut dire que j'ai rien à moi, j'ai tout construit pour lui et maintenant, il me dit que j'ai rien ! C'est moi qui l'ai fait, tout de même, il aurait jamais pu arriver où il en est sans moi, je me suis sacrifiée pour lui toute ma vie, merde, c'est vrai, quoi. (A les entendre, celles-là et d'autres qui miaulaient le même lamento, leurs hommes n'avaient rien fait qu'être leur substitut, leur porte-plume, porte-parole, porte-scalpel, porte-entreprise, porte-épée. S'il fallait les en croire, elles avaient écrit leurs livres, tourné leurs films, monté leurs cabinets, bâti leur commerce ou leur réseau, rédigé leurs essais ou leurs discours, inventé leurs moulinettes à légumes, et elles les avaient modelés, il eût été anormal, que dis-je a-normal — im-pen-sable ! qu'elles ne touchent pas le pourcentage de leur inchiffrable contribution à ces combats et ces achèvements. J'éprouvais une aversion particulière pour cette catégorie de mes contemporaines, leur manque de fierté et l'aveu d'impuissance et d'insignifiance que traduisaient leurs réclamations d'une sorte de salaire. Indemnités pour cause de condition féminine. Honoraires du deuxième sexe, parce qu'il était deuxième, et que c'était un sexe !)

Patrick pour sa part, et en revanche, avait câblé à Claire qu'il ne reviendrait pas à la maison, elle pouvait tout garder, non mais, dis-moi un peu, qu'est-ce que c'est que ces manières d'agir, est-ce que c'est comme ça que se comporte un adulte, un père de famille ? Il me dit ça par câble ?! Ils avaient le chic pour vous annoncer ça par voie indirecte, télégramme, lettre, allusion ou commission relayée par un meilleur ami du couple ou bien cette arme cruelle qui ne laisse pas de traces : le téléphone. Mais en face, les yeux dans les yeux, alors ça, impossible ! Ils pouvaient se lever dès l'aube pour une périlleuse opération chirurgicale et rester debout, six heures d'affilée, la main ferme, admirables figures du Grand Patron derrière qui on eût accepté de partir au front sans casque ni munitions ; ils pouvaient commander des légions anonymes de volontaires impayés qui préparaient les tracts et les tréteaux, balisaient les parcours et entraînaient les brigades d'applaudissements pour recevoir, comme seule récompense, une poignée de main lasse à la grimpée d'un avion ; ils pouvaient terroriser, entre des murs de carton-pâte et sous des lampes à arc, une soixante-dizaine d'artisans représentant quinze corporations différentes, par le simple énoncé de formules qui ne semblaient pourtant porteuses d'aucune magie « *silence* », « *moteur* », « *coupez* » ; ils pouvaient, par leur seule traversée à pied d'une salle où crépitaient les machines à écrire et vibrionnaient les mille bruits futiles du labeur quotidien, faire retourner les têtes et flageoler les cui-cuisses des petites stagiaires ou des viragos-vétérans — mais, soutenir votre regard, seul à seul, pour vous dire, « *voilà, c'est fini et voici pourquoi* », ça, non ! Ils ne pouvaient pas, il ne fallait pas trop leur en demander.

Allez vous étonner, après ça, qu'eux-mêmes s'étonnaient quand on leur envoyait ou leur renvoyait l'ascenseur de l'incompréhensible mais fatal changement. Ils l'attribuaient à quelque épidémie nouvelle et passagère. Ils disaient que leurs femmes étaient tombées malades. Annick Silverio était la proie d'un curieux dérèglement. Elle avait ouvert une boulangerie avec un bon à rien, un type au casier judiciaire déjà défloré et elle avait vendu des croissants pendant quelques mois à d'anciennes amies qui s'étaient vite lassées de traverser toute la ville pour « *aller voir ça* » et quand ça n'avait pas fonctionné, la comptabilité partait à vau-l'eau, elle avait suivi son type sur les routes, il conduisait maintenant une camionnette à l'arrière de laquelle ils vendaient des gaufres et des frites, tandis que Bobby Silverio, le mari stupéfait par la chute de sa femme qui avait été la dessinatrice la plus douée de leur promotion, torchait les enfants, repassait leur linge, ouvrait des boîtes de purée instantanée et des grillos congelés, abasourdi par ce qui leur était survenu à tous, mais quand donc ça avait commencé à déconner ? Il regardait autour de lui et ne voyait plus que des calques de sa propre désagrégation. Dans les dîners, les déjeuners, en vacances, au bureau, à l'atelier, dans les coulisses, sur les allées des parcs publics où l'on se ruait en survêtement pour tenter de perdre les ceintures de cellulite qui commençaient d'enserrer les bassins, si vous faisiez un compte rapide, vous ne trouviez que cela : les constats de faillite sentimentale et sexuelle. Ainsi les Klein étaient séparés, les Cinci en litige, les Hadjadj ne s'adressaient plus la parole, c'était très gênant quand on les invitait, ils se regardaient comme des étrangers, à tout moment ça pouvait déboucher sur un esclandre, l'autre soir elle lui avait balancé un plat de crème sur son costard bleu poudre, on avait eu du mal à l'empêcher de lui ouvrir le front avec un bougeoir, remarquez on ne s'est pas ennuyés, quelle pétroleuse ! et lui, quel pétochard ! Tout cela finirait certainement par un divorce.

Divorce, divorce, ce petit mot si précis et qui rimait avec féroce et atroce revenait dans la conversation et les statistiques avec une fréquence inusitée. Je ne m'en plaignais pas. C'était ainsi. Je constatais que nous avions entre trente et quarante ans et que nous tentions désespérément d'amorcer le dernier grand virage avant de dire tout à fait adieu à nos illusions, et que les mœurs et les lois nouvelles nous offraient peut-être la possibilité de corriger les erreurs de notre jeunesse et d'infléchir les directions dans lesquelles nous nous étions fourvoyées, innocentes, aveugles ou présomptueuses, quand les plus âgées ou les plus lucides ou les plus usées, nous avaient averties que « *cela ne marcherait pas* » et que notre orgueil nous avait fait répondre qu'avec nous, « *ça ne serait pas pareil* ». Mais nous n'avions pas été plus mariolles que nos aînées, si nous avions été, pourtant, moins hypocrites qu'elles et ça ne s'était pas mieux passé que les générations précédentes, parfois plus mal, car nous avions été contaminées par la violence de l'époque, l'avènement du narcissisme et de l'égotisme considérés comme des règles d'existence, la dictature du Dieu

Argent, la tentation des drogues, la confusion des valeurs, et par le manque d'une épreuve majeure, révolution, guerre ou après-guerre, à travers quoi nous aurions pu nous révéler ou nous dépasser ou découvrir la religion, la foi, la vertu, ou quoi que ce fût apès quoi nous courions. L'indicible et unanime sentiment d' « *après moi le déluge* » avait joué sa part dans les ruptures que nous avions toutes connues. Une des phrases lesplus entendues de la décennie avait été, « *la vie est trop courte* », suivie de très près par l'autre slogan, « *chacun son truc* ».

Chacun son truc, chacun sa merde, comme ils dirent avec tant de distinction pendant toute une saison dans les couloirs de la télévision, et chacun sa manière de poursuivre la lumière verte à laquelle croyait Gatsby, cet avenir extatique et orgiastique qui d'année en année recule devant nous, mais combien avions-nous laissé de mutilés ou de cadavres en chemin. Passe encore que ce soient des cadavres adultes : lorsque la farce se déroulait entre grandes personnes sans attaches, chacun pour soi, et à la guerre comme à la guerre ! Mais il faudrait aussi décompter les enfants, témoins, victimes, enjeux, être ignorés ou manipulés, toupies bio-dégradables.

Maman aspire l'intérieur d'un petit tube vert ou jaune. Papa n'a pas l'air de bouger. Denis traverse le couloir en appelant, la porte s'ouvre, il y a maman et un autre monsieur avec de longues jambes qui le portent vite très loin à l'autre bout du couloir, on dirait qu'il a mal au bas du ventre, il se le tient avec les mains. Séverine entend maman hurler ; Riri est surpris de voir papa à la sortie de l'école, il ne vient pourtant jamais le chercher, il y a une voiture derrière lui ; Constance doit embrasser une vieille dame aux mains toutes ridées, on lui dit, « *maintenant c'est elle qui va s'occuper de toi* » ; Mathieu a faim, il est quatre heures, et sur le palier de la cuisine, la porte est ouverte, il entend des pas comme un voleur qui s'enfuit, c'est papa qui remonte en se retournant tout le temps ; Emilie est seule devant la télévision, maman agenouillée sur le tapis, fouille dans un gros livre à couverture blanche et rouge et quand elle a trouvé, elle referme le gros livre et elle téléphone, et après, elle ouvre encore le gros livre et elle recommence. Cris et pleurs étouffés ; gyroscopes à lumière intermittente sur les toits de petites voitures bleues dans les cours d'immeubles, cartables perdus ; silence autour d'une table ; voyage en train quand c'est pas les vacances ; il y a des papiers déchirés sur le lit, quelqu'un a écrit des choses avec du rouge à lèvres sur la glace du lavabo ; bruits de clés qui tombent, cristal brisé, coups sourds derrière des murs, vociférations dans une auto ; yaourt à la vanille et cueillerée de théralène ; tiens, tu vois, ces taches d'encre au milieu de la page, dis-moi à quoi ça te fait penser.

Combien d'images brouillées mais indélébiles, de sons mystérieux mais apeurants, combien d'infanticides involontaires ! Combien de petits Thomas endormis sur les genoux d'une femme battue, sur le siège arrière d'une voiture conduite par un inconnu, lui-même écartelé entre une épouse malade et une maîtresse hystérique, avec, comme autre passagère, une solitaire amère avant l'âge parce qu'elle s'était brûlée, elle aussi, au feu de l'amour non partagé : moi !

Je me rendis alors compte de ce que la condition des occupants de cette petite cellule qui se mouvait ainsi dans le jour naissant sur Paris avait de symbolique et de mordant.

— Tu t'arrêtes là, s'il te plaît, dis-je à Drifter.

Nous étions arrivés devant chez moi. Marie-Lucile sortit en tenant son fils endormi dans ses bras et chuchotant un remerciement à l'intention de Drifter.

Je sortis après elle. Je me suis penchée vers Drifter. Il embrayait déjà la marche arrière.

— Merci beaucoup, lui ai-je dit.

— Je t'en prie, a-t-il fait.

Il n'avait pas prononcé un mot depuis La Celle-Saint-Cloud et j'ai vu qu'il avait les yeux loin ailleurs. J'avais tenté deux ou trois fois de capter son regard dans le rétroviseur et j'avais pris son indifférence pendant toute la randonnée pour de la discrétion ou même, pourquoi pas, pour la concentration d'un homme pendant une action qui pouvait devenir dangereuse. Mais il n'avait participé à rien ! Son esprit avait voyagé tout le temps autre part, avec Joyce Bauer sans nul doute, chez Vinci, où j'ai pensé qu'il allait désormais se hâter de revenir. Avait-elle fini la nuit avec Marceaubelle, ou bien avait-elle rejeté le comédien dès que Drifter s'était arraché à son jeu ? Qu'allait-il trouver sur la piste de danse ? Je n'ai pas pu m'empêcher de poser la question.

— Tu retournes là-bas ? ai-je demandé.

Il n'a pas répondu, et j'ai pris cela pour un non, mais cela ne m'a pas rendue heureuse pour autant.

TROISIÈME PARTIE

Drifter, Marie-Luc

En chaussettes, ses bottes Tony Lama posées sur le sol dallé de courtes ventouses caoutchouteuses, un sac de voyage en toile claire de l'autre côté de son siège, Drifter avait étendu les jambes sur un fauteuil bas qui lui faisait face dans l'immense salle d'attente aux parois vermillon et noir, et il somnolait. Il avait rabattu sur ses yeux un vieux chapeau qu'il utilisait pour ses voyages en pays tropicaux et dont le feutre mou gris poussière était auréolé de taches laissées par le soleil. Cinq heures de délai pour le vol Saudi Airways, la correspondance avec Mogadiscio. Aérogare déserte, avec cette modernité déjà corrodée des bâtiments prestigieux construits par les pays jeunes, quelques groupes de pèlerins en transit pour La Mecque, leurs silhouettes fantomatiques minimisées par l'ampleur des voûtes et des couloirs, odeurs de l'argile rouge qui réussissent à survivre aux effluves impersonnels d'un air conditionné surpuissant, les bruits et les gestes de l'Afrique sont plus forts que sa volonté de ressembler au totalitarisme architectural de l'Occident. Attente, vacation. Dormir.

Il rêvait, et, comme souvent chez lui, le rêve n'était qu'une reconstruction fidèle d'une réalité déjà vécue, au cours de laquelle intervenait, mais une fois seulement, et habituellement en fin de séquence, le coup de patte de la fiction et du phantasme. Drifter rêvait de Julien Verdier, le professeur de lettres qui avait été son tuteur de fait, pendant son enfance puis son adolescence en Lorraine.

Dans la partie réelle du rêve, Drifter revivait sa plus récente visite à Julien. Il n'avait jamais pu l'appeler père ou papa mais Parrain, même si cette identité était officiellement erronée. Lorsque, beaucoup plus tard, le terme serait mis à la mode par le journalisme, le roman puis le cinéma, à propos des chefs de sectes criminelles de Sicile et d'Amérique, Drifter en éprouverait une gêne qu'il ne secouerait pas. Parrain, pour lui, conserverait indéfiniment une sonorité douce et rassurante, l'évocation de l'homme seul et déjà âgé qui lui avait servi, autant que faire se pouvait, de famille et d'éducateur et inscrit en lui le goût des livres et l'amour de la chose écrite, et légué ce mélange irrationnel d'inhibition et de curiosité qui avait fait de lui ce qu'il était. Parrain ! vers qui, irrégulièrement, il retournait lorsqu'il n'enquêtait pas quelque part dans le monde depuis qu'il avait quitté la Lorraine pour Paris et pour sa rencontre décisive avec Lescrabes. Parrain et les jeudis après-midi en compagnie d'autres élèves, on jouait du Giraudoux et l'on récitait du Desnos ; à l'heure du goûter, on ouvrait le paquet de pâtisseries achetées chez Pèchegaud, elles avaient une touche onctueuse et vanillée. Parrain, qui était son passé.

Drifter prenait généralement le premier train du matin pour une journée en sa compagnie. Il repartait le soir même, comme un militaire disposant d'une petite « *perm* » de douze heures, non qu'il eût véritablement hâte de retourner à sa femme et leur mésentente, mais il avait développé une réticence quasi physique, et qu'il s'expliquait mal, à l'idée de dormir chez Parrain. Il arrivait pour le déjeuner. Le professeur avait vieilli, la goutte le paralysait, il gardait la chambre dans le même appartement mal éclairé et haut de plafond où Drif avait grandi, une dépendance au rez-de-chaussée d'un petit hôtel particulier fin dix-neuvième siècle, derrière l'Archevêché. Les deux hommes déjeunaient de jambon, salade, fruits, achetés par la gardienne qui « faisait des heures ». Ils parlaient peu, et de choses triviales. Parrain avait perdu son agilité intellectuelle et, souffrant de se savoir diminué, préférait se taire plutôt qu'exhiber sa déchéance à celui qu'il avait baptisé son « *carissime* » autrefois, lorsque la nourrice polonaise lui avait confié cet enfant qu'il n'aurait jamais pu concevoir — de sa vie, il n'eut un seul rapport physique avec une femme. Il semblait, aujourd'hui, improbable à Drifter que Parrain ait, d'autre part, entretenu une relation quelconque avec des hommes. Drifter jugeait que Parrain avait été totalement asexué, il n'envisageait pas d'en découvrir plus sur lui, toutes ces portes étaient closes entre eux. Parrain, donc, maudissait la perte de son vocabulaire et les gouffres qu'il sentait s'ouvrir dans les terrains de son érudition. Depuis peu, il était affligé d'amnésie antérograde, les faits lui échappant à peine avaient-ils eu lieu. Aussi bien était-ce Drifter qui menait la conversation, lentement, revenant souvent en arrière pour répéter un nom prononcé et dont Parrain avait réclamé l'identification. Les sessions étaient longues, pénibles, Drifter ne sachant comment les faire rebondir ou les renouveler. Parfois, les deux hommes se faisaient face pendant des quarts ou des demi-heures de silence sans ébréchures.

Dans la partie du rêve qui se détachait de la réalité reconstituée. Parrain n'était pas malade. Il pouvait se lever de table. Il marchait vers l'imposante bibliothèque de livres reliés qui formait le fond de la pièce. Du plat de la main, il faisait jouer un panneau. Comme dans les romans d'aventures, un système de coulisse se découvrait derrière le panneau et Parrain invitait Drifter à s'en approcher.

— Ils sont là, disait-il alors à Drifter. Mais ne les dérange pas. Ils ne savent pas qui tu es.

Parrain disparaissait et le panneau se refermait en glissant, et Drifter pénétrait dans une pièce oblongue, similaire à ce que l'on appelle l'office dans les demeures bourgeoises, avec fourneaux volumineux et sombres, batteries de poêles et casseroles de cuivre savamment disposées par-dessus, chaises droites en bois passées à la même encaustique jaune que la longue table lisse, carreaux au sol et tableau d'appel au mur. Drifter ne s'avance pas dans l'office. Il reste sur le seuil. Comme devant un décor, une scène de théâtre. A l'autre bout, il y a une femme aux cheveux noirs, le maintien et l'uniforme d'une gouvernante, tablier clair noué sur un ensemble discret, elle lui tourne le dos. Il veut l'appeler :

— Madame !

Mais il se souvient que Parrain lui a dit de ne pas « *les* » déranger. Il se tait, et la femme ne bouge pas et voici que, sans doute venu d'un corridor, invisible depuis la position qu'occupe Drifter, un homme très grand apparaît qui, lui, offre son visage aux regards. Drifter, cependant, ne saisit pas les traits de l'homme. C'est flou, ça lui échappe. Il voit qu'il est de plus haute taille que la femme et qu'il porte une grosse redingote couleur lie-de-vin et qu'il agite ses grands bras en cadence sur sa poitrine comme s'il avait eu froid. Il se frotte les mains et s'assied à la table, en maître et propriétaire. Drifter est alors à nouveau assailli par l'envie d'interpeller :

— Monsieur !

Et, cette fois, il a oublié l'admonestation de Parrain et il ouvre la bouche, mais aucun son n'en sort. Il s'aperçoit aussi qu'il est redevenu un enfant. L'homme, pourtant, a un regard dans la direction de Drifter et il se lève et dit à la femme, qui n'a pas bougé, quelque chose de brutal dans une langue que l'enfant ne comprend pas. L'homme disparaît, la femme se retourne et marche dans la direction de l'enfant, rêveur paralysé qui croit que la femme était belle avant de s'éveiller. Il s'éveille. Ce rêve n'est pas indédit.

Drifter ouvrit les yeux sous le feutre. Il voulait retrouver le rêve, mais il sentit quelqu'un se pencher vers lui et entendit une voix familière :

— Pardon, mademoiselle, vous m'accorderez bien la prochaine danse ?

Il retira son chapeau et leva la tête, déjà certain de reconnaître celui qui venait de l'interroger et qui l'abordait, déjà envahi par la jubilation anticipée de l'amitié. Comiquement cassé en deux, comme un cavalier attendant qu'on veuille bien répondre à son invite, le front cependant relevé vers Drifter, sourcils convexes et narquois, les yeux bruns imprégnés d'une connivence remontant à leurs premières années de métier, c'était bien Jean-François Chemla.

Drifter se leva. Les deux hommes s'embrassèrent.

— Comment tu vas — lparaiso ?

— And you — 'l Brynner ?

— How do you do — glas Fairbanks ?

— Not bad — minton.

Parfois, lorsqu'ils se retrouvaient, Drifter et Jean-François Chemla, qu'il appelait toujours, en abrégeant, J.-F., dépensaient de longues minutes dans ces dialogues qui les absorbaient délicieusement, collectionneurs maniaques de conneries qu'il fallait débiter sans autre expression qu'un sérieux vaticanesque. Les insanités et calembours d'autant plus jouissifs qu'ils étaient éculés, puérils et navrants, crépitèrent aussitôt, tenant lieu de prélude rituel indispensable à toute conversation normale.

— Attends, j'ai pire : comment vas-tu — polev ?

— Pas mal — des Indes.

J.-F. grimaça, comme atteint par une nausée subite. Avec son accent enjôleur de juif pied-noir qui connaissait aussi bien le pavé de Paris que ses hauts quartiers, et avait su humer toutes les variations et prononciations de la ville et en avait concocté une sonorité mixte dans laquelle, en une phrase, la caricature du mimile de banlieue rencontrait celle des snobs du seizième-sud pour s'achever dans les confectionneurs de la rue du Sentier, il prolongeait l'échange.

— Tu sais que tu es le mec le plus drôle de France, toi ? et ça, qu'est-ce que tu en dis : ça ira — skolnikoff ? Ça colle — Porter.

Puis, sans transition, sur le même ton volontairement accablé d'ennui, dédramatisant tout, l'index pointé vers la poitrine de Drifter et à la vitesse d'un communiqué de circulation routière sur les radios du dimanche soir, J.-F. parla :

— « Plus un esprit se limite, plus il touche par ailleurs à l'infini. » Stefan Zweig. Qu'est-ce que tu fous là, moi, j'arrive d'Accra, ils ont enfin trouvé le pourquoi du comment des massacres dans le Nord-Est. Tu me croiras si tu veux, tout a démarré à cause d'une rixe dans un bar à bière de Bimbala entre deux gamins, ou presque, à propos d'une fille, un des gamins était le fils du chef de la tribu Nanoumba, l'autre était un Kokoumba. Résultat des courses, quinze cents morts et vingt mille sans abri, qui dit mieux ? Content de te voir, Pollak, qu'est-ce que tu trafiques chez les Blanche-Neige ? Au Parlement, ils en revenaient pas, tout le Nord-Est du Ghana décimé par des tueries impensables, pistolets, flèches et coutelas, des villages brûlés, vingt-sept au dernier compte, les tribus Nanoumbas qui refusent de travailler dans leurs fermes, c'est la famine l'an prochain, toute la région déclarée sinistrée, j'en reviens. Toi, tel que je te vois, à tous les coups t'es en escale pour Mogadish, tu vas te faire les réfugiés Karamojang, c'est le dernier sujet à la mode, ça, le désert, Nord-Est Somalie- Ethiopie — ils sont plus d'un million à calancher, à l'heure qu'il est. Est-ce que tu as remarqué — des brumes — que l'Afrique est en train de devenir un cirque à trois pistes ? Sur la première piste, il y a les Noirs mais les supérieurs, militaires, gouvernants et fonctionnaires, enfin bref ceux qui touchent, ceux qui mangent à leur faim. Sur la troisième piste, il y a les Blancs, c'est-à-dire nous, les Samaritains ou les j'observe-avec-commisération-et-l'espoir-que-ça-change ; en gros, curés, médecins et journalistes, auxquels j'ajouterai les mercenaires, les pilotes, les conseillers techniques, les barbudos en tout genre, Intelligence et Cie ou plutôt Compagnies d'Intelligence, eux aussi, d'ailleurs, mangent à leur faim. Et puis, entre la première et la troisième piste, qu'est-ce qu'il y a ? La deuxième ! T'as trouvé, bravo ! Il a trouvé ! Il emporte un kilo de sucre et un paquet de lessive ! Et là, sur cette piste, on retrouve des Noirs, mais pas les mêmes, c'est ceux qui crèvent, c'est les enfants d'abord, comme de juste, et puis il y a les femmes et puis les hommes et ils crèvent tous, et on pourrait résumer ça comme ça, l'Afrique : les trois pistes de la fam, la peur et la curiosité, les trois éléments moteurs qui font tourner la Terre. L'autre jour, je suis tombé sur Colin Anderson, il m'a rappelé un truc que j'avais totalement oublié qu'on avait lu dans les chiottes du mess des officiers américains à Chu-Fang Valley, tu te souviens ? « *Vous êtes priés de laisser cet endroit aussi dégueulasse que vous l'avez trouvé en entrant.* » Là, tu vois, je trouve qu'on est surpassés, parce que l'Afrique, on va effectivement la laisser plus dégueulasse qu'on l'a trouvée en entrant, qu'est-ce que t'en penses Pollak — tu pensais pas, tu dormais, je t'ai réveillé, mais tu étais si belle dans ta tenue de cow-boy fatigué, je voulais danser avec toi. Viens, on prend un verre, le bar est fermé mais on va le faire ouvrir, non, attends ! J'ai plus beau que le bar, regarde ce que j'ai acheté il y a un an, en Af' Sud, on en fait plus des comme ça. C'est les flasks qu'ils emportaient en safari, quand ils pouvaient encore en faire des vrais, safaris, avec tentes, porteurs, douches en toile et guides moustachus laconiques, genre que t'achète ton équipement chez Abercrombie et Fitch, tu me diras, ils ont fait faillite chez Abercrombie et Fitch, je sais, je sais, môssieur, et ça n'est pas la moindre de mes tragédies, tu sais qu'ils vont nous fermer Brooks un jour si on fait pas attention ? Tu vas voir, un matin comme ça, on va débarquer, genre qu'on veut renouveler son stock un peu, donnez-moi deux bonnes douzaines de button-down roses, trois ou quatre paires de loafers à pompons, quelques Chinos et vous me mettrez bien cinq ou six polos avec mouton doré sur la poitrine pour faire un compte rond — et tu verras que ça va être fermé, et qu'ils vont nous dire, Y-a plus de Brooks Brothers ! ! ! Non, je veux pas le croire ! Y-a quand même encore des choses sacrées. C'est simple, moi, s'ils ferment Brooks, je romps les relations diplomatiques avec eux, c'est tout. Assez déconné, regarde-moi cet objet, touche-moi ça, est-ce que t'as déjà vu un plus bel objet que ça, à part ma bite, bien sûr.

J.-F. fit apparaître, en un geste souple, extraite de la poche revolver de son pantalon, une large et mince flasque d'argent incurvée sur la paroi de laquelle étaient gravées des lettres et armoiries, et dévissa de ses longs doigts bruns le bouchon au métal moins brillant que le reste du flacon, comme s'il avait été fabriqué en un alliage plus pauvre, maillechort peut-être.

— Goûte, Drif, dit J.-F.

Ils étaient assis face à face.

— Je l'ai déjà fait remplir de *chaga* avant de quitter Accra. C'est la grappa locale. Tu en bois deux bons coups, t'a même plus besoin de ton Boeing pour aller jusqu'à Mogadiscio, t'es autonome : va-va-voum.

Drifter, tout au bonheur de retrouver son ami et d'avoir écouté sa tirade, but une longue lampée. L'alcool lui monta violemment au cerveau, dans la cloison nasale et jusqu'aux yeux. Il s'ébroua.

— Je t'avais prévenu, dit J.-F.

Il prit la flasque des mains de Drifter et but à son tour. Au nord d'Accra, trois semaines après l'attaque des Kokoumbas, la puanteur de la mort avait encore flotté comme un nuage au-dessus des ruines. Des pluies lourdes s'étaient déclenchées et avaient commencé de travailler les ruelles et les passages entre les huttes, les torrents d'eau avaient charrié la terre sombre, la caillasse jaune et la boue ocre, et mis au jour des tombes qui avaient dû être hâtivement creusées par les survivants avant de fuir. Alors, des crânes ou des tibias de corps en voie de décomposition étaient apparus, parfois au milieu des rues principales, et J.-F. avait vu les mâchoires d'enfants, grandes ouvertes comme s'ils étaient morts en hurlant de rire, mais il savait d'expérience que cette déformation hallucinante n'était qu'un autre signe de leur famine. Drifter savait, lui aussi, que les squelettes des enfants en Afrique ou en Asie semblent toujours avoir accueilli la mort en rigolant, mais que c'était un leurre. Et J.-F. savait que Drifter savait. Ils avaient décidé séparément, lorsqu'ils étaient très jeunes, de voir tout ce que le monde pouvait offrir de plus étonnant et de plus terrible, et ils avaient été amplement servis. Ils avaient appris à se protéger avec l'humour, l'euphémisme, et la dérision d'un discours prononcé en permanence à ce qu'on appelait « *le deuxième degré* », qui est une forme d'intelligence mais présente le danger de l'incompréhension et la tentation du cynisme. Cependant, ils étaient sauvés en contrepartie par ceci : le spectacle de l'intolérance du monde leur avait inculqué une tolérance extrême, et leur avait fourni une inépuisable réserve d'humilité. S'ils s'accordaient le droit d'utiliser entre eux un vocabulaire grossier, crapulard et parodiquement raciste, c'est parce qu'ils avaient, à plus forte raison, une vision pathétique et fraternelle de l'âge qu'ils vivaient et des hommes qu'ils côtoyaient. De même que les gosses sifflent dans la nuit pour ne pas avoir peur, il leur arrivait de parler le langage contraire à leurs convictions. Mais seulement par jeu, et entre eux, comme les membres d'une famille maniant un dialecte incompréhensible de l'extérieur et qu'il n'est pas respectable de faire subir à autrui.

— Je te raconte pas le Ghana, dit J.-F.

— Tu me racontes pas, répondit son ami.

— Je te raconte autre chose.

Drifter et J.-F. se regardèrent. On était en octobre. Il y avait plus de sept mois que Lescrabes était mort et deux mois que, parti en diverses expéditions journalistiques, Drifter avait à peine revu Paris. J.-F. avait fait toute sa carrière dans un groupe rival. Il était aussi grand que Drifter mais plus épais, le teint brun, une bouche gourmande, un faciès de comédien latin, sans cesse en variations, il possédait une faculté indéfinissable pour séduire son auditoire, le don du conteur. Tout, chez J.-F., passait par le langage, les mots.

— Y-a longtemps que t'a quitté Paris ? demanda-t-il.

— Oui, dit Drifter, pourquoi ?

— Tu sais quoi : les huit caisses des papiers personnels de Lescrabes ont été mises au pilon sur ordre du trust qui vous a rachetés. Trente ans d'histoire de la presse, du pouvoir, de l'industrie, de la France, disparus, *terminado* — porte Maillot — métro Argentine.

— C'est pas possible, fit Drifter, ils sont givrés.

— Ou alors, ils sont prudents.

— J'arrive pas à croire qu'on ait tout détruit, dit Drifter. Qui t'a appris ça ? Leila a dû certainement sauver l'essentiel. Il faudra que je lui pose la question.

— Leila d'Asquith ? demanda J.-F. Elle est encore en vie, celle-là ?

— Tu n'es pas charitable, fit Drifter.

Parodique, J.-F. clama :

— *On n'achève pas une femme qui tombe.*

Puis, il continua :

— A ce propos, est-ce que je peux t'offrir dans notre grande série des proverbes stupides : « On ne crache jamais à la gueule d'un homme sauf bien entendu si sa moustache a pris feu » ?

— Pas mal, j'achète, dit Drifter en riant. Et celui-là, tu connais ? « Il faut d'abord être entré dans l'auberge pour pouvoir se permettre de dire qu'on n'en est pas encore sorti. »

— Ah ! remarquable, professeur, remarquable, une des grandes pensées de la civilisation occidentale.

Ils eurent de longs rires silencieux. J.-F. agita la flasque :

— Tu reprendras bien un peu de *chaga*, camarade ?

Drifter souleva la flasque et but avec plus de retenue que la première fois. L'eau-de-vie avait le même effet abrasif. Il se sentit parcouru d'irradiations intenses.

— C'est balèze, ton élixir, dit-il.

— Tu trouves pas ça dans les *liquor-shops*, j' peux te dire, mon pote. C'est mon interprète qui m'en a refilé, Rodney il s'appelait, un pointeur de première.

— A la santé de Rodney, dit Drifter, où qu'il soit et quoi qu'il fasse.

— Rodney ? (J.-F. sourit à l'évocation du guide-interprète.) C'est un Bon, Rodney. Un *monumentos*. Dazza !

Dans le parler de J.-F. revenaient ainsi à la surface des locutions cabalistiques, vestiges nostalgiques de sa jeunesse dans les rues d'Oran lorsque, pur produit de la plus haute bourgeoisie du pays, il fréquentait les petits voyous que ses parents lui interdisaient de recevoir dans leur grande demeure sur les collines résidentielles de la ville. J.-F. avait eu deux amis, Gerald et Manu. L'un était mort d'un cancer du poumon, l'autre avait mal tourné et revendait du métal quelque part dans la banlieue lyonnaise, lorsqu'il ne faisait pas un séjour dans les prisons de la région. Les trois enfants avaient parlé une langue invraisemblable, inventant des verbes : *vapaner, bafaner, tchelber,* et des mots : *choulot, spinks, zaoui, spats, galoulou, babao,* et J.-F., qui était un sentimental, avait la larme facile lorsqu'il s'agissait du pays perdu et de ses jours irrattrapables, les jours de la mer étale et de la glace à l'eau, des maillots de bain en laine noire, des filles qui sentaient l'Ambre Solaire (première formule) et il avait enfoui dans les sables de sa mémoire toute cette panoplie de termes dont il était le dernier héritier et l'avait définitivement recouverte d'autres langues, d'autres emprunts à d'autres couches du temps et de la société. Eblouissant manipulateur de multiples codes linguistiques, J.-F. parlait tous les argots, celui du sport, du bistrot, des prostituées et des musiciens. Imitateur génial, il savait aussi bien singer les joueurs de tiercé du douzième arrondissement, côté porte de Vincennes, que la nouvelle race d'hommes sortis des hautes écoles de l'Etat et dont chaque phrase commençait invariablement par un « *écoutez* » satisfait, prononcé la bouche en cul de perdrix. Drifter admirait la capacité qu'avait J.-F. d'absorber les nouveautés du vocabulaire comme une éponge, les tamiser comme un archéologue élimine les cailloux vulgaires pour ne conserver que les belles pierres, et les assimiler pour les resservir à sa façon lorsque l'envie lui prenait de faire son numéro. Mais rien n'émouvait autant Drifter, chez son ami, que le rappel rare mais triste à l'énoncé d'une expression insolite des années de soleil dans la jeunesse de J.-F., « *là-bas* ».

Ils burent donc à la santé de Rodney, le « *pointeur* », le guide-interprète dont la seule évocation avait fait sourire J.-F. et que Drifter ne connaîtrait jamais. Mais il l'imaginait : Rodney devait être un grand Noir, futé et roublard, qui avait trois femmes en ville, deux autres au village, et vivait sans aucun traumatisme culturel entre les superstitions tribales et l'univers des cartes de crédit plastifiées.

— C'est balèze, répéta Drifter sans se rendre compte de la répétition. La *chaga* devait commencer à lui labourer l'organisme.

— Il y a plus costaud, fit J.-F.

— Il y a toujours plus costaud, connaud.

— L'alcool, c'est rien, reprit J.-F. Non mais, sans rire : l'hiver dernier à Paris, il y a eu un tout petit groupe de mecs, pas plus de trois à ce que j'ai su, ça a été une affaire très peu éventée, qui ont mis la main sur une bombe. Un machin à côté duquel la chnouf, la coke, l'héro, la quaalude, tout ce que tu veux, toutes les drogues dures ou douces que tu veux, c'était du sirop d'orgeat, du pipi d'ange ! Sans blague.

— Plus nocif que la *khai ?*

— La *khai* à côté, c'est du cidre.

— Plus mortel que l'iranienne ? Tu m' dis pas ?

— J' te dis ! l'iranienne à côté, c'est de l'eau miné rale.

La *khai* était un mélange terrible et bon marché, addition primaire de morphine-base, *dross* et aspirine qui tuait l'usager en une douzaine de mois et dont ils avaient vu les effets en Asie du Sud-Est. Quant à l'iranienne, qui était apparue récemment en Europe, elle vous abattait son homme en un semestre, après l'avoir rendu sourd et aveugle. J.-F. pas plus que Drifter n'était spécialisé dans les enquêtes et reportages sur les drogues diverses qui ruinaient les individus dans le monde. Mais ils avaient rencontré de plus en plus fréquemment les défoncés et les défonceries de l'histoire contemporaine, et ils avaient classé ces références dans leurs bagages. Avec le reste.

Défonce : le mot convenait à l'époque, le fond du tonneau avait sauté, et on ne voyait que le vide, le trou noir, de l'autre côté du tonneau défoncé.

Sur ce sujet, comme sur tant d'autres, J.-F. et Drif communiquaient par signaux. Possesseurs d'un savoir volatil, ils avaient une connaissance d'initiés. Ils parlaient double. Pour eux, une « *fourmi* », c'était les passeurs de drogue, cheveux longs et papier journal dans les chaussures, qui dorment dans les couloirs du train de nuit entre Amsterdam et Paris. Ils savaient des choses qui ne servent à rien : que Giorgio Tassopoulos était bien vivant et subsistait encore grâce à l'argent du hold-up de la poste d'Oran, vingt ans auparavant — et qu'il s'était installé à Madrid et tenait sa cour dans une arrière-salle de bistrot, si les flics avaient voulu l'arrêter, depuis le temps, c'était faisable ; que c'est au Yemen que l'on achète les Kalachnikoff les moins chers et c'est encore la meilleure arme sur le marché, rapport qualité-prix ; qu'avec les grands sprinters, ce n'est pas les jambes qu'il faut regarder lorsqu'ils courent, si vous voulez savoir qui va le plus vite, ce sont les bras ; et que le mot de reconnaissance des exécuteurs du contrat passé pour tuer un Président dans le Sud-Ouest des Etats-Unis avait été, « *il fait chaud à Tulsa* ». Mais à quoi servait cette science hétéroclite ?

Drifter se posait, enfin, la question. Il avait longtemps picoré toutes ces miettes, dispersées à la surface du globe, et s'il n'était pas capable à cet âge de sa vie de les digérer, il serait condamné pour le restant de ses jours à s'agiter comme une mouche dans le bocal du monde. Faux mouvements d'une existence consacrée au journalisme d'action : beaucoup de chaleur, aucune lumière. Il fallait s'en dégager.

Drifter sentit que la *chaga* lui avait procuré comme un surcroît de lucidité. Il avait déjà observé ce phénomène. Habité par le dégoût des drogues et de tout élément qui puisse prendre possession de son corps et lui faire perdre un contrôle de la vie qu'il jugeait déjà très insuffisant, Drifter s'acharnait à tenir l'alcool. Il voyait mieux, dans ces cas-là, et plus détaché. Mais ce qui était en train de lui arriver n'était pas dû à la seule consommation d'un alcool local africain en compagnie d'un de ses plus chers amis dans une aérogare, cela ne datait pas de ce jour, et pourtant, ce n'était pas plus vieux d'un an, moins sans doute. S'il parvenait à y voir clair encore quelques instants, Drifter pourrait faire remonter cela aux environs, puis aux lendemains de la mort de Lescrabes. Il y avait eu, comme venus du fond de lui-même, des coups de sonde, comme un « *obscur mélange involontaire* ». Cette expression, qu'il avait lue un jour sous la plume d'un auteur anglais méconnu, s'imposait à lui : l'obscur mélange involontaire des choses. Il se sentait devenir autre, par la force conjuguée d'incidents mineurs et d'événements majeurs qui avaient été amorcés sans qu'il le sache ou le veuille, mais qui lui apportaient une transformation radicale. Il s'en ouvrit à J.-F., qui sembla bondir sur l'occasion :

— Bien évidemment, j'attendais que tu m'en parles, mais je n'osais pas trop. En fait, je voulais te le dire dès qu'on s'est revus : qu'est-ce qui t'a changé ? Tu sais, tu m'as baisé, Drif, tu m'as bien eu, et je ne suis pas le seul ! J'aurais pourtant parié que tu n'arriverais jamais à te séparer de ta laitue. D'ailleurs, elle le disait tout le temps : « Drifter ne me quittera jamais, je le tiens ! » Alors, ça y est, divorçado ?

— Oui, fit Drifter, je rentre à Paris dans dix jours pour la première conciliation et ça fait cinq ou six mois, je ne sais plus très bien qu'on s'est séparés.

— Mais comment ça s'est passé ? Y-a une autre nana derrière ?

— Non, dit Drifter en riant, tu poses la même question que tout le monde !

— Eh, ça va, hein, dit J.-F., froissé. Non mais, sérieusement, comment y-es-tu arrivé ?

— Je ne sais pas, c'est venu comme ça, du fond de moi-même.

Il se dit qu'il venait d'utiliser déjà cette expression en silence dans ses propres réflexions quelques instants auparavant. Comment pourrait-il expliquer autrement la résolution qu'il avait prise un jour, pourquoi chercher le pourquoi ? L'expérience immédiate de la vie défait parfois des nœuds qui déconcertent le plus l'intelligence. Depuis quelques mois, Drifter avait l'impression de recevoir un message dont il ne connaissait pas l'envoyeur.

Peu de temps après la nuit chez Vinci, il se trouvait devant un café-crème au bistrot qui faisait angle avec le boulevard Haussmann, à quelques pas de son domicile. Il était huit heures du matin et à travers la vitre, par-dessus la tasse dans laquelle il trempait un croissant, il avait vu passer sur le trottoir un père et sa fille en direction de l'école. Le type devait avoir son âge, il était de taille moyenne, beaux traits réguliers, et tenait par la main une écolière, grand sac rouge et bleu bien harnaché derrière ses épaules, cheveux coupés court, un kilt bleu marine voletant sur ses petites jambes qui tricotaient le long de celles de son père. Elle avait un air décidé et appliqué dans son profil et son allure, et la vision de sa main dans celle du père qui penchait parfois la tête vers elle, lui souriait, puis reprenait le rythme de leur marche, ajoutait à l'impression générale d'assurance et d'amour qui se dégageait du couple. Drifter avait déjà vu l'homme et la petite fille dans le quartier, mais il ne les avait pas regardés comme ce matin-là et quelques minutes après, alors qu'il achevait son café et perdait son regard dans les rangées de bouteilles et des siphons en face de lui sur l'étagère, de l'autre côté du comptoir, il lui vint un effluve chaud et incontrôlé et l'envie d'avoir un enfant.

— Et ça s'est bien passé ? T'as pas eu trop de soucis, de drames ? demandait J.-F.

— Non, non, répondit Drifter, ça s'est pas si mal passé que ça, tout compte fait.

Mais il mentait, même à son meilleur ami, et dans ces comptes qu'il prétendait avoir réglés, il aurait dû, s'il avait été honnête avec lui-même, faire entrer la somme de peur, d'hésitations, d'angoisse, de fuites, qui avaient suivi la première scène de rupture avec Patricia ; les petites et risibles manœuvres pour éviter toute confrontation physique ; les heures et les nuits de bavasses, parlotes, palabres et négociations avec la famille Aboulafa représentant Patricia qui était prostrée chez sa mère à pleurer ; quelques courtes et brutales séquences ; comme il s'était, pendant toute cette période, surpris à se raccrocher à n'importe quelle connaissance passagère pour se confier, se justifier, se confesser ; ses errances dans Paris et ses sauts de puce d'hôtel en hôtel et en appartements prêtés par des copains ; et comment, à la vérité, s'il se réclamait un seul mérite, c'était celui de n'être pas revenu en arrière une fois qu'il eut dit à Patricia qu'il s'en allait, mais comment aussi, elle avait involontairement contribué à son « *c'est fini* », en l'admettant plus vite qu'il ne l'aurait cru, car elle avait été gagnée sans le savoir par le phénomène d'érosion, puis de fracture. Drifter l'avait concrètement vu dans ses yeux rougis par l'insomnie et les larmes, après tant de séances de cris et insultes, protestations et interrogations. Longtemps, Patricia n'avait pas cru à la détermination de Drifter. Elle ne pouvait accepter qu'il y eût quelque chose de changé en lui. Et si ce quelque chose existait, alors, elle l'attribuait à la présence d'une « *autre* », car elle entretenait encore trop de mépris vis-à-vis de cet homme pour souffrir l'idée qu'il la quittait de par sa seule et propre volonté.

Mais le jour s'était fait en elle. Drifter avait vu une zébrure traverser son regard, une couleur qui n'existe pas, un trait. Ses épaules s'étaient affaissées. Elle s'était pris le ventre à deux mains. Elle éprouvait du mal à rester debout. Il n'avait pas fait un geste. Elle s'était redressée, mais il savait qu'elle cédait enfin. Et même si Drifter s'épuiserait encore souvent à répondre à l'argument qu'il la « *lourdait* » pour une autre (« *y-a quelqu'un d'autre, y-a quelqu'un d'autre* », s'entendait-il répéter) et même si Patricia de son côté prendrait des mois, voire des années, à accepter l'ensemble de ce désastre ou même si, par confort, elle refuserait d'en évaluer les causes, ça-y était, elle avait plié devant la petite vérité obstinée et insupportable qu'il lui répétait avec autant d'acharnement qu'elle mettait à la refuser : c'est fini, je m'en vais.

La saturation avait donc joué, aussi, pour et contre Patricia. La vie porte ses coups et vous attaque et vos défenses tombent quelquefois d'elles-mêmes, à votre insu. Cela ne se passe pas en une fois, c'est un travail de sape, et vous subissez l'effondrement alors que vous ne vous y étiez pas préparé. Un soir, très tard, alors qu'il attendait tout seul un ascenseur dans un couloir noir — la minuterie avait sauté — Drifter s'était surpris à dire à voix haute :

— Tu vois, il suffisait de dire non.

Il ne savait pas que Patricia était cachée dans un recoin du hall face à l'ascenseur. Ils vivaient déjà séparément. Elle avait déménagé chez sa tante. Il était resté seul dans l'appartement du boulevard Haussmann. Elle avait attendu ainsi toute la soirée, dans l'espoir absurde de le voir revenir accompagné de quelque femme inconnue et nouvelle, ou bien peut-être, à cause de la désorganisation qui l'accablait et la poussait à des gestes humiliants qui lui faisaient par la suite avoir honte d'elle-même, Patricia s'était-elle retrouvée là sans raison, par pure inaction, un manque de tâches à accomplir, la fin d'une journée qu'elle avait entièrement consacrée au fameux mélodrame qui absorbait et rongeait toutes les heures de sa vie. Elle était assise sur un petit tabouret, le dos au mur, de l'autre côté de la cage d'ascenseur, vêtue d'un imperméable sombre. Lorsqu'elle entendit la voix de Drifter se parlant à lui-même, elle baissa la tête et s'immobilisa pour ne pas trahir sa présence, se ramassant sur le centre de son corps comme un chat. Il prononça les mots sur un timbre clair et calme comme un acteur ou un orateur ferait quelques courtes vocalises pour bien poser la voix, avant d'affronter le public, isolé devant une glace, un verre d'eau à la main, dans une loge vide. Le ton de cet homme, qui se croyait seul dans le hall d'entrée obscur, eut pour Patricia une résonance inédite. Elle n'était pas loin de lui, à quelques mètres seulement, elle distinguait son dos et ses longues jambes et pouvait entendre le bref battement de ses doigts sur le tableau d'appel de l'ascenseur, tap — tap — tap. Elle en fut tout interdite. En temps normal, elle se serait levée, elle l'aurait apostrophé, et aurait exploité les avantages d'un décor et d'une situation propices au grand film qu'ils se jouaient à eux-mêmes : pas de lumière, une femme en détresse, une voix qui s'élève dans le silence, un homme surpris en flagrant délit de complaisance, tous les éléments étaient réunis. Mais elle ne bougea pas. Et une fois qu'il fut monté dans l'ascenseur, elle se déplia, croisa ses bras sur sa poitrine et pleura, en silence, de longues larmes lentes et douces, contraires aux habituelles saccades indiscrètes qui soulevaient, le jour, son corps révolté. Plus tard, elle se souviendrait de cette scène comme d'un tournant. Jusque-là, elle avait espéré le « *récupérer* ». Cette nuit-là, elle comprit qu'elle l'avait « *perdu* », dira-t-elle, après, utilisant encore, sans y prendre garde, les verbes de la possession désormais caducs. Drifter, lui, ne saurait jamais.

— Je te prie de m'excuser, dit-il à J.-F.

Il était faux et présomptueux de faire comme si cela avait été une danse légère et joyeuse. La valse avait plutôt tourné de façon laborieuse, discordante, laide et sanglante en une occasion au moins.

— Je te raconte des craques, je roule les mécaniques, continua Drifter à l'adresse de son ami. Je t'ai menti. Ça ne s'est pas bien passé. Ça n'a pas été facile. Tout le monde a dégusté, et déguste encore.

— Ah, bon, fit J.-F. pour une fois peu loquace.

Et comme Drifter voulait laisser derrière lui les poignets entaillés ; les appels nocturnes à des toubibs de secours ; les allées et venues dans la salle d'attente du service de réanimation ; les coups de poing ridicules échangés dans un restaurant avec l'oncle Aboulafa dont la cravate à pois blancs voletait sur une chemise à jabot (il revoyait encore ses joues brique et reniflait encore son souffle alliacé) ; les séances au goût de plomb et de poussière chez l'avocat en attendant celles chez le juge, il eut un long soupir, puis fit un grand geste du bras qui mesurait la salle de transit de l'aérogare comme un compas et il dit à J.-F. :

— T'en as pas plein ton cul des aéroports, depuis le temps ?

— Non, fit J.-F. étonné, pourquoi ?

— Parce que moi, figure-toi, dit Drifter qui sentait monter en lui un urgent besoin de déchaînement, j'en ai ras la chéchia, ras la casquette, ras les cymbales, ras les balustrines, j'en ai plein mon lukès et par-dessus la pastoche, si tu vois ce que je veux dire !

— Heu, c'est-à-dire, dit J.-F. en rétrécissant les lèvres pour adopter l'air pincé et précieux d'un théoricien qui met des accents circonflexes sur chaque voyelle, je croâ discerner chêz voûs comme une espèce de lâssitude de ce lieu en tant que lieu, n'êst-ce-pâs ?

— Ouais, dit Drifter de sa voix la plus traînaillante, j'en ai maaarrre de Roissy-Charles-de-Gaulle, Shérémetyevo, Portela de Sacavem, Roberts Field, Pedras Robras, Marignane et J. F. Kennedy.

J.-F. prit le relais en haussant la voix comme un commissaire-priseur dans une vente aux enchères :

— Jomo Kenyata, Mirabel, Logan, Foster Dulles, Schiphol, Otepeni, Mehzabad, Ben Gourion, Heathrow et Gatwick. Qui dit mieux ?

— Je dis, reprit Drifter, Kai Tak, O'Hare, Esenboga, Yesilkoÿ, Katunayake, N'Djili, Christoforo Colombo, Léon M'Ba, Portela de Sacavem ! Celui-là, j' l'ai déjà dit ! Et je dis aussi Orly et Le Bourget ! c'est du passé, ça, Le Bourget.

— Et dans notre grande série des questions nostalgiques et triviales, comment s'appelait l'aéroport Kennedy avant qu'on le baptise Kennedy à New York ?

— Attends, attends, je l'ai sur le bout des lèvres. Il s'appelait *Idlewild !*.

C'est là qu'ils avaient atterri, en provenance du Bourget, pour le vol inaugural des premiers Jumbo, les premiers 747 dont ils avaient savouré, alors, le nez difforme et le ventre de pélican. Ils avaient éprouvé une jouissance d'enfant à toucher terre dans tous ces lieux étrangers, la nuit, quand ils étaient assis dans les cabines de pilotage, et qu'ils voyaient venir vers eux le sol bleu, blanc, bleu nuit, blanc électrique, et qu'ils se sentaient émus comme des cosmonautes. Ils auraient pu, ainsi, continuer à jouer de toute la charge poétique qui se dégageait d'autres noms, et dans la fatigue et la fausse euphorie due à l'alcool, ils ne pouvaient même plus se rappeler à quelle ville du monde ces aéroports correspondaient : San San Juan, Viracoros, Ringway, Don Muary, Santa Cruz, Les Salines et toutes les escales où ils avaient noué des amitiés sans suite, recueilli des récits à la volée, aimé des filles pendant deux heures, et surtout attendu, habités par le néant des guerres qu'ils venaient de laisser derrière eux ou vers lesquelles ils se dirigeaient. Drifter et J.-F. interrompirent leur énumération tout net, sans se concerter. Le flasque de *chaga* sonnait creux. J.-F. se leva, fit quelques pas sur le sol caoutchouteux pour se rapprocher du grand tableau électronique annonçant les départs, les arrivées et les retards, puis il revint s'asseoir face à son ami qui n'avait pas bougé.

— Je vais y aller. Mais j'ai le temps de te finir mon histoire.

— Laquelle ? demanda Drifter.

— Je te disais, tout à l'heure, à propos d'un produit qui a fait tellement de ravages qu'il a disparu de la circulation avant même qu'on connaisse son nom. Je te disais, tu te souviens ?

— Oui, oui, vas-y.

— Je disais qu'il y avait donc trois personnes qui l'ont expérimenté cet hiver à Paris, ça ne se fabrique pas encore en Europe, et c'est quelqu'un qui l'a ramené des Etats-Unis, mais j'ai pas su qui. C'était un médicament qu'en général on donne en doses infinitésimales, un millième d'une capsule, à un moribond, sous super-surveillance, afin de le faire survivre encore vingt-quatre heures le temps qu'il signe des papiers pour le notaire et pour l'héritage.

— C'est sur la liste B ?

— Ce serait plutôt sur aucune liste, tu vois — ou alors, si c'était sur la B, c'est uniquement dans le sens célinien du terme.

— Comprends pas, fit Drifter.

— Oui, espèce d'inculte primate et primaire, rugit J.-F. Céline appelait la mort la Blême. C'est beau, non ?

— Oui. C'est fantastique. Quelle expression sublime. La Blême.

— Ben oui, ducon ! Tu vois ce que c'est la culture, Arthur ? Content de t'avoir appris quelque chose.

— Merci — garette.

— Y-a pas de quoi — temalta.

J.-F. était radieux. Il n'aimait rien tant que clouer ses amis avec une citation littéraire inédite, et surtout Drifter, qui se piquait d'avoir lu, et bien et beaucoup lu, avec qui il engageait parfois des joutes de morceaux choisis qu'il gagnait infailliblement. Il avait une mémoire étonnante et attendrissante qui lui permettait de mélanger, au milieu de tous les classiques et de la poésie du vingtième siècle, les premières strophes de quelque six cents chansons populaires des années trente à ce jour. Ils avaient souvent sacrifié au « *tu te rappelles* », le jeu de la futilité et de la nostalgie, et Drifter revoyait J.-F., un soir de désespoir à la comptée des cadavres, le *body-count* pendant la reconquête de Hué par les Marines, fredonnant à voix basse et brisée,

Quand c'est fini tout recommence
Toute musique me séduit

Et la plus banale romance
M'est éternelle poésie,

tandis qu'un Noir, les mains rivées sur son M 6, grelottait d'effroi rétrospectif. J.-F. avait les larmes aux yeux et son visage triste de Méditerranéen jouisseur, flambeur, charmeur et hâbleur avait rarement paru si beau à Drifter, si jeune et si dévasté. Pour la première fois, aussi, il avait surpris du gris dans les cheveux de son ami. Aujourd'hui, la chevelure de J.-F. était presque entièrement couleur cendre et il racontait avec insistance son « *tuyau* » sur ce produit mortel. Il y mettait une telle méticulosité que Drifter se demanda où J.-F. voulait en venir.

— Ça s'appelait comment, ce truc ? lui demanda Drifter.

— Je crois pas avoir entendu le nom, je t'ai déjà dit. Ça doit détruire en une petite heure l'équivalent de sept millions de cellules sur les dix-neuf ou vingt qu'il y a dans le cerveau. Genre que, une fois que t'as avalé une capsule, si on vient te dire : « vous savez, votre femme et vos enfants, et aussi votre père et votre mère, viennent de tous brûler dans un horrible accident de voiture », tu réponds : « ah bon, ah bon ? » — t'ajoutes même pas : « quel dommage ». Genre que t'en as vraiment rien à cirer, rien à beurrer, rien à moudre, rien à secouer, genre que t'as trois réacteurs dans ton cul et que tu voyages à Mach 2 dans le silence sidéral de la stratosphère, finit J.-F. en sifflant tous les *s*.

— Et alors ?

— Et alors, dit J.-F. C'était intéressant pour certaines personnes, c'était de la mort directe, du cent pour cent sûr, entends par là, sûr que tu te pulvérises. Les trois types qui ont essayé, ils sont plus là, ils ont vraiment pas passé l'hiver, tu vois ! Je ne sais pas si tu m' suis, mais ils avaient décapsulé la capsule, et le produit lui-même, ils se l'étaient refilé direct dans le nase pour mieux en profiter. Ça a fait tellement peur, dans Paris, cette histoire, qu'on en a plus jamais reparlé ! Mais j'ai appris quelque chose qui va t'intéresser.

J.-F. baissa les yeux sur ses mains, soucils froncés. Il reprit, voix sèche, rapport de police :

— Trois types sont morts. Je ne connais pas les deux premiers. Le troisième était Jason Villaï. J'ai pensé que ça t'amuserait de savoir.

J.-F. s'arrêta et gratta son nez du bout du doigt, en regardant Drifter par en dessous, comme en attente de sa réaction.

— Pourquoi tu me dis ça ? demanda Drifter.

— Parce que, dit J.-F. Tu connais le manager Frank Amsterdam ? Il s'appelle en réalité Roger Benatouil et je le connais de loin et de longtemps. Ça remonte à Oran, alors, tu vois ! L'autre jour, il m'a raconté que tu étais venu le voir et que tu voulais en savoir plus sur le suicide de Jason Villaï, il a pas compris pourquoi, moi non plus d'ailleurs, et ça me regarde pas —.

— Je peux t'expliquer si tu veux, interrompit Drifter à toi, J.-F., je peux.

— Pas le temps, faut que j'y aille. Bon. En tous les cas, Benatouil me dit à moi des choses qu'il te dira jamais et c'est par lui que j'ai su tout ça. Il dit que c'est pas ça qui a tué Jason Villaï, mais il dit aussi que ça l'a sans doute « destabilisé ».

— C'est lui qui a employé cette expression ou c'est toi qui l'inventes maintenant ?

— Je ne sais pas. Il m'a dit tout ça, Benatouil, pas pour que je te le répète, il sait pas que t'es comme un frère pour moi, et je ne suis pas censé te l'avoir dit.

— C'est pas un secret d'Etat ?

— Ecoute, je viens de violer une loi, tu la connais

aussi bien que moi : on ne révèle pas ses sources. Si j' te l'ai dit, c'est parce que je t'aime, et que ça peut t'aider dans ton enquête, même si je ne comprends pas qu'est-ce que tu t'emmerdes la vie à savoir pourquoi une star de la chanson à la con s'est foutue en l'air.

— Je t'ai dit que je pouvais te raconter, si tu voulais.

— Un autre jour, mon pote. J'y vais, là, Jivago.

Les deux amis se levèrent. J.-F. empochant la flasque d'argent vide tandis que Drifter le serrait dans ses bras et lui donnait une accolade de style américano-latin, avec force tapes dans le dos et quelques « *hombre !* » de rigueur clamés à même l'oreille. J.-F. aussi parodique que son ami, déclenchant le tir automatique des rituelles formules d'adieu :

— A rivoire et carret.

— Gousse d'ail.

Et d'autres imbécillités traditionnelles : la bise à Zappy, à plus tard alligator, fais attention en travesant — pour exorciser la peur, la solitude.

Puis, J.-F. fait quelques pas pour s'éloigner mais, aussitôt, amorce un retour en arrière, hommage à leur longue promenade dans Paris lorsqu'ils avaient vingt ans et qu'ils s'étaient connus et reconnus et que, comme des lycéens tout étonnés de rencontrer l'âme sœur, ils avaient passé une nuit à se parler et se raccompagner mutuellement d'un bout du boulevard Saint-Germain à un autre, du pont de la Concorde à la Mutualité, incapables d'achever la longue et délicieuse découverte réciproque, avec quelques détours pour s'arrêter devant la Seine, plate et opaque comme une coulée de lait noir. Enfin, après une dernière pirouette, J.-F. se dirigea vers l'un des grands boyaux tapissés de caoutchouc menant aux satellites de départ.

Avant de disparaître, il se retourna vers Drifter pour lui faire un « *ciao* » de la main, à l'italienne, les doigts pliés sur les paumes et qui s'ouvrent et se ferment très vite comme les appels sémaphoriques qu'échangent, de bâtiments à bâtiments, les sentinelles marines. J.-F. souriait. Drifter espéra que son ami ne mourrait pas avant lui.

Le gardien portait des charentaises à carreaux multicolores dominés par du marron tapioca, il pendait à son bec le clope d'un *Mécarillo* qui fumait encore et lui fermait en partie l'œil gauche, qu'il avait chassieux et noirâtre. Petit, le dos voûté, il boitait d'une jambe, mais irrégulièrement, de façon folle, comme si un nerf refusait épisodiquement de répondre à la commande que lui passait un cerveau sans doute aussi poreux que le nez couperosé et les paumes violacées de mains courtes et noueuses. Il était vêtu d'un pantalon gris flanelle qui n'avait pas de pli et sentait la pisse, flottant dans l'entre-cuisses, mal retenu sur un ventre rond par une ceinture de cuire jaune élimé, d'un gilet de laine grise à boutons dépareillés et d'une chemise à rayures rouge et noir sans col, ce qui lui donnait l'allure troublante d'un condamné que l'on vient de préparer pour la guillotine.

Il avait le front dégarni mais traversé en son milieu par une ou deux raies de cheveux gras et sombres qui retombaient sur les tempes et dans la nuque encore fournie de poils aussi luisants, et qu'il semblait entretenir avec soin d'un produit poisseux dont la teinte groseille avait débordé de ses rouflaquettes étroites sur son maxillaire gauche. Toute sa personne respirait la suffisance belliqueuse du picoleur invétéré. Ce type était une caricature. Drifter avait eu de la peine à ne pas éclater de rire lorsqu'il s'était présenté à lui, et que l'autre, lui tendant la main dans un garde-à-vous approximatif avait, d'une voix qui fleurait un accent du centre de la France, centre-est plutôt, — Clermont-Ferrand, Talloire, Tassin ? — décliné comme à l'armée son nom, prénom et profession :

— Brochet, Charles, factionnaire français.

Drifter s'était alors avancé dans la pièce aux murs constellés de photos de famille ou de groupes, et de quelques amulettes, sarbacanes, sagaies, et décorations, dont il ne doutait pas qu'elles avaient été rapportées d'un long séjour aux colonies pendant les années d'active de Brochet, Charles, factionnaire français. Comme il ne lui était pas donné de souvent rencontrer de tels archétypes, Drifter avait patiemment écouté pendant quelques minutes des propos sur l'état catastrophique de la météo et du pays en général, les métèques, les youpins, les cocos, les p'tits salopards, les p'tites putes qui envahissaient de concert des villes qui avaient autrefois été bien tenues, et qu'est-ce qu'ils vont encore nous inventer pour nous faire chier la bite, si vous m' passez l'expression, monsieur. Drifter savait comment entrer dans cette comédie-là : on sourit en silence, ponctuant les réflexions de l'interlocuteur par des « *mmm-mmm* », que ce dernier prendra pour des approbations, et on prolonge de temps en temps avec quelques simples mots qui réamorcent la pompe :

— C'est comme pour les Chinois, ou encore :

— Du temps du Général,
ou enfin :

— Les Américains !

La confiance vite gagnée, et Drifter devenu le meilleur ami de Brochet Charles, on en était arrivé aux choses sérieuses et à la découverte, par le gardien, du corps de Jason Villaï, planté sur les flèches d'acier de la grille dans la cour. Brochet Charles avait alors pris une mine avertie et pénétrée, et lorsqu'il eut compris que c'était le but réel de la visite de Drifter, il marmonna :

— Je m' disais aussi.

— Vous vous disiez quoi ? demanda Drifter.

— Je m' disais qu'un jour quelqu'un finirait bien par me d'mander les détails à moi. Pasque, vous comprenez, y-z'ont passé tout l' monde à la télé et à la radio mais moi j'ai eu droit à rien, enfin pas grand-chose. Au début peut-être, j' suis passé une fois dans un flash au poste mais, après, on m'a plus jamais fait causer, au début y-z'ont demandé que j' leur dise comment j'ai entendu le corps tomber sur les piques et comment j'ai appelé les collègues au commissariat —.

— Les « collègues » ?

— Ben oui, monsieur, j'étais gendarme, moi, monsieur. Et pas n'importe quoi et pas n'importe où, je vous prie. La Calédonie, monsieur, les macaques ! Alors vous comprenez, la police, c'est des collègues pour moi et puis sans la police, dites-moi où on en s'rait aujourd'hui, monsieur ?

— On s'rait dans la merde, récita Drifter.

— Ezzactement, jvouslfaipadir.

— Alors ?

— Alors je m' disais aussi, je m' disais bien qu'on finirait par venir me voir, à moi !

— Ben, vous voyez, c'est fait.

Mais l'interrogatoire de Brochet Charles n'avait pas apporté beaucoup d'éléments nouveaux à ce que Drifter avait déjà obtenu d'Andréa Paoli-Smith, puis de Frank Amsterdam, puis de tous ceux qu'il avait questionnés depuis quelques mois.

J.-F. avait eu raison de lui dire qu'il enquêtait de

façon discontinue, sans esprit de suite, mais Drifter considérait qu'il avait droit à quelques excuses. La séparation d'avec Patricia avait dévoré son temps, épuisé ses forces plus qu'il ne l'avait imaginé. Il se croyait, quelquefois, en train de sortir d'une convalescence. Il vivait maintenant dans un appartement qu'il avait sous-loué à un ami metteur en scène, sous les toits, à l'étage de service d'un immeuble de bureaux rue La Boétie, entre Saint-Philippe-du-Roule et Saint-Augustin. Le metteur en scène était parti pour un an, il avait décroché une chaire de conférencier dans une université américaine, il était très content car il croyait avoir atteint son point de non-créativité totale, et il pensait qu'un long séjour à l'étranger au contact de sensibilités jeunes et nouvelles lui apporterait quelque chose qu'il ne possédait plus, la stimulation, l'invention, allez savoir. C'était un homme fin et drôle. Il envoyait à Drifter des cartes postales elliptiques, signées d'un croquis de chat, dans un style télégraphique : « *Tout est rose. J'avance. Demain, la Louisiane. Sérénité.* »

Il n'avait jamais fait fortune et habitait depuis longtemps dans ce qu'il appelait son « *local* », car le terme appartement lui semblait impropre. Il s'agissait de trois chambres dites de bonne, reliées entre elles par un petit couloir intérieur, formant le cul-de-sac d'un très long corridor au-dessus des étages et des bureaux, avec vue sur le gris, le blanc et le brique des immeubles du quartier, petite salle de bains, cuisinette, des murs peints en bleu et en noir, avec des taches de couleur, une casserole toute rouge posée sur une étagère comme un objet d'art, et des fleurs orangées sous verre, peintes par un enfant, surprenantes de beauté et d'inachevé. Aucun bruit à l'étage, ni dans l'immeuble, après 18 heures. Seule, la musiquette des clés d'un vigile faisant sa ronde. Personne. Drifter avait volontiers fait affaire avec son ami, car il savait qu'il ne demeurerait jamais plus de quelques jours consécutifs dans ce nid froid pour homme sans femme. Il voyageait autant qu'autrefois. Il savait que c'était du provisoire, le dernier chapitre d'une activité qu'il commençait à rejeter. Il n'aimait plus cela.

Certains matins, il pensait à Lescrabes et à la mission que le Vieux lui avait confiée et son fond inaltérable de mauvaise conscience et de culpabilité reprenait le dessus. Il s'en voulait de n'avoir pas trouvé la réponse à la question du Vieux et, comme il vivait seul, il parlait au Vieux, à voix haute, dans le calme suffoquant de l'appartement de son ami.

— Vous inquiétez pas, Henry, on va y arriver, disait-il, conscient qu'il se parlait surtout à lui-même, et il se souvenait principalement de l'insistance lescrabienne à ce que ce fût lui, Drifter, qui éclaircisse la question posée.

Alors, et plus qu'au premier jour, à la sortie de la chambre d'hôpital de Henry Lescrabes mourant, il pressentait que les changements dans sa vie, dont la rupture avec Patricia avait été l'amorce, passeraient par cette réponse. Il reprenait le fil rouge temporairement abandonné pour un reportage qu'il n'avait pu refuser, et il tirait sur une pelote qui s'était dévidée, jusqu'ici, sans surprise.

La tour d'où s'était jeté Jason Villaï se dressait comme un signe dans la ville. Il ne pouvait l'éviter. Et plutôt qu'interroger d'anciennes assistantes de production, anciens accompagnateurs musicaux ou des »*fiancées* » qui évoquaient le disparu sans autre expression que, « *il était grand !* » ou « *c'était un camion, ce type* », Drifter choisit de revenir sur les lieux du drame. La conviction irrationnelle lui était venue que s'il restait quelque chose à déceler, à percer, ce serait une place, sur le terrain. Et puis, il y avait eu le renseignement fourni par J.-F., qui avait relancé l'intérêt de Drifter et réveillé son instinct d'enquêteur.

Il avait d'abord grimpé jusqu'à l'appartement, sonné plusieurs fois à la porte, pas de réponse. Alors, il était redescendu, avait traversé la grande cour aux dalles de marbre avec les grilles d'acier qui l'entouraient. Il s'était adossé à la grille et avait levé la tête vers les fenêtres du quinzième étage. Pour venir s'empaler sur les grilles, il fallait que le type ait pris un élan extraordinaire. Car il existait une courte distance entre l'immeuble et les piques des flèches. Or, quand un corps humain tombe d'une certaine hauteur, il tombe à la verticale. Il n'a pas le temps de voyager ou de tracer une trajectoire autre que celle d'une pierre qui vous lâche la main. A moins que Villaï ait, effectivement, plané dans l'air en battant des bras, à la façon du parachutisme libre, comme si c'étaient des ailes et qu'il ait réussi, ainsi, à gagner les quelques mètres qui pouvaient le mener jusqu'aux grilles. Cela signifiait alors une volonté farouche de s'arracher à la pesanteur, une pulsion folle, encouragée et facilitée peut-être par ce produit aux propriétés mortelles mais surnaturelles dont avait parlé J.-F. « *trois réacteurs dans le cul, Mach 2, la stratosphère* ». Cela excluait en tous les cas que Jason Villaï ait été poussé par la fenêtre. Car, en enquêteur retors et persévérant qui ne prend jamais un « *non* » pour une réponse satisfaisante, Drifter avait envisagé que le chanteur ait été défenestré, malgré tous les renseignements et témoignages affirmant que Villaï était seul chez lui ce jour-là. Poussé au-dehors, Villaï aurait chuté encore plus droit. Là, il avait visiblement effectué un parcours, bref sans doute — mais un parcours tout de même. A moins encore qu'on l'ait jeté, mais il eût fallu s'y mettre à plusieurs, à la manière dont, au bord d'une piscine, trois ou quatre nageurs balancent un cinquième à bout de bras pour rigoler, le plus loin possible du point de départ. Non, ça ne collait pas, car, là encore, cela signifierait la présence de plusieurs inconnus dont les agissements à l'intérieur de l'appartement, puis la fuite, auraient laissé beaucoup trop d'indices. Drifter ne refusait pas, en revanche, dans ses théories, qu'il y ait eu quelqu'un, dans l'appartement de Villaï, peu de temps avant, ou même au moment de sa mort. Car il avait retenu, dans le récit que lui avait fait Andréa, au cours de la longue nuit chez Vinci, les détails que la jeune femme avait laissés filer sans y prendre garde.

Il n'oubliait rien. Lescrabes avait su ce qu'il faisait lorsqu'il avait décerné à Drifter le brevet de « *meilleur enquêteur de sa génération* ». Les détails s'étaient accumulés, ils avaient trouvé comme un coin dans sa mémoire. Ils attendaient là, lovés, bien à l'abri, prêts à servir.

Drifter s'était détaché de la grille. De l'autre côté de la cour, il y avait une maisonnette basse avec, sur le mur, une pancarte fléchée et le mot GARDIEN imprimé dessus. Il était alors allé à la rencontre de Brochet Charles, factionnaire français.

— Ça, pour faire des photos, y-z'en ont fait, j' peux vous dire, et que j' te prends l' corps par-dessus, par-dessous, à l'endroit, à l'envers. Le temps qu'on le dépique de la grille, dépique si vous voyez ce que j' veux dire, je ne sais pas qui les avait prévenus mais y-avait deux photographes qui sont arrivés tout de suite, en même temps que les collègues du commissariat et y-z'ont mitraillé, c'est moi qui vous l' dis.

— Je suis au courant, dit Drifter avec lassitude.

C'est qu'il savait pertinemment comment les reporters avaient pu se présenter aussi promptement pour prendre l'image spectaculaire de ce corps planté à l'horizontale sur les pointes de la grille, la tête en arrière, les jambes pendantes, le buste retenu par l'acier qui l'avait percé de part en part. La photo avait fait le tour du monde. Il avait rencontré les deux *paparazzi*. Jason Villaï était une telle « *idole* », son moindre déplacement semblait si important aux deux revues spécialisées qui s'adressaient à son public de *fans*, qu'elles avaient chargé deux photographes de « *couvrir* » le sujet en permanence, comme pour un chef d'Etat. Les deux garçons avaient établi un système d'alerte. Même lorsqu'ils ne se trouvaient pas, effectivement, au pied de l'immeuble, ou, parfois en train de camper dans le couloir du quinzième étage, on pouvait toujours les prévenir. Ils avaient graissé plusieurs pattes, dont celle du gardien, Brochet Charles, et celui-ci, immédiatement sans doute après qu'il eut prévenu la police, leur avait téléphoné au bistrot de l'autre côté de la Seine, près de la Maison de la Radio, où les deux reporters faisaient un gin-rami en fumant des *N° 4*. Drifter connaissait tout cela avant de rencontrer le gardien, et l'insistance avec laquelle Brochet Charles se demandait pourquoi et comment les photos avaient pu être aussi rapidement prises, lui parut banale et vulgaire, mais à quoi bon le confondre ? Il ne tirerait plus rien de ce connard.

— J'ai même fait un album, figurez-vous, dit le gardien. Vous voulez le voir ?

— Si ça peut vous faire plaisir, dit Drifter.

Le gardien se déplaça vers le fond de la pièce, glissant dans ses charentaises qui faisaient un bruit feutré sur les carreaux en linoléum grenat quadrillé de blanc, ouvrit le tiroir d'une commode sans attrait, et revint avec un gros album plus large que long, enveloppé dans un sac en plastique épais. Il l'ouvrit sur une table dont la nappe fatiguée présentait de multiples traces de verres ou de soucoupes. L'album était composé de pages de papier à dessin épais et gris, sur lesquelles Brochet Charles avait minutieusement collé des extraits de presse. Drifter remarqua que le gardien avait privilégié les photos représentant l'immeuble même, c'est-à-dire, principalement, les clichés du corps de Villaï embroché sur la grille, puis les scènes de foule dans la rue ou dans la cour, et qu'il avait négligé les articles biographiques et les portraits du chanteur ou les documents retraçant sa carrière. Sa fierté, son intérêt, c'était le lieu de la tragédie, et non pas la tragédie elle-même, encore moins son héros. Ainsi, l'un des clichés pris en contre-plongée, au moyen d'un objectif très déformant, un 28 peut-être, et qui montrait le corps de Villaï en premier plan au milieu de la photo, mais avantageait surtout la tour derrière, dans toute sa hauteur, avec les gigantesques arceaux de béton sur lesquels reposait l'édifice et qui lui donnaient une stature plus imposante que la réalité — ce cliché était collé sur quatre pages consécutives, pour la seule raison qu'il avait paru dans quatre journaux différents. Les doigts de Brochet Charles soulignaient à mesure que Drifter feuilletait cet album accablant d'ennui.

— J'ai fait ça le soir, après mes heures, dit le gardien, fier.

— Bien, fit Drifter, bien !

Dans la dernière page de l'album, entre la feuille à dessin vierge et le quatrième volet de couverture forte et cartonnée, reposaient, en vrac, quelques coupures de presse qui n'avaient pas encore été collées, des œillets et bouts de papier, et une photo dont Drifter ne vit d'abord que le verso, noir et mat.

— Permettez, dit-il en saisissant le cliché.

— Faites donc, dit le gardien.

C'était une photo du style polaroïd, floue et ratée.

— C'est quoi, ça ? demanda Drifter.

— Oh, c'est rien, c'est moi que je l'ai faite moi-même avec mon poilároide, juste après que j'ai entendu le bruit du corps. Figurez-vous que j'étais en train de l'essayer dans ma loge, je veux dire l'appareil, c'est ma fille qui me l'a offert, elle travaille chez Mamart, vous savez, les gilets thermolanquetille, qui vous donnent chaud sous la chemise, même quand c'est l'hiver, elle m'a offert l'appareil pour ma naniversaire. Quand j'ai entendu le bruit, je suis sorti avec mon Poilároide à la main, et j'ai pris la photo, je m'étais dit que j'avais une image sensationnelle, et je suis revenu à la loge, mais elle est sortie au bout d'une minute, et c'était pas net, c'était dégueulasse, on voyait rien, alors, j'ai posé l'appareil et je m' suis plutôt soucié d'appeler les collègues au commissariat, et j' me suis plus soucié du tout de ma photo, j'ai même pas essayé de la fourguer, les photographes y-z'en avaient fait des bien plus belles, c'est normal, c'est leur métier, hein ?

Drifter étudia la photo.

— En somme, dit-il, quand vous l'avez prise, cette photo, Villaï venait juste de se jeter par la fenêtre ?

— Pas vraiment, monsieur.

— Vous pouvez me raconter ça bien ?

— C'est-à-dire que — j'ai pas réagi tout de suite au bruit. J'étais là, comme vous m' voyez en c' moment, et j'essayais l'appareil. Je faisais des photos de ma loge, ma commode, mon sofa, et ça m'occupait l'esprit si vous m' suivez, j'étais absorbé à mon Nobby, comme y-disent. Et puis, y-a eu ce bruit qu'a résonné dans ma tête, mais comme après l' coup. Je m' suis demandé d'où ça venait et ce que ça pouvait bien être parce que c'était un bruit comme j'en ai jamais entendu, même en Calédonie, même chez les macaques, pendant les zévénements et les rébellions. Y s'est donc passé quelques bonnes minutes avant que j' me décide à mettre mon nez dehors et là j'ai vu le Villaï sur la pique de la flèche, remarquez je l'ai pas r'connu tout de suite. Je m' suis approché, et là j'ai tout de suite vu qu' c'était lui, à cause de son costume blanc, y s'habillait comme une fiotte, y s'habillent tous comme ça les chanteurs, c'est tous pédés et compagnie si vous voulez qu' je vous dise, même s'y z'ont toujours des p'tites minettes qui leur courent au cul — alors j'ai reculé, j'étais émotionné, monsieur. J'en ai vu pas mal à la gendarmerie, quarante ans de service, et pas n'importe quoi : les macaques ! mais ça, j'avais pas encore expériencé cette sorte de chose. Alors, j'ai attendu, je crois bien, plusieurs minutes, parce que ça m'avait tout retourné les sangs et puis j'ai pris ma photo et je suis revenu ici. Voilà. Vous vouliez que je vous raconte bien. Je vous ai raconté bien.

— C'est vrai, dit Drifter. Je vous remercie beaucoup.

Tout en écoutant le gardien, il avait continué d'étudier la photo. Elle était décentrée. Le corps de Villaï n'apparaissait qu'à moitié, en bas à droite du cadre, indistincte masse blanche sur des rayures noires, les flèches. Le gardien, sous l'empire de l'émotion ou de sa maladresse à manier l'appareil, n'avait pas observé la bonne distance et le point avait été fait sur le fond du décor, c'est-à-dire la porte d'entrée principale, vitrée, de la tour. Le reste du cadre représentait donc les vitres entre la naissance des grands arceaux soutenant la bâtisse, et les dalles marbrées de l'espèce d'esplanade que l'on empruntait pour entrer ou sortir de l'immeuble. Le tout était vide et relativement imprécis, peu éclairé, couleur neutre, volumes mal définis. On pouvait cependant bien reconnaître les lieux. Surtout, à gauche, au milieu, en rebord de cadre, comme s'échappant de la photo, il y avait une mince tache jaune, insolite et vaporeuse, un indice de vie dans cette nature morte. Une voiture, un drap, un foulard ? Ou bien quelque défaut technique du développement instantané ? Drifter se garda de trop scruter le cliché. Il l'avait conservé entre les doigts.

— Vous me la laissez ? demanda-t-il d'un ton indifférent au gardien.

— Pourquoi ? fit l'autre, soudain méfiant.

— Oh, comme ça, pour le souvenir, dit Drifter.

Brochet Charles fronça ses soucils touffus et roula ses yeux globuleux. Il semblait avoir soif et passait sa langue sur des lèvres fines. Il leva les yeux vers ce grand zèbre en imperméable clair qui souriait tout le temps et savait poser les bonnes questions et vous faire parler sans effort. Il hésitait. Le zèbre alors, Drifter, s'assit sur une chaise de cuisine, posa ses deux coudes sur la table, le cliché toujours entre les doigts, et lui décocha son plus beau sourire.

— Et si vous m'offriez à boire ? dit-il, chaleureux. Et si vous me racontiez la Calédonie ?

Brochet Charles eut une sorte de mouvement d'amour pour l'étranger. Quelqu'un s'intéressait à lui, enfin ! Ses yeux s'embuèrent. Il se retourna et se hâta à nouveau vers la commode. Il y avait des bouteilles, des verres, un plateau en formica. Il versa trois larges rasades de Berger, puis une sérieuse dose de Picon dans un verre, le même mélange dans un autre. Il pivota vers son visiteur, les deux verres à la main, hilare.

—Je l' bois pur et sans glace, fit le gardien avec une autorité joviale. J' compromets pas, moi, monsieur.

Il bichait.

— Ça m'ira, dit Drifter.

Le gardien tira une chaise vers lui, s'assit face à Drifter, posant les deux verres sur la table. Il but lentement et d'une traite.

— Par où je commence ? demanda-t-il en se pourléchant bruyamment les badigoinces.

— Par où vous voudrez, dit l'enquêteur. J'ai tout mon temps.

La photo maintenant, format dix centimètres de long sur huit centimètres de large, repose à plat, glissée entre l'agenda semestriel de rendez-vous Europlanning et son répertoire téléphonique, dans le carnet à couverture de cuir bordeaux de chez Maquet — Graveur, Maroquinier, Orfèvre — que Drifter porte dans la poche intérieure droite d'une veste en Harris Tweed à chevrons gris, blanc et noir, achat effectué chez Berteil, soldes de printemps.

Au coin de la rue de Berri et du Faubourg-Saint-Honoré, il a acquis, moyennant finances, auprès d'une vendeuse rousse en blouse bleue de la papeterie Dupré-Octante, une loupe Optico gros module, grossissement huit à dix, poignée noire à bout rond. Sur les Champs-Elysées, dans l'Hôtel Claridge qui n'a pas encore été détruit pour cause de transformation en galerie marchande, Drifter a pénétré dans le bar et s'est assis à la table d'angle, coin droit lorsqu'on entre, dos à la paroi en bois, avec vue surplombant le grand salon sous-verrière, vaste étendue dans quoi s'amoncellent sans jamais se bousculer clients, touristes, dames seules et individus sans profession ni domiciles fixes. Au loufiat, un brun à poil dur qui s'appelle Gurcy et a joué *libero* une saison dans le onze de l'équipe réserve de Saint-

Ouen, il a commandé deux comprimés Alka-Seltzer à dissoudre dans un grand verre d'eau, qu'il a fait suivre, une fois que leur absorption lui a permis d'effacer partiellement les atroces breuvages du gardien Brochet Charles, d'un jus de tomate géant, assaisonné d'un citron entier pressé, de sel de céleri, poivre moulu, Worcestershire sauce de Lea & Perrins et deux gouttes de Tabasco de Mac Inhelly. Drifter a ensuite extrait la loupe du petit sac en papier qui l'enveloppait, l'a posée sur le paquet des dix journaux quotidiens dont il n'a pas encore fait la lecture, il a sorti le cliché Polaroïd de son carnet de rendez-vous et il a entamé son examen.

Ce qui l'intéresse, c'est la mince tache jaune en rebord de cadre.

En réalité, dès qu'on y regarde de près à travers le verre grossissant, il se confirme que ce n'est pas une tache qui aurait été surajoutée là par l'usure du temps, la fragilité du papier ou les souillures alcoolisées de Berger, Ricard, Casanis, ou autres Pastis 51, venues des doigts du gardien. Il s'agit bien d'un élément matériel, photographié sur l'instant. Ça existe dans le moment fixé par le gardien. Ça flotte, en forme de triangle, et ça semble avoir des plis. Lorsqu'il se penche avec encore plus d'insistance, à travers la loupe, sur cette partie du cliché, Drifter constate que cet élément matériel jaune est reflété dans la vitre de l'entrée de l'immeuble, ce qui corrobore son premier examen. Il y a donc, dans cette cour vide, à l'instant où le gardien héberlué appuie maladroitement sur le bouton de son appareil pour faire une photo qu'il aurait désirée exclusive et vendable à prix fort, il y a un élément qui ressemble au vêtement porté par quelqu'un, manteau, tunique, robe, cape, toge, jupe ? et cet élément sort du cadre, c'est-à-dire qu'il s'en va, qu'il tourne le dos, si l'on peut dire, à l'action extraordinaire et effroyable qui se déroule de l'autre côté du cadre et dans la cour : un homme tombé du ciel vient de s'embrocher sur une grille et son organisme a pété sous le choc comme des raisins qu'on écrase contre un mur.

Drifter pose la photo et la loupe sur son paquet de journaux, ferme les yeux, réfléchit. Les bruits feutrés de l'ambiance du bar et du grand salon sous-verrière lui parviennent sans le troubler. On peut compter approximativement cinq à dix minutes entre le moment où Jason Villaï s'est jeté de sa fenêtre et celui où le gardien, tout occupé à essayer son appareil dans la loge, mais troublé par un bruit insolite, est sorti dans la cour, s'est approché du corps, l'a reconnu, puis a reculé pour faire le cliché et le rater. Il n'a rien vu d'autre, et pour cause ! Une vision pareille est capable d'occulter toute autre action dans le champ de votre regard, que vous soyez gendarme à la retraite alcoolique ou pas. Cinq à dix minutes, c'est largement suffisant pour que l'Elément Jaune, puisque, jusqu'à plus ample informé, je ne peux l'identifier autrement, vienne de l'intérieur de la tour et sorte sur l'esplanade, bifurquant sec à droite, laissant à gauche, et derrière soi, le corps du suicidé. Or, en admettant qu'un occupant X ou Y de l'immeuble, vêtu de jaune ou tirant je ne sais quel Elément Jaune avec soi, se trouve à ce moment précis en cet endroit, il (ou elle) ira forcément voir ce qui se passe, voudra vérifier quelle est cette forme humaine accrochée aux piquets de la grille et autour de laquelle s'agite le gardien. A moins que X ou Y, venant directement de chez Villaï lui-même, sache parfaitement de quoi il s'agit, et ne songe qu'à une chose : fuir. Andréa Paoli-Smith avait bien dit qu'elle avait vu sur la table de la cuisine deux verres de vin, et les restes d'une sorte de casse-croûte, quatre quarts insolites d'un citron, du saucisson, un couteau. Elle avait aussi noté une odeur étrange, indéfinissable, dans l'ascenseur de service qu'elle avait emprunté pour éviter les photographes agglutinés dans l'escalier principal.

Drifter ouvre les yeux et s'acharne encore à déchiffrer la photo. « *Check and double check* », vérifier et contre-vérifier, la vieille règle de tout bon enquêteur, la loi d'acier ! Revérifions.

Ce n'est pas une ombre, ce n'est pas un effet optique ou chimique. Ce n'est pas quelque chose d'immobile et d'inhumain. C'est, précisément, la première impression immédiate qu'il a reçue lorsque le gardien lui a laissé saisir le cliché dans l'album : un indice de vie. A coup sûr, c'est le pan, le bout, le bas d'un matériau porté par quelqu'un, ça bouge et ça flotte, parce que ça s'en va. Une sensation de hâte. D'ici à vingt minutes, une demi-heure, s'aggloméreront, dans le même décor, les habitants de l'immeuble, des flics, ambulanciers, infirmiers, photographes professionnels, puis curieux amateurs et, enfin, la masse innombrable de pleureuses et des *fans*. Mais là, au moment même où le cliché est enregistré, puis imprimé par la vertu du système de développement instantané, il y a eu, dans cet endroit que l'on disait vide, la présence d'un homme ou d'une femme, et la déduction la plus élémentaire me pousse à dire que cet homme — ou cette femme — venait d'assister, depuis l'appartement dans la tour, au suicide de Villaï et prenait la fuite.

D'accord, très bien. Mais, quoi ? A quoi cela me conduit-il ? A rien, pour l'heure. Sinon que Lescrabes, sur son lit de mort, avait donc eu raison de répéter obsessionnellement : « *Que s'est-il passé ?* » Lescrabes avait-il voulu dire qu'il n'arrive, dans cette vie, jamais rien que nous parvenions à connaître dans son entité — sauf à en avoir été le témoin direct ou l'acteur principal ? Je sais, désormais, qu'il s'est passé autre chose à l'intérieur de l'événement lui-même.

Mais le Vieux avait insisté, « *Ça vous concerne* »,

avait-il dit de sa voix nasillarde. Essayait-il par là de condamner définitivement l'exercice de mon métier d'enquêteur, m'obligeant à en palper du doigt les limites pour ainsi m'encourager à diriger ailleurs mon imagination ? Changer de vie, changer ma vie ? Trop philosophe, tout cela, et trop abstrait ! Henry Lescrabes était un réaliste, un pragmatique, un homme d'action et de contact, le serviteur de deux maîtres : le Visible et le Tangible. Il se serait délecté à la nouvelle de l'existence d'un Elément Jaune. Il en aurait fait son bonheur d'un matin, partageant le secret avec moi et m'incitant à aller plus loin : « *Vous voyez, je vous l'avais bien dit, il s'est passé autre chose.* Mais Lescrabes n'était plus de ce monde, et son monde, d'ailleurs, avait péri. Reste l'Elément Jaune. Qu'en faire ? Le glisser dans le carnet, remiser le carnet dans la poche de la veste, payer le jus de tomate après avoir vidé son verre, et partir.

Se frayer un court chemin dans le flot nocturne des Champs-Elysées du samedi soir, agora temporaire que fréquentent banlieusards blousonnés et bottés, Hollandais houblonnés et hippotomiques, maquereautins mastocs et moroses, michetonneuses maigrichonnes et mouchetées, petits bourgeois paradeurs et pomponnés, flicards frotteurs et farfouilleurs, consommateurs criards de cuistances chimiques et cancérigènes.

Virer à droite une deuxième fois, emprunter le passage du Lido, manger vite et debout, au comptoir, une viande hachée accompagnée d'une galette de maïs grillé et d'un café, puis traverser la galerie en longeant la boutique fermée du cireur au nez rouge qui a cloué sur son mur une vieille photo noir et blanc délavé d'une stripteaseuse nommée Bella Cuculi, raser les vitrines des magasins de sous-vêtements féminins et des marchands d'horoscopes électroniques, pour déboucher rue de Ponthieu et rentrer à pied dans les rues qui se vident et s'assombrissent à mesure que l'on s'éloigne de l'artère principale, et, enfin, rejoindre le trois-pièces sous les toits par un couloir obscur et silencieux, s'y endormir, après avoir lu tous les journaux et avalé selon les médecins ou les amis consultés le quart de comprimé nécessaire de Mogadon, Tranxène ou Urbanyl — itinéraire de l'homme seul, démarche et gestes d'une ascèse provisoire dans l'attente inconsciente d'une passion.

Parfois aussi, Drifter choisissait un autre trajet. Tournant à gauche à la sortie du Claridge, il descendait les Champs jusqu'à la rue du Colisée et faisait halte dans une boutique à sandwiches, espace étriqué où l'on mangeait, assis sur des tabourets hauts, le nez serré sur des glaces qui vous renvoyaient l'image de votre isolement. La boîte était tenue par une équipe de juifs et d'Alsaciens qui s'interpellaient joyeusement à travers les interphones et servaient pour un prix modeste du *pickle-fleish* et des *liverwurst* sandwiches sur du pain de seigle au kummen avec des gros cornichons Molossol, ensemble qui lui rappelait Joyce au début de leur liaison, lorsque le jeu de l'amour avait été facile à jouer et qu'il avait découvert, grâce à elle, la bouffe juivo-américaine, et partagé la joie futile de la clandestinité, des mots de passe, des rendez-vous sous des noms d'emprunt dans les hôtels de Washington, Baltimore, Philadelphie ou New York. Ils avaient vécu comme des animaux de luxe dans des centaines de chambres quasi semblables, télé couleur et air conditionné, pastilles de choco-menthe sur l'oreiller, le service d'étage apportant sur des tables roulantes nappées de blanc ou de bleu clair, des aliments froids coupés en triangles et qu'ils engouffraient rapidement avant de se remettre à leur grande affaire sexuelle et à leur non moins importante et incessante conversation sur tout, tout le monde, et sur rien.

Maintenant ce temps était loin, et Joyce Bauer avait pris dans la vie de Drifter la forme maligne d'une excroissance des sentiments et des sens. Ils avaient été des amants sporadiques et cependant permanents; l'Atlantique, qui les séparait, avait réussi à faire se prolonger un rapport dont il pressentait, là encore, comme pour tant d'autres choses dans sa vie, qu'un point de rupture avait été atteint.

Un jour qu'il commandait à la boutique aux sandwiches, une vodka Wyborowa à l'herbe de bison, pour faire passer le goût visqueux et gras de son repas léger, Drifter reconnut quelqu'un dans la glace. Lui tournant le dos, assise de l'autre côté du rez-de-chaussée du petit établissement, face à un autre miroir, c'était la jeune femme qu'il avait transportée avec son enfant, pour rendre service à Andréa, une nuit où tout avait chaviré. La nuit chez Vinci. Elle était vêtue d'un blazer au bleu plus fatigué que de coutume, et de pantalons bleus du même ton, ses cheveux mi-longs balayés de blond cavalcadaient au rythme de ses nombreux rires, provoqués par la présence, à ses côtés, d'un type à moustache fine, pointue et légèrement courbée en ses deux bouts, style d'Artagnan ou Robin des Bois, le dos couvert d'une jaquette de toile kaki à mille poches comme en portent les pêcheurs de truites, et qui semblait ouvrir pour la jeune femme un inépuisable bagage de blagues, astuces et réminiscences. A première vue, Drifter le jaugea comme un décorateur de cinéma ou un « *créatif* » de publicité. Il en portait l'uniforme. La mode, dorénavant, savait prendre les hommes pour cible, et ceux-ci avaient plongé dans ses pièges avec autant de jouissance que l'autre sexe. Plus, peut-être, puisqu'ils désiraient rattraper le temps perdu, maintenant qu'ils avaient accepté le facteur de féminité et de coquetterie inhérent à leur nature, et qu'ils s'adonnaient au plaisir rassurant d'appartenir à un style plutôt qu'à un autre, une catégorie d'acheteurs plutôt qu'une autre, et à l'irritante mais réconfortante sensation de reconnaître, selon les oripeaux avec quoi ils se déguisaient, leurs égaux dans la comédie de la société. Cette remarque était particulièrement juste dans des endroits donnés de la ville et dans les milieux les plus sensibles à ces sortes de phénomènes : spectacle, profession audio-visuelle, publicité et art graphique. C'est ainsi que l'on pouvait s'amuser à désigner les prototypes, l'Enarque de Bonne Famille, le Cadre Moyen, ou le Marginal Confortable, grâce à la fente dans le dos de la veste pour l'un, le manque de revers au pantalon pour l'autre, et les baskets en satin étoilé pour le troisième. Dans le cas qui l'occupait, Drifter, scrutant le bonhomme avec un peu plus d'acuité, pencha pour la décoration ciné ou télé, puis il s'arrêta là, car sa curiosité et son intérêt intense le poussaient résolument vers la jeune femme.

Il chercha son regard dans le miroir et finit par l'y trouver. Elle eut un petit signe de tête en guise de reconnaissance polie, aussitôt suivi de ce sourire lumineux qui retenait l'attention de Drifter depuis déjà quelques minutes. Il pivota sur le tabouret, fit un pas pour franchir l'espace exigu de la boutique.

— Bonjour, dit-il, je ne sais pas si vous vous souvenez de moi, mais c'est moi qui vous ai — euh — avec Andréa —.

Il s'arrêta subitement, conscient de l'indiscrétion de ce rappel. Il s'était adressé à la jeune femme dans le miroir, comme on parle à quelqu'un dans un salon de coiffure, car elle n'avait pas encore pris le temps de se retourner vers lui. Elle le fit enfin, avec vivacité et en débridant encore un peu plus la gamme de son sourire.

— Si, si, dit Marie-Luc. Je sais très bien qui vous êtes. Je me souviens *très* bien de vous.

Le moustachu rigolard lui tendit une paume ouverte.

— Francis Aucouturier, dit-il.

— Drifter, répondit Drifter en lui serrant la main.

Marie-Luc ajouta sur un ton de circonspection mutine, à l'intention du moustachu :

— Andréa l'appelle Drif.

Devant l'air interrogateur de Drifter, elle dit :

— Eh bien oui, vous savez, Andréa nous parle souvent de vous.

— Ah bon, fit Drifter, évasif.

Il y avait dans les yeux et sur les pommettes de Marie-Luc une palpitation malicieuse dont Drifter n'arrivait pas à juger si elle était due aux blagues échangées précédemment avec le copain moustachu, à la personnalité heureuse de la jeune femme, ou à quelque allusion qui lui échappait. Elle hochait la tête en le regardant, amusée, ouverte, et néanmoins ambiguë. Alors, il insista :

— Il doit y avoir quelque chose que je ne comprends pas, dit-il, et comme les sourires que cette femme semblait capable de provoquer autour d'elle avaient entamé ses propres défenses, il rit à son tour, gratuitement, par plaisir.

Et il ne s'agissait pas de l'habituelle grimace « *drifté-*

rique » — adjectif inventé par ses détracteurs, au journal, qui parlaient de la « *fièvre driftérique* » et croyaient voir sur son faciès toujours souriant la marque de la supériorité ou de la morgue — mais plutôt d'une petite vanne qui cédait à une pression bienvenue, comme un rayon inattendu de chaleur.

— Marie-Luc est trop discrète pour vous affranchir, dit le moustachu qui avait un accent finaud et des manières suaves et souples. Ce qu'elle veut dire, ou plutôt ce qu'elle ne veut pas dire, c'est que notre amie Andréa est raide-dingue de vous !

— Ah bon, répéta Drifter en riant encore sans ironie ni méchanceté à l'égard de l'absente. J'avais pas remarqué. Je l'aime bien, Andréa.

— Quand on dit « je t'aime bien » à quelqu'un qui croit vous aimer, interrompit Marie-Luc, c'est comme si on l'insultait.

— Exact, dit Drifter.

— Ne restez pas debout, dit-elle.

Il ne bougeait pas, planté sur le carreau de la boutique, un peu en retrait entre les deux personnages assis sur leurs tabourets et qui avaient tourné leur buste vers lui.

— Attendez, dit le moustachu, on va s'arranger. Agile, il sauta de son siège sur un autre, vide, à sa gauche, libérant ainsi une place et l'offrant à Drifter qui dut alors se glisser entre Marie-Luc et lui. L'étroitesse du comptoir et les limites caractéristiques de l'endroit avaient rapproché les deux inconnus et déclenché une intimité immédiate, artificielle, qui gênait Drifter tout en le séduisant.

— Je finis mon caf', dit-elle, et vous ?

— Euh —, j'attends une vodka.

Elle but. Il était tout près de son profil et il recevait son parfum qu'il n'identifiait pas, bois de santal, agrume, cassis, épice, bergamote, eau de lavande. Il pouvait détailler le pigment de sa peau hâlée, le tracé droit d'un nez s'achevant par une sorte de pointe, comme le bout de la boucle d'un accroche-cœur, et qui donnait au visage cette pointe de malice déjà entrevue sur le haut des joues et dans le dessin de lèvres rieuses et épanouies. Il pouvait aussi étudier ses doigts fuselés, avec leurs ongles impeccablement peints, une lunule raffinée au sommet de leur robe rouge, des doigts qui arrêtaient le regard. Au milieu de la belle cohérence et de l'aménité exquise des traits de Marie-Lucile, Drifter voyait, sous des yeux couleur de scabieuse, la fleur où l'améthyste panache avec le gris, des cernes ronds, larges et anormalement prononcés. Il eut envie de lui demander d'où venaient ces traces d'insomnie, de malheur et d'insatisfaction, mais le souvenir d'une précision extrême qu'il conservait du récit qu'elle avait fait à Andréa, à l'arrière de sa Rover, quelques mois auparavant, lui suffisait pour l'heure.

Andréa avait cru que Drifter n'avait rien vu ni entendu, cette nuit-là, mais Andréa s'était trompée. Il aurait pu réciter la nuit blanche par cœur. Tout lui revenait abruptement, aux côtés de cette femme qu'il avait observée à son insu dans le rétroviseur de la voiture et dont il retenait la vision d'une mère battue, contusionnée, apeurée et cependant maîtresse d'elle-même et farouchement décidée à défendre son enfant endormi ; cette femme qu'il retrouvait bronzée, désirable et rayonnante mais encore porteuse de stigmates qu'il pouvait attribuer à l'angoisse du lendemain, sa solitude, ses problèmes. Il la trouvait pourtant si attirante, en pleine possession d'elle-même et de ses moyens, qu'il l'imaginait plutôt très courtisée que délaissée, ou bien, alors, ayant déjà refait sa vie. Mais, peut-être, aussi, ce Paul qu'il n'avait jamais vu, et dont la menace avait pesé sur l'épisode de la fuite dans les rues de La-Celle-Saint-Cloud, était-il une nouvelle fois revenu à la surface, générateur de culpabilisation et de chantage. C'était une musique qu'il connaissait bien.

Drifter aurait voulu poser toutes ces questions à Marie-Luc et quelques autres encore dont une, rude et érotique sur l'allongé de ses doigts, mais il ne trouvait pas le départ pour une conversation qui lui semblait condamnée par la seule présence de l'ami — ou bien était-ce l'amant ? — moustachu. Alors, il se tut, et comme Marie-Luc, son café bu, la tasse reposée, retournait vers lui un profil qui se transformait en trois quarts puis en pleine image et habitait une vérité qui jetait, avec son carat, une manière d'éclat auquel le Cardinal de Retz prétend qu'on ne peut résister, et qu'elle se taisait aussi, ils attendirent que la serveuse vînt les délivrer de cette situation délicieusement embarrassante en posant, entre eux, un verre contenant de la Wyborowa à l'herbe de bison. Ce qui finit par se passer.

Francis Aucouturier se leva alors.

— Vous m'excuserez, j'ai un coup de fil ou deux à donner, dit-il hâtivement, et il disparut vers l'escalier en colimaçon qui menait à un premier étage aussi maigre que le rez-de-chaussée, où l'on trouvait toilettes et cabines téléphoniques.

Ils étaient seuls.

— Comment va votre enfant ? demanda Drifter, comment va Thomas ?

— Vous vous souvenez de son nom, alors ? dit-elle.

— Oui, fit-il en imitant volontairement et avec douceur l'expression qu'elle avait eue plus tôt, je me souviens « *très* » bien de tout.

— Eh bien, dit-elle en enchaînant, non sans avoir enregistré la nuance d'un battement des yeux, Thomas va bien, merci, et je l'aime. Nous vivons seuls et c'est dur quelquefois, mais la plupart du temps, ça va.

Il y avait un dosage prudent dans ses mots. Elle

parlait naturel mais, en même temps, on eût dit qu'elle choisissait tous ses termes, marchant à pas comptés comme les éclaireurs d'une patrouille de déminage qui avance en terrain inexploré. Par ailleurs, elle avait des attitudes d'impulsivité qui vous désarmaient, une gentillesse innée. Ainsi l'avait-elle invité à s'asseoir, et fouillait-elle, maintenant, dans un petit sac à main de toile parme et blanche à large bandoulière, pour lui tendre plusieurs photos en couleurs.

— Voici Thomas, dit-elle.

Sur les photos, elle portait un maillot de bain deux pièces turquoise, debout à la lisière de vagues vert clair dans une mer translucide, Thomas, rond et doré, recroquevillé dans ses bras. Elle le tenait comme on protège un trésor et souriait sans retenue, ses cheveux serrés en un chignon simple qui lui dégageait le cou et donnait un surcroît de sveltesse à son port de tête.

— C'était il y a huit jours, aux Maldives, dit-elle.

— Ça a l'air beau, fit-il étonné et ravi de la platitude de son propos.

— Demandez à Francis, dit-elle, il vous dira que c'est mieux que cela encore.

— Ah, fit-il, parce que —.

Elle rit avec une franchise presque impudique.

— Eh oui ! dit-elle, parce que Francis était avec moi, et Thomas.

Elle prit son temps, comme une bonne comédienne qui ponctue de petits silences pour conserver de quoi terminer sa réplique, et pourtant il ne parut pas à Drifter qu'elle fût capable de rouerie ou de souplesse mensongère.

— Avec Thomas et moi — et avec sa femme et ses enfants, conclut-elle.

Puis, dans le prolongement d'un rire :

— Vous préférez ça, comme éclaircissement ?

Il sentit, comme un peu plus tôt, une ouverture

chaleureuse s'opérer en lui, les petits clapets des vannes s'ouvraient, une circulation insolite dans son organisme qui avait été si longtemps figé. Simultanément aussi, il éprouva le besoin de s'écarter d'elle. Depuis que Francis Aucouturier les avait assis l'un à côté de l'autre, le long des miroirs de la boutique, ils avaient parlé à une distance réciproque que seules peuvent se permettre deux personnes partageant le même lit depuis déjà longtemps ou deux vieux espions bien entraînés se transmettant quelque message capital et souterrain. Il n'en avait ressenti aucun embarras, oubliant même qu'il y avait des glaces au mur et qu'il pouvait s'y mirer, selon ses coutumiers réflexes narcissiques, mais Drifter comprenait qu'il fallait accorder une respiration à ce tête-à-tête, marquer la pause. De son côté, comme si elle avait reçu une directive analogue, Marie-Luc recula sa tête et son corps. Il en fut surpris. Il se demanda si elle vibrait aux mêmes cadences que lui. Elle le dévisagea, comme en attente de ses initiatives. Il se sentait nu, et cela ne l'importunait pas.

— Bien sûr, dit-il, je préfère ça.

Après un court silence, il choisit de trouver refuge dans un propos plus impersonnel.

— Qu'est-ce qu'il fait dans la vie, votre ami moustachu ? Francis Aucouturier, c'est bien cela ? demanda-t-il.

— C'est ça, dit-elle. Nous venons de fonder une maison de production, riquiqui vous savez, pour vendre nos propres films aux chaînes de télévision. Il tourne, et moi je produis, j'organise. Nous leur vendons des choses qu'ils ne savent pas voir, parce qu'ils sont trop gros, trop préoccupés du spectaculaire et du sensationnel, et qu'ils ont perdu la notion de ce qui peut se passer d'intéressant dans le monde, en dehors des faits divers, des drames, de l'actualité immédiate.

— Mais quoi, par exemple ?

— Ça ne vous intéresse pas, dit-elle un peu brute et très piquante.

— Qu'est-ce qui vous fait dire ça ?

— Je le vois bien, dit-elle avec une pointe d'ironie catégorique.

— Vous vous trompez, dit-il calmement. Ne vous trompez pas sur moi. J'ai appris à m'intéresser aux autres.

Elle vit qu'il était sincère et que, s'il faisait preuve de la même prudence dans son approche du partenaire inconnu, il avait déjà accompli cet exploit, singulier chez lui, de baisser une partie de sa garde. Elle ouvrit alors les mains, comme pour demander un répit.

— Ça n'est pas ce que je voulais dire. Je vois bien que vous vous intéressez aux autres, et à moi. Je voulais dire que vous ne vous intéressiez pas forcément à ce que nous faisions dans notre petite société avec Francis.

— Vous aviez peut-être tort.

— Je vous prie de m'excuser, dit-elle pour clore la parenthèse avec un ton d'une infinie politesse et cette courtoisie que confère l'intelligence lorsqu'elle admet qu'elle a roulé trop vite sur des voies parallèles au chemin principal.

Puis, enjouée, elle ajouta :

— Vous qui savez écrire, qu'est-ce que vous attendez pour écrire pour l'image ? Les films que nous faisons ou que nous commandons manquent d'écriture dès le départ. Il faut tout rattraper par le montage des images, rafistoler, bricoler.

— Comment vous l'appelez, votre maison de production ?

— Je l'ai baptisée Petit Brandon.

— Ah, pourquoi ?

— C'est le nom d'une île, même pas une île, un

fragment d'atoll au large de Madagascar. Un endroit hors de ce monde.

— On dirait que vous aimez les îles.

— Les toutes petites, oui, dit-elle avec gourmandise et passion, avec une fougue contagieuse. Des noms que personne ne connaît : Cap-Requin, Wamao, Paradise, Molluqua, Sud-Copra, l'Ile du Sable, Motu-Tapu, Vent-Voile, des noms disséminés comme ça, dans l'océan Indien ou dans le Pacifique ou dans les Caraïbes, ou n'importe où, d'ailleurs, des petits bouts de plages vides, rien, trois arbres, le ciel et la mer, les couleurs.

— Pourquoi les aimez-vous autant ? demanda-t-il.

— J'y suis bien, dit-elle en appuyant sur le dernier mot, toute sa personne exprimant une science innée du contentement face à la vie.

Elle parlait comme ces gens qui savent être heureux sans effort et possèdent la chance de connaître le prix du calme et du bien-être. Drifter imaginait qu'elle avait écouté des concerts « *heureux* » et des guitares « *heureuses* » dans la décennie qui avait précédé celle au milieu de laquelle ils naviguaient, au contraire de la noirceur et de la négation qu'il avait trop souvent, lui, cru interpréter dans les mêmes événements et circonstances. Il pouvait aisément, en outre, concevoir que cette disposition ne lui était pas venue comme cela, comme on naît avec des cheveux roux ou des oreilles décollées, et que même si la nature profonde de Marie-Lucile lui avait facilité cette approche de la vie, elle avait dû suivre, comme chacun, de drôles de chemins pour parvenir jusqu'à cet équilibre. Il lui parut qu'elle savait aimer les gens, s'adapter à eux, les accepter et les écouter, et pouvait distinguer ce qui est essentiel en eux de ce qui était subsidiaire. Elle précisa :

— Cela peut m'arriver ailleurs, bien entendu, mais lorsque je me retrouve dans un de ces morceaux d'atoll, sur le sable, j'entends cette voix dont parle un poète méconnu, vous voyez ce que je veux dire ?

— Oui. Euh, non, pour être franc !

— Ah, c'est un court poème en prose à propos d'une « *certaine voix étrangère à moi-même et pourtant très intime, qui me parle par intermittence et ne peut pas ou ne sait pas ou ne veut pas me dire tout ce qu'elle sait* ».

— Vous m'apprenez quelque chose, dit-il — et il pensa, très vite, que son ami J.-F. aimerait cette femme.

— Voilà, dit-elle en riant, là-bas, cette voix me dit tout ce qu'elle sait. Elle m'apprend même à voir plus loin qu'il n'est permis. C'est le syndrome de la petite île, le S.P.I. Vous connaissiez ?

— Non.

Ils rirent ensemble. Sa joie de vivre vous contaminait comme un virus.

— Vous n'avez jamais joué au jeu des initiales avec Andréa ? dit-elle.

— Je ne vous suis pas très bien, non, fit Drifter qui sentait ses muscles faciaux partir dans toutes les directions du sourire. Et puis, vous savez, Andréa, je ne la vois pas.

— Elle parle pourtant souvent de vous, dit Marie-Luc.

— Ça, ça la regarde, fit-il avec une irritation un peu feinte, mais nous ne sommes certainement pas assez proches, elle et moi, pour jouer à votre jeu. Andréa, je ne l'ai pas revue depuis que je vous ai « *drivée* » avec votre fils, une nuit de mai dernier.

— Ah bon ? fit Marie-Luc étonnée. Je ne vous ai pas remercié comme il fallait à ce propos, mais je n'avais pas votre adresse. Et puis, ça n'a pas été très reposant pour moi pendant encore longtemps. Quant à Andréa, à qui j'ai posé des questions, elle a systématiquement oublié de me dire comment vous joindre.

— Ce n'est pas important, dit-il. Et puis, ce n'était pas la peine de me remercier, qu'est-ce que vous pouviez faire, m'envoyer des fleurs ?

— Pourquoi pas, dit-elle avec un brin de sérieux, pourquoi une femme n'enverrait-elle pas des fleurs à un homme ?

— Vous auriez envoyé quoi, alors ? demanda-t-il, jouant sur le même registre qu'elle, à la lisière dangereuse d'un engagement, gorge sèche, sourire court.

— Je ne sais pas, dit-elle. Je ne l'ai jamais fait. Sans doute vous aurais-je fait porter quelques fleurs d'incarvillée. C'est une plante qui jaillit, parfaite et simple. Pour moi, elle résume la vie.

Il resta coi. Le manque de perversion de cette femme le désarmait, ainsi que sa destruction de la comédie. Il dut s'efforcer à un retour au superficiel.

— Vous ne m'avez pas dit ce qu'était votre jeu des initiales.

Ils s'étaient à nouveau rapprochés l'un de l'autre, passeurs clandestins de frontières intimes.

— Oh, dit-elle en riant, c'est un de mes tics, c'est plus un tic qu'un jeu. On abrège tout. On transmet uniquement par sigles. Ça se passe souvent au téléphone ou dans des lieux publics. Exemple : le B.A.O. est très mauvais sur le dernier Fellini.

— Bouche à oreille, c'est ça ?

— Ben voilà, c'est simple ! Il y a aussi le B.C.B.G.

— Oui, ça, je connais, interrompit-il.

— Oui, mais qui se décompose en B.C.S., B.C.P. et B.C.R.G. Vous me suivez toujours ?

— Euh — attendez —. Bon Chic Bon Genre qui se décompose en —, je vois pas.

— Bon Chic Seizième, Bon Chic Province, Bon Chic Rive Gauche. Et ainsi de suite. Il nous est arrivé, avec Andréa, de tenir une conversation entière une heure durant comme ça rien qu'en initiales. Epuisant ! Et futile. Ce type dans le coin, chuchota-t-elle après un coup d'œil vers un client qui venait d'entrer, je dirais qu'il est C.C.C. Cadre Con Caractériel. Et la dame avec lui ? interrogea-t-elle, complice.

— Je la qualifierais de P.N.P.P.A.S.F., répliqua-t-il, vif.

Elle s'esclaffa.

— Quoi ?

— Oui. Pute Non Professionnelle Pas Encore Arrivée A Ses Fins.

— Vous trichez, dit-elle. On n'a droit qu'à trois initiales.

— Ah, désolé, je ne connaissais pas toutes les règles.

Tout cela avait filé à preste allure, quoique meublé d'intervalles de silence, et ils avaient en partie égaré la notion du temps. Lui, Drifter, prévoyant que le moustachu allait surgir d'une minute à l'autre, voulut reprendre un fil inachevé qui lui avait paru important.

— Les petites îles, dites-moi, vous avez appris à les aimer il y a longtemps ?

— Ça a commencé très tôt, et grâce à Paul, répondit-elle, je dois admettre que je lui dois ça. Paul, dit-elle à l'intention de Drifter, c'est mon ex.

— J'avais retenu le nom, dit-il.

— A une époque, il était *tour operator*, il fabriquait des voyages, expression atroce ! et il s'était spécialisé dans les îles quand ce n'était pas encore à la mode. Il était très calé et très renseigné et il a beaucoup voyagé pour débroussailler le terrain, je le suivais lorsqu'il trouvait des îles, mais c'est un destructeur, un homme impatient, il ne savait pas rester quelque part ni conserver un métier, d'ailleurs. Les plus belles îles, les plus inaccessibles, j'y suis revenue, depuis. Chez moi, sur une étagère, il y a des petites fioles de verre dans lesquelles je garde, en échantillon, le sable de chacune des plages où j'ai été heureuse.

— Avec lui ?

— Avec ou sans lui. Le bonheur passé, pour moi, ne se discute pas. Je me méfie des gens qui affectent de nier leur passé. Ce sont de petites âmes ou des naïfs. Les choses ont eu lieu, il faut en tenir compte. Et j'aurais mauvaise grâce à dire aujourd'hui que je n'ai jamais été heureuse avec cet homme. Ça serait vulgaire, ça serait faux.

Sans transition, et avec une certaine dureté, elle le fixa :

— Et vous, fit-elle, ça s'est passé comment pour vous, depuis cette nuit-là ? Vous aviez l'air — comment dire — sombre et meurtri derrière le volant de votre belle et vieille voiture anglaise.

Il fixa avec insistance les grands cernes qu'elle avait sous les yeux. De la nuit où il vint l'aider avec Andréa, elle avait donc retenu autant de détails que lui, malgré le drame dans lequel elle s'était débattue. Il en fut comme réconforté.

— Blesser les autres, être blessé par les autres, vous savez, dit-il, il arrive un moment où l'on se fatigue de toujours dire ou faire la même chose.

Francis réapparut derrière eux, amical et pressé. Drifter regretta ce retour auquel il s'était néanmoins attendu. Marie-Luc se leva et Drifter l'imita. Son parfum lui parvenait toujours de façon aussi dense. Du sac à main bicolore, elle sortit une petite carte blanche avec une inscription verte. Vivement, elle griffonna quelque chose, puis lui donna la carte, l'air grave.

— Venez nous voir un jour à Petit Brandon, lui dit-elle, on vous montrera ce qu'on a fait.

— Ben oui, approuva Francis, vous êtes libre dans huit jours ? On organise une projection du film des frères Sarrazin.

Drifter fit un sourire de remerciement à Francis, puis à Marie-Luc :

— Attendez, dit-il, ne partez pas tout de suite. J'ai encore une question à vous poser.

Elle attendit, sans répondre. Avec politesse et une faculté de s'effacer sans que cela se remarque qu'il avait déployée depuis le début, comme un diplomate de carrière, Francis s'avança vers la sortie, après un bref salut de la tête.

— Je te retrouve dehors, dit-il à son amie.

Elle approuva, et attendit toujours sans parler, face à Drifter, debout au centre du couloir de la boutique, droite et irradiante, comme ces « *arbres de lumière* » que les arpenteurs laissent volontairement au milieu des brisées dans les forêts, pour faciliter leurs opérations de mesure.

— Tout à l'heure, lui dit-il, dans votre énumération des îles, dans les noms que vous citiez, c'est exprès que vous avez mentionné l'Ile du Sable, c'était une référence ?

— Non, fit-elle, innocente, une référence à quoi ? L'Ile du Sable existe bien. Je m'y suis baignée.

— Ah, dit Drifter réjoui, je marque un point. André Breton, la dernière page de « *Nadja* », les lignes sur l'Ile du Sable, vous ne connaissez pas ? On peut donc, encore, vous apprendre une ou deux choses.

Elle eut une expression sérieuse, presque douloureuse, et qui semblait partir de sa gorge. Il crut dépister une teinte nouvelle dans les yeux de scabieuse.

— Oh mais, fit-elle très lentement, je suis prête à beaucoup apprendre (et elle lui parut à la fois très mûre et étrangement jeune). Au revoir.

Elle s'en allait.

Drifter découvrit entre ses doigts la carte blanche qu'elle lui avait laissée. Il baissa les yeux. Gravés à l'encre verte, couleur feuille de palmier californien, il y avait le nom de la maison de production, le numéro de téléphone, et le dessin stylisé d'une lagune. Elle avait rajouté à la main, un autre numéro de téléphone, avec ces initiales qu'il tenta en vain de comprendre : A.B.J. ?

Il s'assit au comptoir, vida, cul sec, le verre de vodka auquel il n'avait pas encore touché. Le liquide n'avait aucun goût. Il lui fallut quelque temps pour établir le constat des multiples ravages que Marie-Lucile Arnal venait d'infliger à son organisme en l'espace de quarante-cinq minutes et vingt secondes.

QUATRIÈME PARTIE

Joyce, Drifter

Mauvaisement, Joyce Bauer, assise à son miroir, enfonça les quatre doigts de sa main droite dans un pot géant de bakélite bleue contenant la matière la plus familière de sa vie de tous les jours, une crème grasse qui sentait le cœur d'amandes.

Sèche, sèche, je serai toujours sèche, mes mains, mon nez, mon con, je vivrai dans la crème et les mouchoirs, elle malaxait l'intérieur du pot en parlant seule, à voix basse et rauque dans le boudoir qu'un décorateur d'origine russe avait tendu, cette saison-là, de tissu tango, dans l'aile qu'elle s'était réservée au premier étage de la maison faisant le coin de N et la 32e, dans Georgetown.

Il était midi. Il y avait au moins quatre heures que Rink avait quitté l'aile opposée de la résidence, pour diriger deux conférences consécutives au bureau, puis il avait téléphoné une fois, depuis la Lincoln qui l'avait amené à Foster Dulles International Airport avant de prendre son avion pour Mexico City et elle ricana en imaginant que son gros buffle de mari avait croisé cette petite ordure de Drif qui devait débarquer, approximativement à la même heure, du vol direct en provenance de Paris, et ce fut la première pensée qu'elle eut pour son amant français et ses doigts remuèrent encore un peu dans la crème et elle voulut lui actionner la queue jusqu'au sang comme il aimait à ce qu'elle lui fasse, ou, plutôt, comme elle avait appris à le lui faire aimer, mais, cette fois-ci, elle irait véritablement jusqu'au sang et au-delà, jusqu'à ce qu'il en soit mutilé, ensanglanté, démembré, qu'il s'en plie en deux de douleur et qu'il se torde à terre et se convulse et qu'il pleure de plaisir, de vraies larmes d'homme qu'on a détruit.

Cette perspective l'émoustilla vite. Elle recula sur le pouf, écarta ses cuisses sous la robe d'intérieur de soie blanche bordée de rouge, et laboura furieusement ses lèvres puis son clitoris au moyen de trois doigts badigeonnés de crème, le majeur faisant le travail le plus efficace, l'index et l'annulaire fourrageant tout autour comme une armée d'envahisseurs, comme elle aimait à ce qu'il lui fasse, ou, plutôt, comme il avait appris à le lui faire aimer. Elle vint sans attendre, mais au moment même où elle venait, elle eut un mouvement qui la fit vaciller du pouf et elle se retrouva le cul sur la moquette orange ; elle s'était fait mal ; elle s'aperçut, en baissant les yeux, et en examinant ce petit vermisseau détestable et brunâtre qui pendouillait entre ses poils noirs et crépus, qu'elle l'avait écorché à vif et qu'il serait inutilisable dans la journée lorsqu'elle rencontrerait Drif, et elle en fut outrée. Quelques secondes plus tôt, elle avait souhaité son amant blessé et infirme sur le plancher et demandant grâce, et voici que c'était elle qui se retrouvait au sol, souffle court et cuisses éteintes, le gras de la crème ayant taché sa robe et le tapis ; elle avait, en plus, entraîné le pot de bakélite bleue dans sa chute, Dieu merci, ça n'avait pas coulé, le produit était trop compact, mais, de rage, elle envoya valser le pot d'un coup de pied contre le mur dans un grand bruit mat en jurant, Jésus-Christ de merde d'enculerie de foutre, et elle se dégonfla comme un ballon, mais qu'est-ce qu'elle allait faire ? Tant pis, il la prendrait par-derrière, elle veillerait à emporter la crème adéquate, il l'avait souvent fait au début, maintenant il ne lui faisait plus du tout, c'est qu'il faut l'avoir très dure et très droite pour ça, et elle redoutait de le faire de moins en moins bander, peut-être y parviendrait-elle en l'insultant bien et longuement. Elle ne se sentait pas la force de se relever. Elle demeura ainsi, vide, vide, appelant de tous ses vœux quelque chose qui la remplisse et la satisfasse, les larmes coulant lentement le long de ses joues, elle renversa la tête et n'eut plus que la vision blanche du plafond dans les yeux, elle se prit à haïr Drifter, haïr le monde, haïr l'inutilité de son existence, et elle pria, Mon Dieu, faites qu'il m'appelle, faites qu'il n'attende pas le signal convenu, le message codé laissé à la réception de l'hôtel, toutes nos simagrées, faite qu'il me parle de sa voix au rythme ironique, et qu'il me dise quelque chose de flatteur, même s'il n'en pense désormais plus un mot. Mais, rien. Alors, elle songea à la Ligne, ça résoudrait le problème immédiat, elle en était sûre.

Toute la matinée, Joyce avait essayé d'éviter d'en évoquer l'envie. Elle se prétendait disciplinée et capable de contrôler ses « *manques* ». Jamais le matin, jamais avant d'avoir commencé à faire quelque chose, ou d'avoir eu une première conversation téléphonique avec quelqu'un. Mais elle n'ignorait pas les innombrables entorses qu'elle faisait à ses propres règlements et ceci depuis plus d'une année. Les doses s'étaient doucement accélérées, elle savait se trouver toutes sortes de justifications, excuses ou explications, elle était d'une rare éloquence avec elle-même pour se raconter que c'était exceptionnel et normal à la fois, elle en avait eu besoin, mais elle n'en était pas prisonnière, non, non, pas du tout. Joyce parvenait toujours à convaincre Joyce. Elle s'entendait bien avec elle-même sur ce plan, elle n'avait pas de souci de communication. C'était un peu plus difficile avec Rink, mais Rink fermait les yeux sur tant de choses ! Quant à Drifter, il désapprouvait la Ligne, il la condamnait, il la flétrissait, mais elle mentait à Drifter et elle croyait le tromper facilement. La périodicité de leurs rencontres laissait croire à Joyce que Drifter n'avait pas noté de différence particulière dans son comportement. Elle lui disait qu'avec lui, dès qu'il était là, elle n'avait plus besoin de drogue ; quand ils étaient ensemble, à Washington ou à Paris, elle ne pensait même pas à la Ligne ! Ses aller et retour dans les toilettes des restaurants, ses levers brusques en plein spectacle, ses coups de téléphone à passer d'urgence, toute sa pitoyable et aveuglante pantomime, Joyce croyait que Drifter en était dupe. C'est qu'elle voulait ardemment que Drifter l'aimât encore comme aux premières années, premiers mois, premiers jours, et elle entretenait l'illusion qu'il ne lisait pas clair à travers son feuilleton brouillon et affolé. Elle repensa à la Ligne, mais ça ne lui donna pas encore la force de se lever pour aller chercher dans le tiroir de sa table de nuit les ustensiles nécessaires, ainsi que la *coke* elle-même, et le fait qu'elle puisse, ainsi, retarder cette action, lui parut une preuve supplémentaire de l'autorité qu'elle exerçait sur elle-même. Elle dressa des plans.

D'abord, se rassembler, examiner les dégâts provoqués par cette masturbation grotesque et imprévue, dénicher un onguent qui calme son irritation locale, puis remettre de l'ordre dans la pièce, le pot de crème sur la coiffeuse, le pouf à sa place, aller au plus pressé, c'est-à-dire aux brosses et travailler les cheveux une bonne demi-heure, par hygiène. Au téléphone, appeler Tim ou Jerry ou Frank, qui lui donneraient en quelques minutes la rumeur de la ville et les dernières nouvelles,

les titres, noms, chiffres et informations indispensables pour ne pas perdre la face, être au courant, au plus près de l'origine du souffle du vent de la mode et de l'actualité. Ensuite, sonner Charlayne pour un café chaud. Bavarder avec Charlayne, quelques minutes, démagogie indispensable. La Noire retournée à ses travaux, s'installer à nouveau face au miroir, et reprendre le cours des choses comme si rien n'était arrivé, comme si la matinée n'avait pas démarré dans le ridicule, la frustration et la bassesse. Attaquer les crèmes.

Joyce Bauer entretenait avec les crèmes le même rapport qu'un navigateur solitaire avec les courants marins ou un pianiste avec les dièses et les bémols. On croit tout connaître d'eux, et pourtant, chaque jour, on découvre leur infinie variété. Joyce considérait que sans les crèmes, son corps et son visage ne pouvaient pas continuer d'être, d'exister. Il lui en fallait pour le jour, la nuit, pour le nettoyage général du matin, pour l'arrivée du soir, pour les quatre saisons de l'année. Il y en avait pour le contour des yeux et pour le cou, pour les mains et les aisselles, pour les jambes et la base de ses cheveux. Après avoir soumis toutes les marques et toutes les gammes à d'innombrables tests, elle avait opté pour Estée Lauder qui lui paraissait offrir les ingrédients, odeurs, conditionnements et objectifs convenant le mieux à ses exigences. Elle ne résistait pas aux termes et aux descriptions proposés sur les boîtes, pots, tubes et trousses qu'elle aimait manipuler dans les rayons de parfumerie des grands centres d'achat de Chevy Chase ou de Bethesda, une moyenne de deux à trois heures par semaine à longueur d'année. Base Teintée de Moiteur Quotidienne, Lait Corporel Hydratant, Crème de Soins Maximum pour les Yeux, Extrait de Performances Suisses Enrichissantes, Crème du Contrôle de l'Age, Secrets de Bonne Femme au Collagène, Crème Fouettée, Base de Maquillage Equilibrante, Traitante Végétal Supernourrissante, Régénératrice, — elle s'entichait de toute appellation qui suggère une amélioration possible de sa peau, qu'elle trouvait sèche et insupportable, son corps qui l'entravait, son visage qu'elle savait singulier et fascinant, mais qu'elle aurait voulu immaculé et immuable. Elle vivait dans un concert d'odeurs de pulpes d'agrumes, avocat, huile de vison, grains de caviar, lanoline, concombre, noix de coco, talc, mica, oléine, résine, cire, amandes douces, laits divers, et surtout d'huile et d'eau, la base même de toutes ces fabrications. Elle luisait.

Elle ne se déplaçait pas, fût-ce pour une course ou un rendez-vous d'une petite heure, à moins de trois rues de sa résidence, sans emporter dans un sac à main ou, au besoin, dans les poches de ses vêtements, quelque tube d'appoint, une crème de base « *tous terrains* », comme elle se plaisait à dire, et qui permettait aussi bien d'assécher le bout du nez, délivrer ses mains de l'atroce sensation squameuse qui la saisissait régulièrement, ou enfin, lorsqu'elle était avec son amant, le soulager dans les chiottes des cinémas ou à l'arrière d'un taxi, de l'érection qu'elle avait tout fait pour provoquer. Cette dernière utilisation nécessitait aussi qu'elle transportât toujours des mouchoirs de papier en petits sachets de dix sous plastique, ou par boîte de cinquante ou de cent, et Joyce faisait remarquer non sans humour à Drifter qu'à elle seule, elle avait contribué à faire tourner des usines entières du Middle West et procuré des emplois à des milliers d'Américains anonymes et moins fortunés qu'elle. « *L'Amérique du travail œuvre afin que je sois propre une fois que je t'ai pignolé* », lui disait-elle.

Elle était affligée d'une incapacité absolue à jouir de façon vaginale. Elle en avait honte, et en avait développée d'innombrables névroses dont elle confiait naturellement, à des spécialistes onéreux et honorables, les circonvolutions, les bourgeonnements ou les régressions. Au début de sa liaison avec Drifter, Joyce avait cru ressentir comme l'amorce du début de l'annonce des prémices des préliminaires d'un minuscule avant-goût de plaisir, un frisson autre que celui, clitoridien, qu'elle avait pu connaître jusque-là avec tous les hommes qu'elle avait, comme ses crèmes, soumis à des tests répétés. Il l'avait pénétrée sur le lit d'une chambre d'un hôtel de Washington, à un kilomètre de l'Ambassade de France, vingt minutes à peine après qu'ils eurent été présentés l'un à l'autre dans une réception donnée pour célébrer le retour au gouvernement américain d'un manuscrit unique, très ancien, d'un des Pères fondateurs de la Constitution et qu'avait découvert, par hasard, un châtelain breton au cours d'un inventaire de ses archives. On baignait en pleine affaire Illyard, et Drifter, qui enquêtait sur les possibilités d'un complot dans le Sud, était en escale ce jour-là à Washington et avait été entraîné dans les jardins de l'ambassade par le correspondant permanent du journal.

A peine arrivé sur le gazon, autour des buffets dressés sous les tentes de toile blanche, il avait été happé par cette inconnue, superbe et flamboyante, cascades de cheveux roux, nez busqué et malin, bouche ouverte comme pour croquer le monde, insolente et agressive, et qui jouait le jeu de la conquête éclair et du parler cru, la fiction du « *pousse-moi à bout pour voir jusqu'où ça nous mène* » et elle, pour sa part, avait été attirée par ce grand garçon aux cheveux noirs et à la démarche aisée, dont le sourire lui semblait receler des trésors d'exotisme masculin. Il parlait un très bon américain et Joyce un excellent français, et leur dialogue avait été crispé, électrique, et ils s'étaient tous deux très vite laissé entraîner dans un match de provocation et de titillation, comme on en conçoit parfois dans les plus beaux phantasmes. Pourtant, c'était vrai, cela leur était arrivé, ils chercheraient plus tard dans leur mémoire quelle idée cohérente avait pu les traverser et elle avouerait qu'elle s'était dit, « *celui-là, I want him right now — je me le veux tout de suite* », et il admettrait qu'il avait pensé, « *ça serait formidable si, pour une fois, mon désir était instantanément satisfait* ».

Plus tard encore, dans leur période de romantisme et de sentimentalisme à tous crins, lorsqu'ils se prétendirent qu'ils ne pouvaient vivre si loin et si longtemps l'un de l'autre, et que l'océan qui les séparait n'était pas assez vaste pour contenir toutes les larmes qu'ils ne pleuraient pas ; lorsqu'ils eurent établi le principe de la lettre par jour et du coup de téléphone quotidien, quoi qu'il arrive, où que l'on fût, et à quelque prix que ce fût ; lorsque Joyce promit qu'elle allait quitter Rink Bauer et qu'il lui assura qu'il allait lâcher Patricia Drifter, ils interprétèrent cette rencontre sur la pelouse de l'ambassade comme l'illustration parfaite du « *coup de foudre* », cette situation mythique et psycho-sensuelle à laquelle ils n'avaient jamais cru, jusqu'à ce que —. Plus tard encore, et enfin, lorsque leur liaison prit un tour plus âcre et qu'ils eurent vieilli, et la liaison avec, et que Joyce voulut assurer son emprise sur lui et qu'il se laissa longtemps faire, mais perdit à la fois le respect qu'il avait pour lui-même et pour la personne et l'esprit de cette femme complexe, les deux amants évoqueraient ce moment en termes plus judicieux et plus lucides : hasard, chance, exhibitionnisme, le soleil et l'alcool, l'extrême précarité de cette heure magique, le choc de deux parfums et de deux orgueils, deux égocentrismes, la jeunesse aussi et cette ivresse d'indépendance et de libération qui les avaient débusqués, éveillant des instincts jusqu'ici, partiellement refrénés pour lui, perpétuellement inassouvis chez elle.

Ils s'étaient d'abord toisés en silence.

Puis, après une plaisanterie d'usage sur le sens de son nom, qu'il subissait immanquablement dès qu'il arrivait en pays anglo-saxon, elle l'avait allumé d'emblée et il avait fait feu en retour, piqué par son culot et par la charge érotique qu'elle mettait dans ses moindres mots, ses moindres impulsions, son moindre regard.

— Vous êtes sexy, lui avait-elle dit en guise de prologue, vous êtes grand, vous êtes beau, vous êtes français, ce que j'adore, vous avez le regard du vice et de l'intelligence, je coucherais volontiers avec vous — mais, sur-le-champ.

Il avait répliqué sans hésiter :

— Vous êtes saoule. Mais si vous voulez jouer à ce jeu-là, je peux vous dire que vous êtes sexy, vous êtes belle, vous êtes bien balancée, vous êtes américaine, ce que j'aime beaucoup, vous avez le regard de la faim et de l'aventure, je vous ferais volontiers l'amour — et sur-le-champ.

Elle avait eu un rire extasié.

— Je ne suis pas saoule, avait-elle dit. Dans mon genre, je suis une star, je m'appelle Joyce Bauer, j'ai du sang juif hongrois dans les veines, je suis la femme de l'homme le plus puissant de Washington, mais je fais ce que je veux de ma vie, et vous êtes en train de me faire mouiller tellement j'ai envie de vous, j'en ai les cuisses trempées. Est-ce que vous êtes une star ?

Il avait jugé cette obscénité d'autant plus pimentée et stratégique, que le tout avait été prononcé sur un registre de conversation de salon, avec une moue de princesse distante, mais soutenue par les flammèches qui dansaient dans les yeux fous de la femme. Il s'était senti entraîné dans un courant.

— Evidemment que je suis une star, dans mon genre, avait-il répondu. Renseignez-vous. Quant à vos cuisses, vous devriez les essuyer, ça dégouline sur vos chevilles, vous allez tacher vos bas.

Elle n'avait pu s'empêcher de pousser un tout petit cri de surprise choquée et de cligner les yeux vers ses jambes et il avait vu, ensuite, ses pupilles s'élargir, perplexes et perverses. Elle avait perdu l'échange, il avait relancé la balle plus sec et plus méchant qu'elle, il était donc un partenaire à sa hauteur et elle aimait cela, elle goûtait ce bref châtiment, mais, en même temps, elle ne pouvait s'avouer vaincue. Alors, elle avait murmuré dans un soupir blasé et méprisant :

— Ordure, vous savez que vous êtes une vraie petite ordure.

S'exprimant en français pour pouvoir utiliser le tutoiement, il avait répondu en articulant avec soin :

— Je te pine ta chatte de pute où et quand tu voudras, espèce de grosse juivasse mal baisée.

Elle avait ri davantage, l'avait contemplé avec sang-froid, puis, finaude, elle avait tourné le dos sans répondre, le laissant seul, adossé au buffet, un verre à la main. Il s'était dit qu'il avait déjà eu affaire à des filles cinglées et hystériques, et en particulier de ce côté-ci de l'Atlantique, mais un oiseau comme celui-là, jamais. Cependant, il croyait percevoir en elle autre chose que la pure dinguerie et la pure provocation gratuite. Il la suivit des yeux. Elle déplaçait dans son sillage des sourires, des appels, des flatteries, interjections et œillades. Elle avait l'air de connaître tout le monde, on eût dit que la réception était donnée en son honneur, elle rendait les bonjours à coups de sourires et de mains qui volettent, comme un candidat politique en campagne. Elle se planta entre deux hommes assez âgés, qui lui firent courbettes et compliments. Consciente que le Français ne cessait de la surveiller, elle lui offrait son meilleur profil, en balançant très doucement et lascivement le poids de son corps sur une jambe, puis sur une autre. Mais elle ne lui renvoyait plus un seul regard.

Il se surprit à attendre qu'elle fît un geste, une amorce, qu'elle relançât l'étonnante partie sulfureuse qu'elle avait engagée ; et cette surprise, et son expectative, lui apprirent qu'il était mordu et qu'au-delà de la provocation délibérée et vulgaire, il imaginait, en effet, un appel, une invite désespérée. Il s'approcha d'elle. Les deux vieux continuèrent de jacasser, mais s'écartèrent d'un mètre. Elle eut une ébauche de sourire, une question dans les yeux, la fièvre maladive sur les joues. Elle vit qu'il hésitait, elle saisit son bras à hauteur du biceps dans un geste secret, lui massant la chair à travers la manche de sa veste, et il banda très fort, ce qui ne lui arrivait pas, habituellement, au premier contact avec une inconnue. Elle lâcha son bras.

— Je plaisantais tout à l'heure, dit-elle avec calme, je n'étais pas sérieuse.

— Bien sûr, dit-il.

Elle se rapprocha de lui. Dans la foule des invités, bruissements et bousculades, ils étaient corps contre corps. Il reçut, comme un souffle chaud, ses effluves de crèmes et une senteur végétale, émanant de ses cheveux. Elle lui faisait peur ; elle lui faisait envie ; elle lui faisait pitié ; il était prêt à tout.

— Essayons, dit-elle, la voix unie, un ton de condamnée. Essayons une fois, non ? Tout cela a si peu d'importance.

Il ne sut comment répondre. Alors, elle passa aussi abruptement de cette mélancolie étrange et désabusée à la crudité du commencement, et elle porta délibérément sa main à hauteur du pantalon de Drifter, tâtant la dureté de son sexe, en un geste d'amazone.

— Je pars du principe dans la vie, lui dit-elle à voix contenue, que l'on peut tout faire en public, les gens ne voient rien. Les gens sont des cons aveugles et bourrés de son comme des ânes. Il ne se passe rien, voyez ! Regardez autour de vous. Rien !

Elle avait une dextérité de professionnelle. Il lui prit la main, la détacha en la comprimant jusqu'à la broyer, ce qui la fit grimacer de douleur, puis la lâcha et, afin de n'être jamais en reste ou en retard sur elle, il replia les doigts de sa propre main comme les pattes d'un crabe et il les serra sur le haut du ventre de la femme, à la ceinture, le bas du chemisier et la naissance de la jupe froissés comme un chiffon dans sa griffe qui touchait aussi la chair à travers les étoffes.

— Vous avez raison, dit-il, les gens ne voient rien.

Fétichiste, Drifter réagissait violemment au contact de certains vêtements féminins, certaines étoffes. Joyce capta son vice. Elle lut sur son visage qu'il ne dominait pas autant la situation que pouvait le laisser paraître sa fugace emprise physique sur elle. Alors, elle fit marche arrière. Il lâcha prise. Elle eut un ricanement sec.

— Ça vous arrive souvent de molester les femmes en public ? dit-elle en reculant encore, et elle le jaugea de la tête aux pieds.

— Tous les jours, fit-il aussi sarcastique, en particulier après un bon déjeuner.

On aurait pu les comparer à deux boxeurs, catégorie moyens-légers, milieu du premier round, qui ne se sont jamais encore rencontrés et viennent de s'administrer consécutivement une gelée de coups rapides et ponctués, allant *rinforzando* vers une explication plus vive et qui devrait déterminer la physionomie des rounds à venir, la première moitié du combat en tous les cas.

Mais Drifter avait un handicap et Joyce une connaissance supplémentaire de l'adversaire et du *turf*. Elle le savait allumé, alors qu'elle se jugeait aussi sèche et morte à l'intérieur d'elle-même qu'en toute autre occasion de ce genre, et Dieu sait qu'elle en avait connu et suscité ! Lui, temporairement acculé dans cette expérience qui le stimulait et l'intriguait, avait perdu une partie de sa maîtrise et il voulait en finir, tout en pressentant cependant qu'il se profilait, derrière toute cette joute, d'autres lendemains que ceux d'une défaite ou une victoire par k.-o. et les lueurs furtives et fragmentaires qu'il apercevait dans la névrose de Joyce Bauer l'attiraient et l'émouvaient autant, sinon plus, que la valeur érotique de leur affrontement. Il eut une première faiblesse, le signe qu'il cédait un pouce de terrain. Il lui fit une brève cour, comme autrefois, avant que les femmes vous agressent et vous violent et décident de vous emballer dans leur galop, ce genre de femme à tout le moins, et dans ce genre de civilisation, l'expéditive et vorace Amérique.

— Joyce, dit-il, c'est un prénom qui vous va bien. Vous avez quelque chose de voluptueux et d'épanoui et de joyeux, ça c'est pour le *joy* dans Joyce, mais le *y* et la fin du nom lui apportent autre chose, plus de complication et de vice, du mystère, un alphabet rare et difficile à déchiffrer, de la volonté aussi.

Elle fit merci de la tête.

— Vous parlez sublimement bien, dit-elle, quand vous vous décidez à ne plus être un mufle. Vous écrivez aussi bien, j'en suis sûre. Vous devez avoir un talent fou, je vous trouve extraordinaire. *Un-real !* — Irréel !

Elle caressait l'encolure, flattait la bête, il n'était pas réellement dupe mais suffisamment accroché pour la laisser faire et exploiter la source, à l'époque encore très vive, de son narcissisme. Joyce savait, au plus haut niveau, manier le compliment et déguiser tout rapport avec les hommes de luxe verbal et de louange. Elle avait appris à jouer sur la vanité des êtres. Elle possédait le poli et le passé des pierres de jade chinois.

— Venez, dit-elle soudain, comme une prière. Suivez-moi.

Ils se mirent en mouvement, traversèrent les salons intérieurs de la résidence, se retrouvèrent sur le perron ensoleillé de Belmont Road, d'où ils hélèrent un taxi rouge et noir qui maraudait là, venant de déposer des invités. Elle donna des ordres précis, sur un ton qui lui rappela celui des femmes de carrière new-yorkaises aux heures de pointe, quand Manhattan n'est plus qu'un quadrillage automobile de jaune et de noir entre la 7e et Madison. Ils firent le court trajet qui séparait Massachussetts Avenue et le quartier des ambassades du Fairfax Hotel, avant Dupont Circle, premier grand hôtel où descendaient diplomates et voyageurs étrangers, n'échangeant aucun mot pendant la course, les mains scellées, le cœur battant. Il lui demanda de l'attendre au bar tandis qu'il prenait une chambre, puis, clés en main, la rejoignit, paya le double scotch, un Dewar's, qu'elle avait ingurgité sans pause, ils empruntèrent un ascenseur et pénétrèrent dans la chambre où il la posséda tout habillée, dans un grand vacarme de cris étouffés et de ahan de bête, soie contre chair, insultes et râles, ses ongles outrageusement peints et acérés lui zébrant la peau à travers la chemise, lui affamé et cependant long à venir, elle suffocante et gémissante et jurant en un argot mêlé d'américain et de français qu'elle n'avait jamais autant joui, joui, joui, et lui, relançant ces bribes de phrases dans le même discours sexuel bilingue qui ferait longtemps partie de leurs trousses aphrodisiaques. Ça l'excitait de l'entendre murmurer, « *I love to fuck your cunt* » avec son accent français, et il se délectait à l'entendre répondre, « *Vide-moi tout ce que tu as dans les couilles* », avec ses intonations américaines, tous deux victimes d'un exotisme devenu de plus en plus courant et qui sert souvent de moteur à ces sortes d'affaires transatlantiques.

Elle déployait, en outre, au cours de leurs ébats, le même don pour la flagornerie et il écouta comme une musique merveilleuse ses « *qui t'a appris à baiser comme ça* », et ses, « *est-ce que tu sais ce que tu es en train de faire de mon corps ?* et ses, « *je me sens si vulgaire avec toi* », et même s'il avait déjà entendu ces psaumes et sacrifié, en de nombreux pays et de nombreux hôtels, aux rites des amours illicites et au charme des lascivités imprévues, il en fut, cette fois, plus profondément atteint. C'est que l'événement tombait bien.

Elle, Joyce, crut sentir qu'il lui avait apporté autre chose que l'interminable foutriage, une secousse grêle différente de la lassante foutinasserie de ses partenaires précédents. Aucun homme n'avait pu la faire venir de l'intérieur, et elle était partagée dans l'acceptation résignée de ce qu'elle considérait comme une infirmité tragique et la volonté démente d'y trouver un terme. Mon corps est mort, je suis morte, j'ai de la naphtaline dans le système, je suis une momie, du surgelé, répétait-elle sur le divan de son analyste, je ne ressens rien, rien, je ne sais même pas qu'ils me baisent, j'ai le vagin anesthésié. Et tant que je ne connaîtrai pas cet orgasme-là, je serai une tarée, une rature.

Elle avait beau trouver son plaisir autrement, soi en se l'administrant, soit en obtenant de ses partenaires qu'ils le lui procurent, elle avait fait ce que l'on appelle une fixation, semblable en cet aspect à des multitudes de femelles américaines, avant qu'une petite révolution des mœurs et des esprits les convainque qu'il n'y avait pas besoin de cela pour être une femme dite complète.

A un moment imprécis de son enchevillage avec Drifter, Joyce avait donc cru enregistrer un faible effet et cela lui avait redonné un peu d'espoir, mais, surtout, l'avait attachée à cet homme nouveau. Drifter ne savait rien de tout cela. Il le savait d'autant moins qu'elle dissimulait tout, et jouait, avec talent, la comédie de l'extase, du bonheur céleste, des yeux qui chavirent et de la pâmoison. Il ne le comprit, puis l'apprit, qu'après les ébauches de leurs débauches, lorsque, devenus amants familiers et retors, ils se disaient tout, et distribuaient leur jouissance en toute connaissance et il la masturbait ou il la léchait afin qu'elle ait bien joui avant qu'il prenne en elle son propre plaisir, et lorsque, ensuite, leurs rapports débouchèrent sur la destruction, le démantèlement des volontés — évolution fatale dont un observateur objectif aurait sans doute pu prédire le tracé s'il avait eu en main le compte rendu clinique, détaillé, de la première collision sur la pelouse de Washington, qui décida de la nature réelle et profonde de leur liaison. Tout avait été dit, tout de suite, trop de suite, et ils ne feraient jamais que retourner à cette confrontation première, après en être passés par les étapes classiques de ce jeu de l'oie aigre-doux et dangereux : Reconnaissance, Connaissance, Méconnaissance.

Pendant de longues saisons dans les années qui suivraient, ils allaient aimer sans amour, ce qui n'est pas plus satisfaisant que l'amour sans aimer. Mais la première fois, dans l'après-midi du Fairfax Hotel, ils n'en savaient rien, et ils avaient été précipités l'un sur l'autre à une date bénéfique dans leur vie. Après le coït, ils parlèrent et puis ils se revirent, et leurs sensibilités et leurs intérêts communs firent le reste. Ils avaient la même curiosité, les mêmes goûts, les mêmes références culturelles, cinéma, livres, musique, le même sens du secret et du déguisement, la même vénération pour les masques. Egoïstes et précautionneux, malgré un premier après-midi fait d'audace et de défi, ils envisagèrent vite alors tout ce que leur liaison entre Washington et Paris, entre le métier de Drifter et la disponibilité de Joyce, pourrait leur apporter en guise d'armure contre la solitude et la vacuité du monde, en compensation de la stupidité et la cruauté générales qui les entouraient. Ils partageraient leur temps au mieux qu'ils pourraient, elle profitant de la fortune et des déplacements de son mari Rink, lui, exploitant les ressources itinérantes de ses enquêtes. Personne ne serait jamais mis au courant de cette liaison. Il y aurait des réunions régulières, ici ou en Europe, ou ailleurs, et chacun à son tour. Ils allaient vivre « *Back Street* » sans ses inconvénients, car en aucun cas elle ne quitterait la prison dorée de son mariage avec Rink, et lui n'envisageait pas, alors, de changer de vie, Patricia l'ayant déjà enfermé, enchâssé, encastelé dans ses devoirs, ses dettes et ses remords. On ne se ferait pas souffrir, sauf pour le vice, le sexe, sauf pour jouer. On serait des animaux sales et hédonistes. Comme les enfants : « *On serait, on ferait.* »

Alors, ils furent, et ils firent.

Mais le temps brûle et modifie tout paysage humain, comme un incendie la physionomie d'une contrée. Ils ne tinrent pas leurs promesses de sang-froid et de maîtrise et furent, d'abord, malheureux loin l'un de l'autre, ce qui entretint la flamme et la saveur de leurs perpétuelles retrouvailles. Puis, ce qu'ils appelaient leur « *enchevêtrement sporadique mais permanent* » vit naître la jalousie, les tromperies, certains saccages. Dans un troisième temps, les missions de Drifter à travers le monde le détachèrent de la vie oisive et artificiellement agitée de Joyce. Ensuite, il y eut la période où, de plus en plus laconique, schizophrène et solitaire, Drifter ressentit un besoin plus aigu de Joyce et de sa conversation, la compréhension qu'elle avait de lui, les longs coups de téléphone complices qu'il lui passait et grâce à quoi il croyait survivre aux absences, à ses propres contradictions, mais au long desquelles, sadique, elle l'enfonçait dans la complaisance négative et dans une morose dépréciation de soi : « *Tu ne t'en tireras pas, tu es condamné, il y a du noir dans ta tête, nous sommes pareils, nous ne savons pas être heureux, nous n'aimons pas la vie, elle nous le rend bien, tu ne trouveras jamais la paix.* »

Puis, s'était ouvert un autre chapitre, au cours duquel ils avaient convenu qu'ils pourraient se tromper mais un peu, rien d'impliqué, pas « *d'investissement* », des petites expériences à droite ou à gauche, du moment que l'on ne se faisait pas du tort, et que cela ne se pratiquait pas pendant qu'ils séjournaient dans la même ville et que cela ne se racontait pas. Ils s'inventaient ainsi des cris et scènes possibles afin de perpétuer le faux-semblant d'une vie en commun qui n'existait pas. En fait, ils n'avaient rien voulu construire. Ils n'avaient que des souvenirs de chambres d'hôtel, d'aéroports, les étages du Madison, du Mayflower, du Jefferson et du Fairfax, leurs rendez-vous traditionnels à Washington, ou du Bellevue-Stratford à Philadelphie ou du Lord Baltimore à Baltimore, villes voisines. Ils se retrouvaient aussi à New York parce que, là-bas, les cachettes étaient inépuisables, comme à Paris, depuis qu'on y avait construit les grands établissements uniformément semblables dans le monde, abris de gens sans racines et de voyageurs sans joies. Puis, survint cette période où Drifter eut pitié de Joyce, car elle avait commencé de se droguer, et se perdre. Elle l'avait d'abord fait pour sacrifier à une mode, pour être dans l'air du temps américain. Mais elle avait découvert ceci : les drogues ne lui apporteraient aucun savoir supplémentaire donc aucune raison de craindre, puisque le savoir et la peur sont, parfois, étroitement liés. En revanche, les drogues combleraient son avidité pour un plaisir mal reçu, rassasieraient sa faim sans appétit, et nourriraient, en vérité, le survoltage à vide qui électrisait sa vie sans motif. Et même si Drifter ne mesurait pas, puisqu'elle savait l'escamoter, le degré de ses abdications devant les pilules d'abord, les herbes ensuite, les poudres enfin, il en conçut pour elle une compassion et une culpabilité nouvelles, piège éternel de sa relation avec autrui.

Le temps passa encore. Joyce, d'une certaine manière, était devenue aussi nuisible dans sa vie que Patricia. Mais c'était autant la faute de Drifter que celle de ces deux femmes, deux faces de la même médaille, puisque nulle part dans les relations qu'il avait créées ou laissé créer, Drifter n'était parvenu à franchir le seuil du risque, celui au-delà duquel s'étalent les véritables dimensions, générosité, échanges et compréhension, patience, tendresse, construction, conception, connaissance de soi et des autres, amour des autres avant que de soi. Joyce Bauer n'était plus faite pour ces perspectives. Peut-être n'avait-elle jamais abrité cette vocation-là. La portion de couleur sombre qu'elle avait attribuée à son psychisme, ainsi qu'à celui de Drifter, grandissait en s'élargissant comme une marée de mazout. Et pas plus que les pêcheurs ou les riverains, il n'en soupçonnait l'étendue ou le taux de pollution.

Rides, éphémérides, sédimentation, le temps qui vous consomme. Lescrabes était mort. Drifter avait insensiblement mué, le ferment d'une autre existence sourdait en lui. Entre Joyce et lui, rencontres et voyages s'étaient raréfiés, mais un lien subsistait, fort, nourri par de vieux réflexes, de fabuleux souvenirs de leurs séances charnelles, une connivence due à leurs milliers d'heures de clandestinité, aux réseaux parallèles d'amis, codes, boîtes postales, refuges, qu'ils s'étaient aménagés comme des conspirateurs de longue durée. Et Drifter, plus que Joyce, demeurait loyal à une sorte de serment de fidélité jamais prononcé, la fidélité entre deux infidèles. C'est qu'il lui restait des lambeaux d'amour pour elle. Car il l'avait aimée, même s'il croyait, désormais, que cela avait tenu du simulacre. Il était attaché. Il avait donc, et alors, repris le vol familier pour Washington, à la fois par habitude et asservissement, et par respect pour ce secret qu'il n'avait pas trahi, cette liaison, « *le lien* » qui n'avait pas été révélé, cet univers clos et ludique qui avait été leur unique possession bien plus que leur bonheur — puisque le bonheur n'est pas une possession et la possession, ça n'est pas le bonheur.

Or, voici que, de son côté, seule au miroir de sa coiffeuse, et le cul à nouveau posé sur son pouf de satin orangé, et les doigts trafiquant à nouveau dans la crème incolore et douceâtre, comme s'il ne s'était rien passé depuis une heure qu'elle était réveillée, voici que Joyce Bauer exécrait son amant.

En réalité, depuis que Drifter s'était séparé de Patricia et avait mis en route le processus irréversible du divorce, Joyce vivait dans un état de rage contenue, glacée, indescriptible. Il lui avait annoncé ça tout de go, très décontracté, plutôt gai même, un soir au téléphone, l'ordure !

— Où es-tu ? avait-elle demandé sans commenter l'incroyable nouvelle.

— Je t'appelle de Londres. Une enquête délicate, ultra-secrète, un petit microbe inconnu, jamais répertorié, qui serait arrivé dans les bagages des émigrés jamaïquains et qui pourrait empoisonner l'Europe tout entière.

— Et alors ?

— Ben alors, voilà, Joyce, j'y suis arrivé ! J'ai défait mes menottes !

— Et alors ?

— Ben voilà, je suis en train d'en sortir, je me libère, il se passe enfin quelque chose de nouveau dans ma vie. On peut changer, Joyce, ça existe, la preuve ! On peut !

— Et tu viens me voir quand ? avait-elle dit. C'est ton tour, tu sais, avait-elle souligné comme un rappel à l'ordre.

— Dès que je peux, oui, je sais que c'est mon tour, dès que je peux.

— Eh bien, téléphone-moi quand tu seras en ville alors, hein, avait-elle dit, — et elle avait raccroché alors qu'il amorçait une phrase et lorsqu'il avait immédiatement rappelé, il ne comprenait pas, on avait dû couper la communication, elle avait dit : « *Oui, mais c'est moi qui ai coupé, et si tu n'as pas compris pourquoi, je n'y peux rien.* » Et elle avait, une deuxième fois, raccroché, et reposé si violemment le récepteur qu'elle l'avait brisé net, en deux, comme elle aurait aimé casser sa bite à la con, à cet enfoiré de merde.

Il lui échappait, il était libre, il ne serait plus malheureux, ou en tous les cas, il le serait pour d'autres raisons, il changeait, non mais, quel culot ! Il allait s'évader, elle en avait la prémonition, il allait refaire sa vie un de ces jours, elle sentait ça, et non seulement ça, mais il n'avait pas prononcé la moindre phrase pour lui dire : « *Maintenant que je suis libre, divorce à ton tour, et nous ferons enfin ensemble tout ce que nous n'avons jamais pu réaliser, nous vivrons cette vie commune qui nous a été volée !* » Pas un mot. Pas l'ébauche d'une proposition. Joyce en tremblait sous l'insulte.

Non qu'elle ait nourri la moindre velléité de se séparer de Rink Bauer, son mari. Rink, c'était une ancre, une forteresse, un paquet d'argent, le pouvoir, la certitude, une compagnie d'assurances à lui tout seul. Lorsque Joyce et Drifter se racontaient leurs malheurs conjugaux, elle avait entretenu pour lui la fiction selon quoi Rink et elle s'insupportaient et qu'elle en pleurait des nuits entières mais qu'elle se sacrifiait pour les besoins du statut social, du qu'en-dira-t-on, la carrière de Rink, tous les freins qu'imposent les règles du jeu de Washington, au niveau le plus élevé du pouvoir, dans cette ville si provinciale, quoique capitale du monde occidental, et Drifter l'avait crue. Mais cela n'allait pas si mal avec Rink tant que les apparences étaient sauvegardées. Et elles l'étaient, elle veillait perpétuellement à ce qu'elles le fussent. Elle avait dit à Drifter. « *Rink me tuerait, s'il savait* ». Et elle n'osait pas, murmurait-elle, imaginer les grosses pattes velues et brunes de Rink lui assenant des coups sur son visage, mais cela aussi relevait du mensonge. Rink savait. Rink baisait de son côté. Rink n'avait pas le temps ni l'envie de farfouiller dans les petites magouilles de sa névrosée de bonne femme, Rink était beaucoup trop occupé par la poursuite monomaniaque de l'argent et la conservation et l'expansion de son pouvoir, il en avait perdu tout souci d'elle et s'était isolé de l'humanité et cela arrangeait tout à fait les affaires de Joyce. Il lui suffisait que Rink existât et la couvre de sa massivité et de sa force. Rink évoquait pour elle un feu chaud et qui craque dans une large cheminée rougeoyante alors que la neige recouvre Georgetown, dehors, à travers les fenêtres à doubles vitres ; une flottille de limousines noires aux vitres fumées, odeur de pétrole, de caoutchouc, de cuir et de cigare froid ; des immeubles trapus à parois de verre, entre la 14e Rue et L Street, il les lui avait montrés un jour du bout de son doigt diamanté et avait simplement lâché, « *ça, c'est moi, ce pâté de maisons s'appelle Rink Bauer* ». La pierre et le mètre carré, dans cette partie de la ville, valaient de quoi nourrir pendant toute leur vie plusieurs milliers de villageois bengalis ou portoricains ou biafrais, ou quelque endroit que vous vouliez que ça me foute.

Rink était la carte de crédit en or massif, un pacsif de biffetons de dollars encore sertis de leur bande blanche. Lorsqu'elle pensait à Rink, elle disait « *homme* », lorsqu'elle pensait à Drifter, elle disait « *garçon* ». Il n'y avait pourtant aucune différence physique d'âge, à quelques mois près, entre les deux hommes dans sa vie, pas plus que de taille, encore qu'il y en ait eu dans le poids. Drifter était resté svelte. Rink Bauer était gros, mais sa lourdeur tranquillisait Joyce. Rink avait de grosses fesses, des grosses épaules, une ceinture de graisse musclée autour de la taille, c'était une tour de chair et d'os, un bloc de platine, du béton, du lingot, de la liasse. Rink signifiait une razzia chez Tiffany, on prend la navette du matin à National, on est à New York une heure plus tard, on va rafler tout ce qu'il y a de neuf dans la bijouterie de la Cinquième, on rentre le soir par la navette, ça vous rassérène, c'est aussi euphorisant qu'une bonne Ligne dans la narine, et d'ailleurs, Rink, c'était cela aussi, et désormais : la conviction qu'il y avait indéfiniment de quoi payer les pourvoyeurs de *coke,* quel que fût leur prix et quel que fût leur chantage. Rink, c'était la Ligne pour la vie. Et ça ne se lâchait pas.

Elle pensa à la Ligne et s'aperçut, avec une grande satisfaction orgueilleuse, qu'elle avait effacé le besoin désespéré qui l'avait saisie plus tôt après sa ridicule branlette expéditive. Elle estima que c'était sa B.A. pour la journée. Elle admira sa propre volonté. Elle comprit aussi que la colère qui montait en elle à propos de cette immondice de Drifter lui servirait largement de stimulant. Elle attaqua d'autres crèmes pour d'autres segments de son visage.

Tout de même ! Et quand bien même ! Quelle qu'ait pu être l'attitude réelle de Joyce à propos de Rink, il était malséant et humiliant que Drifter n'ait pas, même pour la forme, commencé son joyeux appel de Londres par ces mots, « *je suis libre, je t'en supplie, à ton tour, libère-toi* ». Elle trouvait que ce type avait du nerf, il oubliait un petit peu trop vite tout ce qu'elle lui avait apporté, tout ce qu'ils s'étaient dit et fait, il faudrait qu'il paye plus cher le prix de cette mutation. Car Joyce Bauer savait qu'en se débarrassant de ses chaînes conjugales, Drifter allait dorénavant briser le dernier maillon qui le rattachait à elle. C'était inéluctable. Elle avait été sa maîtresse et sa partenaire de jeux clandestins en partie parce qu'il avait trouvé chez elle une compensation à ses mésententes avec Patricia. Bientôt, il n'aurait plus besoin d'appeler Washington comme on appelle sa mère, cette mère qu'il n'avait jamais connue. Joyce, redoutable intellectuelle-instinc tuelle, avait clairement compris que l'orphelin, ce « *pollak* » dont parlait J.-F., recherchait en toute femme avec laquelle il établissait des rapports plus longs qu'une semaine ou une nuit, une mère invisible et inaccessible, et elle avait su faire vibrer cette corde, et aux plus intimes moments de l'abandon de leurs défenses, elle lui avait soufflé, « *dis à maman, raconte à maman* ». C'était prononcé sur un ton parodique mais qui devenait ensuite plus âpre et plus chaud, et elle lui prenait la tête et la collait sur le bas de son ventre et répétait, « *viens à maman, come to mother* », ce qui était porteur d'une double signification, puisque le verbe *to come*, en anglais, possède des connotations sexuelles, et il participait pleinement à la cérémonie, et alors, elle disait, « *eat your mother, mange ta maman* », et elle maintenait savamment de ses deux mains la tête de Drifter entre ses jambes et il la dévorait furieusement ou bien la pourléchait doucereusement, selon leurs humeurs respectives, et c'était elle qui venait et il pouvait bien ensuite, une fois qu'elle avait joui, la pénétrer et se satisfaire à son tour, elle avait pris son pied d'abord, et comme une grande, et il l'avait aidée, comme un gentil petit. Et c'était cela, entre autres pouvoirs, qu'elle redoutait de voir glisser de ses mains comme du sable fin. Il ne mangerait plus maman.

Elle en conçut un dépit acéré et une envie urgente de le détruire. Le succès et la réussite des autres, que ce fût d'ordre public ou privé, l'horripilait de plus en plus maintenant qu'elle approchait de la quarantaine et qu'elle n'avait pas été la *star* qu'elle avait si longtemps prétendu incarner. Elle fit des listes de représailles dans sa tête. Elle décida qu'elle goberait quelques *uppers* pour arriver gaie, pétillante, éclaboussante, étincelante au rendez-vous de Drifter, et qu'elle serait adorable et qu'ainsi elle le piégerait mieux, c'est-à-dire qu'elle lui ferait plus mal.

Elle en sauta de joie sur son pouf. Non mais, vraiment, quelle or-dure ! Simultanément, elle enregistra un coup menu au cœur à l'idée de revoir son chéri. Cela faisait longtemps. La dernière fois, ça avait culminé par la nuit chez Vinci à Paris et ça s'était mal terminé, mais ici, dans sa ville, Joyce ferait tout pour que cela se passe bien, et qu'ils s'aiment, comme avant. Elle se sentait fondre, la crème lénifiait ses résolutions vachardes, elle essaya plusieurs fois son sourire devant la glace, mais elle le trouva sec, comme ses lèvres encore non peintes. Alors, sans raison, elle éclata en sanglots. « *Mais qu'est-ce qui m'arrive, qu'est-ce qui m'arrive ?* » répétait-elle. Le téléphone se mit à sonner.

— Yes, dit-elle en décrochant.

Elle analysa ce « *Yes* ». Il était gras, ferme, sensuel,

prometteur, appuyé, une proclamation de supériorité et de précellence. Joyce Bauer estima qu'elle aurait pu être une reine, une présidente, une dogaresse, un maréchal d'Empire.

— Tout ça est de la merde et n'a strictement aucun intérêt.

C'est alors que Drifter expliquait à Joyce comment il avait collaboré, pendant son enquête à Londres, avec une équipe de télévision indépendante (réalisateur, productrice, cameramen et preneur de son) et comment, devant les inconnues de cette technique nouvelle, il avait décidé qu'il écrirait enfin un livre, et qu'il exploiterait, enfin, tout ce qu'il avait acquis ; ce n'était pas une montagne infranchissable, il fallait avant toute chose posséder une construction dure du récit et s'appuyer sur son savoir, celui de l'écrit — il y croyait, il jouait avec cette idée depuis quelque temps —, c'est alors qu'il s'animait et s'exaltait, voulant faire partager, comme autrefois, son enthousiasme et ses projets à Joyce, qu'elle fut agitée par une houle vilaine et puissante à laquelle elle ne put résister. Elle siffla entre ses dents serrées.

— Tout ça m'emmerde, répéta-t-elle avec autorité et dédain, et ne présente à mes yeux qu'un intérêt anecdotique et provincial.

Il la regarda, atterré.

Assise face à lui dans un des fauteuils d'une chambre d'angle de l'Hôtel Four Seasons, elle portait une veste de toile madrassée simple sur un chemisier Saint-Laurent jaune clair et un pantalon, très large, de soie couleur brique. Il y avait quelque temps qu'elle avait abandonné les jupes, car elle se trouvait difforme à partir du mieu de son pelvis. Elle savait que Drifter aimait que ses femmes s'habillent de jupes, robes ou tailleurs, mais les goûts de son amant lointain comptaient moins, désormais, que ses efforts pour dissimuler les dégâts que l'âge, l'inactivité, les incohérences alimentaires et les médications nombreuses, contradictoires, légales et illicites, avaient imposés à sa silhouette. Il lui arrivait de succomber à des frénésies d'orgie de glaces et caramels, nougat et mélasse. Elle aimait aussi, plus encore qu'autrefois, les charcuteries françaises, et comme Washington s'était considérablement *francisé,* boutiques, restaurants, salons de coiffure, Joyce commandait et ingurgitait à intervalles cahoteux, saucissons, andouilles, pâtés. Elle raffolait des saucissons. Tout cela n'allégeait pas son allure, et même lorsque Drifter débarquait en ville, Joyce ne pouvait plus s'habiller à son intention. Il ne s'agissait plus d'aguicher, mais de camoufler.

Elle fumait une *Winston.* Ils s'étaient retrouvés au bar du Jefferson, avaient déjeuné chez Nora's, étaient allés au Four Seasons, où ils n'avaient pas fait l'amour. Elle avait pourtant, à peine entrée dans la chambre, ostensiblement disposé ses crèmes et ses Kleenex sur la table de nuit. Drifter n'avait pas réagi et elle était trop aguerrie pour relever d'emblée ce manquement à leurs coutumes, même si ce n'était plus aussi important et urgent qu'autrefois. Posément, elle avait alors commandé des cafés et ils avaient parlé. Il lui avait demandé si elle voulait qu'il lui raconte sa nouvelle vie d'homme seul, mais elle avait dit que ça ne l'intéressait pas, mais-pas-du-tout. Des silences s'étaient amoncelés. Elle avait commandé une bouteille de scotch, du

Dewar's, avec deux verres, et beaucoup de glace. Elle avait téléphoné plusieurs fois à Rink, le dérangeant dans son rendez-vous d'affaires à Mexico, lui parlant avec une affection excessive, elle avait fait plusieurs courts trajets vers la salle de bains, s'enfermant à clé, bruits d'eau, toux, éternuements, renifleries, robinets, pause et réouverture, et elle s'était assise loin de lui et il marchait de long en large en tentant de reprendre un dialogue laborieux. Puis, il s'était assis.

— Eh bien, dit-il en réponse à la réflexion ingrate de Joyce, puisque tout ça t'emmerde, parlons de toi.

— C'est-à-dire que, voilà, dit-elle, j'aimerais qu'on parle de choses in-téressantes, ré-ellement.

— Quoi ?

— Ré-ellement, Drif, dit-elle en appuyant comme à son habitude sur les mots et en les hachant, en quoi veux-tu que les petites transformations professionnelles d'un obscur écrivaillon français puissent intéresser qui que ce soit ?

Il ne répondit pas. Elle écrasa sa cigarette, but une goulée de son verre. Elle sentait des ondes insensées monter en elle. La colère résonnait dans ses tempes. Il n'était pas question d'évoquer le divorce et l'insulte. Il fallait déchirer le type d'une autre façon.

— Alors quoi, dit-elle, pour qui tu te prends, tu crois qu'on peut comme ça passer d'une expression à une autre, tu veux tâter du roman ? A ton âge ? Qu'est-ce que tu cherches ? La célébrité ? Il n'y a pas écrit *star* sur ton front, que je sache ! S'il y a une *star* ici, quelqu'un d'intéressant, d'exceptionnel, c'est moi, moi !

— Ecoute, Joyce, fit-il, tu n'en as pas encore fini avec cette comédie-là ?

— Je vais te dire quelque chose, mon petit chéri, siffla-t-elle, je n'en ai pas encore fini avec « *toi* », mais quand j'en aurai fini, il ne restera plus que des petits morceaux de tes malheureuses couilles sur cette enculerie de moquette. Tu veux devenir célèbre ? Alors, parlons de cinéma. La dernière fois que je t'ai trompé, sur le territoire français, parce qu'ici, n'en parlons même pas ! hein, ce sont nos conventions, on fait ce qu'on veut chez soi, hein ? Alors ici ! Enfin — bon — la dernière fois que je t'ai cocufié, c'est bien le terme, n'est-ce pas, et tu m'avoueras qu'une maîtresse qui cocufie son amant de cœur, c'est plutôt absurde —, je l'ai fait avec un homme célèbre, précisément, eh oui, Marceaubelle, l'acteur de cinéma ! Mar-ceau-belle. Tu te souviens, quand tu m'as froidement laissé tomber pour aller aider je ne sais plus quelle petite morue qui venait te demander de la conduire quelque part, pourquoi par lui cirer les pompes aussi, tant que tu y étais — Alors, la célébrité, mon chéri, j'y suis passée avant toi, je connais.

— Te fatigue pas, lui dit-il, je sais tout cela, je le savais. Il y a longtemps que ça ne compte plus entre nous.

— Oh ! mais tu ne sais rien, ri-en ! Ton acteur, ce n'était pas le premier, il y en a eu d'autres, des bonnes douzaines d'autres, les célébrités les plus membrues et les plus tordues du show biz, de la politique et du pognon, je me les suis tous farcis les uns après les autres, dans ton dos et même parfois sous tes yeux et tu ne t'en rendais même pas compte. Des mecs comme toi, qui croient qu'ils ont un talent, un petit nom, une petite créativité, c'est comme ça que vous dites ? et qui s'agitent et qui s'imaginent exister, je me les suis tous faits, tu ne m'apprends rien, tu sais.

— Mais, dit Drifter en riant, tu dis n'importe quoi, c'est incohérent ce que tu racontes. Quel rapport ? Qu'est-ce que ça a à voir avec —.

— Ça a à voir que tu n'y arriveras pas, répliqua-t-elle avec férocité, tu n'as pas ce qu'il faut, tu n'as pas le jus, tu n'as pas les couilles, tu ne t'en sortiras pas, tu resteras ce que tu es, tu ne changeras pas. On ne s'améliore pas. On ne vieillit pas bien, c'est un leurre ! Nous sommes condamnés !

— Condamnés à quoi ?

— A nos manques.

Elle se sentit déraper. Ça n'allait pas. Il verrait vite clair. Elle voyait qu'il voyait déjà d'où partait sa rancœur. Alors, elle chercha en elle pour aller puiser des ressources plus vicieuses, plus proches d'une vérité opaque qu'elle voulait depuis longtemps exhiber et dont elle souhaitait qu'il soit grièvement atteint.

— Marceaubelle, c'est un coprophage. Pas un coprophage exactement, plutôt un coprophile. Tu savais ça ? Non, bien sûr, tu ne sais rien. On est rentrés chez lui, dans sa voiture rouge à la con, un truc allemand ou italien, typique de ce genre de salaud frimeur et bidon, milieu de zéros et de dégénérés. Il était ivre mort mais il m'a dit les choses très simplement, c'est un type étonnant, ce garçon ! Il va droit au but, il m'a dit : tu comprends bien le français ? Alors, voilà, moi je bande et puis je peux jouir, seulement si on me chie dessus, mais juste au-dessus, surtout pas sur moi, j'ai besoin de voir ça de très près, alors si tu veux te vanter d'avoir fait plaisir au plus grand acteur masculin du cinéma européen, qui vient de se payer trois ratages commerciaux de suite, tu fais ce que je te dis. J'ai dit d'accord, je suis d'accord sur tout, moi, qu'est-ce que j'en ai à foutre, ça ne me fait rien de toutes les façons, alors ! Il m'a emmenée dans sa chambre à coucher et il a fait jouer, avec des boutons au-dessus du sol près du lit, une grande plaque de verre qui est sortie du mur. Il m'a expliqué que je pouvais me tenir les deux pieds dessus, de tout mon poids, elle était scellée de façon à résister à toutes les pressions. Il m'a dit que je n'avais qu'à m'accroupir, me déculotter, et faire caca sur la plaque. Je ne lui ai pas demandé ce qu'il fallait faire si je n'avais pas eu envie de « *faire* » précisément, parce qu'il s'est trouvé que j'avais envie ! Et parce qu'il se trouve aussi, mon petit chéri, que je sais très bien ce qu'il faut faire dans ces cas-là. Lavement et compagnie, je connais, j'ai connu ça à New York par un week-end un peu dur, mais je ne t'en parle pas. Il s'est déshabillé, tout nu, la bite rondasse et mollasse comme un vieux. Il s'est étendu sur le dos sous la plaque, et j'ai commencé à pousser, pour bien chier au-dessus de sa gueule et pour qu'il bande un peu, le pauvre imbécile, et que ça lui fasse du bien, mais je n'y arrivais pas, et surtout, tu vas rire, il s'était endormi. Raide de fatigue et d'alcool j'imagine. J'ai trouvé ça un peu gros, tout de même, et un peu cavalier. Pas très élégant, si tu veux mon avis.

Elle alluma une autre cigarette avec soin, comme au ralenti. Elle surveillait Drifter, s'étonnait un peu qu'il ne l'ait pas interrompue, observait son regard froid, ses cheveux noirs bien ordonnés, la pâleur sur ses joues, le sourire flegmatique dont elle savait, elle, Joyce Bauer, qu'il ne signifiait rien. Elle pensa pourtant qu'il était trop calme, trop maître de lui-même. Elle envisagea un instant qu'elle s'était radicalement trompée de stratégie, mais elle était trop engagée sur une voie, assise dans ce fauteuil dans cette chambre d'hôtel face à ce quelqu'un qui l'écoutait et qui souffrait (c'était sûr ! il devait souffrir !) et elle se délectait trop. Et puis aussi, elle n'était plus à même de contrôler le flot qui se pressait derrière les barrières de son enfer. Les mixtures diverses étaient en train de lui jouer un tour.

Les deux *uppers*, qu'elle avait avalés avant le déjeuner, l'avaient conduite sans incident jusqu'au milieu de l'après-midi. Dans la salle de bains de la chambre d'hôtel, elle s'était reniflé une gentille petite Ligne pour prolonger, mais elle n'avait pas réfléchi à l'effet qu'aurait cette pharmacothérapie si particulière sur l'addition du café, des verres de scotch, des cigarettes, et surtout du tourment haineux et libérateur qui l'emportait face à Drifter. Je ne suis plus moi-même, pensa-t-elle avec ravissement, et pourtant je sais très bien ce que je suis en train de faire.

— Donc, fit-elle la cigarette allumée et aspirée violemment, j'ai laissé ce porc tout nu sur son plancher et j'ai remis la plaque de verre à sa place et comme j'avais, cette fois, envie, je lui ai chié sur la poitrine si tu veux tout savoir. Je suis sortie calmement et j'ai trouvé un taxi qui m'a ramenée au Sheraton, puisque tu vadrouillais dans Paris, chevalier servant de je ne sais quelle cause noble et pathétique. Et arrivée au Sheraton, tu étais là, comme un gland, dans le hall, et tu m'as trouvée de très bonne humeur, tu te souviens ? C'était l'aube, ou presque, non ?

Il approuva de la tête.

— Je riais doucement, à moi-même, tu m'as demandé pourquoi et je t'ai dit que c'était parce que j'étais soulagée de te revoir, je m'étais fait du souci. On a pris un *breakfast* dans la chambre et tu m'as baisée, pas très bien, mais tu m'as baisée, et j'étais très gaie, tu te souviens ?

Il approuva encore, sans expression aucune. Il se souvenait aussi qu'il s'était excusé de lui avoir tourné le dos sur la piste de danse et qu'ils avaient concédé que cela faisait partie de leur sacro-saint protocole : pas de scènes en public, personne ne devait lire « *le lien* », qu'il y avait entre eux. Mais c'est vrai qu'il l'avait trouvée très rieuse, ce matin-là, gamine.

— Eh bien, maintenant, insista-t-elle, je peux te dire pourquoi je riais vraiment. C'était parce que je m'imaginais, pendant tout le temps que nous nous faisions nos petits câlins, toi et moi, je m'imaginais quelle gueule ferait le célèbre comédien, la célèbre *star* de cinéma, lorsqu'il se réveillerait avec mon bel étron pourri sur sa poitrine petite et maigrichonne. Parce que je te signale qu'il est squelettique, ce type, un vrai rachitique, un cadavre, un mal blanc ! Il a l'air d'un bœuf, extérieurement, et c'est de la limande.

Drifter s'étira sur son fauteuil, à l'autre angle de la pièce, face à Joyce. Il étendit ses jambes sur un tabouret d'appoint dans une de ses positions favorites.

— Conclusion ? demanda-t-il.

— Conclusion, y-a pas de conclusion. J'ai ardemment espéré que Marceaubelle sortirait de cette histoire un peu plus impuissant qu'il ne l'était en s'endormant et que j'aurais contribué à détruire ce guignol, et que ça en ferait un de plus sur « *ma liste* ».

— Ah, parce que tu as une liste ?

— Ouais.

Il y avait un mot, à Hollywood et ailleurs, pour définir Joyce Bauer : *star-fucker* — les gens qui baisent les célébrités. Drifter lui demanda, avec le même ton pondéré, depuis quand, exactement, elle s'adonnait à cette activité, si elle acceptait cette appellation, et quelle fin elle poursuivait. Elle ne répondit pas et se leva pour traverser la pièce et porter, dans ce geste familier qui avait présidé à l'origine de toute leur union, sa main entre les jambes de Drifter afin de tâter sa dureté. Il se leva alors, d'un bond, et dit :

— Pas touche, sec et froid.

Mais elle avait eu le temps de constater une absence d'érection et elle en fut toute stupide.

Elle eût aimé, en outre, qu'il la repoussât en la touchant, ainsi ils se seraient bousculés et un peu battus, et elle savait comment ces choses-là se terminaient, dans les larmes, sur le lit, et elle le faisait jouir, et ils étaient à nouveau amants et les cycles reprenaient leur cours attendu : répulsion, agression, dépossession, possession, *statu quo*. Mais il ne l'effleura pas et lui fit au contraire un brusque geste rond du dos de la main balayant l'air similaire à celui des flics parisiens et qui signifie, « *circulez* ». Alors elle recula, reprit sa place, mais il ne retrouva pas son propre fauteuil et choisit d'appuyer son dos à la fenêtre, bras croisés, le haut des jambes en repos contre le rebord de la fenêtre sur la grille du conditionnement d'air. Elle n'allait pas le laisser prendre de tels avantages. Elle allait taper plus fort.

— Feuquer les stars, oui j'en ai feuqué déjà une bonne douzaine, et pourquoi pas, après tous les autres hommes anonymes, pourquoi pas ? attaqua-t-elle, enfin, en utilisant la *francisation* du verbe *to fuck*, qui les avait tant amusés lorsqu'ils s'étaient inventé leur propre langage érotique, mélangeant, en les forçant, certaines expressions et accents empruntés au dictionnaire amoureux de leurs deux langues natales. Feuqué les cabots, pianistes, romanciers, chanteurs, hommes politiques, pourquoi non ?

— A t'entendre, dit-il, on dirait que tu as feuqué le *Who's who* international.

— Non, n'exagérons rien, dit-elle avec un rire qui se voulut élégant. Mais j'ai ma petite liste. Ça t'emmerde ?

— Ça fait longtemps ?

— Plus longtemps que tu ne crois, Drif. Les intervalles étaient trop longs entre nos trimestrielles retrouvailles. Et puis tu sais, Joyce et Rink Bauer reçoivent beaucoup et ont accès à tous les mondes dans le monde, et puis, dis donc, à quoi crois-tu que j'occupe mes journées ? On s'ennuie tellement !

— Mais, demanda-t-il, conservant sa posture de questionneur expérimenté, tu fais ça ici en ville ?

— Le moins possible. New York, Los Angeles et puis Paris, mon petit chéri, et ça t'amusera peut-être d'apprendre que je suis venue plusieurs fois en cachette de toi à Paris, retour de Milan ou de Londres après des congrès ou des voyages d'affaires de Rink. Oui, oui, sur ton territoire, ça te surprend ? Je t'apprends des choses ?

Elle réclama du scotch en agitant le verre vide. Il traversa la pièce, versa une rasade de Dewar's dans le verre en y ajoutant des glaçons prélevés dans un seau plastifié vert et blanc. Elle but. Elle sentait comme des anneaux de bronze qui tintaient dans ses tempes. Elle ferma les yeux, les rouvrit. Il avait repris sa place à la fenêtre. Elle calculait qu'elle menait par deux sets à zéro, mais qu'elle n'avait pas encore assez écrasé l'animal.

— Les bites d'homme, mon pauvre chéri, les pines, j'en ai tant vu ! Je ne t'ai jamais dit cela, je crois, mais quand je marche dans la rue, lorsque je suis au restaurant, avec Rink dans une réception chez des amis, ou dans un avion, partout ! quand je vois des hommes, j'ai le réflexe immédiat, je vois leur queue dans leur pantalon, je ne me dis pas que ce sont des individus, des âmes, des esprits, des cœurs, des portefeuilles, des idées, des sentiments ou des talents, je me dis simplement que ce sont des queues, des millions de queues qui se balancent entre les jambes de millions de singes, je ne vois que cela. Et je ne veux pas toutes les avoir, il ne faut pas se méprendre, loin de moi cette pensée, en tout cas je ne veux plus. Longtemps, c'est vrai, si longtemps ! je me suis dit que parmi ces queues-là, j'en trouverais peut-être une qui me ferait enfin sortir de mon incroyable anesthésie, qui secouerait ce squelette de mes sens qui me sert de sexe, alors je me les suis sautés les uns après les autres, mais aucun ne m'a réveillée, au-cun !

— Même pas moi, fit-il, plus comme un fait établi que comme une interrogation.

Elle eut un rire glapissant, un jappement de sarcasme.

— Ah ! mais je t'ai raconté des blagues et tu le sais bien, il ne s'est rien passé entre nous, je n'ai rien senti, même la première fois, tout cela est un mensonge, une vaste farce, une trame, et quand tu faisais ton malheureux aller et retour à l'intérieur de mon ventre, je n'avais qu'une pensée, une question : comment faire pour retenir l'incommensurable bâillement de lassitude et d'ennui qui me venait dans les mâchoires. Une centaine de milliers de bâillements réprimés sur des années de liaisons amoureuses ! La Grande Aventure Internationale, c'était ça ! Joyce et Drifter !

Il rit à son tour, brièvement.

— T'exagères un peu, tout de même, tu ne crois pas ?

Elle n'aima pas cela. Elle trouvait qu'il se comportait comme un analyste, détaché, compétent, peu loquace, lui allouant de plus en plus d'espace pour se défouler et s'expliquer, et extraire d'elle sa vérité noire, alors qu'elle l'eût voulu concerné, touché à mort, torturé et que, giflé par ses remarques, il finisse par courber l'échine, demander grâce et abandonner la partie. Elle fit machine arrière, toute vapeur dehors.

— Tu es un amant mer-veilleux, Drif, tu m'as fait venir des milliers de fois tu le sais. Fan-tastique.

— Oui, dit-il.

Mais il ne cilla pas, Joyce en ressentit comme une nouvelle insulte, une petite défaite. Ça devenait serré et trop subtil. Elle ne voulait pas jouer aussi fin. Il était plus simple de haïr Drifter en bloc, sans tenter des manipulations que son esprit, à présent trop perturbé par le mélange de drogue et d'alcool, et par l'exacerbation de ses propres sentiments, n'arrivait plus à organiser et décomposer.

— Dis donc, susurra-t-elle, Docteur Enculé Freud, à quoi tu joues ? Je ne suis pas sur ton divan, fils de pute.

Si j'ai commencé à feuquer les stars et j'en ai feuqué une bonne douzaine et pas des moindres, je peux te dire, si je les coche sur « *ma liste* », c'est parce que je me suis dit que, au moins, ils devaient avoir autre chose en réserve et posséder une constitution différente et que, si je ne m'attendais pas à ce qu'ils possèdent une quéquette magique, ça devait changer tout de même leur façon de faire l'amour. Ils ne sont pas devenus *stars* comme ça, par hasard ! Ils sont habités d'une autre manière, ils ont un élément en plus, une parcelle cosmique, un sang plus vif et plus fou, ils ont une capacité, un don, une décharge plus démoniaque, je ne sais pas moi, et que, alors, ils y arriveraient peut-être.

Elle tira sur une cigarette qu'elle venait d'allumer. Elle était en pleine confession, et elle s'y trouvait bien.

— Mais non ! ils sont aussi minables que les autres. Ils sont pires. Ils ont toutes les tares, toutes les faiblesses, ils sont plus vulnérables, leurs manies et leurs perversions sont bien plus exploitables, crois-moi. Alors, quand j'ai compris cela, je ne me suis pas privée. Je leur chie dessus, comme j'ai chié sur Marceaubelle. Crois-moi, ils se souviennent tous de moi. Je les ai menés jusqu'au plus loin de leurs phantasmes, et je les ai sciés.

Drifter fit un geste de la main pour l'interrompre et, à son propre déplaisir, Joyce lui obéit et se tut.

— Je ne suis pas d'accord avec tout cela, dit-il. Je crois que tu cherches à abîmer les gens parce que tu ne supportes pas qu'ils soient quelque chose ou quelqu'un, et que tu ne sois rien. Tu les baises, mais comme tu veux dominer les hommes que tu baises, et que c'est plus réjouissant de dominer quelqu'un de célèbre et qui exerce un métier spectaculaire, c'est plus commode pour l'entretien de ton ego, tu te débrouilles pour te dire que tu les as soumis et humiliés, que tu en as fait ce que tu voulais.

Elle jeta furieusement le verre de scotch dans sa direction, comme un projectile, les glaçons et le reste du liquide s'échappant durant la trajectoire. Le verre, qu'il n'eut aucune peine à éviter tant le tir était maladroitement ajusté, vint rebondir contre la paroi tendue de tissu beige moucheté de blanc qui formait l'angle de la pièce avec les bords de la fenêtre. Le verre tomba sur la moquette sans se briser. Ça n'arrangeait pas Joyce. S'il y avait eu des éclats et des dégâts, Drifter se serait empressé de les ramasser et de nettoyer. Elle connaissait sa méticulosité et son horreur du négligé. Ils se seraient agenouillés à proximité l'un de l'autre, Joyce aurait ri peut-être, ils se seraient attendris sur eux-mêmes, ça aurait fait virer le climat. Peut-être même l'aurait-il troussée sur le tapis. Mais elle commençait à soupçonner que, même si le verre s'était brisé, il n'aurait peut-être pas bougé. Et de toutes les façons, merde, le verre était de bonne qualité, et compact, un vrai gros verre à scotch, et la moquette aussi était de qualité, épaisse, le Four Seasons n'avait pas été construit avec du matériau bon marché, il devait la payer cher sa chambre, cette ordure. Joyce rejeta alors l'option scénaristique d'une fin de séquence rose et souriante. Il n'était pas écrit que ça se terminerait par une mignardise, et elle lui avait lancé son verre au visage pour une raison, tout de même ! Il fallait être conséquent avec soi-même. Ah oui, elle se souvenait, les mots qu'il avait prononcés en français une seconde plus tôt lui revenaient en mémoire. Elle s'inquiéta : comment avait-elle pu les occulter aussi vite ? La colère l'avait gagnée, c'est cela, et elle lui avait lancé le verre. Bien, mais : avant ? Ah oui avant, il avait dit —.

— Tu m'as dit que je n'étais « rien » ? Comment oses-tu. De quel droit ?

Elle parlait américain. Cela faisait une dizaine de minutes, maintenant, qu'ils s'exprimaient chacun dans sa langue natale, ce qui leur était rarement arrivé dans le passé. D'habitude, ils conjuguaient leurs propos. Mais ils avaient naturellement choisi de revenir au vocabulaire qu'ils maîtrisaient le mieux parce que la joute oratoire était délicate. Drifter devinait quel surcroît de distance s'ouvrait ainsi entre eux. Joyce avait-elle dépassé ce stade de lucidité ?

— Je ne suis « *rien* » ? Si tu savais seulement qui je suis et le pouvoir que j'ai sur les gens, tu ferais un peu moins le beau.

Il la coupa en parlant plus fort, plus haut, plus vite mais pas moins sobre.

— Tu n'as pas d'autre pouvoir que celui de la pulsion de mort et de négation qui t'habite. Tu en veux au monde et aux gens, pas la peine de détailler pourquoi ni comment ni depuis quand, le prétexte de ton blocage sexuel est un peu trop facile. Alors tu veux les pousser à bout, ou les asservir, ou les deux, et tu crois que c'est un pouvoir mais à long terme, ça n'est pas du tout un pouvoir.

— « *A long terme* » ? « *A long terme* », répéta-t-elle en détachant les trois mots avec moquerie. Mais à long terme, mon pauvre bébé, nous sommes tous morts ! Voilà ce qui nous attend au bout de ton long terme, alors tu sais, la vie ! —, Les gens ! —.

Drifter eut un violent retour de mémoire, comme un appel d'air venu du tréfonds d'il ne savait quelle soufflerie, sans avertissement. Il pensa à Lescrabes sur son lit d'hôpital et aux mots que le Vieux avait utilisés : « *Pourquoi nier la vie ?* » Il se dit qu'il devrait préciser, dans cette bouffée de souvenir qui surgissait en lui, les expressions qu'avait utilisées le Vieux et que cela pourrait aider, mais il savait aussi qu'il ne fallait rien perdre de ce que racontait la femme en face de lui. Joyce continuait de parler et il s'interdisait de rater une image-seconde du film qu'elle déroulait devant lui. C'était de la pellicule précieuse. Sa disposition innée pour l'enquête lui commandait de recevoir et de retenir, pour ensuite disséquer. Cette faculté qu'il avait renforcée au cours des années pour polariser toutes les forces de son attention sur ce que disait l'interlocuteur, il lui semblait qu'il fallait, cette fois, l'exercer dans l'écoute de Joyce. Négliger le mal qu'elle essayait de lui faire et dont il s'apercevait avec calme que ce n'était plus réellement du mal, pour n'en retenir que le sens caché. Appliquer à ce qu'il y avait de plus « *privé* » dans sa vie les méthodes qui avaient fait sa réputation et son crédit dans l'exercice « *public* » de sa profession. A la veille, peut-être, d'abandonner cet art qu'il avait peaufiné, se faire l'enquêteur de sa propre existence. Le flic de ses faiblesses. « *Ça vous concerne* », avait aussi dit Henry Lescrabes ! Pourquoi la dernière vision du vieux géant faisait-elle ainsi surface ? Drifter chassa Lescrabes de son cerveau pour ramener son attention sur Joyce.

Elle avait eu un de ces gestes des mains auxquels il était tant accoutumé et qui, passant prestement devant ses joues, allait ensuite soutenir les savantes boucles auburn de cheveux pour les relever, les retenir comme des fleurs en une corbeille fugace et les laisser retomber, accompagnant le tout d'un secouement de tête. Où avait-elle appris cela, dans quelle étude prolongée des attitudes et manies de ses contemporaines ou ses aînées, ou bien l'avait-elle inventé ? Autrefois, il avait adulé cette ondulation. Aujourd'hui, il la jugeait artificielle. Joyce Bauer l'avait fasciné et il éprouvait brutalement une répulsion égale en intensité, à cette fascination. Tout ce qui avait fourni l'appareillage délicat de sa séduction se déglinguait comme ces immeubles qu'on dynamite de l'intérieur, les bâtons explosifs truffant étages et étages, sous-sols et toitures, la structure entière bourrée de nitroglycérine et qui s'affaissent d'un seul coup sur eux-mêmes, tout droit, dans un assourdissant nuage de plâtres, poussières et fumées, dans les bas quartiers des grandes villes américaines. Il faut de véritables spécialistes pour effectuer ce genre d'opération, c'est spectaculaire et ultra-rapide et ça coûte cher, mais c'est beaucoup mieux que les boules d'acier vétustes qui cognaient la pierre pendant des heures et, en outre, ça n'entame en rien les immeubles avoisinants, c'est comme s'il n'y avait rien eu, ça fait « *boum* » d'abord, mais après, ça fait « *pfffuuutt* », comme le pet d'un chien mal nourri.

Ayant noté l'extrême assiduité que mettait Drifter à suivre son délire verbal, Joyce crut qu'elle l'avait à sa main et sous son emprise. Elle se gonfla d'orgueil, elle accéléra son débit vindicatif :

— J'ai assez attendu, ça va comme ça, assez. Je suis capable de devenir quelqu'un dans cette ville, mon vieux, avec l'argent de Rink et mes relations et mon abattage et surtout la connaissance que j'ai de la vie et des hommes. Je les connais tellement bien ! Je les ai vus à quatre pattes, j'en ai vu à terre, à genoux, sur le dos ; j'en ai vu dans le ciel, des pantins à la poursuite de quoi je te demande, et j'ai prié très fort pour qu'ils ne s'en sortent pas, et je n'ai fait aucun geste pour les retenir. Des paniquards et des malades, hésitants, inaptes, incapables de tenir devant les vrais défis de leur époque. Moi, j'ai tenu, j'ai passé l'épreuve. J'ai eu accès à des produits destructeurs sans pareil, si tu savais, j'ai tout avalé et j'ai tout digéré. Et pourquoi ? Parce que je suis armée de deux atouts extraordinaires.

Mon corps, qui ne peut pas faiblir puisqu'il n'éprouve rien. Mon esprit, qui résiste aux chocs. J'ai tout l'avenir devant moi, je suis forte, je n'ai besoin de personne, je me fous bien de savoir que tu as divorcé et je me tamponne de tes projets d'enculerie de livres à écrire, et autres carrefours de ta vie et ta carrière, j'en ai rien à foutre, vieux, surtout viens pas me supplier de venir vivre avec toi ou de quitter Rink, viens pas ramper à mes genoux, tu ne me trouveras pas, j'ai mieux à faire. Est-ce que tu sais seulement ce que je vais faire ?

Elle s'arrêta pour remplir le verre intact qui était resté sur le plateau. Allumer une cigarette. Reprendre sa respiration aussi, qui se faisait chétive.

— *Ice, please,* fit-elle avec morgue, en espérant qu'il refuserait de la servir, mais il traversa la pièce et s'exécuta en silence.

Elle croqua un glaçon, ce qui fit des bruits bizarres dans sa tête mais lui parut vivifiant, comme un coup d'arrêt éphémère à la dessiccation qui s'emparait de sa peau et de l'intérieur de son corps.

— Je vais te dire ce que je vais faire, dit-elle, je vais faire de la politique. Oui, parfaitement, ne prends pas cet air éberlué. C'est décidé, c'est comme si c'était fait, j'en parlerai demain à Rink, je vais me présenter à un poste public et Rink me soutiendra dans l'ombre, il a les fonds qu'il faut, crois-moi, et toutes les connections possibles et imaginables, il sera d'accord, un jour je siégerai au Sénat et j'exercerai un vrai pouvoir. J'ai assez tiré sur les pis de toutes ces vaches d'hommes, mais je ne les ai pas assez piétinées. Je. Je. Je.

Elle se leva. Elle n'en pouvait plus. C'était devenu trop oppressant. Elle agrippa son sac à main, ses Kleenex et ses crèmes.

— Désolée, dit-elle. Salle de bains.

Drifter la regarda se précipiter pour ouvrir la porte

de séparation et songea à la soutenir du bras afin qu'elle atteigne robinets et lavabo sans encombre, mais il fut retenu dans son mouvement. Elle y arriverait bien toute seule.

Il tourna le dos et regarda par la fenêtre les arbres et les rues, les *blocks,* le tracé de Rock Creek et du Canal C and O qui scindait perpendiculairement Georgetown du centre de la ville. Il se souvenait des robes blanches à rayures bleues qui avaient été le véritable uniforme des filles de l'ère Illyard, lorsque Washington était sous le charme du nouveau Président et qu'il y avait des rires et de l'innocence dans l'air, avant l'assassinat et la désillusion. Il avait enquêté sans relâche et pendant des années et n'avait rien sorti de ses interminables voyages à travers le Sud, le Sud-Ouest, Washington à nouveau, puis l'Est et le Nord-Est. Quelques balles avaient même sifflé à sa tête, une nuit à Houston, mais, en fin de compte, ça n'avait été qu'une coïncidence. Pourquoi se souvenait-il maintenant des filles de cette époque et de la couleur de leurs robes ? Il regarda les chênes, en bas, dans les avenues. Il reçut le premier d'une série de signes de lassitude à l'égard de cette ville et de ce pays.

Joyce ne revenait pas de la salle de bains. Drifter alluma le poste de télévision. Une Asiatique, en collant de ballerine orange, donnait un cours de yoga à de grosses dondons, assises devant elle sur des tapis individuels en paille. Il passa d'une chaîne à une autre et à une autre et à une autre, mais il ne regardait rien, il interrompit la diffusion. Le petit bout de plastique, semblable au chapeau d'un dé à coudre, qui faisait voyant sur le socle du téléphone posé sur la table de nuit, passa au rouge. Cela voulait dire que Joyce avait décroché le combiné mural dans la salle de bains et qu'elle avait composé un numéro. Appelait-elle son psychiatre, qu'elle surnommait le Docteur Fumetto ?

Elle avait trouvé ce patronyme à cause des *fumetti*, le nom italien donné à ces nuages ronds précédés de bulles qui sont le réceptacle des pensées non exprimées par les personnages de bandes dessinées. Le Docteur Fumetto parlait peu et elle lui disait qu'elle pouvait souvent voir apparaître de petits nuages à couette de bulles au-dessus de sa tête qu'il avait en forme de capuchon d'un stylo Mont-Blanc, et Fumetto lui répondait : « *Vous pouvez voir les nuages, mais est-ce que vous pouvez lire ce qu'il y a écrit dedans ?* » Et elle riait, et lui avec elle, suavement. Il s'appelait Hassenfärder et elle pouvait le consulter à n'importe quelle heure, ou communiquer par téléphone, depuis Paris, Hong Kong, New York. Hassenfärder avait un jour calculé combien lui rapportaient les factures qu'il présentait chaque mois au comptable personnel du bureau d'avocats d'affaires, Bauer Consultants — à l'attention particulière et confidentielle de Monsieur Rink Bauer —, et il avait pris, multiplications faites, la décision de fermer son cabinet, disperser sa clientèle et ne plus se consacrer qu'à Joyce Bauer, ça paierait largement la maison de pierre sur Foxhall Road, le bateau à Annapolis et les soirées dans les bars pour célibataires sur Wisconsin et M, dans Georgetown.

Drifter se demanda si Hassenfärder était aussi « *soulageant* » que le prétendait Joyce, adjectif qu'elle utilisait et énonçait avec des intonations melliflues, « *soothing* », le même qu'utilisent dans les publicités radio et télé les annonceurs pour leurs cosmétiques, fluides ou onguents. Le Docteur Fumetto servait de crème ultime dans la panoplie de Joyce. Mais avait-il réussi à lui ôter sa « *sécheresse* » ? Et savait-il tout ce qu'elle venait de confesser ?

Le voyant rouge s'était éteint, puis rallumé, puis encore éteint, et finalement, Joyce ouvrit la porte et dit d'une voix égale :

— J'espère que je n'ai pas été trop longue.

Elle avait refait son visage, charbonné les yeux, soigneusement ravalé le rouge des lèvres, épousseté les cendres de ses cigarettes qui s'étaient égarées sur son pantalon. Drifter ne put lire tout de suite si elle avait, aussi, snifouillé un petit chouïa de « *blanche* ». Il huma, en revanche, l'odeur du matériau favori de Joyce et vit à ses mains et sa peau fraîchement lubrifiées, qu'elle n'avait pas lésiné sur les embrocations. Il ne savait plus très bien ce qu'il fallait attendre d'elle. Joyce fut brève, exquise, planificatrice comme aux plus beaux jours, sage et précise, ponctuant ses petits mots de petits points nets.

— Je m'en vais. Je nous ai trouvé une table. Dans le meilleur Chinois de la côte Est. Chez Germaine. Nourriture su-blime. Réservation faite pour vingt heures. Je passerai te prendre ici. Une demi-heure avant l'heure. *Good-bye,* maintenant, ne me raccompagne pas, ce n'est pas la peine. *Bye.*

Elle prononçait « *Baaayyyyyillllle* » langoureusement, du fond du palais, ayant appris dès son adolescence cette leçon, si caractéristique de son sexe et son pays, que dire au revoir doit toujours carillonner comme une promesse, un prélude et non pas un final, et elle avait perfectionné cette musique au fil des ans, *prep school,* collège, séjours à l'étranger, rencontre avec Rink, mariage, premiers échecs, premières névroses, premiers amants, premières souillures, début de l'escalade, et, avec ce truquage qui lui était devenu aussi personnel que la viscosité permanente de son épiderme et l'éblouissement de sa conversation ou les facettes de sa culture, elle avait allumé des régiments d'hommes, étrangers de préférence, car cet adieu qui sonnait comme une invite les dupait plus facilement que ses compatriotes, encore que ces derniers aient, eux aussi, succombé.

Drifter était tombé plus loin, plus profond et plus longtemps que d'autres sous le chant obsédant de cette sirène, et en écoutant Joyce répéter son « *bye* » de légende sur le seuil de la porte, il en éprouva comme une nostalgie étrange et la tentation du pathétique. Mais, en même temps, un frisson de compréhension le traversa. Les phrases de Henry Lescrabes réverbéraient en effet devant lui leur contour mieux défini, l'image moins floue qu'une heure auparavant. Lorsque le Vieux lui avait dit, « *Drif, ne vous laissez pas détruire* », cet ordre et ce conseil avaient suivi la question que Lescrabes lui avait posée, « *Et Washington, comment ça va ?* » et qu'il se soit aperçu, à son effroi, que le Patron savait tout de cette liaison qu'il croyait si secrète. Mais alors, qu'avait su Lescrabes de Joyce Bauer elle-même ? Drifter avait besoin d'une récapitulation. Seul. Ses yeux étaient abîmés dans le vague.

Joyce interpréta ce regard comme celui du *sparring-partner* assommé par les coups et, rassérénée, elle ferma la porte de la chambre derrière elle, après un dernier sourire. Dans le couloir, qu'elle avala d'un pas lourd pour atteindre les ascenseurs, elle était partagée entre deux attitudes. Elle se disait : ce soir, je vais l'achever, je vais me le farcir jusqu'au bout. Par ailleurs, elle pensait : j'ai déliré, j'ai été trop fort, mais ce soir je vais rectifier le tir et tout ira bien, je resserrerai « *le lien* », c'est mon amant français, mon bel amant étranger, mon orphelin polonais, c'est mon garçon, il aura envie de moi ce soir, je lui réveillerai ses instincts. Et elle balançait entre les tenues possibles. Elle avait envie de s'habiller européen, peut-être italien, soie, cuir, or, ampleur et dentelles. A la lumière intime du restaurant, elle pouvait se permettre de porter des robes et d'oublier les problèmes habituels de silhouette, et puis, ainsi, elle ouvrirait ou relèverait un peu tout cela sur ses bas de soie, et il lui passerait la main dessus, par-dessous la table, elle lui dirait qu'il la faisait mouiller comme autrefois, ils avaient eu des moments sensationnels, comme ça, dans des endroits publics.

Arrivée au rez-de-chaussée de l'hôtel, elle avait affiné ses choix et il ne lui restait plus que deux solutions. Un *tee-shirt* en mousseline de soie noire de Clerici-Tessuto au décolleté arrondi, brodé au dos d'un motif de paillettes, avec jupe ample, matelassée en soie noire, imprimée de fleurs rouges, ensemble qu'elle avait fait venir de chez Laura Biagiotti, boutique de Paris. Ou alors carrément, une veste Saint-Laurent à col droit en tissu velours à découpes marine, rouge, gansée or, sur un chemisier classique toujours de Saint-Lo Lo, soie bordeaux à ruban cravate, et qu'elle contrasterait, alors, avec le port provocant d'une jupe droite en cuir bleu électrique, pressionnée sur le côté, ceinturée de cuir de couleur, de chez Rocco Barocco. Mélange singulier, mais — amusant.

Ce fut la tenue numéro deux qui l'emporta, à cause des multiples possibilités suggérées par le pressionnage des boutons de la jupe, mais lorsqu'elle se présenta comme prévu à 19 h 30 dans le hall de réception du Four Seasons, l'un des concierges lui annonça que M. Drifter avait payé sa note, commandé un taxi pour l'aéroport, quitté l'hôtel, et qu'il était parti sans laisser de message.

CINQUIÈME PARTIE

Andréa, Drifter, Joyce

ANDRÉA

C'est une image qui m'a toujours habitée.

Au large d'un port, en pleine nuit, à la surface d'un océan dont la violence s'apprivoise puisqu'on devine les rives, mais qu'on est loin encore d'avoir atteint les jetées, bassins ou débarcadères, deux bâtiments marins évoluent doucement et massivement en sens contraire. Ce sont des transporteurs de passagers. Ils sont séparés l'un de l'autre par un brouillard qui n'est pas assez épais, cependant, pour tout à fait dissimuler les formes et les lumières de ces deux mondes en mouvement qui se croisent, mais ne se rencontrent pas.

L'image, je le sais, a été tracée en creux, comme par le burin d'un graveur, dans la matière pourtant flexible de ma mémoire : des bateaux dans la nuit.

Je devais avoir dix-huit ans et cela devait se passer à la sortie du Havre et je devais être appuyée au garde-corps du niveau extérieur le plus élevé du *Queen Elizabeth,* à bord duquel j'étais montée avec quelques autres filles de mon âge, aussi privilégiées que moi, et dont les parents avaient décidé qu'elles parachèveraient leurs études dans une université de l'autre côté de l'Atlantique. Cela se pratiquait encore peu à l'époque, et l'on partait encore pour le pays mythique par la mer et non par *charter* aérien. J'ai vécu ce luxe et il m'a marquée, en bien et en mal. Ma mère m'avait accompagnée et comme l'ensemble de l'opération était, bien entendu, financé par l'Oncle Henry, nous avions fait le chemin de Paris au Havre dans une voiture conduite par un des trois chauffeurs particuliers de Lescrabes, ce qui n'était certainement pas la façon la plus démocratique ou la plus intelligente d'aborder cette étape importante de ma vie. Dieu merci, les quatre années de *college* qui suivraient, allaient me permettre d'effacer d'aussi maladroites prémices et dépuceler, dans tous les sens du terme, les fleurs de mon inexpérience.

Emménagement dans la cabine, recommandations ultimes, pleurs, au revoir, promesses, contact rapide avec d'autres filles qui ne deviendraient pas mes amies, départ laborieux, l'édifice s'ébranle, creux à l'estomac, angoisse indicible, premiers sentiments nauséeux de solitude totale, ressaisissement à l'idée que je rate quelque chose de beau et de jamais vu, grimpée alors au pas de course par les larges escaliers intérieurs vers les ponts promenade, je m'étais retrouvée dans la posture typique du passager, coudes à plat sur la rampe arrondie et dense d'un bois laqué blanc légèrement humide, le visage offert à la nuit, à l'air salé, au rêve et au vent. Maintenant que je m'efforce d'être précise, je ne sais plus très bien si cela se passa au sortir du Havre ou, quelques heures plus tard, à l'entrée de Southampton où le navire faisait escale pour embarquer le reste des voyageurs avant les deux jours et les trois nuits de traversée vers l'Amérique, mais cela n'a pas grande importance. La vision seule compte, et son rappel, et la force avec laquelle s'imposèrent alors à moi évocations et croyances.

Fendant fatalement les fallacieuses filandres d'une forêt de brume fongueuse et jaune, une construction aussi imposante que celle sur laquelle je me trouvais, vint à passer devant le rideau noir dans quoi se confondaient le ciel et l'eau. Le paquebot était loin du nôtre. Je pouvais, néanmoins, discerner des lueurs derrière les hublots, vitres et parois des ponts et passerelles. Il y avait des gens sur ce vaisseau, des vies et des amours déjà engagées, des drames et des luttes, mais il y avait également des cœurs vierges et perdus comme le mien, aussi pleins de crainte et d'espérance que je l'étais. Et je me demandais même s'il n'y avait pas en ce moment un jeune homme sur un pont, dans une attitude similaire à la mienne et qui s'évertuait à fouiller des yeux le monolithe flottant qui m'éloignait de lui. La cruauté de la vie et son vide prirent possession de moi. J'étais bouleversée. En silence, le vaisseau continua sa route et disparut, porteur d'existences que je ne connaîtrais pas et d'un amour dont je serais privée. Il fit froid. Je suis redescendue vers les cabines, et j'ai oublié.

J'étais trop jeune, sans doute, pour m'interroger sur cette anomalie romantique qui vous pousse à désirer chercher dans le bateau d'en face ce qui se trouve, peut-être, sur l'embarcation même où l'on s'agite. Depuis, j'ai appris à maîtriser mes illusions. Mais j'ai aussi retenu l'image. Elle vieillit bien. C'est un poncif, j'en conviens ; c'est un leurre, j'en conviens toujours ; c'est une dérobade, j'en conviens encore. Accordez-moi que c'est, aussi, une idée qu'on peut mettre à la disposition de ceux qui n'ont pas fait le saut dans la foi, mais savent, par ailleurs, que la raison seule ne peut répondre à toutes les questions. J'ai peaufiné l'image et l'ai réduite à sa plus modeste expression pour définir ce que je sais et je crois de l'amour et des rapports entre homme et femme, ou entre homme et homme, ou entre femme et femme, c'est comme on voudra. Je n'ai pas de préjugés là-dessus, et chacun peut afficher à la poche arrière de son *jean* la couleur et la forme du foulard qu'il désire pour signaler ses goûts en la matière, peu m'importe. Voilà, c'est simple : il y a des bateaux qui se croisent dans la nuit, et nous, on est à bord. Si on a de la chance, si c'est la pleine lune et s'il n'y a pas de brouillard, et si les navires se rapprochent et s'abordent enfin, on peut se reconnaître de pont à pont et qui sait, parfois, s'atteindre et s'étreindre. La plupart du temps, ça ne se passe pas ainsi.

Rencontrer Drifter dans ma ville favorite, New York, me parut correspondre favorablement à l'image et la théorie que je viens de narrer. Invitée par l'Association des Anciennes Elèves de Mary Baldwin pour une conférence sur « *L'argent et les médias en Europe* », je m'étais arrêtée deux jours dans la Première Cité, obéissant au vieux principe selon lequel un voyage en n'importe quel point des Etats-Unis doit passer, à l'aller ou au retour, et de préférence au retour, par une escale régénératrice à New York.

Lorsque je pensais à Drifter, et j'y pensais souvent depuis qu'il était devenu dans mon esprit l'homme inaccessible auquel j'étais convaincue que j'accéderais un jour, je me représentais à ses côtés dans les endroits que je chérissais. Amourachée de lui comme je l'étais, je rêvais de lui faire découvrir, puis partager, des lieux et des ambiances qu'un homme aussi dépourvu de racines qu'il l'était aurait aimés sans réserve, ce qui l'attacherait encore plus à moi. Dans la verte douceur, riche de souvenirs, du campus de ma vieille université, j'avais intensément pensé à lui. Sous les tours de verre et d'acier de New York, c'était toujours Drifter que j'imaginais près de moi, même si je me doutais qu'il avait une connaissance de la ville aussi approfondie que la mienne. Je me disais, « *marcher avec lui, lécher les vitrines avec lui, traîner, spectacles, sorties* », je rêvassais, je phantasmais. Et voici qu'à la sortie de Doubleday's, la succursale de la 57ᵉ, je tombe sur lui, l'air absorbé. Je saute dans ses bras. Il est surpris, s'écarte, mais avec gentillesse.

— D'où viens-tu ? lui dis-je.

Il grimace avec dérision. Il imite Louis Jouvet dans *Hôtel du Nord*, révélant ainsi un aspect comique de son personnage que je n'avais pu soupçonner. Pendant la nuit chez Vinci, lorsque je suis tombée amoureuse de lui, je l'ai connu sombre et muet, puis volubile mais toujours sombre, puis silencieux et absent. Je sais que son sourire est une ride, un tic facial et rien d'autre. Or, il fait le clown, parodiant Jouvet en plein Manhattan. J'en suis toute retournée, et j'y vois un signe positif.

Donc, à la Jouvet :

— Je reviens euh — de Port-Saïd — euh — sans jamais y avoir été, euh.

Retour à la normale :

— Enfin, dit-il et cette fois avec sa voix naturelle, en l'occurrence, c'était à Washington.

— Joyce ? dis-je.

— Ex-Joyce, lâche-t-il sans emphase.

J'y vois un second signe bénéfique. Je sais que Drifter n'est plus marié, qu'il vit seul à Paris depuis un semestre, et je crois comprendre qu'il vient de rompre avec Joyce, personnage dangereux et envoûtant sur qui, depuis la nuit chez Vinci, je me suis discrètement renseignée. Merveille ! On prend un verre (le bar du Sherry Netherlands), on dîne ensemble (Peter Luger). Il parle peu. C'est moi qui n'arrête pas mon gazouillis. Je devrais bien saisir qu'il est comme sous le coup d'une épreuve importante et qu'il fait porter ses pensées ailleurs, mais le plaisir que m'apporte cette rencontre, et les écailles que j'ai sur les yeux m'interdisent la lucidité. Nous sommes seuls et libres dans une ville inouïe, cette mégapole électrisante que commencent à découvrir des masses de nos compatriotes, ce qui n'est pas sans nous irriter mais nous confère, aussi, un sentiment de supériorité, celle d'un savoir depuis longtemps acquis. On va dans des endroits que fréquentent les New-Yorkais, pas les touristes ploucs ou les Christophe Colomb des générations montantes. On est des initiés, on est des vieux. Et cependant, on est jeunes, il fait beau, tout peut nous arriver, et lorsqu'une éruption fracassante dans le ciel submerge les rues et paralyse la circulation, je l'interprète encore comme une nouvelle manifestation de ma ligne de chance.

Il pleuvait à la new-yorkaise, c'est-à-dire comme dans la jungle du Brésil. Nous étions trempés. L'orage et les trombes nous avaient surpris alors que Drifter finissait de me raccompagner à pied, jusqu'au Building U.N. Plaza. Il fallut s'abriter devant la porte d'un immeuble voisin, sous une marquise dont la toile s'alourdissait de paquets de pluie à une vitesse inquiétante.

— On court, ai-je dit à Drifter, jusqu'à chez moi. Le portier m'adore. C'est un génie. S'il y a un type capable de te trouver un taxi en ville dans des conditions pareilles, c'est lui.

— C'est loin ?

— Non, c'est là !

Et je tendis le doigt en direction de rien, puisque la pluie était si drue, dure, diarrhéique, qu'elle obscurcissait étrangement les *blocks* suivants, comme si l'encre noire était tombée du ciel et pas de l'eau. J'aimais cette pluie. J'aimais tout, ce soir-là.

Nous avons couru. J'habitais chez Max Henné, qui m'avait prêté son duplex au quarante-troisième étage de l'U.N. Plaza, au-dessus des étages de l'hôtel, dans les parties résidentielles de l'immeuble. Max, petit Lyonnais furtif et opportuniste, était en train de faire fortune en révélant à deux cent soixante millions de consommateurs ébahis les ressources sublimes et sans fin d'un plat éminemment exotique, la quiche lorraine. Il en était à sa quatrième chaîne régionale, trente-deux établissements par région, on leur sert une salade et un pichet de vin, une petite motte de quelque chose qui ressemble à de la crème mélangée avec de la fraise et j'appelle ça *French Douceur,* et un café par-dessus le tout, je demande dix à douze dollars sans les suppléments, prix de revient cinq-six, tu vois ce que je veux dire, ils sont très contents et très surpris, tu sais que c'est hallucinant le blé qu'on peut gagner aux U.S., faut faire vite, toute la France des mariolles et des trouillards va débarquer, ils ont tellement les jetons pour leur pognon à Paris qu'ils vont racheter la Floride à eux tout seuls ! J'ai loué un Lear Jet pour aller plus vite jusqu'à Seattle, après je me fais toute la côte Nord-Ouest d'un coup, tu veux pas venir une fois que t'as fini ta conférence au *college ?* Non, je te comprends, remarque, quel ennui ! Tu demanderas les clés à Paddington, on l'appelle Paddy, il connaît tout, je lui téléphonerai, tout sera réglé quand tu arriveras, c'est beaucoup plus agréable que de descendre au Pierre ou au Regency.

Paddy ne trouvait pas de taxi et je n'ai pas insisté.

— Viens te sécher là-haut chez Max, ai-je dit à Drifter, en attendant que ça se calme.

Il m'a regardée avec la lassitude d'un marin qui a beaucoup navigué, le sourcil gauche arqué en une interrogation ironique.

— En tout bien, tout honneur, j'imagine.

— Oh, ça va, Drif, ai-je répondu trop vite, sois simple !

Dans l'ascenseur, il m'a fait une manière d'excuse.

— Il ne faut pas m'en vouloir, m'a-t-il dit, j'en ai assez d'être emporté par les femmes comme une place forte, ou pour être plus juste, une place faible. Il est temps que j'aille vers quelqu'un plutôt que de céder à quiconque décide de me cueillir.

Je n'ai rien dit, parce que je ne voyais pas clairement où il me situait dans cette perspective et c'était cela seul qui m'importait, ma propre position dans son évolution. Mais il m'avait froissée, et j'ai résolu de ne pas franchir d'un millimètre un terrain sur lequel il lui faudrait manœuvrer le premier. J'ai été nette, cristalline, efficace, serviettes sèches et porte close, robe de chambre et café chaud, pas d'équivoque, pas de contact, les lumières brûlant partout, j'ai joué la scène comme il fallait, j'ai été bien.

La pluie ne cessait pas de canonner. A la hauteur du gratte-ciel où nous nous trouvions, étaient venues s'ajouter d'irréelles épaisseurs vert sombre de je ne sais quelle matière atmosphérique tropicale, qui flottaient devant les baies vitrées, en dissimulant aux regards l'habituelle magie lumineuse de la ville, formes indéfinies, évocatrices de films d'anticipation ou d'horreur, annonciatrices de monstres, délinquance et décadence planétaires. La solidité luxueuse du duplex rassurait. Insidieusement, malgré mes fortes résolutions de dignité et de rigueur, enveloppée dans une djellaba émeraude et blanc empruntée au confortable vestiaire de Max, j'avais des envies lancinantes de rapprochement. J'attendais que Drifter fasse un geste, je le surveillais. Il était assis de l'autre côté du grand living-room, les pieds sur une table basse, une partie de son visage penchée dans le creux de sa main, index droit le long de la tempe. Il ne bougeait pas.

— A quoi penses-tu ? lui ai-je dit.

— J'écoute une « *voix très intime qui ne me dit pas tout ce qu'elle sait* », murmura-t-il en souriant à lui-même.

— Ça veut dire quoi ?

— Ce n'est rien, laisse tomber, dit-il d'une voix

apaisée. En fait, ajouta-t-il, je pensais aux gens qui m'ont plus ou moins servi de père, et d'abord à celui qui m'a élevé et que j'appelle Parrain.

Cela ne me convenait pas du tout. Nue sous la souple tunique marocaine, gagnée par la pluie et la nuit et New York dissimulé mais présent autour de nous, stimulée par la rencontre avec un homme qui m'attirait tant et qui se tenait à quelques mètres de moi, nu, lui aussi sous sa robe de chambre, j'avais faim d'autre chose que de confidences ou méditations. J'avais envie de passer mes mains sur ses rides et sur l'insolite petite cavité au milieu de son menton droit et carré, et dans ses cheveux noirs, qu'il avait essorés avec une serviette, le désordre inhabituel de sa coiffure lui donnant cet air enfantin qu'ont certains hommes mûrs au sortir d'une douche. Il avait perdu sa beauté agressive et juvénile d'autrefois pour en gagner une autre, plus émouvante et plus humaine. Il était plus meurtri certes, mais il paraissait plus solide, une certaine épaisseur avait insensiblement forci son visage. Je pouvais tout à loisir déguster du regard les sourcils longs, droits et noirs, avec leur minuscule forme d'accent circonflexe en bout de course, le nez un peu court et à peine busqué, les sillons que la vie et les expériences avaient laissés de chaque côté des lèvres, autour des yeux, et sur un front large et zébré d'autant de rides qu'un ciel de guerre des tirs de la D.C.A. J'ai pensé moi aussi, et par la faute de Drifter, à mon père, et je me suis promis de consigner ce curieux amalgame dans l'un de mes petits carnets de notes. Je les avais récemment consultés et feuilletés et m'étais aperçue que le nom de Drifter y revenait régulièrement depuis plus d'un an, et avait pris la place de celui de l'homme marié que j'avais aimé, qui avait occupé les jours et les nuits de ma vie, et dont la voix, encore, certains soirs, vibrait dans ma tête comme les saxos barytons de jazz qu'il chérissait et qu'il écoutait jusqu'aux heures étroites et vacillantes du point du jour.

Maintenant, cette histoire était finie, quoiqu'elle me blessât encore, et je voulais désespérément connaître un autre amour et « *refaire ma vie* », expression si banale et pourtant si violente, et comme je sentais confusément qu'il en était de même pour Drifter et qu'il avait, depuis quelque temps, amorcé une courbe dans son chaos, je pensais naïvement que nous étions faits pour nous comprendre. Je pensais peu, par ailleurs ; j'étais troublée. Mais il fallait jouer serré. Drifter m'avait déjà rabrouée au pied de l'ascenseur et puis, je ne sais plus bien jouer à ça. Je ne suis pas une manœuvrière très douée pour les travaux d'alcôve. « *Castor* », peut-être, mais pas méandrine. Et puisqu'il ne me parlait ni de mes yeux, ni de mon parfum, ni de mon corps sous la djellaba, ni de moi ! et qu'il semblait plus enclin à faire, à haute voix, quelques-uns des comptes de sa vie, je m'y résoudrais volontiers. Je me figurais que c'était toujours cela de dérobé au reste du monde, une première encoche dans une intimité complice, et que j'étais comme les écureuils qui emmagasinent des noisettes pour leur hiver, un jour je finirais par toucher les dividendes de ma fidélité.

— Parrain a publié, commença Drifter, vers la fin des années quarante, un petit livre à compte d'auteur, chez un obscur éditeur lorrain, aujourd'hui sans doute disparu. Un essai plutôt qu'un roman. J'imagine qu'une centaine de gens ont dû le lire à l'époque, peut-être moins : les parents de ses élèves et quelques-uns de ses élèves aussi et enfin quelques anciens élèves qui avaient conservé de Julien Verdier le souvenir d'une année en « *humanités* », fructueuse et décisive. Et puis aussi, peut-être, quelques collègues du lycée qui respectaient ce solitaire original, esthète cultivé et pédagogue de la vieille école et qui, s'il se prenait à aimer l'un de ses élèves et recevait de lui la même affection en retour, lui faisait alors découvrir la littérature qu'il idolâtrait et le menait bien au-delà du programme officiel. Personnage insolite, sans femme, sans homme, affublé seulement de ce jeune orphelin d'origine polonaise, moi.

Il réfléchit un moment.

— « *Humanités* », enchaîna-t-il, c'était le nom qu'on donnait autrefois à la sorte d'études que des profs comme Verdier dispensaient à leurs élèves. C'est un beau mot, je crois, totalement carbonisé aujourd'hui, mais je m'en fous, il a pris une résonance énorme dans ma vie récemment. Si je sais une chose, aujourd'hui, c'est que je me fous que la mode ait brûlé certains mots et en ai inventé d'autres. Je me fous du toc et du truc, et j'ai vécu le toc et le truc, j'y ai sans doute sacrifié, mais le fameux « *radar détecteur à merde* », dont mon maître Hemingway dit que tout bon écrivain devrait l'avoir bâti à l'intérieur de soi, m'a heureusement permis de rectifier mon propre parcours et m'a préservé du gouffre à la dernière minute, et j'accorde la même force à certains mots vidés de leur sens par les videurs de sang du sens des mots. « *Humanités* », ce n'est pas un hasard si ce mot sert de titre au petit livre inconnu dont je parle. Parrain a toujours voulu que j'écrive, mais il ne pensait pas au journalisme, et nous avons eu quelques différends sérieux à ce propos. Lorsqu'on a commencé à signer mon nom gros comme ça, sur les histoires les plus énormes de l'actualité, dans la grande presse lescrabienne, Parrain me disait sans aucune rancœur qu'un seul de mes articles aurait plus de lecteurs que toutes les éditions de son malheureux opuscule, mais il ajoutait : « *Cela ne comptera pas un jour. Un jour, tu me reliras.* »

Drifter parlait à voix basse, rythme calme, comme se faisant du bien à mesure qu'il parlait.

— Il ne voulait pas dire, je crois, qu'il était un grand écrivain méconnu, auteur d'un ouvrage dont un jour le monde reconnaîtrait le génie. Non, non, je pense qu'il voulait plus modestement dire que ce que j'avais écrit et publié au cours de mes années de courses et d'enquêtes à travers le monde et le sang et l'horreur et la guerre et la drogue et la putasserie de ce monde et des mondes, j'en retrouverais, un jour, le résumé dans quelques paragraphes de ce petit essai sans prestige, écrit par quelqu'un qui n'a jamais de sa vie osé prendre l'avion et pour qui les visions que nous avons eues de l'univers, toi, moi, et tous ceux de notre acabit, restent inconcevables. Il se trouve que j'ai relu « *Humanités* » il y a peu de temps, chez Parrain, à qui j'ai rendu visite avant d'aller à Washington. J'avais besoin de lui parler de moi et de mes origines, de mon enfance. J'ai feuilleté le livre chez lui et je suis tombé sur une phrase que j'ai très vite retenue par cœur. « *De mon humble enquête,* dit le narrateur de cet essai, *voici le résultat : je n'ai rien trouvé dans nos comportements qui résiste à l'analyse, hormis le geste des mères et la parole du Christ. C'est qu'ils ont l'amour pour base et que cet amour est sans doute l'essentielle connaissance et la plus haute loi. En vous y conformant, vous avez toute chance de limiter vos erreurs et de remédier autant qu'il est possible à votre humaine infirmité.* » C'est plutôt bien écrit, non ?

Il sourit en silence.

— Or, il se trouve aussi qu'hier, dans l'avion qui m'amenait de Washington à ici, j'ai été obligé de faire pour moi-même un bilan de ce que j'avais vu et vécu depuis plus d'un an et de tout ce qui s'est passé dans ma vie et crois-moi, ça a été une année remplie ! Tout compte fait, qu'ai-je retenu ? Qu'est-ce qui m'a ému et changé ? Je ne conserve que ceci : le geste de charité d'un prêtre, le regard implorant d'amour d'un séminariste torturé, et le travail obscur de quelques « *petites dames* », tout cela en Amérique du Sud. Plus tard, et ça n'était pas au cours d'un reportage, j'ai retenu dans la nuit le regard d'une mère posé sur le visage de son enfant. Plus tard enfin, mon dernier voyage en Afrique, famine et dénuement, le Karamoja, les gestes et la lumière transmise par une femme que j'étais allé interroger, une inconnue, qui fait aussi, à sa manière, des « *humanités* », et qui n'aura pas le prix Nobel.

Je ne pensais plus du tout à mon corps sous la djellaba.

— Alors, dit-il comme pour conclure, on en revient toujours à ceci, qui est l'amour et son manque, et j'en reviens, moi, à la schizophrénie qui m'a longtemps, trop longtemps aveuglé. Tous les reporters, enfin tous ceux qui ont baisé avec le monde comme je l'ai fait, possèdent une certaine dose de schizophrénie, non pas tellement au sens de la perte de contact avec la réalité, que plutôt celui de l'ambivalence des pensées et du comportement. Je veux dire par là que c'est une forme de folie schizoïde qu'être à la fois repoussé, révulsé par ce que l'on voit, et, cependant, en subir l'attraction. Ce genre de folie pour moi, c'est *klass, terminado*. C'est qu'il me semble que l'attraction de l'horrible et du nouveau et de l'exceptionnel, du « *encore pire que ce que je croyais* », peut finir par l'emporter sur la répulsion. A force d'enregistrer les horreurs du monde et d'en rapporter ses effets, on risque de tomber dans un prosélytisme complaisant. Ainsi, à vouloir trop parler de la came, on finit par la passer. Pour toute observation et rapport sur le monde, il y a menace de propagation de sa pourriture, en tous les cas menace d'autopourrissement. La société de profit et de jouissance dans laquelle nous pataugeons, assassine les notions de bonté et de désintéressement. Alors, on se dégrade, on avilit sa pensée. Et qui nous prouve que ce n'est pas toute notre vie — la mienne en tout cas — tous mes choix, qui en sont, ainsi et aussi, dégradés ? Or, par ailleurs, et l'aveuglante évidence m'en a été imposée à quelques reprises, l'amour sauve. Certes, il y a toutes sortes d'amour, et celui dont je parle n'a aucun rapport avec ceux que j'ai pratiqués jusqu'à présent. Oh ! il m'a fallu de longues années, et quelques belles catastrophes intimes, pour arriver à cette conclusion que les prosélytes cyniques pourront trouver bête et béate et bécasse, je te l'accorde. Mais je ne suis pas un rapide, au fond. Et c'était tout cela, certainement, que voulait dire Parrain quand il m'annonçait que je le « *relirais* » un jour. Il voulait dire que je saurais, enfin !, « *lire* ».

Après quoi, Drifter en vint à Lescrabes. On en revenait toujours à lui. Plusieurs fois, au cours de notre soirée, j'avais évoqué Henry, le vieux géant, et Drifter qui avait été, comme je l'ai déjà dit, peu bavard, avait naturellement réagi avec nostalgie et tendresse. Maintenant, il associait profondément Lescrabes à toutes ses réflexions. Il avait servi de « *deuxième père* » à Drifter. Par rapport à Julien Verdier, le Parrain, Lescrabes avait été un père contradictoire. Parrain vivait en anonyme, perdu et seul ; Lescrabes avait incarné le pouvoir, la munificence, un individu aussi anormal dans sa recherche du plaisir que Parrain dans son absence intégrale de ce même plaisir. Drifter, toutefois, ne leur trouvait pas que des dissonances. Car il ne voulait, maintenant, retenir de Lescrabes que ses dernières heures à ses côtés, les confidences sur le lit de mort, son ultime hymne à la vie.

Henry Lescrabes, cependant, même s'il n'avait pas élevé Drifter, était mieux renseigné que son parrain sur les failles secrètes du jeune homme. Quelques années avant le grand tournant qu'était en train de vivre Drifter, il avait échangé avec le Vieux, alors qu'ils marchaient sur l'impeccable gravier de la propriété solognote, une série de phrases dont il n'avait pas le souvenir exact et qui témoignaient de la sollicitude lescrabienne.

— A l'époque, il voulait me dire sans avoir jamais à l'exprimer, car nous entretenions de curieux rapports crus et pudiques, que mon mariage avec Patricia était un contresens. Je ne l'avais qu'à moitié écouté. Il estimait que, malgré ce qu'il appelait mon talent et mon professionnalisme, je faisais des erreurs de jugement gigantesques dans le reste de ma vie, autre avatar de la schizophénie, si l'on veut bien y réfléchir. Avatar, surtout, d'une enfance et d'une adolescence sans mère ni femme, sans une seule présence féminine dans la vie de Parrain. Pendant les années d'adolescence, puis les premières armes d'homme, cette méconnaissance a faussé mon approche des femmes ! Je me suis gouré sur elles du tout au tout : n'importe qui, n'importe quoi. Je ne peux pas en vouloir à Parrain, il avait beau écrire ses lignes sur l'amour d'une mère, c'était abstrait, et vaguement angélique. Encore heureux que je me sois tiré de chez lui, un jour, pour vivre seul et faire du journalisme comme stagiaire dans une ville voisine, sinon, j'aurais pu me retrouver aussi infirme que lui ! Mais je n'étais prêt à rien, tout de même, face à l'autre, homme ou femme, et cela dura à mon arrivée à Paris, et puis dans mes années de reportages et d'investigations. Je n'ai pas cessé de déconner. Amourettes, amours, ensuite mariage, je me suis fourvoyé dans les névroses des autres, puisque j'étais moi-même porteur d'un assez joli déséquilibre. Lescrabes m'a dit, toujours en Sologne, quelque chose à propos de « *mes mauvais démons* », j'ai laissé couler, on croit toujours qu'on peut maîtriser les situations quand on est jeune, et surtout, quand on s'absente de façon permanente, on les relègue à plus tard. Mais ces absences étaient des fuites. Or, je suis convaincu, aujourd'hui, que la schizophrénie n'a qu'un temps. Regarde mon ami J.-F., il vibre aux mêmes musiques de l'univers que moi, même dérision, même scepticisme, cela ne l'empêche pas d'être heureux avec sa femme, et ses enfants. Un « *grand reporter* » père de famille ! ça existe ! Eh bien oui, tout existe, et même si l'on n'a pas reçu la grâce d'aimer, on peut se décider à la poursuivre. Le malheur, dont un journaliste fait plus vite le tour, peut-être, que d'autres hommes, ça n'est pas plus instructif ou enrichissant que le bonheur.

La deuxième fois que Lescrabes avait entretenu Drifter de ses « *démons* », cela s'était donc passé dans la chambre de l'aile O'Connor, à l'Hôpital Américain de Neuilly, et sans doute l'imminence de la mort du Vieux et l'appel mélodramatique qu'il avait lancé à Drifter jusqu'en Argentine, avaient-ils conféré à chacun des propos tenus plus de poids et de solennité. Mais entre-temps aussi, Drifter avait amorcé ses changements. Il était en pleine crise, à la veille d'une rupture avec Patricia, au retour d'une enquête en Argentine qui l'avait passablement secoué, et en gestation de la fin de sa liaison avec Joyce.

— Figure-toi que, ce coup-ci, Lescrabes m'a parlé de « *Washington* », et sans jamais mentionner son nom, il m'a bien fait comprendre qu'il savait tout de mon affaire avec Joyce. Il m'a dit, « *ne vous laissez pas détruire* », avant de passer à — autre chose.

Là-dessus, sur cet « *autre chose* », à propos de quoi Drifter avait marqué une hésitation, il ne dit rien. La déclaration était terminée.

Je l'avais écouté sans l'interrompre, suivant cette tentative d'analyse personnelle avec un intérêt aigu et ma curiosité, cette qualité ou ce vice, je ne sais plus, qui m'a sans cesse poussée. « *Je veux savoir* », disaient mon père et Henry Lescrabes. J'en savais désormais bien plus sur le superbe jeune premier vêtu de toile blanche qui avait pénétré quinze ans auparavant dans la salle de rédaction sous la cage de verre, et fait chavirer le cœur des filles et grincer les dents des garçons. Apparence trompeuse. Derrière la façade, il y avait un brouillon d'homme.

Drifter m'avait souvent regardée pendant qu'il parlait, mais je n'étais pas assez sotte pour croire qu'il engageait ces manœuvres que je me sentais incapable de faire, flirt, contact, caresses, que sais-je !, notre grande nuit new-yorkaise, dont j'avais rêvé quelques heures plus tôt, mais qui me paraissait très compromise. Je me suis agitée, cependant, et me suis levée pour aller à la baie vitrée, pour faire quelque chose, pour qu'il voie que j'étais présente, vivante, chaleureuse.

— Il ne pleut plus, ai-je dit.

Les formes verdâtres qui flottaient autour des gratte-ciel avaient été pulvérisées par les vents. L'étau de leurs flocons baroques s'était desserré, puis, dans un deuxième et puissant souffle venu de la mer, désintégré. La ville réapparaissait dans cette inépuisable splendeur illuminée qui me coupe le souffle, la stupéfiante beauté de cette cité qui est un port, qui est un astre. Si le scénario avait été au point, Drifter se serait levé et aurait contemplé, à mes côtés, la nuit et les grands diamants noirs facettés et brillantés par toute l'eau qui s'était déversée sur leurs structures zénithales. Il aurait posé son bras autour de mes épaules chétives et aurait murmuré quelques épithètes admiratives devant ce superbe panorama et j'aurais penché ma tête contre sa poitrine, et il aurait fondu. Mais Drifter ne jouait pas dans le même film que celui que j'étais en train de m'écrire, et il ne se leva pas.

Je suis restée face à « *la ligne du ciel* » de Manhattan

et ses millions de petits feux, et je me suis retournée. Comme Drifter ne parlait pas, j'ai dit, pour relancer la conversation, et aussi parce que cela faisait quelques jours que j'avais envie de l'informer d'une petite découverte que j'avais faite très récemment :

— Tu sais, Joyce, tu te souviens, lorsque tu me l'as présentée la nuit chez Vinci à Paris, il y a presque un an de cela.

— Oui, a-t-il dit.

— Tu te souviens que je t'ai dit que je croyais l'avoir déjà vue quelque part. Tu m'as répondu que c'était possible, car elle était la femme de Rink Bauer.

— Oui, oui ! a-t-il coupé sur un registre agacé, la voix à fleur de gorge, je me souviens de tout ça. En fait, tu ne peux pas savoir à quel point toute cette nuit est inscrite en ma mémoire. Pour le pire et le meilleur, a-t-il ajouté, l'air songeur.

Je n'ai pas compris ce qu'il voulait dire, mais j'ai continué.

— Eh bien, ai-je dit, ça m'est revenu l'autre jour, tout à fait pas hasard. J'avais effectivement vu Joyce avant la nuit chez Vinci, mais ça n'était pas dans la page des activités mondaines du « *Washington Post* » et ce qui est marrant, c'est que je l'avais vue à l'occasion de l'événement sur lequel tu m'as posé tant de questions.

— Va plus loin, dit Drifter, la voix acérée.

— Oui, Joyce, je l'ai vue l'après-midi où j'ai été dépêchée à toute allure pour faire le reportage sur le suicide de Jason Villaï.

— Explique.

— Ça m'avait pas mal turlupinée, ai-je dit, ce visage familier et je ne savais pas pourquoi il l'était. L'autre jour au *college*, à Mary Baldwin, à la réunion des anciennes élèves, j'ai vu une femme, une Américaine bien sûr, qui ressemblait beaucoup à Joyce Bauer, elle a les mêmes yeux avides et fous, si tu me pardonnes la remarque.

Il a balayé l'air de la main.

— Je te pardonne ce que tu veux. Joyce et moi, tu sais !

— On a été étudiantes ensemble, elle a épousé un grand entrepreneur en bâtiment, elle vit à San Francisco, elle doit être plus âgée que moi, et je l'observais pendant que je faisais ma conférence. Elle était assise au quatrième rang, et je ne sais pas si tu as déjà eu ce genre d'impression, j'ai associé son regard à celui de Joyce quand tu me l'avais présentée, et alors, en même temps, tout en discourant sur l'argent, l'Europe et les médias, j'ai revu Joyce mais « *avant* » que tu me la présentes. Je savais bien que je l'avais déjà vue quelque part ! Lorsque j'ai quitté Frank Amsterdam après l'avoir interrogé dans l'appartement de Jason Villaï et que je me suis retrouvée dans la cour de l'immeuble comme je te l'ai déjà raconté —.

— Oui, oui !

— Je t'ai dit que j'ai regardé pendant un bon moment tout le cirque de la presse et des fans et les gens du showbiz qui débarquaient et tous les curieux et les flics qui les entouraient et je me souviens qu'au milieu d'eux il y avait Joyce. C'est là que je l'ai vue pour la première fois. On n'oublie pas ce genre de regard.

Drifter a eu une expression que je ne lui connaissais pas, sa lèvre supérieure s'ouvrant pour s'amincir sur ses gencives, tandis que la ligne droite du bas de ses dents reposait doucement sur la lèvre inférieure en une sorte de morsure.

— Attends, attends, a-t-il dit la voix sèche, tu es bien sûre de ce que tu avances ?

— Oui.

Il s'est redressé sur le fauteuil, comme un chien à l'affût.

— Où était-elle ? Avec qui ?

— Je crois qu'elle était seule. Elle se tenait, si ma mémoire est bonne — et elle l'est ! — à côté d'une grosse Bentley couleur crème qui venait de freiner, mais elle ne semblait pas appartenir au groupe qui était descendu de la voiture, un producteur de disques accompagné de deux femmes noires. Non, elle semblait seule, mais surtout j'ai été frappée par cette femme que je n'avais jamais vue, simplement parce qu'au milieu de ces dizaines de visages que je parcourais un peu en professionnelle, il y avait dans ses yeux autre chose que dans ceux des autres.

— Quoi ?

— Je ne sais pas, c'est indéfinissable.

Il s'est irrité.

— Dis toujours. Fais des comparaisons. Si ça t'a tant frappée, il y a une raison. Balance des adjectifs. Des attitudes.

— Je ne sais pas, moi. *Cool.* Avidité. Dédain.

— Oui, dit-il toujours aussi irrité, tu l'as déjà dit. Mais encore ? Un objet ? Un matériau ?

— Du bois vitrifié. Glacis. Mépris. Folie froide et contrôlée. Les autres regards étaient tristes ou étonnés ou choqués ou curieux ou vampiristes, c'était la foule qu'il y a comme toujours dans ce genre d'événement. Elle, son visage exprimait : « *les cons* » et s'en réjouissait. Ou même : « *le con* ».

— Bon, bon, ça va, j'ai compris, dit-il brutalement. Quoi d'autre ?

— Rien. Je suis partie, je t'ai raconté déjà tout le reste et ce qui avait précédé.

Drifter s'est levé et a vivement traversé la pièce pour aller fouiller dans les poches de son veston pendu sur un cintre dont j'avais fixé le crochet à la poignée de la porte de l'entrée, en direction opposée de la chambre à coucher, afin qu'il ne règne aucune équivoque et que ses vêtements, une fois séchés, lui soient accessibles sans simagrées, sans gêne de sa part ou de la mienne. Il a sorti un carnet de rendez-vous de la poche de la veste et en a inspecté l'intérieur, tout en venant se rasseoir face à moi. Je m'étais rapprochée de lui. Il a repris ses questions. Comme un détective.

— Est-ce que tu te souviens de la façon dont elle était habillée ? m'a-t-il dit.

— Non, franchement pas.

Drifter tenait le carnet ouvert et semblait jouer du doigt avec quelque chose que je ne pouvais voir, carte de visite, feuillet détaché du carnet ?

— Si je te demande, articula-t-il, si je te demande si elle portait une robe jaune, ça te dit quelque chose ?

— Non, rien, mais pourquoi ? Pourquoi tout cela, Drif ? J'ai quand même le droit de savoir.

— Tu es sûre que jaune, ça ne te dit rien ? Une robe jaune, un manteau ? Cherche. Il faisait froid ?

— Oui, il faisait très frais.

— Les filles étaient en robe ou en manteau ?

— Manteau ou imper, certainement pas en robe, je peux te le dire, je n'ai plus les dates en tête.

— Moi, a-t-il dit, très précis, je les ai en tête, c'était en novembre, alors évidemment, il y avait des manteaux sur les robes, non ?

— Si tu veux, ai-je dit, énervée. Mais enfin, Drif, pourquoi ces questions ?

— Alors, réfléchis bien, un manteau jaune, ça se remarque tout de suite, c'est pas très fréquent.

— Ecoute, je t'ai tout dit.

— Mais tu es absolument sûre, au moins, d'une chose, c'est que c'était bien Joyce que tu as vue ?

— Oh, ai-je dit exaspérée, je ne sais plus, moi, à la fin, tu m'embêtes.

— Un manteau jaune, ça se reconnaît tout de suite !

— Merde !

C'était exaspérant, cet homme qui vous avait entraînée à toute allure dans des confidences et des autocritiques et plongée dans les profondeurs de son enfance à la recherche du pourquoi de son comportement amoureux, sentimental et moral ; vous immergiez à ses côtés parce qu'il vous intéressait, parce que vous étiez partie de son univers (Lescrabes, la presse, les relations communes) et surtout parce que vous pensiez l'aimer et que vous jugiez qu'une randonnée compréhensive dans les labyrinthes de son passé vous rapprocherait de lui, et que vous sortiriez de la galerie de son petit Luna Park psychique en lui tenant la main, liée à lui ; c'était appauvrissant, et vexant, de sentir brusquement qu'il se détachait de vous et qu'il ne viderait pas entièrement le seau de cendres devant vous.

Je m'en voulais. Quel besoin imbécile avais-je eu d'aller chercher cette histoire du visage entrevu de Joyce dans la foule, dans la cour de l'immeuble de Villaï, en novembre dernier ? Drifter semblait obnubilé par la coïncidence que je venais de mentionner. Le charme de notre nuit chez Max était rompu. Mais y avait-il eu charme ?

Si je n'avais pas su manier celles de l'offensive, il me restait à jouer les cartes de la retraite inattendue, le repli alléchant.

— Je suis fatiguée, Drif, ai-je dit de ma voix la plus basse, et il est tard. Je vais me coucher mais je ne m'endors pas tout de suite. Si tu veux dormir sur le canapé, libre à toi, je me retire sous ma tente. Si tu veux venir me parler, libre à toi, aussi.

Il a souri, distant, mais doux.

— Attends, a-t-il dit. Excuse-moi d'abord, mais tout ça est trop important, et je te promets que je te raconterai tout, un jour.

J'ai attendu.

— Je peux téléphoner d'ici ?

— A cette heure-ci ? Il est deux heures du matin. Enfin oui, bien sûr, appelle qui tu veux.

Il s'est emparé du téléphone, appuyant furieusement sur les touches pour composer un numéro qu'il connaissait visiblement par cœur. Je n'ai pas bougé. Le badaud, le voyeur qui est en moi, était trop appâté pour quitter la salle à cet instant d'une pièce dont je ne connaissais pas tous les éléments — il me semblait que j'avais au moins raté un acte — mais qui m'intriguait quand même. Je n'entendrais pas ce que dirait son correspondant au bout du fil, mais j'ai vite su de qui il s'agissait.

— Bonjour, ou plutôt bonsoir, il est tard, et j'espère ne déranger personne et ne pas te réveiller, c'est moi, a-t-il dit dans le récepteur, en anglais, avec une voix dont il ne m'avait jamais gratifiée, douce, aimable, caressante, chaude, une voix d'amant — et j'ai compris qu'il avait appelé Joyce à Washington.

Si je n'entendais pas les réponses, elles semblaient brèves. C'était Drifter qui parlait le plus, enjôleur et ronronnant. Un numéro convaincant et désarmant de naturel et de tendresse.

— Ecoute, non, voilà, je t'expliquerai, j'ai eu un coup de tête comme ça, et j'ai pris la navette pour New York d'où je t'appelle. J'espère que tu vas me pardonner.

Une réplique de l'autre, puis Drifter, la voix qui flatte et qui aguiche.

— Nous ne nous sommes pas tout dit, hier, a-t-il ajouté. Et nous n'avons rien fait ensemble. (Un rire, petit gloussement intime et impudique.) Je reviens te voir dès demain.

Il prend son temps. Il met un deuxième sens derrière chaque mot.

— Nous n'avons rien fait. *I love you.* Où ça ? Si tu veux. *Bye.*

Il attend un au revoir que je n'entends pas non plus, mais qui doit être, si j'en juge à sa mine gourmande et ravie, aussi extatique, conquis et conquérant que celui qu'il vient de prononcer. Il raccroche, et je vois alors tout sourire et toute affabilité disparaître de son visage qui retrouve, en revanche, l'air carnassier de tout à l'heure. Il se lève et il se frotte les mains en silence, lentement, d'abord paume contre paume, à plat, puis dos contre paume, en une rotation continue. On dirait, sur le seuil de la salle d'opération, après qu'on lui a donné le talc, un chirurgien qui passe la poudre sur ses paumes et ses doigts, lesquels, bientôt gantés de caoutchouc synthétique transparent, manieront le scalpel dans les chairs, les tripes, les os et le sang.

Joyce Bauer, à ce stade de la compétition, comme écrivent les chroniqueurs sportifs.

Elle avait été estomaquée par le départ sans avertissement de son amant. Elle s'était d'abord dit qu'elle l'avait blessé et écœuré à mort, et qu'il avait fui comme une bête éventrée va panser ses plaies, sans témoin, quelque part dans les fourrés. Dans un deuxième temps, elle avait pris cet abandon pour une nouvelle désinvolture qui insultait son intelligence et sa personne. Une manifestation supplémentaire du détachement affiché par Drifter à son égard, « *le lien* » qui se brise, sa libération ! Elle s'était alors tancée d'avoir été aussi brutale et franche et de lui avoir tout dit de ses récentes chutes dans l'irrationnel, d'avoir révélé le plus noir et le plus profond de sa pauvre vie de paumée. Mais elle avait admis qu'elle n'avait pu se dominer et que le mélange des drogues et alcool avait barbouillé tout le reste, cacafouilla, pipifouillis.

Elle n'imaginait pas, cependant, que Drifter possédât la force de la scier ainsi, et qu'il ne donnât plus jamais suite. Ça ne pouvait pas se terminer ainsi ! Elle ne le supporterait pas. Elle avait fait un long compte rendu au Docteur Fumetto qui s'était contenté de lui dire que ça s'arrangerait, il lui avait donné un rendez-vous, car l'affaire méritait plus qu'une consultation téléphonique.

Elle hésite comme toujours, entre les calculs de vengeance et le désir du désespoir. Elle est bien calée dans són lit italien aux draps bistre, deux oreillers dans le dos, s'engraissant d'un *mezza-notte,* composé d'un pot de chocolat glacé de chez Haagen-Dasz, accompagné de biscuits ronds au chocolat de Partridge Farm et de *pfuffs* anglais à dominante citron, lorsque Drifter l'appelle de New York. Elle est d'abord surprise, puis très vite rassurée. Il n'a donc pas tenu plus de trente-six heures ! Et le ton de petit toutou repenti et cajoleur qu'il emploie achève de la galvaniser. Elle se félicite de lui répondre sans violence et de lui renvoyer les mêmes ondes sensuelles et annonciatrices de luxure. Tout va bien. Il sera là demain. Elle propose de réserver pour lui une chambre au Hay-Adams. Elle frétille.

Drifter, en cette partie du parcours, comme l'écrivent les commentateurs hippiques.

Il avait quitté Joyce et la ville qui, pour lui, ne faisait qu'un avec sa maîtresse, puisque aussi bien dans son langage intérieur et secret, il avait, à une époque, identifiée Joyce sous le nom de code « *Washington* » — afin d'y voir plus clair, et trier, seul et calme, la somme importante mais confuse d'informations qu'elle lui avait fournie au long de sa grande scène de destruction audotestructrice. Il avait sauté dans la navette aérienne (le *shuttle)* pour New York par habitude plus que par intention précise, il pourrait toujours attraper n'importe quelle correspondance pour l'Europe ensuite, c'était plus simple depuis la grande ville.

Il n'avait pas envisagé qu'il puisse revoir Joyce car pour lui, leur relation était aussi morte que l'écorce morte d'un arbre calciné. Cela ne le heurtait en aucune manière. Il s'était aperçu que le mal qu'elle avait voulu lui faire n'avait eu aucun effet sur lui, au contraire d'autrefois, lorsque le mal faisait du mal faisait du bien.

Elle l'avait, en revanche, involontairement éclairé sur de nombreux points et il demeurait en lui une interrogation qui, pour l'instant, lui vrillait l'esprit. Certains termes et certaines images qu'elle avait utilisés portaient une charge trop lourde de signification pour qu'il se permette de les négliger. S'il voulait, enfin, savoir, et puis changer. Car il sentait physiquement, ce n'était pas une notion abstraite, qu'une des dernières étapes de sa transformation passait par la vérité qu'exprimait Joyce.

Il regarde, l'esprit ailleurs, les couvertures des nouveaux livres parus à l'étalage de la vitrine de Doubleday's, succursale de la 57e, lorsque Andréa Paoli-Smith, sortie du magasin, le reconnaît alors qu'il ne la voit pas. Elle lui saute au cou et l'entraîne dans son verbiage. Elle l'emmène aussi, et c'est une des raisons pour lesquelles il la suit volontiers, dans l'évocation de Henry Lescrabes. L'après-midi qu'il a passé à ses côtés dans la chambre d'hôpital, et les mots qui ont été prononcés il y a huit mois de cela, sont revenus avec ténacité, depuis que Joyce lui a parlé de sa vie, de son enfer. Aussi, lorsque Andréa lui révèle qu'elle a vu Joyce dans la cour de l'immeuble où s'écrasa Jason Villaï, la spirale qui travaillait l'organisme de Drifter se défait brusquement. Il croit voir poindre le bout de son enquête, cette mission confiée à lui par le Vieux sur son lit de mort.

Il téléphone à Joyce en sachant qu'il n'obtiendra d'elle les ultimes indices et éléments nécessaires qu'au prix d'un carnaval de rambine, réconciliation et attouchements divers. Alors, il fait l'acteur. Il farde et il frime. Il éprouve quelque amusement à lui murmurer amoureusement, « *on ne s'est pas tout dit* » et l'écouter roucouler en retour. Attaché à sa proie, il entend bien, en effet, qu'elle lui dise tout, et passera, pour ce faire, par toutes les singeries. D'accord pour la chambre au Hay-Adams. Il écouvillonne.

L'ennui, c'est qu'il avait fait flanelle, mais, à la réflexion, ça lui fut stratégiquement très utile.

Il ne pouvait plus du tout tenir droit en elle. C'était un cérébral. Sans doute un vertueux. Baiser une femme dont il soupçonnait, désormais, qu'elle avait, à tout le moins, été coupable de non-assistance à personne en danger, si elle n'avait pas fourni elle-même ce danger — bander, puis maintenir, pour pénétrer et limer une femme pour laquelle, d'ores et déjà, il n'avait plus éprouvé que lassitude et que, dorénavant, il récusait, lui parut au-dessus de ses forces.

Autrefois, Drifter eût puisé une rage supplémentaire dans le piment de la situation. Il en avait ainsi pincé pour tant de filles qui mentaient et à qui il rendait la pareille. Il avait culbuté, sabordé, tabouré tout son saoul et sacrifié avec les partenaires les plus hétéroclites et les plus fugaces et dans les lieux les plus variés à toutes les clowneries charnelles : de « *l'équerre* » à « *la diligence* », de « *l'étourdi* » à « *l'intervalle* », de « *l'habituelle* » à « *la facile* » du « *Trenversé* » au « *bonheur du sage* ». Mais sa libido avait changé, comme le reste. Il n'était plus un client pour les rencontres éclair avec des sexes offerts, prêtés, loués ou achetés. Autrefois, nu sous une robe de chambre, face à une femme nue sous sa tunique, dans l'appartement d'un homme qu'il n'avait jamais vu, au cœur d'une ville étrangère, nuit, pluie, précarité des choses et de l'instant, il n'aurait pas résisté aux appels lancés en silence. Mais ce temps était achevé.

Drifter nageait à contre-courant de la plupart de ses contemporains, les hommes entraînés dans le tournant de la quarantaine qui recherchent l'inédit, le coup de braise, la friandise, et, si possible, leur renouvellement fréquent et raffiné. Il avait vécu ce cycle en premier et maintenant, il en abordait un autre. Infidèle, il avait soif de fidélité. Preneur, il lui fallait donner. Les mécanismes ludiques qui avaient commandé sa sexualité ne fonctionnaient plus. Baiser pour baiser n'aboutissait qu'à cet avatar de la mort en compagnie duquel il avait trop voyagé. Il réclamait la vie. Sans arrêt, les hommes développent de nouveaux appétits. Et certains d'entre eux changent plus souvent par désir que par intérêt. Le désir d'amour, le besoin d'aimer animaient Drifter en secret. Ce n'était même plus un secret, les premières notes avaient déjà été jouées, même s'il n'en était pas encore authentiquement averti et alerté. Il agissait déjà comme une femme, gros d'un enfant dont la graine avait été plantée plus tôt, au cours de ces obscurs mélanges involontaires qu'il avait un soir tenté d'analyser — ces O.M.I., aurait dit Marie-Lucile à son jeu des initiales. Par prudence, ignorance ou superstition, il se référait le moins souvent possible à la jeune femme, et pourtant, elle affleurait continuellement en lui. Désormais, il se préservait, et son sexe observait comme une pause avant le grand bond.

Avec Joyce, les cartes étaient assez truquées pour qu'il mette sa défaillance physique sur le compte de l'émotion due à leurs retrouvailles, et qu'elle gobe cette fable. Et qu'il s'en serve dès lors, pour avoir l'air plus soumis et démuni, plus enfant perdu, comme elle aimait qu'il fût lorsqu'elle l'avait tout à elle, dans un lit. Ainsi, la coincerait-il mieux. Dix heures du matin, la chambre spacieuse et silencieuse du Hay-Adams, café, œufs et bacon, eau minérale, draps qui volent, glaces des armoires ouvertes, panoplie des crèmes et des sous-vêtements, excuse-moi, je ne peux pas, j'y ai trop pensé, alors tu comprends maintenant, laisse-moi te faire ça autrement, là, là, viens, viens, tu vas venir — il avait mené l'affaire avec habileté et conviction, se regardant agir parfois et se jugeant talentueux, comptant dans sa tête, au moment où il la suçait, les secondes qu'il faudrait à Joyce pour que le fruit de la femme accède, sous sa langue d'homme, à l'orgasme compensatoire et réparateur. C'était affreux, et il en ressentait une énorme tristesse, la fin de quelque chose, un vaste gâchis. Mais en même temps, tandis qu'elle lui repoussait la tête des deux mains dans la fulgurance de son petit bonheur, et qu'elle le suppliait de porter son visage à hauteur du sien, Drifter oublia la mélancolie passagère de ses observations pour se consacrer à son seul but, faire dire à Joyce ce pour quoi il avait refait l'ultime voyage à Washington.

Alors, renversé sur elle, lèvres collées à son oreille, la mordillant quand il ne lui parle pas, il l'insulte irrégulièrement à voix basse. Elle a du mal à respirer. Le plaisir qu'il vient de lui donner ne s'est pas encore volatilisé, qu'il est déjà là, l'emprisonnant, son vieil et bel amant retrouvé, et qu'il lui dit des mots qu'elle ne comprend pas tous mais la font un peu plus chavirer. Il la traite de beauté vénale, de salope, de sauteuse, de gourmande, de princesse et de roulure. Elle est un wagon, une truande, une fille de rien, une truie, une radasse. Il lui mangerait son abricot toute la journée, il est fou de sa conasse, son bouton, sa framboise, il en a rêvé toute la nuit, il n'a pas cessé de triquer en y pensant, sans doute cela explique-t-il qu'il soit fatigué ce matin, il aime son gros cul, cette bague majestueuse par laquelle il va l'enclouer dès qu'il aura retrouvé sa vigueur.

Elle rit avec une volupté satisfaite.

— Arrête, dit-elle. Lâche-moi.

Il ne la lâche pas encore. Il lui souffle à l'oreille qu'il la trouve extraordinaire, qu'il ne rencontrera jamais quelqu'un d'aussi troublant et qu'elle l'épatera toujours, qu'elle l'a étonné, l'autre jour, au Four Seasons, quand elle lui a raconté sa vie secrète et le pouvoir qu'elle exerçait sur des hommes célèbres et importants. Il voudrait en savoir plus. Elle ne lui a pas tout dit. Il pose sa tête sur la poitrine de Joyce, libérant ainsi la respiration de la femme mais conservant toute son emprise sur elle puisque sa main droite est restée enclavée dans les lèvres du sexe, et qu'avec sa main gauche, il masse lentement le bras de sa nuque, à la racine des grands cheveux auburn épars sur l'oreiller. Elle fait sa modeste. Elle lui dit qu'elle n'a pas autant possédé d'hommes qu'elle l'a prétendu, mais elle se rengorge vite et elle admet avec contentement qu'à tous ceux qui sont passés par elle, Joyce Bauer a laissé une marque et un souvenir.

Elle parle maintenant d'un autre « *Correspondant particulier* » à New York, qui est devenu un bon ami à elle, le fils richissime d'une des plus grandes fortunes du pays, John Howsie, avec qui elle a essayé beaucoup de trucs. John est un pionnier, dit-elle, et il est aussi costaud qu'elle, il résiste à tout, il faudra qu'elle le présente à Drifter un jour, et puis non, Drif est trop prude, trop sage, trop normal, trop *square,* vous ne vous entendriez pas, vous n'auriez rien à vous dire, c'est dommage, parce que John ! voilà un *dynamitero !* Quelle santé ! Il a tout fait ! Une fois, il a parlé à Joyce d'un produit totalement nouveau, inconnu, avec quoi

John disait qu'on pouvait s'envoyer indéfiniment en l'air.

— Et tu l'as essayé ? demanda-t-il, la voix neutre.

— Euh — non — enfin, oui, mais pas beaucoup.

— Raconte-moi, dis-moi tout sur toi, ma chérie.

Elle se redresse sur l'oreiller, ce qui oblige Drifter à décoller sa tête de la poitrine de Joyce, dégager ses mains. Ils sont côté à côte, à moitié nus dans le lit. Elle lui demande une cigarette qu'il va obligeamment chercher de l'autre côté de la pièce, dans son sac qu'elle avait laissé loin d'elle sur un fauteuil. Il allume la *Winston* pour elle et la lui pose entre les lèvres, geste antique des amants. Il s'enveloppe d'une longue sortie de bain blanche et vient s'asseoir sur le bord du lit, en la buvant d'un regard attentif et admiratif. Elle aspire profondément la cigarette, en une longue bouffée orgueilleuse et complaisante.

— Tu sais, dit-elle alors qu'une partie de la fumée ressort de son visage, moi, pratiquement, dans la vie, j'ai tout fait. J'ai même passé de la drogue, d'une certaine manière.

— Sans blague ? dit-il, l'air bluffé.

— Oui ! John Howsie devait aller à Paris en novembre dernier. Tiens ! il y a un an de cela, comme le temps passe ! Je ne sais pas où tu étais. Ah ! si, au Yémen, Sud ou Nord, ou en Erythrée.

— Sud-Yémen.

— M-m-m, fait-elle en suçant le bout filtre de la *Winston,* c'est ça. Tu vois, tu m'avais encore abandonnée !

— Pas vraiment.

— Non, je plaisante, tu ne m'abandonneras jamais, hein ?

— Je viens de te le prouver, il me semble, je suis revenu à toi, non ?

— Oui, amour.

— Alors ? fait-il, reprenant le fil des choses, patineur fragile et subtil sur une glace fine.

— Alors ? Eh bien, j'avais décidé d'accompagner John à Paris comme ça, une idée qui m'a traversé la tête, en un sens ça m'excitaillait un peu d'aller dans ta ville sans que tu y sois, sans même que tu le saches, puisque tu n'avais même pas pris la peine de me téléphoner.

— Tu as déjà essayé d'appeler Washington depuis une caravane de trafiquants d'armes dans le Sud-Yémen ?

— Je sais, je sais, je plaisantais, chéri. Enfin bref, dans l'avion, à une demi-heure de l'arrivée, voilà que John est pris d'une paranoïa intense, il me dit, on va nous fouiller, je le sens, tiens, aide-moi et mets ça dans ton sac, et il m'a donné les capsules du produit en question et je les ai passés sans problème, on n'a pas ouvert un seul de mes bagages. Je peux faire ce que je veux dans la vie, moi. Je passe à travers le feu. Intouchable !

— Tu lui as rendu les capsules, après ?

— Ben, bien sûr, quelle question !

— Allons, allons, dit Drifter gamin et agaceur, je te connais mon amour, t'en as pas essayé une, pour toi toute seule ?

Elle rit, un petit cri joyeux et fier.

— Tu me connais bien, hein ? dit-elle en tirant sur la cigarette.

— Oui mon cœur, je te connais bien, tu es un voyou, et j'aime ça, et je t'aime.

Il enregistre son contentement et il est suffisamment averti des manies de Joyce pour remarquer, aussi, qu'elle doit avoir soif, c'est à peu près à ce moment de leurs sessions de reclus, de rats d'hôtel, qu'elle lui demande toujours à boire, et, sans qu'elle en ait exprimé le désir, il va au mini-réfrigérateur, manipule rapidement verres, cubes de glace, verse une mignonnette entière de Dewar's et offre la concoction familière à Joyce qui a suivi son manège d'un regard attendri, vaniteux et possessif.

— Merci, mon petit pot de miel.

Il lui fait un sourire et se rassied comme un enfant sage. Il sait que, maintenant, il a posé tous ses pièges, tous ses filets, et qu'il faut attendre et la laisser avancer sans parler, il joue de la longue corde. Joyce avale un tiers de scotch, pose le verre sur la table de nuit, éteint la cigarette, boit à nouveau pour faire passer le goût de la dernière bouffée, et fouille dans le sac que Drifter avait rapproché d'elle, pour en sortir un tube de crème pour les mains. Une noisette sur chaque paume, elle fait pénétrer le produit en se malaxant machinalement la peau. Comme ils sont bien! Et comme c'est reposant d'ête coupés du monde, et comme il l'écoute bien!

— Eh bien, oui, quoi, Drif, tu as vu juste, reprend-elle avec l'expression complice d'un compagnon de cellule, je me suis gardé une capsule et j'en ai essayé un peu. Heureusement, pas trop, parce que je peux te dire qu'un produit comme ça, il fallait s'appeler Joyce Bauer pour y survivre.

— Ah bon, fait-il intéressé, pourquoi ?

— Mon pauvre chéri, dit-elle condescendante, il te manquera toujours une chose dans la vie, c'est d'avoir tout essayé. Donc, tu ne peux pas savoir de quoi je parle, mais je peux te dire que ce truc c'était la mort, la vraie. John Howsie m'a avoué, bien plus tard, que les deux personnes à qui il avait fourgué le produit à Paris en ont crevé dans l'année.

— Comment ça s'appelait ?

— J' sais pas. Ça avait pas de nom.

— Et toi, reprend-il, tu as survécu! Fantastique!

— Tu ne crois pas si bien dire, Drif. Mais, ajoutet-elle avec fausse modestie, il faut reconnaître que je n'y avais pratiquement pas touché.

Il marque un temps. Il sait tout, déjà. Il est prêt à porter l'estocade et elle sera brève.

— Non, dit-il, bien sûr, puisque c'est Jason qui a pris toute la dose.

Elle ouvre la bouche, abasourdie. Puis un rire furtif, mesquin, un petit rire pas propre.

— Pardon ? fait-elle.

— Tu m'as très bien entendu, dit doucement et lentement Drifter. C'est Jason Villaï qui a pris toute la dose. Et il s'est envolé avec.

Joyce finit le scotch d'une traite, secoue les glaçons qui restent au fond du verre. Elle fixe obstinément les glaçons. Le silence.

— Comment sais-tu cela ? lâche-t-elle, d'une voix encore plus doucereuse que celle de son amant.

S'il se laissait gagner par la même métastase dont souffre Joyce et qui a fait surgir des foyers boursouflants de vanité dans les points les plus éloignés du caractère de la femme et, donc, de son discours, Drifter répondrait : je sais cela par déduction et il étalerait les éléments autrefois disparates, aujourd'hui bien réunis dans sa tête, pour soutenir et démontrer cette déduction. Mais Drifter joue serré et il sait d'expérience que c'est au moment de gagner que le joueur peut tout perdre, à la fois par peur de gagner et par suffisance, et il n'a cure d'exposer le raisonnement auquel il a abouti après de longs mois d'enquête, et grâce à quelques coïncidences, révélations chanceuses et recoupements qu'il a pu opérer. Drifter a enregistré ce que Joyce vient de lâcher. Elle n'a pas dit, « *je ne comprends pas de quoi tu parles* », ni « *pouquoi tu me dis ça* ». Elle a réagi plus aveuglément et sans retenue. Elle a dit, « *comment sais-tu cela* », ce qui, pour Drifter, comme pour un flic, constitue le prélude évident d'un aveu.

Alors, il bifurque. Joyce n'a pas bougé depuis qu'elle a posé sa question. Elle guette.

— Tu m'as bien dit, fait Drifter sur le même ton de confidence paisible, que tu avais couché avec Jason Villaï.

— Le chanteur ? L'idole ? Tu plaisantes ou quoi ? Moi ? J'ai jamais dit ça, proteste-t-elle, à peine amusée.

— Mais si, tu me l'as dit, Joyce, avant-hier, quand tu m'as énuméré ta liste de la douzaine de stars avec lesquelles tu avais feuqué.

— J'ai jamais rien « *énuméré* ». Je n'ai pas donné de noms. Je t'ai dit que j'avais une liste, je ne t'ai pas dit qui, je n'ai pas parlé de Jason !

Il a un sourire d'indulgence. Il relève, pour lui-même, l'usage du prénom, détaché du nom propre, « *Jason* ». A travers le drap, il caresse le rond du genou de Joyce. Il continue de mentir avec l'aisance d'un vétéran.

— Tu n'étais pas toi-même, Joyce, dit-il gentiment, tu ne savais même plus ce que tu disais. Mais je te jure que tu as parlé d'abord de Marceaubelle et, dans la foulée, de Jason Villaï.

Il fait le triste, le chien battu, le ouah-ouah aux yeux penauds et pleurnichards.

— Ça m'a fait mal d'ailleurs, ça m'a fait mal comme tout ce que tu m'as dit. Mais tu sais bien que ça ne fait rien, je ne te demande aucun compte, tu fais ce que tu veux, je ne t'aime pas moins pour ça.

Joyce laisse la main de Drifter parcourir sa jambe, ça la soulage, ça la détend, ça l'aide à réfléchir, elle voudrait se souvenir de ce qu'elle lui a véritablement dit, quarante-huit heures plus tôt, au Four Seasons. C'était un tel délire verbal, elle avait tellement absorbé de saloperies, un tel remugle était monté à ses lèvres, il avait fallu qu'elle coure vers la salle de bains. Ça elle s'en souvient ! Elle avait dégueulé, elle avait pleuré, il n'avait pas bougé, cette ordure, et pourtant, il avait dû entendre ses hoquets et ses râles, mais maintenant qu'elle le retrouvait aussi soumis et servile, Joyce s'imaginait que Drifter avait été trop blessé par ce qu'elle avait dit et qu'il avait été incapable de faire un seul pas dans la pièce. Rétrospectivement, elle s'en réjouissait. Peut-être même, Drifter avait-il pleuré. Oui, oui, elle avait bien remarqué, lorsqu'elle était revenue, maquillée, sûre de soi, superbe et sensuelle, que Drifter paraissait tout songeur, tout petit, qu'il avait les yeux humides. Il lui revint aussi que, après avoir nettoyé sa bouche et ses dents et avant de se refaire le visage, elle avait appelé le Docteur Fumetto sur le combiné mural de la salle de bains.

— C'est moi, avait-elle dit.

— Oui.

— Je suis, euh, tracassée. Je viens de tout dire à mon amant. Je trouve que je lui en ai trop dit.

— « *Tout* » ? avait interrogé Fumetto, en soulignant le terme.

— Je ne sais pas, j'ai beaucoup parlé, je voulais lui nuire, qu'est-ce que je fais maintenant ?

— Où êtes-vous ?

— Salle de bains. Hôtel. J'ai vomi.

— Si vous lui avez tout dit, c'est que vous en aviez besoin, et cela vous fait du bien. Rappelez-moi plus tard, de chez vous, qu'on puisse parler tranquillement.

Elle avait raccroché, décidé qu'elle emmènerait Drifter manger chinois, réservé une table chez Germaine's, elle avait plongé dans ses crèmes et puis, remaquillée, elle était retournée dans la chambre, souverainement calme, et l'avait quitté. Peut-être bien, après tout, qu'elle avait mentionné Jason Villaï. *So what ?* Et puis après ? Elle sentit l'orgueil reprendre le dessus, en même temps que son nihilisme.

— Et puis après ? dit-elle. Oui, j'ai baisé Villaï, après tout qu'est-ce que ça peut foutre ?

Il lâche le genou, s'écarte d'elle et du lit, et commence de s'habiller posément. Elle ressent comme une angoisse.

— Qu'est-ce que tu fais ?

— Rien, dit-il, je m'habille. Tu vois.

— Tu ne vas pas partir une nouvelle fois, dit-elle, le grelot d'un rire incertain dans la gorge.

— Pas du tout, dit-il, aimable, j'ai un peu froid, c'est tout.

Drifter continue de s'habiller mais ne perd pas le fil. Sans marquer de pause, il avance encore, faussement désinvolte.

— Il se droguait beaucoup, Villaï ?

— Pas plus que les autres, pas moins, dit-elle avec dédain.

— On aurait pas cru, pourtant, continue-t-il, platement. Il avait l'air tellement sain.

Elle s'esclaffe, vulgaire.

— Ah ! Ça oui ! Il donnait bien le change ! Mais il était comme toi, Drif, comme vous tous, ce n'était qu'apparence et à l'intérieur il était fragile et désarmé, il n'y a que ces cons d'Européens pour avoir trouvé que c'était un chanteur de talent, ici, chez nous, il n'aurait pas ramassé un dollar. Bidon total, ce type, un oiseau fragile et affolé.

— Et il baisait bien, ça s'est bien passé ?

Un ressentiment envahit le visage de Joyce.

— Comme toujours, chéri, comme toujours, dit-elle, la voix lasse.

Il attaque. Il parle vite, vise juste, vise bas.

— Et ta capsule, tu lui as fait sniffer quand, exactement ? Avant l'amour, pour qu'il te fasse des choses pas croyables ? Pour que ta pauvre figue sèche et crevarde se réveille enfin ? Ou pour voir simplement l'effet, pour le désir de voir quelqu'un se foutre en l'air ? Par pure curiosité morbide ? Pour tromper l'ennui ? L'effet de la capsule a duré combien de temps ? Vous avez parlé un peu et tu l'as petit à petit poussé dans son désir de s'envoler ? Il s'est jeté par la fenêtre tout de suite après, ou quoi ? Tu l'as encouragé, peut-être ? Ça satisfaisait ta volonté de puissance ? Ou alors est-ce que tu lui as dit, « *chiche* », comme à l'école ? Il était complètement zappé, le môme, j'imagine, avec un produit pareil, et ça a dû te faire jouir. Le grand frisson, enfin ? Ou alors, t'étais tellement fêlée toi-même que t'en as rien eu à cirer et que tu t'es taillée aussi sec ? D'ailleurs, oui, tu as dû partir très vite, puisqu'il était encore empalé sur les piques d'acier, en bas, quand tu lui tournais le dos et fuyais sans un regard en arrière.

Joyce ramène les draps vers elle, en même temps que les genoux, posture de défense.

— Qu'est-ce que tu racontes ? De quoi me parles-tu ? Tu es cinglé ou quoi ?

Drifter a fini de s'habiller. Les mains dans les poches de son pantalon, il se tient debout et la regarde sans comédie, livide. Face à lui, assise dans le lit, Joyce, tout aussi blafarde que lui, soutient l'échange.

— Quand je te voix, Joyce, dit-il, dans ta vérité, simple comme toutes les vérités : certains êtres nient la vie — quand je te vois, donc, je me demande pour la première fois peut-être, si je ne dois pas me féliciter de n'avoir connu ni père ni mère. Parce que je me dis que tu as dû vraiment déguster et les haïr, ton père ou ta mère, ou les deux, ou ne je ne sais pas, et d'ailleurs je n'en ai plus rien à faire aujourd'hui — mais tu as dû vraiment les abhorrer pour avoir autant envie et besoin de te venger ainsi sur les autres. Lescrabes avait raison. Trois fois raison !

Joyce l'interrompt avec violence, mépris et crainte.

— De quoi parles-tu, mon pauvre chéri ? Qu'est-ce

que le cadavre de ton vieux patron pourri à qui tu as léché les bottes toute sa vie pour conserver ses faveurs et devenir le scribouillard merdouilleux que tu es, qu'est-ce que ton Crabe dont tu n'as pas cessé de me rebattre les oreilles, vient faire là-dedans ?

Drifter lève les mains, sourire supérieur.

— Du calme, ma grosse, du calme. On va finir tout ça dans le calme et la politesse.

— Finir quoi ?

— Finir.

Joyce, silencieuse, consternée, ne reconnaît plus Drifter. Il semble avoir reculé dans la pièce. Qui est cet inconnu ? D'où vient-il et que me veut-il ? Pourquoi m'interroge-t-il ? Que sait-il de moi ? Elle tergiverse entre le refuge dans la colère salvatrice ou l'imitation de cette froideur distante qu'elle vient de découvrir chez l'homme en face d'elle. Surtout, elle a peur. C'est qu'il lui a monté un bateau, tout le temps, depuis le début, depuis qu'il est rentré de New York. Il l'a fait parler. Mais pourquoi ? Elle a beau se rassurer — il n'y a rien à craindre, rien à déclarer, et d'ailleurs à qui —, Joyce Bauer fléchit néanmoins devant des trous noirs ouverts si crûment par l'interrogatoire, puis l'assaut brusque mais décisif de Drifter. Alors, elle le défie, dans un dernier sursaut d'autodéfense

— Veux-tu, précisément, me dire de quoi tu parles. Qu'est-ce que tu veux me prouver, exactement ?

— Rien. A toi, rien, ma pauvre chérie.

— Je ne suis pas ta « *pauvre chérie* ».

— Non, en effet, c'est vrai. (Il prend une inspiration.) Dis-moi, tu portais un manteau jaune l'hiver dernier ? Ou bien était-ce une robe jaune sous ton manteau ?

Elle le fixe, incrédule.

— De quoi parles-tu ? Où as-tu pris tout ça ?

Elle hurle.

— Mais qu'est-ce que c'est ici, la Gestapo ?

Il rit, sans gaieté, et ne répond pas. Alors, Joyce, comme Drifter quelques minutes auparavant, semble mue par l'urgence de dissimuler son corps. On dirait qu'elle a senti, dans le huis clos de leur confrontation, l'état d'infériorité dans lequel sa nudité la plongeait. Réflexe de combattants qui recherchent leurs armures égarées ou raccourci troublant de ce qui vient de se dérouler entre les anciens amants, ils ont tous deux éprouvé l'impérieuse nécessité de couvrir leurs poitrines, leurs jambes et leurs sexes. Avant le pugilat, les adversaires se débarrassent de leurs peignoirs, cagoules et serviettes, pour s'affronter nus. Ici, c'est l'inverse. On s'habille pour l'hallali.

Mais doit-il y avoir un *round* final ? Drifter hésite. Comme la majorité de ceux qui, agents du renseignement ou professionnels de l'investigation, journalistique ou policière, traquent la vérité, Drifter serait plutôt enclin, une fois qu'il a accédé à cette vérité, à murmurer avec tristesse, « *ce n'était donc que cela* », et tourner le dos, fermer la page. Mais en l'occurrence, il y a des différences considérables. L'enquête n'était pas pour publication, Lescrabes l'avait dit, et la vérité que Lescrabes lui avait donné pour mission de poursuivre touchait Drifter dans sa personne même. C'est lui qui était en cause, tout le temps. Il est prêt, en cette minute, à admettre l'idée énorme selon laquelle Lescrabes, sur son lit d'hôpital, démiurge génial, tireur de ficelles omniscient, connaissait le rôle que jouait Joyce dans la vie de son protégé — avait détenu (ou même recherché) quelque information sur la promiscuité sexuelle de la jeune femme et avait même — qui sait ! — reçu quelque indication parcellaire sur la présence fugitive de Joyce dans l'existence du chanteur Jason Villaï. Lescrabes ne pouvait pas posséder plus de connaissances. Sinon, il les aurait transmises à Drifter. Mais il avait vu juste : le saut dans le vide de Jason Villaï n'était pas aussi simple qu'il était apparu. Et il avait, aussi, subodoré que Drifter trouverait dans la mission qu'il lui confiait, de quoi voir clair sur lui-même.

Alors, dans le silence de sa réflexion. Drifter rend un hommage posthume à la prodigieuse science de Lescrabes. Il ne vénérait plus sans réserve le vieil homme depuis longtemps déjà. Il savait les limites de son caractère, l'avait plaint pour ses multiples infirmités, et parfois violemment rejeté sa puissance et sa dictature. Il reconnaissait, en revanche, le sens profond de l'expédition dans laquelle le Vieux avait, en toute connaissance de cause, embauché Drifter. Tout concordait. Mais fallait-il tout expliquer, maintenant, à voix haute ? Drifter examine la scène vécue et s'interroge sur sa conclusion. Devra-t-il faire, comme dans les histoires à ressort criminel, cette grande démonstration explicative au présumé coupable qui lui dit en réponse, « *cause toujours, tu m'intéresses* » ? Ridicule, livresque, du cinéma !

Lescrabes avait prononcé trois phrases clés, dont deux sous forme de question.

« *Je vous dis que ça vous intéresse* », avait-il d'abord ponctué. Aujourd'hui, Drifter comprenait l'obstination du Vieux. Drifter avait-il besoin de connaître toute la vérité sur le rôle — actif ou passif — qu'avait joué Joyce Bauer dans le suicide de Jason Villaï, afin de se débarrasser de ses « *démons* », comme le Vieux l'en avait déjà conjuré ? Peut-être y serait-il parvenu sans cela. Mais les ultimes consignes de Lescrabes avaient constitué ce fil rouge qui court dans les récits de notre enfance. En suivant le fil, Drifter avait évolué. Le long du chemin, il avait été forcé d'arracher plusieurs voiles, celui de sa désunion avec Patricia, de son attraction pour la mort, de son déguisement de l'amour avec Joyce. En contrepoint, étaient venus s'inscrire des gestes et besoins d'amour dont il avait lucidement analysé les moments forts, devant Andréa, l'autre nuit à New York. Sa recherche de la vérité n'était, comme pour tant de gens, qu'une recherche de l'amour.

Certes, Drifter n'était pas assez naïf pour accorder l'entier bénéfice de sa propre mutation à la seule mission que lui avait confiée le Vieux. Les choses ne sont pas aussi simples. Lescrabes n'avait pas tout prévu. Lescrabes n'était pas Dieu. Lescrabes n'en savait peut-être pas autant que Drifter, aujourd'hui, voulait croire. Cependant, le vieil homme l'avait bien fait revenir d'Amérique du Sud, par un télégramme urgent et dramatique, et Drifter était aujourd'hui convaincu que Lescrabes n'avait pas agi sur simple caprice. Au début, il lui avait dit qu'il n'avait « *rien de spécial à raconter* ». Et puis, obsessionnellement, il avait lancé l'affaire Villaï et tout fait pour concerner Drifter.

« *Pourquoi nier la vie* », avait ensuite interrogé le Vieux. Ce serait au tour de Joyce de répondre, pas celui de Drifter, mais il savait qu'elle était incapable d'expliquer ses actions. Quant à lui, il aurait pu dire : pourquoi ? pour rien. De même, comme l'écrit approximativement Castoriadis, que la puissance totalitaire n'est qu'au service d'elle-même, de même Joyce ne se pliait qu'aux ordres lancés par ses propres tendances au Mal. C'est si facile d'être un salaud, il suffit d'un peu de paresse.

« *Que s'est-il passé* », avait enfin répété Lescrabes à satiété. Aujourd'hui, Drifter pouvait livrer une réponse ronde et pleine, comme un œuf. Mais à qui fournir le résultat de ses déductions, découvertes et recoupements ? Il n'envisageait pas, une fois rentré en France, d'aller en pèlerinage au Père-Lachaise et tout raconter, à voix muette, devant la pierre tombale de Henry Lescrabes. Il songea qu'il pourrait le faire, certes, mais simultanément, que l'affaire se terminait ici, dans cette chambre, et que, de retour à Paris, il aurait mieux à faire, il désirerait rencontrer des vivants, et singulièrement, une vivante.

Joyce se tenait debout devant lui, habillée des escarpins jusqu'aux boucles d'oreilles. Il se souvint qu'à leur première rencontre, elle lui avait fait peur, envie et pitié. Seul, en ce jour, le dernier sentiment se perpétuait. Mais à la pitié venait se mêler comme un remords, car Drifter n'était pas innocent du désastre personnel de Joyce Bauer. Il l'avait chantée longtemps avec elle, la chanson de l'irresponsabilité et de l'acte gratuit, la mélopée facile. Pour quelle part des errances de Joyce avait-il inconsciemment contribué ? Et si, comme il en était à présent persuadé, le manque d'amour constituait le fondement des actes de Joyce, Drifter voyait en quoi il n'avait pas pu l'aider.

Mais il savait aussi qu'ils s'étaient détachés l'un de l'autre depuis déjà longtemps, et qu'elle avait ramé toute seule dans ses eaux noires. Drifter, depuis la césure d'avec Patricia, ne succombait plus à la culpabilisation. Nous ne sommes pas tous des assistés. Nous ne sommes pas tous des assistants. Vient un jour où l'on ne peut répondre des folies commises par l'autre. Vient l'heure, aussi, au contraire, où tu dois avoir la force d'accuser et trancher.

Devant Joyce qui attendait, masque illisible, Drifter pensa aux étapes de son enquête. Comme pour une symphonie, on pouvait la décomposer en plusieurs mouvements.

Il y avait eu « *l'ouverture* » avec deux couches de documentation : la première longue description d'Andréa, lors de la nuit chez Vinci, au cours de laquelle il avait recueilli nombre détails triviaux, mais nombre de pièces disparates et indispensables du puzzle. Puis sa propre enquête dans l'univers de Villaï, moins probante. Il avait laissé dormir les choses. Courte « *intermission* ». Deux relances étaient intervenues : la révélation apportée un jour dans un aéroport africain par son ami J.-F. Surtout, la découverte de l'Elément Jaune, la photo subtilisée à Brochet Charles, factionnaire français.

Il était entré dans le gras de l'œuvre grâce à sa première confrontation avec Joyce. Homérique, révélatrice, une multiphonie où elle avait tout dit. Les cloches avaient tinté dans la tête de Drifter, mais il n'avait pas encore pu verrouiller l'ensemble. Une deuxième fois, Andréa — instrumentale Andréa ! — livre l'une des pièces manquantes du puzzle : la présence de Joyce dans la cour. Alors, Drifter n'a plus qu'à rassembler les morceaux et obtenir, dans son deuxième dialogue avec Joyce, les deux ou trois aveux involontaires qui lieront le tout.

Il ne manquait plus que le « *dernier mouvement* », qui devrait être ramassé et compréhensible. Il lui apparut alors que, oui, décidément, il fallait jouer ce « *final* ». Il fallait que tout soit dit. Il rit intérieurement de ce propre rôle qu'il se distribuait dans leur petit cinéma.

— Non, dit Drifter à Joyce, je ne suis pas la Gestapo et je ne te demande aucun compte et je ne te pose aucune question. Je ne te détaillerai pas, en revanche, mes sources, ce serait trop long et fastidieux. D'ailleurs, tu as été la meilleure de mes sources, l'autre jour, et encore tout à l'heure. Mais je vais te faire en quelques points le résumé de ce que je crois savoir, ou que je sais. Lescrabes m'avait dit à propos du suicide de Jason Villaï : « *Il s'est passé autre chose.* » Il avait raison. Une *star* se suicide en s'envolant par la fenêtre, incompréhensible fait divers, et cependant peu surprenant. Il n'y a pas d'enquête. Il n'y a pas de coupable. Il n'y a pas de témoins. Et pourtant, Lescrabes avait raison : ça ne s'est pas passé comme on l'a cru. Mais personne ne le saura, quelle ivresse pour le seul individu qui sait pendant des mois, et j'imagine la boursouflure de son orgueil, c'est-à-dire le tien !

Il marqua un temps. Elle ne disait rien.

— Dans ce genre d'histoire et de déduction, dans ce genre d'enquête, il y a le réel, il y a le possible. Il y a ce que je sais, le réel. Il y a ce que j'imagine, le possible. Et si je combine les deux, je sais maintenant en gros ce qui s'est passé. Ça tient en peu de mots, c'est tout bête : il y avait quelqu'un chez Villaï au moment de son envol vers la mort par la fenêtre, et ce quelqu'un, c'était toi, Joyce. Je me fous de savoir depuis quand tu le connaissais, où et comment vous vous étiez déjà vus, et si, déjà, vous aviez expérimenté des produits, je te cite, « *destructeurs auxquels tu avais eu accès* ». Tu es chez lui, ta trace est partout : sur la table de la cuisine où tu as dévoré du saucisson, ta friandise favorite et où, peut-être parce que la drogue t'y a poussée, tu as aussi mélangé ce curieux quart de citron et un verre de vin. Dans la salle de bains, où tu as laissé tes Kleenex pleins de crème et de foutre j'imagine ; dans l'ascenseur de service où persiste quelques heures plus tard une « *odeur végétale* », celle de ton corps et de ses onguents ; dans la cour où, sur une photo prise par hasard, un élément de ton vêtement jaune apparaît. Vous jouez avec le terrible petit produit que tu as subtilisé à John Howsie dans l'avion, produit dont les propriétés sont connues d'un cercle très restreint de gens dans Paris, et qui diront plus tard que ce produit était venu des Etats-Unis et qu'il a tué trois fois. Cent pour cent d'efficacité. Avant ou après la prise du produit, il m'est impossible d'établir une chronologie exacte, vous avez fait l'amour ou alors il n'a pas pu te le faire ou alors il te l'a fait, mais, comme à chaque fois, ça n'a pas bien marché pour toi. Alors sans doute as-tu voulu, sous emprise ou pas du produit, humilier cette *star*, une de plus sur ta « *liste* », et la pousser à bout ou jouer avec. Le terrain est fertile. Villaï est fragile, comme tu l'as déjà dit deux fois. Déraciné et peut-être (rapprochement très intéressant !), peut-être semblable par certains côtés à ton petit amant Drifter, d'origine polak — Villaï étant yougo. Ça doit te titiller la cervelle, ça ! Villaï a déjà parlé de s'envoler à beaucoup de gens, c'est un thème de sa génération et il y a d'étranges photos de volatiles dans ses chiottes. Il vit dans un espace élevé, abstrait et déprimant, malgré les intentions de blancheur et de paix. Il vit au-dessus du monde. A un moment donné que je ne peux pas déterminer, l'entreprise de destruction démarre. Comment y as-tu contribué ? Comment l'as-tu asticoté, lui as-tu lancé un défi, avez-vous parlé de voler, as-tu émis des doutes sur sa capacité d'aller jusqu'au bout, de « *tout essayer* », tes slogans favoris ? Je ne sais pas. Peut-être n'as-tu rien fait, rien dit, peut-être seulement as-tu fourni la drogue, baisé, bouffé, et foutu le camp avant même qu'il se jette dans le ciel. Tout est possible. A mon avis, tu as eu le temps de voir quelque chose, car l'autre jour, tu ne t'es pas entendue, mais dans ta grande tirade délirante contre les hommes, tu m'as dit, « *je les ai vus à quatre pattes, j'en ai vu dans le ciel* », et, plus tard, « *je n'ai pas fait un geste pour les retenir* ». Mais peut-être en rajoutais-tu. Quand il saute, tu es peut-être déjà partie. La baie vitrée était-elle déjà ouverte ? A-t-il fait du spectacle ? Etait-il seulement en état de comprendre ce qu'il faisait ? Le produit en question avait « *de quoi brûler quelques millions de neurones et vous envoyer à Mach 2 dans le ciel* », m'a-t-on dit. Tu ne l'as compris que plus tard, puisque tu as eu la chance inouïe de n'en avoir ingurgité qu'une petite dose. Ça te donne tout de même cet air fou, méprisant et indifférent, que quelqu'un surprendra sur ton visage, une heure et demie ou deux plus tard, lorsque, poussée par je ne sais quelle curiosité morbide, tu reviens dans la cour noire de monde et tu regardes cette agitation en ricanant dans ta tête détraquée et dans la démesure de ton orgueil. Toi, tu sais ce qu'il s'est passé. Les autres, non. Ça doit procurer à ton ego un voyage supplémentaire, je serais curieux de savoir pourquoi tu es revenue, mais tu ne me le diras pas. Peut-être même n'avais-tu pas quitté le quartier. Tu es peut-être sortie, sans un regard pour le corps empalé sur la pique, allée au bistrot du coin, tu as attendu et tu es revenue quand les sirènes ont crié assez fort. Mais là, j'extrapole, et j'aurais, bien sûr, besoin que tu remplisses toutes ces cases vides, mais tu ne le feras pas. Tu ne répondras à aucune de mes questions.

Drifter reprend son souffle. Joyce a réagi sur un mode intermittent, ses yeux s'agrandissant parfois lorsque l'homme lançait une information concrète, un détail physique, puis se rétrécissant pour suivre les considérations plus abstraites, théories ou suppositions. Un foisonnement d'images passées s'engouffre dans son esprit, mais elle sait y mettre bon ordre et c'est une véhémence nouvelle qui s'empare de ses sens. La vie revient sur ses joues. Elle peut apprécier les battements du sang dans ses membres. Alors elle réplique, brève et hautaine.

— Je ne dirai rien.

Elle ne commettra pas de faute. Les portes sont closes, les chevaux sont rentrés au paddock, c'est fini. L'incitation à une réponse et à l'exhalaison involontaire ou pas de ses vérités, Joyce, dorénavant, n'y obéira que pour un autre interlocuteur, un auditeur qu'elle paye grassement, qui est à son service, et qui ne se permettra pas de la juger comme le fait Drifter, avant tant d'outrecuidance. Elle pense au Docteur

Hassenfärder et, curieusement, elle ne l'identifie plus comme le comique Docteur « *Fumetto* ». Il vient d'augmenter en volume, sérieux et respectabilité. Elle ne l'appellera plus jamais Fumetto. Elle va lui confier cette décision importante. Il saura en évaluer le poids. Elle voudrait lui téléphoner sur-le-champ pour annoncer cette nouvelle capitale, mais elle calcule que Drifter profiterait de sa défaillance, aussi ne bouge-t-elle pas. En outre, la présence, debout devant elle, de son ancien amant la paralyse. Elle est en attente. A lui de la délivrer.

— Je n'ai plus grand-chose à dire, dit-il. Au pire, tu as conduit quelqu'un sur le chemin de la mort. Au mieux, tu n'as pas bougé un sourcil pour l'en empêcher. Je ne t'accuse de rien, je sais qu'au milieu de toutes les inexactitudes et les points non précisés, il y a cette vérité, et la question, pour moi, n'est même plus de savoir qu'en faire. J'ai déjà tiré les leçons de mon enquête.

Elle vacille, mais à peine, au bord du dialogue. Le vice de l'échange : dis-moi comment et par qui tu as su ce que tu sais, et je te dirai ce que tu ne sais pas et brûles de savoir. Dis-moi, par exemple, par quel incompréhensible phénomène tu as su que je portais du jaune et je te dirai qu'en effet la fenêtre était ouverte, et que j'ai dit en riant, mais férocement, à ce petit malade qu'il pouvait voler, il ne craignait rien, il suffirait de faire demi-tour dans le ciel, il reviendrait en bon état sur la moquette, et je n'en pensais pas un mot, mais, en même temps, je me disais : ça serait drôle s'il le faisait et si je pouvais voir ça une fois au moins dans ma vie, et il l'a fait. Alors, j'ai couru sans même regarder en arrière et j'ai eu la grande présence d'esprit de sortir par le service, j'ai agi comme une grande criminelle, sang-froid et résolution, la lumière dans ma tête. En bas, j'ai filé sans jeter un œil à sa dépouille et je suis rentrée à l'hôtel dans un taxi. J'ai attendu dans ma chambre que mon cœur cesse de battre — que l'effet du milligramme de la capsule s'évanouisse. Puis, je me suis dit qu'il fallait que je voie du monde et que l'on me voie. Alors j'ai appelé Maxime Magus, le producteur du groupe *Beautiful Death*, pour qu'il m'invite à dîner, mais il n'était pas là, mais il m'a rappelée vingt minutes plus tard et il m'a dit, « *tu sais quoi ? Flash à la radio, Jason Villaï vient de se suicider, on y va tous, tout le showbiz y va, viens, je vais passer te prendre dans la Bentley, avec Sarah et Marlah* », et j'ai dit O.K., je t'attends en bas. Dis-moi comment tu as compris, je te dirai le reste. Nous sommes seuls dans une chambre d'hôtel et personne ne connaîtra ce qu'il s'y est dit, nous partagerons dès lors un secret supplémentaire, odeur de soufre et goût acide, dernier recours pour obstruer les fissures dans l'édifice de notre liaison.

Elle fut tentée de dire tout cela. Mais le ton et l'attitude de Drifter dissuadèrent Joyce de cette ultime intention. Il regarda sa montre. Il se planta devant elle, avec, dans les yeux, cette lueur de froide raison et, sur son visage, cette expression puissante, antipathique, qu'elle avait redoutée un instant plus tôt.

— Parlons d'autre chose, dit-il, cassant.

Elle hésita.

— De quoi ?

Drifter :

— Du temps que tu vas mettre à prendre tes cliques et tes claques, tes crèmes et tes conneries, et pousser ta fétidité hors de cette chambre et hors de ma vie. Combien, dis-moi, tu crois ? Dix secondes, trente secondes, une minute ?

Elle reçut ces phrases comme la confirmation de la menace exprimée par ce corps hostile au milieu de la pièce, et aussi comme un ordre. Elle s'agita subitement, fouaillée par on ne savait quelle électrisation. Elle ramassa son sac et la veste de son tailleur, elle n'avait plus rien à faire ici, cet homme était capable de lui dire des mots qu'elle ne voulait pas entendre, elle eut envie de se boucher les oreilles, mais elle était déjà en mouvement et ses deux mains occupées, il fallait qu'elle s'éloigne de cet homme susceptible de lui nuire, d'aller jusqu'à appeler Rink, par exemple, pour lui raconter des choses dommageables. Rink : la sécurité. Docteur Hassenfärder : la compréhension. Madame la Ligne : la paix. Vers ces trois bouées de sauvetage, il lui fallait se hâter sans un regard en arrière. Elle traversa la pièce sans un mot, osant à peine lever les yeux vers la masse de Drifter, le corps et les jambes ancrées dans le sol comme un équarrisseur prêt à faire jouer ses muscles.

— Tu devrais t'acheter un petit chien, Joyce, lui dit-il en guise d'adieu. Ça y est, maintenant, tu es mûre. Un chihuahua, ça t'irait très bien. Ou un —.

Elle n'entendit pas la suite. Elle sortit en hâte.

Drifter referma la porte derrière elle. Le parfum de Joyce flottait encore dans la chambre, ce parfum « *de légume et de fruit* » qui avait assailli Andréa un an plus tôt dans l'ascenseur de service, à la sortie de chez Jason Villaï. Drifter s'adossa au mur, décapé.

Le *Veau Marengo Sauce Louisiane,* dans son baquet de papier métal argenté, n'avait pas totalement perdu la fixité glauque de la congélation : les *Champignons Rissolés à la Parlez-vous* (sic) marinant dans le petit récipient métallisé adjacent, évoquaient ces algues noires en forme de nouilles qui s'agglomèrent sur les ceintures fangeuses des palais vénitiens ; les croûtons aillés de la *Caesar's Salad* semblaient gorgés d'un pus rosâtre, le *Carré de French Cheese* offrait, sous son enveloppe de cellophane, l'aspect d'un échantillon prélevé dans l'albâtre gypseux et le mini-pot *Mousse Chocolat de Paris* avait la spumosité d'une expectoration d'emphysème.

Il repoussa le plateau des deux mains, le cœur au bord des lèvres.

L'hôtesse de l'air, une grande perche de l'Oklahoma (c'était écrit sur son calot), fausse blonde aux ongles courts et aux fortes épaules, se pencha vers lui en roulant ses yeux marron et lui demanda avec un sourire niais :

— Quelque chose qui ne va pas, chéri ? (*Something wrong, honey ?*)

Drifter lui tendit le plateau en secouant la tête de droite à gauche.

— Soyez gentille, dit-il, et faites-moi deux faveurs. Rapportez cette merde d'où elle vient, et cessez de m'appeler chéri.

Elle se redressa, vexée, reprit le plateau et fit demi-tour dans l'allée, enclenchant furieusement les vitesses sur ses deux épaisses cannes surmontées d'un popotin sans humour que la jupe de l'uniforme en polyester bleu turquoise n'aidait pas à rendre plus gracile. Il la vit conférer avec un steward en veste rouge, plus grand et plus sinistre encore qu'elle, rouflaquettes biseautées et lèvres étroites, il imagina leur dialogue dans leurs accents nasillards et il pensa, attention mon vieux, attention ! ce ne serait pas mieux chez les franchouillards, ne te laisse pas aller à un rejet facile de l'Amérique, l'aseptisation et la standardisation du monde n'appartiennent pas plus à une société qu'à une autre, tout cela, c'est la même civilisation, le même totalitarisme des objets, goûts et couleurs, attention aux généralisations expéditives.

C'était vrai, pourtant, qu'en disant adieu à Joyce, il éprouvait le sentiment de quitter une époque et de laisser derrière lui un pays qu'il avait aimé sans réserve. Il savait qu'il continuerait d'embrasser les amis qu'il s'y était faits, s'enthousiasmer pour la diversité paradoxale et enrichissante de sa culture, reconnaître la force de ses remises en question et la générosité de son accueil. Mais il regardait ce pays, désormais, sans illusions ni complexes. Alors que l'appareil s'enfonçait dans les zones venteuses sans nuages, Drifter sentait les peaux se détacher de lui, les unes après les autres. Que de fois il avait fait le retour des Etats-Unis vers la France avec l'exaltante impression d'avoir emmagasiné du neuf, de l'excitant, du prophétique ! Maintenant, il s'éloignait de ce monde auquel il avait si étroitement associé Joyce, avec le regard froid que l'on pose sur le banal, le clinquant, le faux-semblant. En silence, il se gaussait des pièges dans lesquels il avait chuté autrefois et vers quoi se précipitaient d'autres, nouveaux adeptes de l'américanité. Il tombait parfois sur leurs découvertes extasiées des sonorités, pratiques sexuelles, inventions vestimentaires, et s'amusait de l'aveuglement béat et des réactions jobardes de ces gogos qu'épatait toute locution, percussion, ou intention venue d'Amérique. Son ami J.-F. lui avait récemment lu à haute voix le premier paragraphe d'un article dans lequel huit mots sur dix étaient empruntés au jargon servile de ce temps : les *chicks* avaient un *look* qui vous donnait un *flash* et, sans être *glamour*, n'en étaient pas moins *cool* dans un décor « *branché* »(traduction littérale de l'argot U.S. : *turned on*), où les *junkies* côtoyaient des *dealers* mais aussi des types *straight* en avalant une *fast food* un peu *cheap* mais *clean*, j' veux dire. Le risible, c'est que ce genre de prose pouvait être lue dans des journaux dits de droite, comme ceux dits de gauche, et dans des rubriques voisinant celles où l'on s'insurgeait contre la colonisation de la nation, son économie, ses écrans, et où l'on flétrissait vertueusement une culture que, deux pages plus loin, d'autres rédacteurs adoraient, comme le veau d'or. Avec J.-F., ils avaient ri.

Drifter possédait la chance d'avoir eu vingt ans ailleurs qu'en France. C'était un enfant du cosmopolitisme. Il s'était trop nourri au fruit de cet arbre étrange pour en méconnaître la vitamine, le suc, la virulence. Mais assez est assez, et il ne faut pas confondre exotisme avec contrefaçon.

Il ferma les yeux.

Ça avait été toujours là, toujours été comme ça, mais il ne l'avait pas contesté, il avait consommé, et maintenant il rejetait. Les ventres à bière sur les plages de Californie; le mot dollar qui revient comme une virgule dans toute conversation; les toquades, fabriquées comme des chars d'assaut, à la chaîne, pour embobiner le client : la religion du « *comment* ». Comment Gagner à la Bourse, Comment Bien Baiser sa Femme Après Soixante Ans, Comment Perdre du Poids, Comment Courir en Ville, Comment Vieillir, Comment Caguer, Comment Faire des Lasagnes. La gigantesque pantalonnade, l'immense comédie que se jouent chaque matin au réveil des millions d'hommes et de femmes, d'est en ouest et du sud au nord, tous tendus vers la même nécessité d'arnaquer leur voisin, avec leur sourire professionnel immédiat ; l'artifice sur le visage des réceptionnistes à la Convention de Kansas City et celui des avocats de New York, des « *secrétaires sociales* » à Boston et des « *superviseurs d'immeubles* » à Denver ; les histoires d'amour qui durent trois jours à Los Angeles, douze à Dallas ; l'excessive volonté d'accélérer les amitiés, les rapports humains ; les couleurs en rébellion, violet cru et jaune créosote, bleu néon et vert vinylique, rose polyéthylène ; les gros et les grosses, difformes dans les rues des villes, constipés au lait, aux sucreries, aux protéines, au soja, aux gâteries ; la vulgarité ; l'obsolescence ; le bidon ; les poulets qui ont goût de coton, le café qui a goût de semelle, les œufs qui ont goût de paraffine ; la *muzak ;* bouillon musical sans vertèbres qu'on répand dans les hôtels, les *coffee-shops,* les ascenseurs et les avions, et pour laquelle Drifter avait fini par trouver une jolie définition : la musimerde ; la période où la nation américaine tout entière s'était mise à ressembler du jour au lendemain à un orchestre de *rock and roll.* Le solennel emmerdement des cités gérontophiles de l'Arizona ; des vies entières et des énergies considérables sacrifiées sur l'autel de l'apparat, offertes au Dieu de l'apparence ; l'odeur terrible de la gazoline, la saucisse et la suie ; le *junk* c'est-à-dire les détritus : nourriture *junk,* films *junk,* l'existence *junk,* il semblait parfois que le continent ne fût qu'un interminable tas d'ordures ; l'expression dure comme celle d'une putain se rappelant un client particulièrement infâme, sur les lèvres d'une reine de beauté surprise dans sa loge à San Francisco avant la photo officielle ; l'expression folle dans les yeux d'un tueur au moment de sa capture dans une foire champêtre de l'Alabama ; les usines à partouzes et l'oppressant ennui qui se dégageait de ces boîtes à sexe, boîtes à pipes, les temples de la fellation, les cathédrales du cunnilingus, à New York, Los Angeles, San Francisco ; l'ambition aveugle dans les gestes d'un sénateur novice parmi les éclats de rire trop hauts et les bruits des coupes de trop mauvais champagne à l'inauguration de ses nouveaux locaux dans Capitol Hill. Les phrases imbéciles des « *conseillers en comportement* » politique : « *Ne portez pas des chaussettes courtes, le téléspectateur n'aime pas voir une jambe nue sous un pantalon* » ; les phrases idiotes d'un paysan madré devenu par accident Président du pays : « *Méfiez-vous d'un homme dont les yeux sont trop près de la cloison nasale* » ; le royaume de la manufacture d'images. Fabrication systématique de *mégastars* qui gagnent des *mégadollars*, filles blondes aux cheveux sculptés ciseau, sorties des séries télévisées débiles et dont on a breveté, *franchaïsé* la plus petite parcelle du corps et qui contribuent à faire imprimer des millions de magazines dévoués à la narration de leurs divorces, grossesses, combats avec la drogue, ruptures et nouvelles amours, on expose tout, on raconte tout, tout le monde raconte tout. Rita explique comment elle s'est fait sauter dans un placard au Musée d'Art Moderne. Martin dévoile qu'il a vécu trois ans avec son masseur. Lucile accepte de tout dire sur sa secrétaire qui la fouettait entre deux matches de tennis. Jack est obligé de subir une opération pour cause d'hémorroïdes. Extraordinaire nouvelle ! Ça y est ! La fille aînée de

Tammy et de Nelson prend la pilule! On en fera un livre. On en fera un film. On en fera un *poster*, des *tee-shirts*, des disques, une comédie musicale, on construira un parc à amusements, on envahira le marché asiatique. Saturation. Marchandises. Vacuité.

La solitude et la détresse. Vous n'avez jamais vu des villes aussi belles; vous n'avez jamais vu autant de solitude.

Tu me fais penser à ces roses de brume
Qui sont trop douces pour qu'on les touche
Mais trop belles pour qu'on les abandonne.

Sans transition, dans ce flot incongru, incomplet, et qu'il savait injuste, les vers d'une ballade de Tim Hardin revinrent à la mémoire de Drifter. Puis, il fredonna, à bouche fermée, une autre mélodie subtile et sensible de Dory Previn et qui parlait de rois mythiques et d'iguanes. Un pastel d'Andrew Wyeth, les tours du Dakota, la pluie sur Wainscott (Long Island), une image de *Across the river and into the trees*, la ride juvénile d'un octogénaire au crâne de bonze japonais dans sa maison de Big Sur vinrent alors l'envahir, comme un profond contre-chant réparateur. Paul Valéry avait dit : « *Le degré avancé d'une civilisation se mesure aux contradictions qu'elle renferme.* » Drifter pensa qu'il ne serait pas trop ardu de se réconcilier avec cette Amérique-là, si prodigieusement différente de celle qui s'évanouissait derrière lui dans les traînées blanches des réacteurs.

Les peaux étaient tombées d'elles-mêmes. Au scepticisme et à la dérision, attitude binaire qui lui avait si longtemps servi de défense et de loi, il sentait que devraient succéder la clairvoyance et la compassion.

Il sourit dans le vide noir, à l'intention d'un visage à venir.

ÉPILOGUE

Quelques mois plus tard, le photographe Marc Raymond donna un « *verre* » pour inaugurer l'appartement qu'il venait d'acquérir près du Jardin du Luxembourg, à Paris.

C'était une affaire de quatorze pièces réparties sur les quatre cents mètres carrés de tout le cinquième étage d'un immeuble 1930 en pierre du pays de Caux, sans ascenseur. Plus de trois cents personnes répondirent à l'invitation du photographe, mais on conçoit aisément qu'elles ne se présentèrent pas toutes à la même heure. On put donc se déplacer d'un groupe à l'autre mais avec difficulté, et l'on imagine que le va-et-vient dans les escaliers en bois et sur les paliers de bois des étages de l'immeuble, prit les apparences du mouvement d'un tambour autour de quoi s'enroule une chaîne sans fin et qui compose cette machine d'irrigation qu'on appelle la noria. On peut aussi, pour illustrer cette soirée, proposer la figure du quadrille croisé : le second couple partant deux mesures plus tard, arrive au point occupé par le premier au moment où celui-ci le quitte.

Un observateur objectif n'aurait pu, cependant, différencier les couples qui étaient arrivés là ensemble de ceux qui, éventuellement, s'étaient formés sur place.

Ainsi en était-il du journaliste Wojtek Drifter, que tout le monde appelait Drif, en conversation avec Marie-Lucile Arnal, que d'aucuns appelaient Marie-Luc. Qu'ils soient venus de concert au « *verre* » de Marc Raymond ou qu'ils s'y soient retrouvés, ou encore qu'ils s'y soient, par coïncidence, trouvés, n'a guère d'importance pour l'observateur qui notera seulement que l'homme et la jeune femme restèrent longtemps face à face, solidement implantés au milieu du vortex des invités. Drifter, entre autres choses, informa Marie-Lucile qu'il rentrait de Lorraine où Julien Verdier, le professeur de lettres qui l'avait élevé et qu'il appelait Parrain, lui avait fourni quelques indications, jusqu'ici restées secrètes, sur ses origines. Muni de ces éléments, Drifter avait conversé au téléphone avec sa sœur qui vivait en Autriche. Maintenant, il avait décidé de prendre le train pour Varsovie, et d'aller enquêter, en Pologne, à la recherche de ses racines.

Du temps avait passé.

La femme de Jean-François Chemla avait accouché de son troisième enfant, c'était un garçon, il pesait 3 kg 400 à la naissance, il se nommait Joseph, et Drifter avait répondu avec enthousiasme à la demande de son ami J.-F. d'en être le parrain. Un matin, à l'heure de la fermeture, à l'aube d'un jour de semaine comme les autres, Vinci avait été abattue de quatre balles de 11.43, l'arme des tueurs contractuels, sur le trottoir, devant la boîte qu'elle avait animée. Le monde de la nuit et de l'argent s'était déplacé et vibrionnait dorénavant dans d'autres établissements tenus par des hommes qui aimaient les hommes. Patricia Aboulafa, ex-Drifter, vivait dans la banlieue sud de Paris avec ses parents, qu'elle aidait dans leur commerce de bonneterie. A Washington, Joyce Bauer s'était déniché un nouveau psychanalyste. Le « *groupe* » de presse et de communication qu'avait créé et possédé Henry Lescrabes était définitivement démantelé et ses trois femmes, Grazielle, Leila et Thérèse s'étaient estompées dans les sentiers de l'anonymat. La jeune Andréa Paoli-Smith avait publié le troisième recueil de ses portraits les plus brillants. Tout le monde, ou presque, faisait dans la télévision.

Le photographe Marc Raymond était un homme d'une cinquantaine d'années, nez fin et sourire chaleureux, cheveux gris, un rassembleur de loyautés, il avait, au cours de ses nombreux voyages, amassé une somme considérable d'amis et personnalités de toutes confessions. Il régnait, ce soir-là, dans l'indescriptible confusion de son quatorze-pièces, une atmosphère bruyante d'amour, de liberté et de joie, ce que l'on a tendance à identifier sous le vocable de « *fête* ». Drifter ne fut donc qu'à moitié surpris de recevoir, sur son omoplate gauche, une claque assenée du plat d'une main et qui était accompagnée d'une sonore interpellation à musicalité latine. Il se retourna et reconnut Luis Aquama, l'homme aux cheveux couleur safran, qui avait été correspondant à Buenos Aires lorsque Drifter y avait vécu un épisode important de sa vie. Après les embrassades et interrogations d'usage, Aquama entraîna Drifter, aux côtés duquel se trouvait Marie-Luc, en lui disant qu'il voulait lui faire rencontrer quelqu'un, qui était présent dans une autre partie de l'appartement. Ils se frayèrent une voie lente dans l'épaisse bousculade.

L'homme en question était émacié, d'allure jeune, mais avec les gestes affaiblis d'un patient tout juste sorti d'un long séjour dans un sanatorium à la montagne et qui redescend vers la ville et ses bruits. Il portait une paire de lunettes dont le verre droit était opacifié pour dissimuler un œil sans doute mort, mais Drifter n'eut pas grand-peine à lire, dans l'œil encore valide, la lueur indicible qui l'avait obsédé pendant des nuits. Il s'agissait de Portelle, celui qui avait été le « *Séminariste de septembre* ».

Les deux hommes se serrèrent la main. On parla du Père Desroges, qui militait quelque part ailleurs, au Guatemala peut-être. L'avocat, Maître Saraguelles, qui se tenait près du rescapé des geôles argentines, apprit à Drifter que le rapport de ce dernier avait été d'une grande utilité et avait fait le tour des instances internationales préoccupées par le problème des disparus politiques. Il demanda l'autorisation de publier le rapport dans un dossier bilan. Drifter la lui donna volontiers. Une chose en entraînant une autre, l'éditeur du dossier en question, qui faisait partie du même petit groupe auquel s'étaient désormais intégrés Drifter et Marie-Luc, lui proposa d'écrire un livre sur tout ce qu'il avait vu dans le monde depuis ses débuts d'enquêteur international. Drifter accepta encore. Rendez-vous fut pris.

Drifter, toujours étroitement accompagné de la jeune femme, prit Portelle à l'écart et lui demanda quel sens il avait voulu donner à cette phrase prononcée en anglais, ces petits mots, « *aide-moi à traverser la nuit* ». Le survivant répondit qu'il ne se souvenait pas avoir murmuré une telle chose. Drifter insista. Portelle était sincère, non, franchement, il ne pouvait pas se remémorer la citation, il était trop hébété alors, intoxiqué par la douleur et les séquelles de la torture. Il avait failli crever.

A la réflexion, et maintenant que Drifter retraçait pour le Séminariste, de façon quasi clinique, les circonstances détaillées de leur bref échange dans la cellule au Triangle de la Police, plus d'un an auparavant, Portelle jugea qu'en effet, s'il avait été lucide et maître de ses pensées lorsque le visiteur déguisé en curé s'était penché vers lui, il n'aurait pas choisi une autre phrase pour lancer, d'homme à homme, un appel au secours.

Après, sortis de chez le photographe, tandis qu'ils rentraient lentement à pied par des rues au tracé familier, le long du grand jardin sombre et calme, le reste de la chanson tomba des lèvres de l'homme, comme un rideau trop longtemps suspendu et qui se déroule enfin, avec une facilité apparente, sur une fenêtre du passé.

Peu m'importe d'avoir eu tort
Je n'essaye plus de comprendre ;
Laisse le Diable s'occuper de demain
Mon Dieu, ce soir, j'ai besoin d'un ami :
Aide-moi à traverser la nuit.

Il se souvenait de tout, maintenant ; il s'était agi d'une humble chanson de route, lancinante, indolente, simple à fredonner, aux notes et aux accents rapidement mémorisables ; on aurait pu en faire une berceuse s'il n'y avait eu, au-delà des mots, cet arrière-goût de sang qui caractérisait les épreuves qu'il venait de subir, et la période qu'il avait franchie.

On approchait de ce moment où la première moitié d'une année s'écroule sans résistance, déboulonnée par l'ébauche de l'été. Arrivée souveraine de veillées longues et chaudes, la ville s'étire comme une femme qui dénoue ses cheveux, des changements s'opèrent avec ce nouveau cycle, certains inattendus, d'autres amorcés depuis longtemps, et que l'on peut capter sous la surface trompeuse de conversations anodines.

ANDRÉA

— Andréa ? C'est Marie-Luc.

— Quoi de neuf, ma Luc ?

— Rien de spec'. Est-ce que tu peux me rendre un service ?

— Bien sûr.

— Voilà, je pars ce soir en voyage, pour quelques jours — euh — à l'étranger. Pas de problème pour Thomas, tout est organisé, Anne va coucher dans ma chambre à l'appartement, elle a ses cours le matin seulement, elle peut donc aller chercher Thomas à l'école, à midi il déjeune à la cantine. Tout de même, j'aimerais que tu viennes jeter un coup d'œil, voir où en est le moral, si Thomas se couche à l'heure, si Anne n'est pas trop submergée, si l'appart' n'est pas trop en désordre, est-ce que tu crois que tu peux faire ça ?

— Bien entendu. Comment veux-tu faire ?

— Tu es un ange. J'ai laissé une clé pour toi chez la conc', comme ça tu pourras venir aux heures qui te conviendront. Je te rappellerai en fin d'après-midi, avant de partir, pour plus de détails. Je t'embrasse.

— Oui, moi aussi.

Quelque chose boitillait. J'ai sourcillé.

J'avais du temps libre après un déjeuner sans intérêt, et je n'étais pas loin de la rue Saint-Sulpice, alors j'ai arrêté ma voiture devant chez Marie-Luc pour récupérer la clé. La concierge m'a dit qu'elle ne l'avait pas : j'ai monté les deux étages à pied, j'ai sonné, Anne m'a ouvert. Elle m'a dit qu'elle était sur le point de descendre pour remettre la clé dans une enveloppe, à la loge, avec un mot de Marie-Luc, mais puisque j'étais là —.

— Excuse-moi, a-t-elle ajouté avec son petit accent anglais, j'ai l'eau à bouillir dans la cuisine. *Come in!* Tu prendras bien un caf'.

J'ai noté en souriant que les tics de mon amie Marie-Luc avaient atteint jusqu'à ses jeunes filles au pair, et je suis entrée. Marie-Luc vivait, seule avec Thomas, dans trois grandes pièces d'un vieil immeuble situé à quelques mètres de l'église Saint-Sulpice, un salon et deux chambres à coucher. Dans le salon, j'ai vu les bagages déjà prêts de Marie-Lucile, un grand sac de toile noire à poignée de cuir marron, un autre plus petit de même fabrication, et une petite malle carrée et compacte pour les produits de beauté, sans doute. L'ensemble était aligné contre le mur, net, en ordre, organisé comme tout chez elle. Je me suis d'un seul coup rendu compte que ma meilleure amie ne m'avait pas dit où elle partait en voyage. J'ai trouvé cela étrange. Marie-Luc me donnait beaucoup moins de nouvelles d'elle qu'autrefois. Quand je l'appelais chez elle, le soir, elle n'était pas aussi disponible pour nos conversations d'une durée moyenne de quatre-vingts minutes ; parfois, même, j'avais le sentiment qu'elle n'était pas seule ; parfois, aussi, son répondeur automatique prenait un message, elle était sortie.

Où partait-elle donc ? Elle avait été d'une discrétion et d'une brièveté rares. Dans la cuisine, de l'autre côté du couloir, bruits de cuillers et de soucoupes, Anne remuait. J'ai traversé le salon, vite, jusqu'à la tablette formant angle avec les rayons de livres sur quoi je savais que Marie-Luc rangeait ses affaires, trousseaux de clés, factures et courrier, répertoire téléphonique. Je connaissais suffisamment l'endroit et les habitudes de mon amie pour ne pas m'égarer en gestes inefficaces. J'ai pensé que ce n'était pas très propre, qu'on ne fouille pas chez les gens, encore moins chez vos amis les plus proches, mais je n'ai pas pu résister, j'ai ouvert l'agenda à la page du jour, l'ai parcouru de l'œil sans traîner, pour tomber sur ce que je cherchais. De sa claire écriture, Marie-Luc avait inscrit : « *19 h 53. Gare de l'Est. Voiture 4. Train n° 8865.* » Anne est entrée dans le salon, portant le plateau et les tasses et j'ai su que, même si je m'en défendais toute la journée en maudissant mes travers, rien ne pourrait m'empêcher d'y aller.

ANDRÉA

Je suis arrivée tôt dans cette gare si laide, j'ai repéré le numéro du train et le quai correspondant. Je me suis assise entre deux tables occupées par des militaires, à la terrasse d'un des buffets donnant sur la grande surface bitumée sous verrière, côté ligne de départ, après qu'on a franchi l'aire des guichets, face aux quais. On était en juin, les heures les plus longues de l'année, il faisait tout à fait jour.

Je n'ai pas attendu longtemps. Bientôt, mon cœur a sauté. Je les ai vus arriver. Dans la foule incolore et sans joie, ils faisaient une tache de lumière. Drifter tenait un sac de voyage dans sa main gauche, et il avait passé son bras droit autour de la taille de Marie-Luc, qui faisait de même. Elle avait les mains libres et j'ai imaginé qu'elle était venue avant lui, seule, avait disposé ses bagages dans le compartiment pour ensuite redescendre et aller au-devant de Drifter. J'ai pensé que j'aurais pu la rencontrer à cet instant-là et j'en ai eu comme une frayeur, et me suis dissimulée, en déplaçant ma chaise, dans le dos des militaires. Mais je pouvais tout voir, leur marche harmonieuse comme une danse au ralenti, les mouvements de tête de Marie-Luc vers le profil de Drifter, des ébauches de baisers, des sourires. Ils se sont engagés sur le quai sans jamais se désenchaîner et je les ai perdus de vue. Je me suis levée, après avoir payé. Je me sentais poignardée.

Il était dit que je n'avais pas reçu ma dose suffisante de punition. Aussi, comme un voyeur ou un flic, je les ai suivis. Je me suis planquée derrière le premier kiosque oblong, couleur verte, situé au milieu du quai, entre les deux piliers de soutien du toit métallique en auvent à double pente. Précaution ridicule, Drifter et Marie-Lucile ne voyaient personne qu'eux-mêmes, et leur bonheur. Leurs bagages installés, ils étaient ressortis de la voiture et se tenaient devant le dernier kiosque, du même format que celui me servant de rempart. Ils semblaient magnétisés l'un par l'autre. Le moindre achat de journal ou de chewing-gum était prétexte à une embrassade, une main sur les cheveux blonds de la femme, un rapprochement des hanches vers celles de l'homme. On sentait courir entre eux cette complicité qui n'explique pas seulement l'union ou la découverte de deux corps, mais qui passe aussi par l'entente des intelligences, la convergence des psychologies et des passés respectifs, et ce tremblement qu'apporte la certitude encore informulée d'un avenir. Ils étaient beaux à voir dans leurs habits d'été, les salauds, j'en aurais pleuré.

Marie-Luc, j'avais assez étudié son charme, j'en avais été assez jalouse, jadis, pour supporter le choc de sa vision épanouie. Je regardais surtout Drifter, Drif, cet homme auquel j'avais cru être promise, et j'en souffrais, trouvant qu'il portait encore plus manifestement que lors de la nuit que nous avions vécue sans qu'il se fût rien passé à New York, les traces d'un changement. Un surcroît d'humilité, de naturel, de chaleur, un sourire qui ne lui servait plus de protection comme le domino noir du bal masqué. Il semblait que le brouillon d'homme avait été corrigé par on ne savait quel professeur, ni quelles leçons, et combien de leçons.

J'avais l'impression tenace que quelqu'un m'avait volé quelque chose. Je ne savais pas quoi et j'ignorais l'identité du cambrioleur. J'aurais aimé pouvoir porter plainte et, comme mue par un réflexe, je me suis retournée pour protester, mais il n'y avait personne derrière moi, et il ne me resta plus qu'à rebrousser chemin sans attendre que le train parte pour Varsovie, marchant par les quais couleur de cendre à travers les voyageurs indifférents au comique de ma solitude.

J'avais aimé Drifter en silence et souhaité qu'il me le rende, car j'avais senti chez lui cette recherche désespérée, frustrante et épuisante d'un amour qui puisse le sauver du cynisme, chausse-trappe naturelle pour son caractère et sa profession. Et j'avais bien compris qu'il trouvait des délivrances fugaces dans une association satisfaisante pour son désir, mais dépourvue d'illusions quant à son futur. Ah ! comme j'analysais talentueusement et *a posteriori*, avec mon irritant esprit d'escalier, ce qui était arrivé entre ce solitaire disponible pour un amour partagé et Marie-Lucile, cette grande invalide de vie, cette G.I.V. comme elle s'était amusée un jour à s'identifier, et pourtant au plus profond de ses sanglants mélodrames avec Paul, au cours d'une de nos séances de notre jeu des initiales, en comparaison avec les G.I.G. — les grands invalides de guerre !

Drifter et Marie-Lucile : leurs vies s'étaient croisées comme des bateaux dans la nuit. Les passagers, pour une fois, d'un bastingage à l'autre, étaient parvenus à se distinguer dans le noir et la brume, et ils avaient enfreint toutes les règles. Ils avaient eu le courage de se rejoindre, en plongeant de haut, puis en nageant au milieu des eaux froides de l'estuaire. Arrivés à hauteur l'un de l'autre, ils n'avaient eu aucune peine à s'encastrer comme les deux pièces d'un jeu de mah-jong que le sort attendait pour réunir : l'amour n'est pas seulement dû au hasard. Il se gagne, se mérite, s'explique mais ne s'explique pas. Il vous est donné, comme la grâce. Mais il faut l'appeler, comme une aventure. Et pour le recevoir, encore faut-il avoir ouvert son cœur et choisi de se jeter du pont pour aller à la rencontre de l'autre aventurier qui, aussi fou et optimiste que vous, a décidé de quitter la coursive familière de son égoïste bâtiment. Ce qui se passe entre eux, ensuite, ne regarde plus le reste des voyageurs, les paquebots ont déjà repris leur route et la proue de l'un ne connaît plus l'arête de la poupe de l'autre.

Avais-je joué, dans toute cette histoire et le tournant de ces deux existences, le rôle du coryphée des chœurs grecs, celui qui annonce la musique avant même qu'elle s'exécute ? Je pouvais désormais choisir entre divers emplois, pour parler le langage du théâtre : Témoin Complice, Confident Généreux, Meilleure Amie du Couple, ou bien encore Je Sais Tout Narquoise, ou même Passion Lointaine Aigrie. J'avais assez d'humour, de volonté et d'intelligence, cependant, et surtout assez de curiosité, pour décider que je bénirais leur succès, je présiderais à la mise au jour éclatante de leur bonheur, je serais le héraut bruyant et ostentatoire du miracle qui leur était tombé sur les épaules, je les accompagnerais à l'autel ou à la mairie, je serais la marraine consciencieuse de leurs enfants.

Qu'ils s'aiment, nom de Dieu, mais qu'ils ne me jettent pas trop leur bonheur à la gueule ! Je n'en demandais pas plus pour me préserver de ce sentiment un peu mesquin que mon être refusait, l'amertume d'avoir été victime d'une flouerie, une arnaque du cœur dont, à la vérité, ni Drifter ni Marie-Luc n'étaient responsables. Seule avait joué ma propension malheureuse à prendre mon désir pour une réalité réalisable.

Qu'ils s'aiment donc, et surtout que cela dure pour qu'ils m'enseignent ainsi une leçon nouvelle !

Quant à moi, on se console comme on peut, je résolus que je gagnerais beaucoup d'argent et que je deviendrais puissante, redoutée, et célèbre. Cela ne m'empêcherait pas, incorrigible romantique, déjà entamée par les morsures de la vie, de scruter aussi fiévreusement qu'autrefois, dans la rémanence du velours bleu-noir de la ligne d'horizon, les lueurs chancelantes de hublots lointains. La mer est vaste, autant que la nuit, qui prétendra jamais l'avoir assez parcourue ?

Je suis sortie de la Gare de l'Est. Lumière de juin, crésyl, frites, autobus. J'allais avoir trente-trois ans.

DU MÊME AUTEUR

Aux Editions Gallimard :

UN AMÉRICAIN PEU TRANQUILLE.
DES FEUX MAL ÉTEINTS.

Aux Editions Denoël :

TOUS CÉLÈBRES.

Aux Editions Jean-Claude Lattès :

CE N'EST QU'UN DÉBUT.

Impression Bussière à Saint-Amand (Cher),
le 26 avril 1988.
Dépôt légal : avril 1988.
1er dépôt légal dans la collection : avril 1985.
Numéro d'imprimeur : 4382.
ISBN 2-07-037645-1./Imprimé en France.

43473